国家社会科学基金青年项目
"中国现代抒情诗的叙事性研究"（12CZW062）成果。
西华师范大学学科建设经费资助。

中国现代抒情诗叙事性研究

A STUDY ON THE NARRATIVITY OF MODERN CHINESE LYRIC POETRY

傅华 著

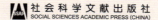
社会科学文献出版社
SOCIAL SCIENCES ACADEMIC PRESS (CHINA)

傅　华

　　四川富顺县人。先后毕业于四川师范学院中文系和中山大学中文系，获文学博士学位。现为西华师范大学文学院副教授，硕士生导师。主要从事中国新诗理论研究。先后在《小说评论》《当代文坛》《文艺争鸣》等 CSSCI 来源期刊上发表论文十余篇。主持并完成国家社科基金青年项目一项，参与国家社科基金重大招标项目子项目一项，主持省部级项目两项，主持西华师范大学博士启动项目、英才基金项目各一项，参与学术专著、教材的撰写三部。

前　言

作为一种形式要素，中西诗歌中的叙事由来已久。从文类识别、体裁特征到表现手法，叙事在中国新诗的演进过程中都有着不容忽视的意义。在中国新诗的抒情本体化路径中，不仅有着区别于抒情主义的一条叙事性书写的脉络，而且由于受到外国诗歌的熏染与不同时代命意的影响，从而呈现不同于中国古典诗歌中叙事性的别样面目，可谓中国新诗现代转型的独特表征。然而，这一叙事性的书写长期被遮蔽在以抒情主义为主流的诗学实践与批评话语中，未得到应有的关注。在对诗歌叙事美学的考察中，现代抒情诗中的叙事性研究是关键环节之一，这不仅喻示了叙事性诗学从古典形态向现代形态的创造性转移，在诗学意义上展开了与古典诗歌抒情传统的现代性对话，而且呈现了与西方叙事学有所交集而不乏差异性的形态。因而，研究现代抒情诗的叙事性可以弥补现有研究视域的欠缺，有利于全面深入地认识中国现代抒情诗的面貌、特征和本质。

诗歌叙事的理论背景既要追溯到中国古典诗歌中的叙事诗学现象及其相关理论，还要借助西方诗歌在现代演进中叙事性因素增多，以及西方叙事学对诗歌叙事的理论建构与分析，由此厘清西方文类概念与叙事学理论影响下的叙事、叙事性以及诗歌中的叙事等概念。同时还需要在新诗理论语境中，厘清叙事性与散文化、小说化、戏剧化等话语的交集与区别。

叙事性在现代抒情诗中的发生，首先借助于翻译，西诗译介中早期的圣诗翻译成为叙事性发生的潜在语境，圣诗翻译中的口语化白话、叙述语调、叙事视角等的出现无疑成为诗歌中叙事因素的先声；现代诗人中以译代写中的叙事性愈加鲜明。其次，从语言学层面来看，现代汉语语法的西洋化与外国自由体诗歌的进入，既缔造了取代文言的白话新诗，又带来打破格律的自由体式，也使叙事性的发生从语言与诗体层面展开。在语言层面，白话的口语化特征中蕴含的叙事性因素，同时西方新名词、新概念的渗入也带来叙事的基因，逻辑性分析这一欧化语法渗入现代汉语，突出了这一叙事性的语法构造，也使现代抒情诗中的叙事因素凸显。而主谓句式中主语与谓语动词的不可或缺，既形成了抒情诗中第一人称的抒情述说，也建构了谓语动词突出的主谓结构。在以主谓句取代题释句的诗语结构中，不仅进一步加剧了现代诗歌与古典诗歌的分化与裂变，同时增加了抒情诗的动力结构，成为叙事性的标志性特征；格律解放后的自由诗体与自然音节为容纳更为丰富的叙事元素提供了广阔的空间。而启蒙救亡主题下的科学、革命等观念或意识形态的传达，无不浸染上宣讲叙述之风；在各类现代观念的介入中，叙事性的发生与现代文学、现代文化的转型同步展开。

正是在这个意义上，叙事性在现代抒情诗中以多元繁杂的面目展开其诗学实践。郭沫若早期抒情诗中的叙事性显隐俱存，隐性的叙事在呼语、人称与罗列排比中开启现代抒情诗叙事的滥觞；五四后的诗人群，在自然生发的叙事中开始了风格多样的诗学探索；新月诗人的叙事书写在写作与理论层面都有自觉的表现；戴望舒在打破音乐束缚的絮语式叙述中，表现了现代抒情诗叙事性实验；何其芳在代拟体、情节因素的意象化抒情中，展示了叙事性在抒情诗中的独特魅力；卞之琳则从戏剧性场景、戏剧性独白、口语化叙事、叙事声音与视点的丰富层次中展开了更具现代性的叙事，以小说化的抒情策略形成了现代抒情诗的诗学形态之一；冯至不仅有联章合咏的组诗结构，而且在咏物与写人记事的诗篇中，以叙事对经验的形式化承载而出现的经验型抒情，进一步丰富了现代抒情诗叙事性的形式；艾青则以散文美开创了现代抒情诗悲郁壮美的美学风格；穆旦在事件性和对话性的抒情中，使抒情诗的叙事性特征呈现繁复而现代的面目。

丰富的叙事诗学实践渐次形成了现代抒情诗叙事性的诗学形态——情境美学。在情境美学的抒情主体话语层面，人称、视点、声音带给抒情诗以叙事性的特征，也从叙述层面建构了现代抒情主体；叙事性的情境不仅使叙事性书写成为结构功能，而且在情事互动中成为诗化的叙事。最终，这一叙事性的诗学实践，实现了中国现代抒情诗对现代抒情主体的建构，在形式化的探索中呈现了现代语境下叙事性诗学形态的创造性转换，其中，叙事性诗学形态也成为现代文化、现代文学转型的形式化表征。

目 录
CONTENTS

绪　论

一个世纪以来，中国新诗的历史实践与形式探索从未间断。新诗作为 20 世纪中国文学中形式革命最为深刻、峻急的文类，其身份特征、合法性、形式要素等都引发了不同程度的论争。新诗发生之初，在胡适"作诗如作文"① 的理论倡导与诗体大解放的种种尝试下，其新诗形式探索有了多种可能性，诗歌的叙事性就是其中之一。一方面，新诗多元探索的历史冲动往往处于被打断的境地。当"白话"取代"文言"、"自由"终结"格律"的实验完成，新诗的合法性地位初步确立后，新诗本体意义上审美规范的建构提上日程，多元探索诗学的路径逐步而自然地被规约，形成了自身的审美规范。在传统诗学、西方诗学、现代性的语境下，以对其他文类的区分、识别、压抑、排斥，抒情作为审美规范被确立并不断本体化，进而塑造了中国新诗的基本面目——现代抒情诗。另一方面，正是在现代抒情诗逐渐清晰地"浮出历史地表"的过程中，可以隐约看到叙事性书写的草灰蛇线，它或显或隐地散落在现代抒情诗发展演进的诗学实践中。

一　中国现代抒情诗的概念

"中国现代抒情诗"这一概念须在中外诗学的背景与浪漫主义—现代主义的知识构造下探讨。"抒情诗"是一个来自西方的概念。在西方具有文类分界意识的理论文本——亚里士多德的《诗学》里，就根据摹仿的媒

---

① 胡适：《依韵和叔永戏赠诗》"诗国革命何自始？要须作诗如作文"，1915 年 9 月 21 日，《胡适留学日记》（三），商务印书馆，1947，第 789~790 页。

介、对象、方式的不同将韵文做了戏剧和长篇叙事诗的两类区分①，抒情诗尚未被提及。抒情诗作为独立的文类概念，是从与"竖琴"这个乐器有关的诗歌中，逐渐产生而演变的，即成为今天这个现代的、后发的概念——"Lyric"②。文艺复兴之前，正如艾布拉姆斯的考察发现，抒情诗在诗歌类型中往往被轻视甚至忽视，"在各种诗歌类型中，抒情诗一直被当作微不足道的一种而置于不顾。……抒情诗时来运转是从 1651 年开始的"③，直到 17 世纪中期才被确立、认可，甚至被捍卫，并在浪漫主义诗学潮流中被擢升为一种诗歌规范④。在浪漫主义和现代主义语境中，抒情诗成为一种重要的文类。黑格尔、爱伦·坡、"新批评"、结构主义等对抒情诗进行了多元深入的探讨，在一系列理论阐述中，抒情诗的特征逐渐演变为如下的历史叙述：以表现个人情绪、主观体验和神秘幻想为天职，从早期与音乐相关的吟诵、歌唱演变为语言简洁优美、富有音乐性、小巧凝练等特征⑤。抒情诗及其诗学特征逐渐在中国新诗的现代演进中，被不同的抒情诗人所习得或接受，演变为一种知识构造进入现代诗学的谱系。

作为"新诗第一人"的胡适，早在 1911 年留美时就对诗歌本质有"盖诗之为物，本乎天性，发乎情之不容已"⑥ 之说，在 1919 年的《谈新

---

① 〔希腊〕亚里士多德：《诗学》，陈中梅译注，商务印书馆，1996，第 27 页。

② 〔希腊〕亚里士多德：《诗学》，陈中梅译注，商务印书馆，1996，第 30～31 页。在陈中梅的注释 11 和 12 中分别就"竖琴"和"摹仿"进行注解并提及了抒情诗，注释 12 就"摹仿"概念解释了为何抒情诗在《诗学》中不被提及，注释 11 则指出了抒情诗的发生源流与中西释义的差别，"竖琴是诺摩斯和抒情诗伴奏乐器，公元前三世纪前后，亚历山大的学者们把通常用竖琴伴奏的诗（melikos）归为一类，称之为 lurikos（见 Hugh Parry, *The Lyric poetry of Greek Tragedy*, Toronto：Samuel Stevens，1978，p. ix；比较拉丁词 lyricus）。英语词 lyric（或 lyrical），既可指"竖琴的"，亦可指"抒情的"；汉语中的"抒情诗"一般不带用不用乐器和用什么乐器的含义"。

③ 〔美〕M. H. 艾布拉姆斯：《镜与灯——浪漫主义文论及批评传统》，郦稚牛、张照进、童庆生译，王宁校，北京大学出版社，2004，第 98 页。

④ 〔美〕M. H. 艾布拉姆斯：《镜与灯——浪漫主义文论及批评传统》，郦稚牛、张照进、童庆生译，王宁校，北京大学出版社，2004，第 98 页。

⑤ 张松建：《游移的疆界：现代中国的诗体之争与抒情主义（上）》，https：//www.douban.com/group/topic/10787911/？type＝like，原载《今天》2009 年冬季号。

⑥ 吴奔星、李兴华选编《胡适诗话》，四川文艺出版社，1991，第 3 页。原载《胡适留学日记》（一），商务印书馆，1947，第 22 页。

诗》中也提及新诗的内核之一是"复杂的感情"①。1917 年刘半农在《诗
与小说精神之革新》中借用清人曹文埴的"诗之根于性情，流于感触，而
非牵强为者"，引发了"作诗本意，只须将思想中最真的一点，用自然音
响节奏写将出来，便算了事，便算极好"②的论述，即在强调诗歌的写实
求真中注重诗人情感的自然流露③。上述对诗歌情感的强调无疑成为新诗
抒情本体论的先声。在新诗发生之初，1919 年俞平伯在《白话诗的三大条
件》中对白话诗做了艺术规范，除了字句精雅、音节谐适之外，还提到了
"表情要切至"④，后者无疑涉及诗歌的抒情特质。关于新诗抒情本质的论
述较早见于宗白华的《略谈新诗》，他对诗形与诗质做了区分，提出诗的
质在于诗人的感想情绪。在此，宗白华对诗的定义不仅提出了情绪的概
念，而且将其上升到"质"的核心地位："我想诗的内容可分为两部分，
就是'形'同'质'。诗的定义可以说是：'用一种美的文字——音律的
绘画的文字——表写人底情绪中的意境。'……诗的'形'就是诗中的音
节和词句的构造诗的；'质'就是诗人的感想情绪。"⑤也就在同一期《少
年中国》中，周无在《诗的将来》一文中，提出了"诗是主情的，想象
的，偏于主观的"⑥。1920 年 2 月 16 日夜，郭沫若在回应宗白华对诗的定
义中，规约诗的特质为"诗的本职专在抒情"⑦；康白情在《新诗底我见》
中旗帜鲜明地提出："诗是主情的文学"⑧；1922 年，郑振铎在诗集《雪

---

① 胡适：《谈新诗——八年来一件大事》，杨匡汉、刘福春编《中国现代诗论》（上编），花
　城出版社，1985，第 3 页。原载《星期评论》1919 年纪念号第五张。

② 刘半农：《诗与小说精神之革新》，郑振铎选编《中国新文学大系·文学论争集》（影印
　本），上海文艺出版社，2003，第 341 页。原载《新青年》1917 年第三卷第五号。

③ 此篇文章前四段还被许德邻抄录在其编选的《分类白话诗选》中做序言之一，许德邻还
　在文后附上了自己对抒情本体论的认同："要做诗必须要有高尚真确的意想和优美纯洁的
　感情，才有做新诗的资格。"参见陈绍伟编《中国新诗集序跋选（一九一八——一九四
　九）》，湖南文艺出版社，1986，第 61 页。

④ 俞平伯：《白话诗的三大条件》，郑振铎编选《中国新文学大系·文学论争集》（影印
　本），上海文艺出版社，2003，第 263～264 页。原载《新青年》1919 年 3 月第六卷第
　三号。

⑤ 宗白华：《略谈新诗》，《少年中国》1920 年第 1 卷第 8 期。

⑥ 周无：《诗的将来》，《少年中国》1920 年第 1 卷第 8 期。

⑦ 田寿昌、宗白华、郭沫若：《三叶集》，《郭沫若全集·文学编》（第 15 卷），人民文学出
　版社，1990，第 47 页。

⑧ 康白情：《新诗底我见》，《少年中国》1920 年第 1 卷第 9 期。

朝》的序里，开宗明义地提出了诗歌是表示情绪的工具："诗歌是人类的情绪的产品。我们心中有了强烈的感触，不管他是苦的，乐的，或是悲哀而愤懑的，总要把他发表出来：诗歌便是表示这种情绪的最好工具。"① 上述论说促成了抒情特质在新诗草创期的滥觞。

这一抒情特质的本体化在新诗的演进中得到进一步体现。1927 年周作人在《扬鞭集·序》中将抒情从表现手法上提升到本体论高度，"我只认抒情是诗的本分"；1931 年陈梦家在编选《新月诗选》时不仅提出了"真实的情感是诗人最紧要的原素"②，而且发现选集里的抒情诗"几乎占了大多数"，他表达了"我个人最欢喜抒情诗"，进而认为"记载这自己情感的跳跃，才是生命与自我的真实表现。伟大的叙事诗尽有它不朽的价值，但抒情诗给人的感动与不可忘记的灵魂的战栗，更能深切的抱紧读者的心"③，他不仅对抒情诗情有独钟，更对抒情诗特质有着独到而深入的理解；"象征诗歌第一人"李金发在 1935 年回答杜格灵的提问时，表明了对抒情本体论的观点："我平日做诗，不曾存在寻求或表现真理的观念，只当它是一种抒情的推敲，字句的玩意儿。"④ 这种共识，在 1935 年朱自清主编的《中国新文学大系·诗集》中得到集中体现，朱自清在编选凡例时就有"本集所收，以抒情诗为主，也选叙事诗"的说明⑤。这不仅是对抒情、叙事的划分，也是抒情主流化的重要表征。

而对新诗抒情本体论展开理论研究的论著，无不对新诗的抒情特质展开细密深邃的探讨。1989 年康林的博士论文《汉语抒情诗本文结构的蜕变——五四时期及二十年代新诗研究》，一方面以"汉语抒情诗"的命名承续古典诗歌抒情传统，另一方面又认为它是"汉语抒情诗""形式传统的深刻革命"，从语义、语法等层面展开本体论的探讨，由此对现代抒情

---

① 郑振铎：《〈雪朝〉短序》，陈绍伟编《中国新诗集序跋选（一九一八——一九四九）》，湖南文艺出版社，1986，第 69 页。
② 陈梦家：《〈新月诗选〉序言》，陈绍伟编《中国新诗集序跋选（一九一八——一九四九）》，湖南文艺出版社，1986，第 226 页。
③ 陈梦家：《新月诗选·序言》，陈绍伟编《中国新诗集序跋选（一九一八——一九四九）》，湖南文艺出版社，1986，第 228 页。
④ 李金发：《诗问答》，《文艺画报》1935 年第 1 卷第 3 期。
⑤ 朱自清：《中国新文学大系·诗集·编选凡例》，《中国新文学大系·诗集》（影印本），上海文艺出版社，2003，第 9 页。

诗的本文结构有深入的分析；2005 年姜涛《"新诗集"与中国新诗的发生》一书的下编，在新诗的发生场域里，对新诗由白话而成为白话诗、由白话诗而确立以抒情诗为正统的现代"诗"学观念的过程做了详尽细密的考察，从文学史层面考察抒情本体论确立的路径与因由；2012 年张松建在《抒情主义与中国现代诗学》一书中，对新诗的抒情本体论的知识谱系与具体诗学形态有着专门而翔实的爬梳与考辨，在抒情主义层面描述了抒情与中国新诗的内在关系。这些理论探讨无疑建构了中国新诗的抒情本体特征。

借助上述理论语境，不妨在抒情本体论意义上界定中国新诗的基本形态，并在中国现代语境中为现代抒情诗提供一个权宜性的定义，即"中国现代抒情诗"是指 1917 年以来，以抒情性作为本体特征的新诗类型，同时兼具实验创新的现代性特征。由此，本书在此基础上展开中国现代抒情诗的叙事性研究，探讨叙事作为现代抒情诗的形式要素出现的理论谱系、发生机制、诗学现象、诗学形态与功能等。

二 研究现状

20 世纪 90 年代以来，由于诗歌中叙事因素的凸显，叙事性问题引起较多关注，一度成为被集中研究的对象，如程光炜、吴思敬、罗振亚、钱文亮、陈仲义、沈奇、张桃洲、雷奕等分别就知识谱系、诗性叙事、先锋理论、诗学现象、跨文体书写等展开论述[1]，诗歌中的叙事问题成为硕士博士论文关注的热点之一。赵步阳《1976 年以来诗歌叙事话语的转换》（2004 年）、张隆《叙事性问题与 90 年代中国诗歌写作》（2004 年）、杨晓云《二十世纪九十年代诗歌中的叙事性研究》（2007 年）、周炜赟《通向

---

[1] 程光炜：《90 年代诗歌：另一意义的命名》，《山花》1997 年第 3 期；《90 年代诗歌：叙事策略及其他》，《大家》1997 年第 3 期；《不知所终的旅行——90 年代诗歌综论》，《山花》1997 年第 11 期。吴思敬：《九十年代中国新诗走向摭谈》，《文学评论》1997 年第 4 期；《从身边的事物中发现需要的诗句——九十年代诗歌印象》，《东南学术》1999 年第 2 期。罗振亚：《九十年代先锋诗歌的"叙事诗学"》，《文学评论》2003 年第 2 期。钱文亮：《1990 年代诗歌中的叙事性问题》，《文艺争鸣》2002 年第 6 期。陈仲义：《日常主义诗歌——论 90 年代先锋诗歌走势》，《诗探索》1999 年第 2 期。沈奇：《怎样的"口语"，以及"叙事"——"口语诗"问题之我见》，《星星》2007 年第 9 期。张桃洲、雷奕：《论 1990 年代诗歌中的跨文体书写》，《中国现代文学研究丛刊》2011 年第 8 期。

开放的"叙事"——90 年代诗歌中的"叙事性"问题》（2007 年）、傅华《浅论当代先锋诗歌中的叙事性书写》（2007 年）、张洪侠《90 年代以来抒情诗歌的叙事研究》（2009 年）、杨亮《新时期先锋诗歌的"叙事性"研究》（2012 年）、裴晓亮《20 世纪 90 年代以来中国诗歌中的叙事性问题研究》（2014 年）、王瑞玉《当代叙事性诗歌的话语分析与诗性构建》（2015 年）、李建平《中国现代诗歌叙述研究——以抒情诗为中心》（2015 年）、杨四平《20 世纪上半叶现代汉诗的叙事形态》（2015 年）等从叙事话语、诗歌写作、叙事的诗性结构、叙事形态等层面进行探讨。在这些研究中，除了杨四平《20 世纪上半叶现代汉诗的叙事形态》着重考察了现代文学语境下的诗歌叙事形态，其余论文大多停留于当代语境。除了张洪侠《90 年代以来抒情诗歌的叙事研究》（2009 年）与李建平《中国现代诗歌叙述研究——以抒情诗为中心》（2015 年）针对抒情诗的叙事展开探讨，其他论文并未专门探讨抒情诗中的叙事。但由此也可以说，由于有了对现代文学语境下诗歌叙事的初步探讨，由于有了对抒情诗叙事性的初次考察，叙事与现代抒情诗的关系研究开始有部分可资参考的成果。但同时，对二者之间关系的研究尚未深入展开，这不仅是由于在新诗发生之初，叙事性在中国现代抒情诗中就已经出现，而且叙事性的发生机制和影响缘起以及在具体的诗学实践中有着不一而足的形态特征，这些都需进一步展开分析与考辨。同时，抒情诗的叙事问题作为一个重要的理论命题尤其具有诗学探讨的价值①。

其实，早在 20 世纪 80 年代，国内学界对抒情诗的叙事问题已开始有零星关注。据笔者查证，目前较早探讨这一问题的是 1984 年赵毅衡《从〈尺八〉看创作主体》② 一文，颇为有趣的是，此文也是最早从叙事学角度展开文本解读的。赵毅衡从卞之琳《尺八》一诗中的角色"海西客"、叙述者、"隐含作者"等层面展开分析，揭示了只有理解主体的分层，才能理解浪漫主义与现代主义诗风的迥异，才能避免诗歌的误读等问题。随

---

① 关于抒情诗叙事问题的理论意义，谭君强有集中论述：《论抒情诗的叙事学研究：诗歌叙事学》，《思想战线》2013 年第 4 期；《再论抒情诗的叙事学研究：诗歌叙事学》，《上海大学学报》（社科版）2016 年第 6 期；《中国抒情诗叙事研究不可缺席》，《中国社会科学报》2016 年 6 月 6 日，第 5 版。

② 赵毅衡：《从〈尺八〉看创作主体》，《萌芽》1984 年第 11 期。

后，学界对这一问题大多从诗学现象的情况介绍或文本分析等角度展开，比如，1985 年于慈江在《新诗的一种"宣叙调"——谈一个新探索兼论诗坛现状》① 一文中，针对朦胧诗后出现的叙事性与"诗歌戏剧化小说化的趋势"，初步地描述为"宣叙调"的叙事风②；同年，陈圣生在《卞之琳诗艺初探——抒情诗与音乐、戏剧和小说的联系举隅》一文中，不仅一并谈论卞诗中的戏剧化与小说化，而且对其中的叙事技巧的分析不乏灼见③；1991 年李怡在《赋与中国现代新诗的文化阐释》④ 一文中，从赋的文化与精神对新诗的影响角度较集中地论述了新诗中叙事写实的现象。这些探讨虽非针对抒情诗叙事性的专论，但从不同层面开始涉及这一诗学问题。

随后的探讨逐渐转向抒情诗的维度，但大多从文本分析、文学史等层面展开。魏天无《抒情诗中的"叙事问题"——重读〈大堰河——我的保姆〉》⑤、孙芳《从〈寂寞〉一诗的分析看卞之琳抒情诗创作中的叙事因素》⑥、陈丹《论卞之琳抒情诗创作中的叙事性因素》⑦ 等文就具体文本或单个诗人展开分析；另外，杨景龙、陶文鹏《试论中国诗歌的叙事性和戏剧化手法》⑧，张松建《"新诗的再解放"：抗战及 40 年代新诗理论中的抒情与叙事之争》⑨，高永年、何永康《论百年中国新诗之叙事因素》⑩ 等从整个新诗史或诗歌史角度概括其在形式、内容上的叙事要素或具体手法与

① 于慈江：《新诗的一种"宣叙调"——谈一个新探索兼论诗坛现状》，《当代文艺探索》1986 年第 4 期。
② 于慈江：《新诗的一种"宣叙调"——谈一个新探索兼论诗坛现状》，《当代文艺探索》1986 年第 4 期。
③ 陈圣生：《卞之琳诗艺初探——抒情诗与音乐、戏剧和小说的联系举隅》，《当代文艺探索》1986 年第 6 期。
④ 李怡：《赋与中国现代新诗的文化阐释》，《西南师范大学学报》（人文社科版）1991 年第 4 期。
⑤ 魏天无：《抒情诗中的"叙事问题"——重读〈大堰河——我的保姆〉》，《语文与教学研究》1998 年第 5 期。
⑥ 孙芳：《从〈寂寞〉一诗的分析看卞之琳抒情诗创作中的叙事因素》，《新乡教育学院学报》2005 年第 1 期。
⑦ 陈丹：《论卞之琳抒情诗创作中的叙事性因素》，《江苏教育学院学报》2006 年第 1 期。
⑧ 杨景龙、陶文鹏：《试论中国诗歌的叙事性和戏剧化手法》，《名作欣赏》2009 年第 24 期。
⑨ 张松建：《"新诗的再解放"：抗战及 40 年代新诗理论中的抒情与叙事之争》，《中国现代文学研究丛刊》2010 年第 1 期。
⑩ 高永年、何永康：《论百年中国新诗之叙事因素》，《文学评论》2011 年第 1 期。

形成原因。对抒情诗中叙事问题的分析正逐层展开。

应该说，对抒情诗从叙事学层面展开分析是对问题的深化。但除了赵毅衡在 1984 年率先提出外，此类研究在国内学界出现较晚，推进也较缓慢。1991 年袁中岳在《抒情诗中的叙事功能及其形式转换》① 一文中较早从抒情诗中的叙事在质上与其他文学类型中叙事的不同入手，从抒情诗独特的诗学语境与抒情诗中具体叙事手段的特征等角度进行分析和总结，做出较有理论价值的诗学探讨，颇具开启性意义；1996 年刘立辉在《现代诗歌的叙述结构》② 一文中借用叙事学理论，从叙事时态、叙事视角、神话叙事等结构层面分析现代诗歌。二者涉及叙事学理论与诗歌或抒情诗的关系探讨，虽有开启之功，但只是刚刚接触了这一诗学命题。2002 年臧棣《记忆的诗歌叙事学——细读西渡的〈一个钟表匠的记忆〉》③ 是国内首次明确提出"诗歌叙事学"的文章，对当代诗歌叙事理论有着深远影响。而在理论层面展开探讨的则是姜飞，2006 年其在《叙事与现代汉语诗歌的硬度——举例以说，兼及"诗歌叙事学"的初步设想》④ 一文中结合现当代诗歌的实例进行分析，提出并进一步探讨了"诗歌叙事学"的理论命题。随后，2009 年尚必武等对美国学者布赖恩·麦克黑尔《关于建构诗歌叙事学的设想》⑤ 的译介，从叙事序列、段位性等层面探讨诗歌中的叙事性问题，由此展开了建构诗歌叙事学的切实讨论。2010 年，孙基林《当代诗歌叙述及其诗学问题——兼及诗歌叙述学的一点思考》⑥ 一文呼吁并探讨了在诗歌研究、分析中建立诗歌叙事学的命题。此后，建构诗歌叙事学

① 袁中岳：《抒情诗中的叙事功能及其形式转换》，《诗刊》1991 年第 4 期。
② 刘立辉：《现代诗歌的叙述结构》，《四川外语学院学报》1996 年第 2 期。
③ 臧棣：《记忆的诗歌叙事学——细读西渡的〈一个钟表匠的记忆〉》，《诗探索》2002 年第 Z1 期。
④ 姜飞：《叙事与现代汉语诗歌的硬度——举例以说，兼及"诗歌叙事学"的初步设想》，《钦州师范高等专科学校学报》2006 年第 4 期。
⑤ 〔美〕布赖恩·麦克黑尔：《关于建构诗歌叙事学的设想》，尚必武、汪筱玲译，《江西社会科学》2009 年第 6 期。此文具体发表时间可参见尚必武《"跨文类"的叙事研究与诗歌叙事学的建构》，《国外文学》2012 年第 2 期，其中的注释 17～23 就注明了"Brian McHale．'Beginning to Think about Narrative in Poetry'，*Narrative* 17.1（January 2009）"。
⑥ 孙基林：《当代诗歌叙述及其诗学问题——兼及诗歌叙述学的一点思考》，《诗刊》2010 年第 14 期。

得到很多学者的响应①。翻译过此文的尚必武，紧密跟踪了西方叙事学中诗歌叙事的最新研究成果，在《"跨文类"的叙事研究与诗歌叙事学的建构》一文中介绍研究动态、对诗歌叙事学建构的设想以及由此展开的具体个案分析；谭君强《论抒情诗的叙事学研究：诗歌叙事学》一文则从抒情诗角度提出"诗歌叙事学"研究的必要和具体构想，而且其近年来的系列论文持续针对抒情诗的叙事性问题，从空间叙事、叙事动力结构、叙述交流语境与互文性等层面进行叙事与诗学层面的考辨、分析②，虽然他研究分析的对象主要是古典抒情诗，但在运用西方叙事学理论分析抒情诗上给人诸多启发。另外还有学者在诗歌叙事学方面与谭君强的理论构成呼应③。上述理论探讨无疑丰富了叙事理论与诗歌内在关系的探究。

　　然而，仅有单篇论文还够不上对这一诗学命题的追问，至今对此阶段的叙事性问题没有专著出现，只有涉及此问题的部分论著。李怡《中国现代新诗与古典诗歌传统》④一书在阐释古典诗歌的宋诗、歌谣化的形态特征与新诗文法时涉及叙事性；江弱水《卞之琳诗艺研究》⑤一书对卞诗中的叙事性特征有所分析；姜涛在《"新诗集"与中国新诗的发生》⑥一书中对叙事性诗学路径的遮蔽有所揭示；陈太胜《象征主义与中国现代诗学》⑦一书详略不一地论及何其芳、戴望舒、卞之琳、穆旦等人作品中的

①　尚必武：《"跨文类"的叙事研究与诗歌叙事学的建构》，《国外文学》2012年第2期；谭君强：《论抒情诗的叙事学研究：诗歌叙事学》，《思想战线》2013年第4期；罗军：《诗歌叙事学研究评述：开拓与展望》，《长春工业大学学报》2014年第3期。

②　谭君强：《论抒情诗的空间叙事》，《思想战线》2014年第3期；《论抒情诗的叙事动力结构——以中国古典抒情诗为例》，《文艺理论研究》2015年第6期；《论抒情诗的叙述交流语境》，《云南大学学报》（社科版）2016年第1期；《从互文性看中国古典抒情诗中的"外故事"》，《思想战线》2016年第2期；《论叙事学视阈中抒情诗的抒情主体》，《云南师范大学学报》（哲社版）2016年第3期；《再论抒情诗的叙事学研究：诗歌叙事学》，《上海大学学报》（社科版）2016年第6期。

③　李孝弟：《叙事作为一种思维方式——诗歌叙述学建构的切入点》，《外语与外语教学》2016年第1期。

④　李怡：《中国现代新诗与古典诗歌传统》，西南师范大学出版社，1994。

⑤　江弱水：《卞之琳诗艺研究》，安徽教育出版社，2000。

⑥　姜涛：《"新诗集"与中国新诗的发生》，北京大学出版社，2005。

⑦　陈太胜：《象征主义与中国现代诗学》，北京大学出版社，2005。

叙事性。另外，王荣《中国现代叙事诗史》① 一书从叙事诗层面的研究，也涉及抒情与叙事的诗学关联。不过，这些论著的重点并不针对抒情诗的叙事性，研究方法及篇章布局也各有侧重，很多问题还有待潜深拓展。

"他山之石，可以攻玉"，西方理论界对诗歌叙事的探究给中国学界以别样的视域。1992 年，克莱尔·里根·肯尼（Clare Regan Kinney）对乔叟、斯宾塞、弥尔顿、艾略特等人的诗歌中所出现的叙述策略展开了研究②，随后部分学者也开始从叙事学角度解析抒情诗。2004 年，德国学者彼得·许恩（Peter Hühn）认为，"诗歌在话语层面上的总体组织（像任何叙事文本一样）可以被称作情节"，"在诗歌中，情节典型地使用心理现象如思想、记忆、欲望、感情和态度等"③，即这些情节具有心理化的特征。2005 年他和基弗（Jens Kiefer）的合著《抒情诗歌的叙事学分析：16～20 世纪英诗研究》④ 指出，"抒情文本（即不是很明显的叙事诗歌如民谣、罗曼司以及诗歌故事）同散文叙事如小说等具有三个相同的叙事学基本层面（序列性、媒介性以及表达）"⑤，即抒情诗具有序列性、媒介性和表达三

---

① 王荣：《中国现代叙事诗史》，中国社会科学出版社，2004。另此书与台版的《诗性叙事与叙事的诗——中国现代叙事诗史简编》（台北：秀威资讯科技股份有限公司，2005 年版）的差别主要在于后者的附录中有《中国叙事诗作品要目》——引者注。

② Clare Regan Kinney, *Strategies of Poetic Narrative: Chaucer, Spenser, Milton, Eliot* (Cambridge, U. K.: Cambridge University Press, 1992).

③ Peter Hühn, "Transgeric Narratology: Applications to Lyric Poetry", *The Dynamics of Narrative Form: Studies in Anglo-American Narratology*, ed. John Pier (Berlin: de Gruyter, 2004), p. 146, p. 147, pp. 151-153.

④ 此书的部分章节已被谭君强逐一译出。《莎士比亚十四行诗第 107 首——抒情诗的叙事学分析》，《英语研究》2016 年第 2 期；《安德鲁·马弗尔〈致他娇羞的情人〉——抒情诗的叙事学分析》，《英语研究》2017 年第 2 期；《叶芝的〈第二次降临〉：抒情诗的叙事学分析》，《云南大学学报》（社科版）2018 年第 2 期；《柯勒律治〈忽必烈汗：或梦中幻景断片〉：抒情诗的叙事学分析》，《玉溪师范学院学报》（社科版）2018 年第 2 期；《济慈〈忧郁颂〉——抒情诗的叙事学分析》，《中北大学学报》（社科版）2018 年第 4 期；《托马斯·哈代〈声音〉——抒情诗的叙事学分析》，《曲靖师范学院学报》（社科版）2018 年第 1 期；《克里斯蒂娜·罗塞蒂：〈如馅饼皮般的承诺〉——抒情诗叙事学分析》，《河南师范大学学报》（社科版）2018 年第 2 期；《托马斯·怀亚特〈她们离我而去〉——抒情诗叙事学分析》，《曲靖师范学院学报》（社科版）2018 年第 4 期；《〈斯威夫特博士死亡之诗〉的文学主体与抒情主体》，《英语研究》2018 年第 2 期；《菲利普·拉金与托马斯·胡德的〈我记得，我记得〉抒情诗叙事学分析》，《玉溪师范学院学报》（社科版）2018 年第 9 期。

⑤ Peter Hühn, Jens Kiefer, *The Narratological Analysis of Lyric Poetry: Studies in English Poetry from the 16th to the 20th Century*, Trans. Alastair Matthews, Berlin: Walter de Gruyter, 2005, pp. 1-2.

个叙事学层面的特征。由于这本专著致力于"如何将叙事学的分析方法与概念运用于对诗歌进行详细的描述与阐释"①，其所选诗歌大多是叙事性较强的抒情诗。2010 年，南非学者普鲁伊（H. J. G. du Plooy）的《叙事学与抒情诗歌研究》一文，在对德国学者彼得·许恩、美国学者布赖恩·麦克黑尔等人研究的总结中发现，其诗歌叙事研究的实质是抒情诗的叙事研究，进而指出抒情诗叙事研究的可行性与可取性②。2014 年，丹麦学者 S. Kjekegaad 则从自传性抒情诗这一独特类型切入，着力探讨这一类型诗中叙事与抒情的关系及其诗学价值③。上述研究从不同层面涉及了抒情诗中叙事性的确证性存在，指出了其在具体抒情诗个案或独特类型中的价值与意义，从而使这一诗学命题的探讨有了不同理论分支的建构。

另外，不少学者着重考察古典诗歌中的叙事性，虽适度结合了西方的叙事理论，但仍重点探讨古典诗歌中的"诗史"等问题以及古典诗歌本体论，这类研究也在一定程度上丰富了对诗歌叙事性的认知。陈平原《说"诗史"——兼论中国诗歌的叙事功能》④ 一文对叙事功能的界说和具体叙事手段的归纳，如场面描绘、联章组诗结构等，开启了对诗歌叙事的具体形态与手段的探讨；蔡英俊《"诗史"概念再界定——兼论中国古典诗中的"叙事"问题》⑤ 一文对诗中的叙事与小说叙事有着细腻的甄别；张晖《中国"诗史"传统》⑥ 一书对诗歌纪实传统的整体认知，无疑给予诗歌的"诗史"问题以切近而整体的观照。

不过，较早对古典诗歌中的叙事问题展开本体论探讨的是美籍学者王靖献，而且有意思的是，他同时也是一位新诗创作者⑦。他发表于 1986 年

① Peter Hühn, Jens Kiefer, *The Narratological Analysis of Lyric Poetry: Studies in English Poetry from the 16th to the 20th Century*, Trans. Alastair Matthews, Berlin: Walter de Gruyter, 2005, pp. 1-2.

② See H. J. G. du Plooy, "Narratology and the Study of Lyric Poetry" in Literator, *Journal of Literary Criticism, Comparative Linguistics and Literary Studies*, Vol. 31, No. 3 (December 2010).

③ See S. Kjekegaad, "In the Waiting Room: Narrative in the Autobiographical Lyric Poem, or Beginning to Think about Lyric Poetry with Narratology". *Narrative*, Vol. 22, No. 2 (2014).

④ 陈平原：《中国小说叙事模式的转变》，北京大学出版社，2003。

⑤ 蔡英俊：《语言与意义》，华中师范大学出版社，2011。

⑥ 张晖：《中国"诗史"传统》，生活·读书·新知三联书店，2012。

⑦ 在《中国当代新诗史》（修订版）中就有关于王靖献作为"蓝星社诗人群"的介绍："杨牧（1940— ），本名王靖献。"参见洪子诚、杨登翰《中国当代新诗史》（修订版），北京大学出版社，2010，第 396 页。

的《唐诗中叙事性》① 一文，就从唐诗叙事性的渊源、要素、范畴和具体个案分析展开探讨，这一具体诗学形态的分析对本书有着重要的参考价值。而美国学者列维·道勒的《中国古典诗歌中的叙事因素》② 一文，从想象性语言与叙述性语言的区别、"赋"的"铺陈"与结构性特征及其分类等方面，揭示了古典诗歌中叙事因素的诗学特质，对中国古典抒情诗的叙事性做了切实的分析。从古典文学叙事传统研究层面与具体诗歌叙事的本体论层面展开考察的是董乃斌，他的系列文章③不仅从抒情与叙事两大对应的文学传统之间互补共生、相益相助的角度，使叙事传统与抒情传统并立，以此重审文学传统，回应海外汉学对抒情传统的单一推崇，而且他还从李商隐诗歌、《古诗十九首》、律诗绝句等不同类型的抒情诗入手分析其中的叙事性，并适度借鉴叙事视角、抒叙手法等展开分析。这一研究从与抒情传统对话、具体个案分析等方面提供了更为开阔的视野和可资借鉴的理论与诗歌阐析方法。周剑之的专著《宋诗叙事性研究》④ 以对宋诗中具体叙事类型、叙事手段等方面的研究从另一个侧面给予笔者很大的启发。

　　无论是对当代诗歌叙事性热点的密切关注，还是对现代诗歌叙事性的初步涉猎，不论是西方叙事理论对诗歌的探索性分析，还是对诗歌叙事学的理论建构，抑或对古典诗歌中诗史传统的考察分析，还是对古典诗歌中叙事传统或具体叙事性的辨析与探讨，上述研究都成为本书不可或缺的参考，同时在现代抒情诗的叙事性研究相对匮乏的背景下，使此探讨成为可

① 王靖献：《唐诗中叙事性》，〔美〕倪豪士编选《美国学者论唐代文学》，黄宝华等译，上海古籍出版社，1994。在这篇译文的下方注释说明："本文译自《抒情诗的生命力：后汉到唐的诗歌》，林顺夫和斯蒂芬·欧文编，普林斯顿大学出版社，1986 年——译者注"。

② 列维·道勒：《中国古典诗歌中的叙事因素》，陆晓光节译，《文艺理论研究》1993 年第 1 期。在译文前译者有说明："本文原为美国杜克大学 1988 年出版的《中国叙事诗研究》（Chinese Narrative Poetry）中的一个章节，作者英文名为 Dore J. Levy，原文篇幅甚长，译文中作了较大删节。文中小标题为译者所加。"

③ 董乃斌：《论中国文学史抒情与叙事两大传统》，《中国社会科学》2010 年第 3 期；《古典诗词研究的叙事视角》，《文学评论》2010 年第 1 期；《李商隐诗的叙事分析》，《文学遗产》2010 年第 1 期；《古诗十九首与中国文学的抒叙传统》，《北京大学学报》（哲社版）2014 年第 5 期；《古典诗词研究的叙事视角》，《上海学术报告》2015 年；《从赋比兴到叙抒议——考察诗歌叙事传统的一个角度》，《徐州工程学院学报》（社科版）2016 年第 1 期；《漫话律诗绝句的叙事》，《古典文学知识》2016 年第 1 期；《李贺诗的叙事意趣和诗史资格》，《古典文学知识》2019 年第 1 期。

④ 周剑之：《宋诗叙事性研究》，中国社会科学出版社，2013。

以为这一研究视域带来补益的小小尝试。

三　现代抒情诗叙事性研究的必要性

现代诗学在百年来的发展历程中，在对众多诗歌文本的解读、诗论的探讨中，对诗歌中叙事性的理论探讨并不突出，原因在于这是中国现代诗学理论中相对弱化的诗学现象。但叙事性在中国新诗不同发展阶段都有其重要价值，成为现代诗学中不容小觑的形式征候。中国现代抒情诗叙事性的发展脉络也可以大致得到梳理：1915 年胡适在"作诗如作文"的提倡中就包含了重视说理、写实的叙事性诉求，而 1919 年《谈新诗》中"诗须用具体的做法"① 的提出，与随后所举隅的诗，其实都是包含浓厚叙事因素的物象、情境的具体描写或刻画；1919 年俞平伯在对白话诗所做的第三点艺术规范中，径直提出"说理要深透，表情要切至，叙事要灵活"②，在抒情本体论尚未固化之际，将议论、抒情、叙事三者并提，显示了新诗发生之初多元化的创作路径中，叙事恰是其中一端。在新诗发生的场域里，不仅 1920 年 1 月出版的《新诗集》（第一编）第一部分就是"写实类"，选有专门凸显叙事特征的"写实类"诗歌 33 首，与"写景类"16 首、"写情类"24 首、"写意类"29 首③对比，"写实类"诗歌在所选诗中数量最多；1920 年 8 月出版的《分类白话诗选》中的写实类诗歌虽放在第二部分，但选有"写实类"诗歌 58 首④；同时二诗选中"写景类""写情类""写意类"诗歌中的叙事因素也频频可见⑤。更为重要的是，叙事性因素大面积地存在于胡适的《尝试集》、郭沫若的《女神》、康白情的《草儿》、俞平伯的《月夜》等诗集中，故有论者批评其中的"叙述的成分大于表现"⑥。1922 年，胡适在评论康白情诗集《草儿》时，指出其写景诗中的

① 胡适：《谈新诗——八年来一件大事》，杨匡汉、刘福春编《中国现代诗论》（上编），花城出版社，1985，第 14 页。原载《星期评论》1919 年纪念号第五张。
② 俞平伯：《白话诗的三大条件》，郑振铎编选《中国新文学大系·文学论争集》（影印本），上海文艺出版社，2003，第 264 页。原载《新青年》1919 年 3 月第六卷第三号。
③ 上述数目由著者统计。
④ 上述数目由著者统计。
⑤ 贾植芳、俞元桂主编《中国现代文学总书目》，福建教育出版社，1993，第 3~4 页。
⑥ 痖弦：《芙蓉癣怪客——康白情》，康白情著，诸孝正、陈卓团编《康白情新诗全编》，花城出版社，1990，第 315~316 页。

"实写"与记游诗中的"行程的纪述""景色的描写""长篇的谈话"① 特征，叙事性倾向颇为凸显；周作人的《小河》《画家》等诗以写实性的笔法"写出平凡的真实的印象"，"其艺术在具体的描写"②，正表征了叙事性因素渗入的创作实绩。故孙玉石指出，"以写实性的抒情或描述为主的幼稚的尝试的新诗，以歪歪斜斜的步子，迈上了诗坛"③，这一幼稚的、"写实性的抒情或描述"的叙事征候正是五四初期新诗的基本面貌。

1926 年以来，新诗格律实践中的新月诗人，在维多利亚诗风的影响下，也开始了"以理性驾驭情感，以理性节制想象"④ 的客观化抒情，呈现"新诗戏剧化、小说化"的追求。除了现代叙事诗的创制外，口语化叙述、戏剧化的独白、客观的描写到具体场景、情节成分的加入都不同程度地增加了新月诗歌中的叙事成分，比如闻一多的《天安门》《飞毛腿》、徐志摩的《大帅》、饶孟侃的《捣衣曲》、杨世恩的《"回来啦"》、蹇先艾的《老槐吟》等。其中，作为从新月派到现代派过渡的诗人卞之琳，后来在总结自己此期的创作时指出，"这时期我更多借景抒情，借物抒情，借人抒情，借事抒情……也可以说是倾向于小说化，典型化，非个人化"⑤，更体现了叙事性的现代倾向，其《断章》《尺八》等都蕴含了叙事性的情境。戴望舒《雨巷》（1928 年）与《我的记忆》（1929 年）的先后发表，不仅"完成了'为自己制最合自己的脚的鞋子'的工作"⑥，同时二诗中也较清晰地体现了叙事性的情感线索或口语化的叙述语调；20 世纪 30 年代，《现代》的创刊与"中国诗歌会"的成立，进一步加剧了诗坛的纯诗化与大众化的区分，后者对诗歌表现领域的扩大、对形式上的歌谣化主张，无疑具有大众化倾向，也凸显了叙事性在诗歌中的地位。殷夫、田间等抒情诗中叙事性因素增多，蒲风的《六月流火》、田间的《中国农村的

---

① 胡适：《康白情的〈草儿〉》，康白情著，诸孝正、陈卓团编《康白情新诗全编》，花城出版社，1990，第 252~255 页。原载《读书杂志》1922 年第 1 期。
② 康白情语，参见北社编《新诗年选》，上海亚东图书馆，1922，第 86 页。
③ 孙玉石：《郭沫若：一个浪漫主义诗人的艺术沉思》，《中国现代诗歌艺术》，北京大学出版社，2010，第 14 页。
④ 梁实秋：《文学的纪律》，《梁实秋文集》（第 1 卷），鹭江出版社，2002，第 139 页。原载《新月》1928 年第 1 期。
⑤ 卞之琳：《雕虫纪历（1930—1958）·自序》（增订版），人民文学出版社，1984，第 3 页。
⑥ 杜衡：《望舒草·序》，王文彬、金石编《戴望舒诗全编》，浙江文艺出版社，1989，第 53 页。原载《现代》1933 年第 4 期。

故事》等叙事诗也相继涌现。在这一潮流中，臧克家的《烙印》《罪恶的黑手》的写实倾向不容忽视，而1934年艾青的《大堰河——我的保姆》的发表更具有标志性的意义。20世纪30年代，杨鸿烈在诗的概念中提出："诗是文学里用顺利谐合带音乐性的文字和简练美妙的形式，主观的发表一己心境间所感现，或客观的叙述描写一种事实而都能使读者引起共鸣的情绪。"① 其中，将"客观的叙述描写"纳入诗歌概念中，是叙事性在诗歌中合法地位被认可的标志，虽然这一声音很微弱，但叙事因素已经出现在诗的概念中。1934年，林庚也谈及："在传统的诗中似无专在追求一个情调Mood，或一个感觉Feeling这类的事，它多是用已有的这些，来述说描写着许许多多的人事。如今，自由诗却是正倒过来，它是借着许多的人事来述说捕捉着一些新的情调与感觉……"② 此论一方面说明了古典诗歌的抒情性，另一方面"借着许多的人事来述说捕捉着一些新的情调与感觉"揭示了现代抒情诗的叙事性。另外，除戴望舒、卞之琳以外，先后集聚于《新月》《诗刊》《现代》《新诗》等刊物，在纯诗化路径追寻中的冯至、何其芳、李广田等人，其诗集中的叙事性书写也不同程度地呈现。另外，在废名写于20世纪30年代、出版于1944年的《谈新诗》这一"现代作家讨论新诗的唯一专著"③ 里，在对五四以来胡适、冰心、郭沫若到20世纪30年代卞之琳、林庚、冯至等创作的品评分析中，对抒情诗中的叙事性特征有不同程度的揭示。在对其理论的核心要素"诗的内容"的强调上，他提出了"一定要诗的内容充实"④，比如他说自己阅读胡适的《蝴蝶》"很感受这诗里的内容"时，又指出"这里头有一个很大的情感，这个情感又很质直"⑤，这一"质直"的情感，无意中揭示了抒情诗中情感与"诗的内容"的关系⑥。他推崇"诗人当下的实感"，并认为"什么叫作实感不实感是一个可笑的说法，然而为针对新诗说话，这里确有一个严厉的

① 杨鸿烈：《中国诗学大纲》，商务印书馆，1928，第43页。
② 林庚：《诗与自由诗》，原载《现代》1934年第1期。
③ 陈子善：《本书说明》，废名著、陈子善编订《论新诗及其他》，辽宁教育出版社，1998。
④ 废名著、陈子善编订《论新诗及其他》，辽宁教育出版社，1998，第16页。
⑤ 废名著、陈子善编订《论新诗及其他》，辽宁教育出版社，1998，第4页。
⑥ 参看西渡提出的，"诗中有没有足够强烈的情绪（情绪是构成'实感'的一个重要因子）"，《新诗到底是什么——废名新诗理论探赜》，《灵魂的未来》，河南大学出版社，2009，第14页。

界限，新诗要写得好，一定要有当下完全的诗"①。这个"充实"或"实感"，即是叙事的征候之一。同时，废名还指出康白情诗歌的特征之一为"以旧小说描写笔墨来写他的新诗"② 等观点，无疑也是为诗歌中的叙事性做出初步的指认、评价与较早的理论分析。

抗战军兴与救亡图存的现实，导致了诗歌理论与实践的大众化、写实化潮流进一步生发。这一写实倾向在大众化诗学与纯诗化诗学中都不约而同地以散文化甚至反抒情主义的面目出现。其中抒情与叙事的论争与一体化的写实倾向贯穿始终。持纯诗化倾向的朱自清就敏锐地指出："抗战以来的诗又走到了散文化的道路上，也是自然的。"③ 有着大众化倾向的艾青的《诗的散文美》在 1939 年的发表，1943 年李广田对"诗的散文化"④的总结、警惕与批评，1944 年废名对诗歌散文化理论的重刊等，都是对此的同声唱和。然而这一散文化的背后却表现出对 20 世纪二三十年代诗艺探索的纯诗化倾向的反拨，这一反拨中暗含着叙事性书写的潮流。从朗诵诗与街头诗运动中对事件的直指与口语化表述，从七月诗派到九叶诗人的现实主义写实到现代主义写实倾向，再到卞之琳《慰劳信集》与冯至《十四行集》中富有叙事意味的现代抒情、艾青散文化长诗中的叙事性因素、臧克家《宝贝儿》与袁水拍的《马凡陀山歌》等讽刺诗中抒情与叙事的结合，都可见实验的效力，叙事性在诗歌中的凸显不仅出现了文类的转换——叙事诗创作蔚为大观，而且叙事在现代抒情诗中的诗学形态与诗学功能得到进一步的理论探索乃至争论。而这些探讨与争论无不成为现代诗学的重要理论来源，但同时，叙事性在诗歌中的各种效应都深深地影响了后来抒情诗歌的创作，比如新中国成立 30 年的"政治抒情诗""生活抒情诗""新民歌"中叙事性书写的失败，与新时期以来朦胧诗抒情话语的叙事性，尤其是在现代和后现代语境中，世界的整一图景进一步消失，而对日常生活的关注、世俗经验的崛起与诗歌在社会中的日益边缘化，使叙事

---

① 废名著、陈子善编订《论新诗及其他》，辽宁教育出版社，1998，第 117 页。

② 废名著、陈子善编订《论新诗及其他》，辽宁教育出版社，1998，第 87 页。

③ 朱自清：《新诗杂话·抗战与诗》，朱乔森编《朱自清全集》（第二卷），江苏教育出版社，1988，第 347 页。

④ 李广田：《论新诗的内容和形式》，杨匡汉、刘福春编《中国现代诗论》（上编），花城出版社，1985，第 425 页。原载《文学评论》1943 年第 1 期。

性新探成为当代诗学建构与介入历史现实的一种突围式努力。朦胧诗后的
先锋诗歌，如"第三代"诗歌、"民间写作"、"知识分子写作"等进行的
不同叙事性实验，展现了繁复驳杂的叙事性诗学的现代性乃至后现代性的
风貌。

上述描述，无不粗略地勾勒出叙事性在现当代诗歌史上起伏消长的基
本脉络。虽然叙事性在中国现代抒情诗的形式要素中是一个不容忽视的存
在，成为中国现代诗与诗学中一个值得关注的理论命题，然而"叙事是文
学表现的一种弱化形式"①，它远没有意象、象征、隐喻等具有风格化特
征，故难成为引人注目的焦点，因此常常为人们熟视无睹。同时，因为语
言普遍存在述义性，行为、事件、情境湮没在语言与情绪之流中，加上叙
事自身具有的宽泛且不确定的形式特征，使其在诗歌理论探讨中不突出，
为人们习焉不察。因此叙事性在诗歌理论层面的探讨显得相对匮乏。加上
叙事在现代抒情诗中的非诗化流弊，因此叙事在诗歌中的诗学价值与意义
备受考辨与质疑。早在 1919 年鲁迅就针对五四初期偏重客观描写与叙述的
现象提出批评："写景叙事的多，抒情的少，所以有点单调。此后能有多
样的作风很不同的诗就好了。"② 在 1926 年，周作人提出，"新诗的手法，
我不佩服白描，也不喜欢唠叨的叙事，也不必说唠叨的说理"③，直接表达
了对叙事、说理的排斥。1934 年梁宗岱将纯诗的概念界定为："所谓纯诗，
便是摒除一切客观的写景，叙事，说理以至感伤的情调。"④ 纯诗对包括叙
事、写景、说理、感伤情调的摒除，更表明了纯诗理论与叙事性之间的紧
张对峙。1941 年，郭沫若针对现代文化的演变——叙事诗变为小说、剧诗
变为话剧，提出"诗的纯化"与"诗限于抒情"的判断⑤，而且结合中国
古典诗学传统，指出了抒情诗的垄断地位，及其在形式层面对叙事的排

---

① 〔法〕杰拉尔·日奈特：《叙事的界限》，王文融译、张寅德编选《叙述学研究》，中国社
会科学出版社，1989，第 282 页。

② 鲁迅：《对于新潮一部分的意见》，《新潮》1919 年第 1 卷第 5 号。

③ 周作人：《扬鞭集·序》，陈绍伟编《中国新诗集序跋选（一九一八——一九四九）》，
湖南文艺出版社，1986，第 174 页。

④ 梁宗岱：《谈诗》，《梁宗岱文集Ⅱ》（评论卷），中央编译出版社，2003，第 88 页。原载
《人间世》1934 年第 15 期。

⑤ 郭沫若：《诗歌底创作》，吴奔星、徐放鸣选编《沫若诗话》，四川人民出版社，1982，第
150 页。原载《文学》1944 年第 4 期。

斥："用诗的形式来叙事，我们中国人早就觉得不甚合理。"① 当代中国台湾诗人痖弦也极端排斥叙事："我们一定要把叙述性撤除。"② 此类批评、反对或否定诗歌中叙事的论调在中国现当代诗歌史上层出不穷、不绝如缕，不同程度地见诸诗歌创作与理论层面，使叙事因素一度成为现代诗学中被诟病的异质性存在。

因此，叙事性作为一种形式要素，不仅在五四时期恢复了现代抒情诗与历史现实的关联，而且在中国新诗的现代化进程中，在语言组织层面，一方面有时成为其先锋性的表征，另一方面在意义的宣讲、口信的传达上成为一种流弊，作为非诗化的现象一直是现代抒情诗所要规避的。然而，作为一个形式要素不彰显、较为弱化的修辞，叙事性一直存在于语言的述义性中，无法剔除，与现代抒情诗如影随形，或隐或显地不时浮现在历史中，败坏、作祟成为感伤主义的流弊，或者作为一种现代性要素，凸显为时代先锋对泛滥抒情救赎的手段。其反叛性的创造与非诗化的流弊，俱成为抒情诗现代性征候的"一体两面"。因此，如果把现代抒情诗中的叙事性与古代诗歌的叙事性和西方现代抒情诗的叙事性进行纵横参照，叙事性的观念就被问题化、历史化和复杂化了。现代抒情诗的叙事性与后二者之间有何历史的与逻辑的关系，又如何随历史语境的变化而发展演变？我们应该如何辨识和诠释新诗理论中的叙事性与现代性、中国性、历史性、诗歌本体论之间的关联，叙事性如何推动诗艺变革、进行政教宣传、建构现代主体的功能？除此之外又有着怎样值得警惕的先天性缺陷与流弊？这些紧张性的理论话题都迫使人不得不从总体上考察并厘定叙事性的理论语境及其理论内涵，追索这一叙事性写作倾向的发生与衍化，分析叙事性在现代抒情诗中具体的诗学实践，归纳或总结叙事性在现代抒情诗中的诗学形态与功能，探讨其艺术得失已经日渐构成现代诗学研究中一项切实可行的课题。

---

① 郭沫若：《今昔集·今天创作的道路》，《郭沫若全集·文学编》（第 19 卷），人民文学出版社，1992，第 140 页。
② 痖弦语，参见叶维廉《与叶维廉谈现代诗的传统和语言——叶维廉访问记》，《叶维廉诗选》，人民文学出版社，2008，第 282 页。

第一章

中西诗学背景下的叙事性诗学传统

叙事在人类文明史上由来已久，罗兰·巴特指出："对于人类来说，似乎任何材料都适宜叙事……叙事是与人类历史本身共同产生的。"① 因而，叙事不仅与人类文明同步发生，而且成为人类一种重要的表意方式。在中西文化源头中都可以探寻到叙事最初的踪迹。现代抒情诗叙事性的出现不是历史的偶然，它有着更为纵深的诗学背景。因而深入中西诗学背景来探寻其理论渊源，不仅在于考察它的逻辑起点，而且揭示了现代抒情诗中所隐伏的别样诗学传统——叙事性诗学传统。在这一比较视域与影响研究中，突出其历史的合理性和诗学面目的独立性与复杂性，进而丰富和深化对这一叙事性诗学实践的理解、认知与判断，使成为一个重要目标。

第一节　中国古典叙事性诗学传统及近代新变

一　中国古典叙事性诗学传统

在中国古代文论对文学等级的划分中，最早出现的诗被尊奉为文学的正宗，而小说等作为后出现的且有着通俗化特征的文类，往往被视为"小道"② 或末流。从《诗经》《楚辞》到唐诗、宋词、元曲的浩荡抒情篇什

---

① 〔法〕罗兰·巴特：《叙事作品结构分析导论》，张寅德译、张寅德编选《叙述学研究》，中国社会科学出版社，1989，第 2 页。

② （汉）班固：《汉书·艺文志》："小说家者流，盖出于稗官，街谈巷语，道听途说者之所造也。孔子曰：'虽小道，必有可观者焉，致远恐泥，是以君子弗为业。'然亦弗灭也。"《汉书》（上册），岳麓书社，1993，第 774 页。

中，都以雅言标志着诗的正统、主流地位。其中，叙事性因素的诗歌文本，如《孔雀东南飞》《木兰诗》《悲愤诗》"三吏""三别"《琵琶行》《长恨歌》等虽成为文学史上的耀眼明星，但其中叙事的特征往往湮没在抒情诗学传统之下，并未得到诗学层面的推崇与专门的理论探究。在古代诗论中，从陆机的"诗缘情"到严羽的"诗者，吟咏性情也"，再到袁枚的"性灵说"，都尊奉诗的情感为本体，而对诗歌中叙事理论的探讨相对薄弱。

但薄弱并不意味着缺失，诗歌中的叙事性因素早就存在于《尚书·尧典》"诗言志"的古老命题中。闻一多将"志"训为："一，记忆；二，记录；三，怀抱。"① 不言而喻，"记忆""记录"就包含叙事的因子。由此可见，在古老的诗学理论里有关叙事的探讨早就存在，只是在后来诗歌的发展中，因民族气质、个人情致和理论想象等多种因素的影响，以"诗缘情"为代表的诗论及其创作成为主流，从而使抒情类诗歌得到凸显，最终使叙事式诗体和叙事诗成了被遮蔽的创作路径。其中，散见于不同时期的文本与各种诗论正说明了叙事性诗学传统的潜在状态。早在民间歌谣《弹歌》《击壤歌》中就蕴含叙事成分，《诗经》中的《氓》《静女》《七月》《公刘》《采薇》等篇目中叙事手法愈加彰显，甚至占据了重要地位。因此，叙事性的诗学现象在古代诗歌的创作与理论探讨中可分别寻得一个粗略的脉络。

正如钱锺书指出的："唐诗、宋诗，亦非仅朝代之别，乃体格性分之殊，天下有两种人，斯分两种诗。"② 唐诗、宋诗是诗学范式之别，而非朝代之分。中国古代诗歌体式到唐代已经基本完备与成熟，随后的宋诗与之构成不同的审美范式，这两种稳定的审美范式基本上也在元、明、清的诗歌延续。唐诗感物兴情的抒情特征与兴象玲珑的美学范式往往被后世论者推崇，成为中国古典抒情美学的正典；而宋诗的以文为诗、说理叙事，则成为另辟蹊径的美学追求。宋诗中叙事性凸显，学界颇为关注③。从诗歌

---

① 闻一多：《歌与诗》，《闻一多全集》（第一卷），生活·读书·新知三联书店，1982，第185页。
② 钱锺书：《谈艺录》，中华书局，1984，第2页。
③ 〔日〕吉川幸次郎：《宋元明诗概说》，复旦大学出版社，2012；董乃斌：《中国文学叙事传统研究》，中华书局，2012；周剑之：《宋诗叙事性研究》，中国社会科学出版社，2013。

史层面而言，宋诗叙事性增强是在唐诗基础上发展起来的，应该说肇始于杜甫①，进而在元稹、白居易及其新乐府运动中加速了叙事演变的态势，只是在宋诗中成为一种时代风气。杜甫的用典、诗题自注、联章组诗等叙事性手法，直陈时事、事态叙写与感事写意等叙事特征，在宋诗中得到不同程度的体现。除了诗歌史与语言发展的内在机制外，还可从社会学层面考察这一叙事性崛起的外在诱因。内藤湖南认为中国古代社会在唐代就开始了向近世的转向②。如果说这转向有着政治经济的原因——科举制度下文人阶层的兴起改变了世家豪门的贵族政治，科技进步中印刷术的出现促进经济的发展，日常生活的崛起与被关注，使唐宋诗歌中的日常化倾向增强。尤其是宋诗对日常生活的叙事性增强，"宋诗的叙述性"③ 成为其标志性特征。而上述叙事征候，很多学者都从杜甫诗歌中找到源头性的诗学创作。近世以来，经济的发展与科举制度对士人的选拔，使下层文人有了上升的通道，下层文人有所增多，诗歌中除了王道教化，还有大量的唱和干谒诗，正如学者指出的："诗歌不仅在题材和语言，而且在功能上也趋于日常化或世俗化。"④ 而这种"日常化或世俗化"的倾向，从思想界也可见端倪，有学者认为，从明后期，士大夫对"理"的兴趣减弱，"而对私的、情的、欲的、下的、部分的、个性的具有较大的兴趣"⑤，可说明中叶后世俗生活全面崛起，而明末"市民诗的顶点"⑥ 则是一个印证。

---

① 近来有学者不断指出杜甫诗歌中的叙事特征，参见陈平原《说"诗史"——兼论中国诗歌的叙事功能》，《中国小说叙事模式的转变》，上海人民出版社，1988；谢思炜《杜诗叙事艺术探微》，《文学遗产》1994 年第 3 期；房日晰《略论杜诗的细节描写》，《杜甫研究学刊》1997 年第 1 期；邹进先《从意象营造到事态叙写——论杜诗叙事的审美形态与诗学意义》，《文学遗产》2006 年第 5 期；陈伯海《"感事写意"说杜诗——论唐诗意象艺术转型之肇端》，《上海师范大学学报》（哲社版）2014 年第 2 期。硕博论文有叶治《杜甫诗歌叙事视角研究》（2008）、朱心荣《杜诗叙事研究》（2011）、李丹丹《杜诗日常生活描写研究》（2015）等。

② 这一论点参见内藤湖南《概括的唐宋时代观》："因为唐和宋在文化的性质上有显著差异：唐代是中世的结束，而宋代则是近世的开始，其间包含了唐末至五代一段过渡期。"〔日〕内藤湖南：《概括的唐宋时代观》，《日本学者研究中国史论著选译》（第 1 卷），中华书局，1992，第 10 页。

③ 〔日〕吉川幸次郎：《宋元明诗概说》，复旦大学出版社，2012，第 9 页。

④ 张剑：《情境诗学：理解近世诗歌的另一种路径》，《上海大学学报》（社科版）2015 年第 1 期。

⑤ 王汎森：《晚明清初思想十论》，复旦大学出版社，2008，第 334 页。

⑥ 〔日〕吉川幸次郎：《宋元明诗概说》，复旦大学出版社，2012，第 247～249 页。

除诗歌创作中的叙事性特征让人不容忽视外，在古代诗歌理论中，叙事性的探讨也在唐以来的各时代中一一出现并生发开来。

在中国古典诗学理论层面，历代诗歌中的叙事往往与"用事""纪事""感事"等关联。《颜氏家训》中有"沈侯文章，用事不使人觉，若胸臆语"①。"用事"即用典，在《沧浪诗话》中也有此说："用事不必拘来历"。②"纪事"如果指一种诗歌的编纂方式，则是记录诗人创作的事迹，与诗歌文本中的叙事性无多大关系，计有功的《唐诗纪事》、厉鹗的《宋诗纪事》、陈田的《明诗纪事》、陈衍的《元诗纪事》、钱仲联的《清诗纪事》等大多属于此列；如果是用于诗歌创作层面的"纪事"，则与诗歌叙事性密切关联。而"感事"则始于《汉书·艺文志》"感于哀乐，缘事而发"③。因此如果从诗歌创作手法层面讲，"用事""纪事""感事"在不同程度上体现了古典诗歌中的叙事性诗法。

从《毛诗序》中"赋"的"直铺陈今之政教善恶"④，到汉乐府的"感于哀乐，缘事而发"，再到唐代新乐府诗的"歌诗合为事而作"⑤、韩愈的"以文为诗"等诗论，都在不同层面表明了叙事在诗中的作用。其中，最早的叙事性是作为赋的表现手法被指认。清代学者刘熙载就记载了宋人李仲蒙的诗论："叙物以言情谓之赋。"⑥ 不过，叙事作为相对独立的文类概念进入文学史，始于唐代刘知几《史通·叙事》，他指出："国史之美者，以叙事为工。"⑦ 讨论的是史书的编写，叙事在此凸显的是与中国诗学中的"史传"文学传统一脉相承。在明代，真德秀选的《文章正宗》的卷首《文章正宗纲目》中："其目四凡：曰辞命、曰议论、曰叙事、曰诗

---

① （南北朝）颜之推撰，庄辉明、章义和译注《颜氏家训译注》，上海古籍出版社，2012，第124页。
② （宋）严羽：《沧浪诗话》，中华书局，1985，第29~30页。
③ （汉）班固：《汉书·艺文志》，郭绍虞编《中国历代文论选》（1），上海古籍出版社，2001，第141页。
④ （汉）郑玄注，（唐）贾公彦疏《周礼注疏》（下），《十三经注疏》，北京大学出版社，1999，第610页。
⑤ （唐）白居易：《与元九书》，郭绍虞编《中国历代文论选》（2），上海古籍出版社，2001，第98页。
⑥ （清）刘熙载撰，袁津琥校注《艺概》（上册），中华书局，2009，第410页。
⑦ （唐）刘知几撰，（清）浦起龙通释《史通》，上海古籍出版社，2015，第150页。

赋。"① 作为独立的文类，它开始与"诗赋"区别性地出现。而在诗论中，叙事被首次提出始于唐代王昌龄，在其《诗格》"起首入兴体十四"中，不仅在"感时入兴一"中举古诗一首与江文通诗，并分析为"此皆三句感时一句叙事"，而且指出有三种体式与叙事直接相关，"四曰先衣带后叙事入兴；五曰先叙事后衣带入兴；六曰叙事入兴"②，文后有详尽的举例分析。至此，叙事手法作为创作手法被纳入自觉的诗歌理论探讨之列，明确意义上的叙事性诗论已经出现。

　　宋以来，诗论中开始有以叙事作为切入点展开诗歌批评与分析的现象，其中魏晋南北朝乐府诗歌、唐代元白等人的乐府诗以及杜甫的诗歌是被评说的具有叙事性特征的重要文本。北宋魏泰对前二者进行研究得出了"诗者述事以寄情，事贵详，情贵隐"③ 的特征。杜甫《送重表侄王砅评事使南海》一诗，被竟陵诗派的钟惺激赏为"志传叙事体入诗"的别有眼手之作；杜甫《瞑》中"半扉开烛影，欲掩见清砧"二句，则被方弘静举隅，称赞其叙事的质实精微；清人更赞誉"子美诗善叙事，故号'诗史'"，强调"故事必有据"，而且"诗至此方可称工，方可信其必传于后"④，依然承袭的是历史叙事的"征实"传统，在给予杜甫诗歌"诗史"之称时，也使叙事手法得到肯定。到清代，叙事作为具体的诗歌创作方法被归纳总结，并在理论层面达成一定的共识。清人方东树论诗法就有"大约不过叙耳、议耳、写耳"⑤，将"叙事"与描写、议论作为具体手法并举；清人毛先舒将叙事与写景俱提，作为诗法要格，"诗言情、写景、叙事，收拢拓开……俱是要格"⑥。无独有偶，清人黄生也将叙事与写景、述意并提，不仅总结为诗歌创作经验以指导后学，而且指出三者与赋、比、

---

① 转引自杨义《中国叙事学》，人民出版社，1997，第12页。
② （唐）王昌龄：《诗格》，（宋）陈应行编《吟窗杂录》（上），中华书局，1997，第209～210页。
③ （宋）魏泰：《临汉隐居诗话》，（清）何文焕辑《历代诗话》（上），中华书局，1981，第322页。
④ （清）冒春荣：《葚园诗话》，郭绍虞编《清诗话续编》（下），上海古籍出版社，1983，第1569页。
⑤ （清）方东树：《昭昧詹言》（卷十一），汪绍楹校点，人民文学出版社，1961，第234页。
⑥ （清）毛先舒：《诗辨坻》，郭绍虞编《清诗话续编》（下），上海古籍出版社，1983，第74页。

兴的关系："诗有写景，有叙事，有述意，三者即三百篇之所谓赋、比、兴也。事与意，只赋之一字尽之，景则兼兴、比、赋而有之。"① 叙事手法已经作为一种常识出现在清代的诗法举隅中。上述诗论对叙事特征的阐析、具体运用、归纳等都使这一形式要素的诗学价值得到彰显，成为现代叙事诗论可资借鉴的重要"武库"。

当然，叙事在诗歌中的理论化过程中，也有不同的声音，北宋魏泰对诗中叙事重在"述事以寄情"，但对具体诗人诗中的叙事评价不高，"石延年长韵律诗善叙事，其他无大好处"，"白居易亦善作长韵叙事诗，但格制不高，局于浅切，又不能更风操，虽百篇之意，只如一篇，故使人读而亦厌矣"。② 明人陆时雍："叙事议论，绝非诗家所需；以叙事则伤体，议论则费词也，然总贵不烦而至，如《棠棣》不废议论，《公刘》不无叙事。如后人以文体行之，则非。"③ 虽没有完全否定叙事的存在，但对叙事议论在文体中的弊端十分警惕，不无非议；后七子之一王廷相则有"言征实则寡余味，情直致而难动物"④ 之说，对于征实的叙述缺乏艺术余味有不满；清人刘熙载所记的诗学问答中，就"诗偏于叙则掩意，偏于议则病格"⑤的现象进行界说、批评。因此，叙事的诗歌理论与批评虽然出现，并有自觉性的探析，但总体还是显得零星、单薄、断续、隐伏甚至有时湮没在抒情传统的宏大理论之下，对其的关注、探讨、重视远远不够。

由此，在抒情言志凸显的中国古典诗歌中，不仅有"贵情思而轻事实"⑥ 的诗学倾向，而且诗中的叙事多具有"以情义为主，以事类为佐"⑦

---

① （清）黄生：《一木堂诗麈》卷二《诗学手谈》，载张寅彭选辑《清诗话三编》（第一册），上海古籍出版社，2014，第 101 页。

② （宋）魏泰：《临汉隐居诗话》，（清）何文焕辑《历代诗话》（上），中华书局，1981，第 327 页。

③ （明）陆时雍：《诗镜总论》，丁福保编《历代诗话续编》（下），中华书局，1983，第 1419 页。

④ （明）王廷相：《与郭价夫学士论诗书》，转引自李壮鹰编《中国古代文论读本》（修订版），高等教育出版社，2008，第 303 页。

⑤ （清）刘熙载：《艺概》（卷2），徐中玉、萧华荣校点《刘熙载论艺六种》，巴蜀书社，1990，第 81 页。

⑥ （明）李东阳：《麓堂诗话》，丁福保编《历代诗话续编》（下），中华书局，1983，第 1375 页。

⑦ （晋）挚虞：《文章流别论》，郭绍虞编《中国历代文论选》（1），上海古籍出版社，2001，第 191 页。

的特征，作为"抒情诗的变体和表现手法"①而存在，诗中的叙事主要是从"用事""纪事""感事"等维度展开，即"强调'事'在诗的叙事作用中的独立作用"②和"突出'情'在诗性叙事及'叙事'的诗中的艺术地位"③，从而形成了以"情节—人物"为模式、以叙事对抒情的依附性实现的古典叙事性诗学观。

二　近代诗歌的叙事性征候与新变

1840年的鸦片战争是近代中国的开端，也是中国文化的转折点。内忧外患下诗歌创作表现出叙事性增强的特征。这一叙事性倾向在晚清诗坛有着不一而足的体现。龚自珍的"心史纵横自一家"④与"诗成侍史佐评论"⑤的诗作中就包含了叙事性的诗史观念；王闿运有"兴者，因事发端，托物寓意，随时成咏"⑥的阐释；桐城派中的朱琦对杜甫、白居易的推崇，尤其对前者"写实"的效仿，使其诗被称为"若夫缘事而作，燃于民生之疾苦，慨然于时事之安危，情动于中而形于言，其诗有意而贵"⑦，"言志纪事等篇，卓然为一代杰作"⑧；宋诗派何绍基的"立诚不欺""真我自立"；郑珍对杜甫、韩愈的追慕，使其诗有"常情至理，琐事俗态……读之使人嗔喜交作，富生活气息"⑨的叙事特征；同光体诗人陈衍提倡"诗史"，其诗多是言情感事之作⑩；陈三立的忧惧之作，也和陈衍的言情感事一脉相通……

---

① 王荣：《中国现代叙事诗史》，中国社会科学出版社，2004，第12页。
② 王荣：《中国现代叙事诗史》，中国社会科学出版社，2004，第14页。
③ 王荣：《中国现代叙事诗史》，中国社会科学出版社，2004，第15页。
④ （清）龚自珍著，王佩诤校点《逆旅题壁，次周伯恬原韵》，《龚自珍全集》，上海人民出版社，1975，第449页。
⑤ （清）龚自珍著，王佩诤校点《夜直》，《龚自珍全集》，上海人民出版社，1975，第455页。
⑥ （清）王闿运著，马积高主编《论作诗之法》，《湘绮楼诗文集》（第1卷），岳麓书社，2008，第270页。
⑦ （清）杨传弟：《怡志堂诗集·序》，《怡志堂诗集》，桂林排印《岭西五家诗文集》本，1935。
⑧ （清）黄文琛语，参见杨传弟《怡志堂诗集·序》，《怡志堂诗集》，桂林排印《岭西五家诗文集》本，1935。
⑨ （清）陈声聪：《兼于阁诗话》，上海古籍出版社，1985，第359页。
⑩ 李亚峰：《近代叙事诗研究》，中国社会科学出版社，2015，第238页。

虽然众多晚清诗歌都有不同程度的叙事性特征，但比起晚清诗界革命中的众诗歌而言，还不算突出。晚清诗界革命中诗歌叙事性的增强则更加显著。诗界革命的先导黄遵宪提出"吾手写吾口"，在对口语化的追求中，力图缩小书面语与口语的差距，口语化的叙述暗含其中。同时他的154首《日本杂事诗》，叙事特征更为明显。此诗集除了兼具清初的海外记行诗①都有的一定的叙事性因素外，还每首自带题注，而且充满对海外世界新事物、新知识的咏叹描写。一方面，正如王韬所序"叙述风土，纪载方言，错综事迹，感慨古今。或一诗但纪一事，或数事合为一诗。皆足以资考证。大抵意主纪事，不在修词"②；另一方面，融入了新观念和新思想，无异成为开启民智、"维新变法的生动教材"③。同时这一书写也开启"新学诗""颇喜捃扯新名词以表自异"④ 的征候，"新学诗"用新诗料、新语汇来宣传讲述的新思想，可说是叙事性的隐性征候。梁启超提出"诗界革命"的主张，"欲为诗界之哥伦布、玛赛郎，不可不备三长：第一要新意境，第二要新语句，而又须以古人之风格入之，然后成其为诗"⑤，其中"新意境""新语句""古人之风格"的倡导，带来了新的叙事因子，如"新语句"中逐渐渗入叙事语法，这比宣传讲述新思想的隐性叙述相对显性。而后来在"诗界潮音集"与杂歌谣、新粤讴中，不仅采用俗语入诗，而且叙事性在谣曲化中进一步弥漫。而此期流行歌行体，在维新派的黄遵宪、梁启超和南社的高旭、秋瑾等人笔下都得到不同程度的弘扬，其中的叙事、议论也成为其鲜明的特色⑥。另外，南社诗歌中咏史诗大量出现，对家国情怀与个人心

---

① 如尤侗的《外国竹枝词》，林鍼的《西海纪游草》，斌椿的《海国胜游草》《天外归帆草》，何如璋的《使东杂咏》，张斯桂的《使东诗录》。参见张永芳《晚清诗界革命论》，漓江出版社，1991，第11页。

② 王韬：《日本杂事诗序》，陈平原主编《中国散文选》，百花文艺出版社，2000，第658页。

③ 李亚峰：《近代叙事诗研究·序》，中国社会科学出版社，2015，第6页。

④ 梁启超著，周岚、常弘编《饮冰室诗话》，时代文艺出版社，1998，第52页。

⑤ 梁启超：《夏威夷游记》，许霆主编《中国现代诗歌理论经典》，苏州大学出版社，2008，第14页。

⑥ 龚喜平：《近代"歌体诗"初探》，《西北师范学院学报》（社会科学版）1985年第3期；《新学诗·新派诗·歌体诗·白话诗——论中国新诗的发生与发展》，《西北师范学院学报》（社会科学版）1988年第3期。付祥喜：《"新歌行"与中国近现代诗歌》，《中国社会科学》2014年第12期。

事的书写显得激越抒情①，忧郁、沉痛、感伤的基调将个人身世遭际与政治风云变幻、家国命运联系在一起，将激进的革命意义进行述说抒叙，1902 年柳亚子的《岁暮抒怀》则是此种缠绕纠结叙述的代表性抒情文本。同时南社诗歌中的叙事最大限度地包容并扩大历史现实的加入，其中共和、革命、暴力、牺牲诸多现实事件涌入诗中，诗歌中的叙事为激越的情感表达提供了可以依傍的情感结构。在诗学的场域，叙事、抒情、议论各要素因爱国反清之情而激烈地跌宕更迭、变化复生，由此也使相应的历史、文化乃至意识形态发生了剧烈的变动。这一剧烈情势变迁虽不能简单地化约为叙事与抒情的形式更迭与变迁，但南社诗歌中的叙事不可小觑，在形式上与后来现代抒情诗的感伤叙事遥相呼应，激烈的革命叙事与后来革命文学中的叙事性一脉相承。从诗界革命中口语化叙事的出现、新语句的宣叙语法的渗入，到或感伤或激烈的家国情怀叙事，在现代、革命等话语的裹挟下，诗歌中叙事性特征的现代性因素都呈现了一些新变的端倪，抒情主体的复杂痛苦甚至矛盾的特质开始展露，现代性个体命运与国恨家仇纠缠在一起，是即将迈入现代社会的前现代人类不得不面对的命运与抒情形态。

　　而另一个新变表现在进入现代社会中的梁启超的文论中，他在 1922 年对诗歌理论中写实与抒情的关系展开富有学理性的探讨。在《情圣杜甫》一文中，他把杜甫称为"半写实派"，对其情感的内容"极丰富""极真实""极深刻"② 与"客观事实的直写"③ 倍加推崇，对叙事与抒情在杜诗中相得益彰的关系，分析得鞭辟入里；在《中国韵文里头所表现的情感》一文中进一步阐释了杜甫的"半写实派"诗学特征，认为"他所写的事实，是用来做烘出自己情感的手段，所以不算纯写实；他所写的事实，全用客观的态度观察出来，专从断片的表出全相"④。其中对叙事、对情感的烘托作用

① 张春田：《革命与抒情：南社的文化政治与中国现代性（1903—1923）》，上海世纪出版集团，2015。
② 梁启超著，周岚、常弘编《饮冰室诗话》，时代文艺出版社，1998，第 190 页，原载 1922 年 5 月 28~29 日《晨报副镌》。
③ 梁启超著，周岚、常弘编《饮冰室诗话》，时代文艺出版社，1998，第 199 页，原载 1922 年 5 月 28~29 日《晨报副镌》。
④ 梁启超著，周岚、常弘编《饮冰室诗话》，时代文艺出版社，1998，第 255 页。原载 1922 年 2 月 15 日、4 月 15 日《改造》第 4 卷第 6、8 号，不全，收入《（乙丑重编）饮冰室文集》卷七十一，中华书局，1926 年 9 月初版。

紧承古典诗论，而"客观的态度观察出来"与"专从断片的表出全相"则为颇有新意的现代叙事观点，可谓新变的又一个表征。梁启超对写实与抒情关系的探讨、对写实的倡导，以及不无新意的现代叙事手法的提出，虽只是浅尝辄止之论说，但也不妨被视为叙事性诗法向现代的一个延伸。

从这一创作和理论的轨迹中不难发现，中国的叙事式诗体和叙事诗是一个被压抑的传统。作为被压抑的诗学传统，这一叙事因子一直隐秘地暗藏在诗歌创作与诗论探讨中，成为潜在的形式基因，在后来新诗的理论建构和创作实践中有着不同层面的接续，并在不同的文学阶段绽放其内在的艺术活力。同时，近代以来，诗歌中的叙事出现一些新颖现代的特征。

第二节　对西方叙事诗学传统　与叙事学的吸纳

一　西方诗歌中的叙事性诗学传统

中国新诗是在对西方自由体诗歌的翻译、模仿、学习中发展起来的。早在白话新诗创作之初，学衡派的吴芳吉就指出这一渊源关系，"我对于现在的白话诗，以为他受的西洋的影响；可说他在诗史上添了一个西洋体"；① 在 1931 年梁实秋就有"新诗，实际就是中文写的外国诗"② 的论断；持此论调的还有朱自清和王力。1943 年朱自清在《译诗》中就说过："新文学大部分是外国的影响，新诗自然如此。这时代翻译的作用便很大。白话译诗渐渐的多起来；译成的大部分是自由诗，跟初期新诗的作风相应。"③ 王力在细致的辨析中发现，白话诗与西洋诗的自由诗近似，在分行分段上也模仿后者："近似西洋的自由诗（free verse）。初期的白话诗人并没有承认他们是受西洋诗的影响，然而白话诗的分行和分段显然是模仿西洋诗……姑且把近似西洋的自由诗叫做白话诗，模仿西洋诗格律的叫欧化

---

① 吴芳吉：《提倡诗的自然文学》，《新群》1920 年第一卷第四号。
② 梁实秋：《新诗的格调及其他》，杨匡汉、刘福春编《中国现代诗论》（上编），花城出版社，1985，第 114 页。原载《诗刊》1931 年第 1 期。
③ 朱自清：《译诗》，朱乔森编《朱自清全集》（第二卷），江苏教育出版社，1988，第 372~373 页。原载《当代文艺》1944 年第 1 卷第 3 期。

诗。"① 除了理论上的认可，在具体诗歌创作中种种影响多方面存在。有趣的是，中国当代先锋诗人与评论家则力证这种影响的存在，甚至认为西方现当代诗歌的文本和理论一直对他们构成"影响的焦虑"②。可以说，西方诗歌从诗体、语言、意象等方面带给了中国新诗以繁复多元的影响，西方叙事诗学传统也成为影响因素之一。

西方显赫、繁荣的叙事诗传统及其叙事诗论，无疑给中国抒情诗的创作打开了另一视窗。在赫西俄德的《工作与时日·神谱》中就讲述了古希腊传说中关于记忆女神漠湿摩绪涅（Mnemosyne）作为九诗神的母亲的掌故，九诗神包括史诗、叙事诗女神喀利奥帕等，叙事与记忆有着天然的血亲关系，或者说叙事是记忆的一种方式。作为民族史诗的《荷马史诗》，其实就是对民族起源、英雄和神的事迹的追忆与记述。这一叙事史诗的书写不仅构成了西方诗学中的史诗传统，而且在叙事诗论的探讨中已成为西方诗学重镇。如亚里士多德对戏剧和长篇叙事诗的两类划分③；黑格尔则将这一分类定型化为："诗的分类：史诗，抒情诗和戏剧体诗"④。受此文学分类影响，歌德在《西东合集》中指出："韵文只有三种真正的天然形式：清楚地叙述的、心情激动的和人物在行动的：长篇叙事诗、抒情诗和戏剧。这三种作诗方式可以共同也可以单独发挥作用。"⑤ 这一分类将"长篇叙事诗"独立出来。而施塔格尔在这种分类基础上，进一步演述为"抒情式""叙事式""戏剧式"三种风格样式，并指出："叙事式本身始终

① 王力：《汉语诗律学》，新知识出版社，1958，第 822 页。
② 王家新就坦然承认："在中国，像我这样的在'文革'后开始写作的诗人，几乎无一例外不受到西方二十世纪现代诗歌的影响。"参见王家新《欧美现代诗歌流派诗选·序言》，河北教育出版社，2003，第 7 页。在程光炜对当代先锋诗人知识谱系的描述中可见到这一影响的广度与深度，张曙光的"作品里有叶芝、里尔克、米沃什、洛尔卡以及庞德等人的交叉影响"，"米沃什、叶芝、帕斯捷尔纳克和布罗茨基流亡或准流亡的诗歌命运是王家新写作的主要源泉之一"，"西川的诗歌资源来自那些拉美的聂鲁达、博尔赫斯，另一个是善用隐喻，行为怪诞的庞德"。参见程光炜《不知所终的旅行——九十年代诗歌综论》，《山花》1997 年第 11 期。
③ 〔古希腊〕亚里士多德：《诗学》，陈中梅译注，商务印书馆，1996，第 27 页。
④ 〔德〕黑格尔：《美学》（第三卷下册），朱光潜译，商务印书馆，1991，第 17 页。
⑤ 转引自〔瑞士〕埃米尔·施塔格尔《诗学的基本概念·译本序》，胡其鼎译，中国社会科学出版社，1992，第 1 页。

'被保存'在一切韵文里作为不可缺少的基础。"① 叙事式在韵文中不可或缺、始终存在的判断，成为叙事诗学理论的重要根据。作为语言的艺术，诗歌中叙事式的存在，始终根源于语言的述义性特征，也在另一个层面暗示了诗歌作为语言的艺术所独具的编织能力。同时，在文类分界中强调叙事的存在，也说明了叙事诗学传统在西方诗学中的重要性。

关于叙事与抒情的关系、抒情诗中的叙事等问题，黑格尔在《美学》一书中对史诗和抒情诗的诗学特征有深入的理论论述与思考，成为关于西方叙事诗学传统的先声。在黑格尔的诗学概念中，他指出："作为语言的艺术，诗既能象音乐那样表现主体的内心生活，又能表现客观世界的具体事物。"② 诗歌表现主体心灵也表现客观事物。虽然叙事诗叙述的是完整的客观事迹，抒情诗表达的是主体的内心世界，在对象的客观与描述方式的客观性中，叙事与情感的非同一性而具有一定的间离效果，表现对象的广阔性与松散结构，使之更能呈现社会万象，但同时也不难发现，"叙事诗的特定描述方式还允许叙事者加入对事物的分析、阐释"③，即在客观之中，叙事者的主观意图也难以真正摒除，叙事中的主观抒情也有所呈现。同时，黑格尔的论断中也揭示了描述方式中还包含说明、分析、议论等手法。不仅如此，黑格尔进一步辨析了史诗的叙事与抒情诗叙事的区别，并对抒情诗中的叙述形态、题材特征等也有进一步探讨，他认为英雄颂歌、传奇故事和歌谣等形式上或者说"内容上虽是史诗的，而表现方式却仍是抒情的"④；他对抒情诗中的叙事也有一定的考量与分析，比如认为"即兴诗""应景诗"则是"诗人把某一件事作为实在的情境所提供的作诗机缘，通过这件事来表现他自己"⑤，即在某事的具体情境中表现自己。而且他还以希腊"享乐派"诗人歌集中的爱情故事与贺拉斯《内心生活》一诗等例来说明，"不过在抒情诗里也用得着叙事的因素"，"但是这些小故事只是用来表现一种内心的情境"⑥。叙事性因素在抒情诗中的存在经由黑格尔讨

① 〔瑞士〕埃米尔·施塔格尔：《诗学的基本概念》，胡其鼎译，中国社会科学出版社，1992，第73页。
② 〔德〕黑格尔：《美学》（第三卷下册），朱光潜译，商务印书馆，1991，第5页。
③ 孙洁：《试论戏剧中的叙事性因素》，《戏剧》1998年第1期。
④ 〔德〕黑格尔：《美学》（第三卷下册），朱光潜译，商务印书馆，1991，第194页。
⑤ 〔德〕黑格尔：《美学》（第三卷下册），朱光潜译，商务印书馆，1991，第195页。
⑥ 〔德〕黑格尔：《美学》（第三卷下册），朱光潜译，商务印书馆，1991，第197~198页。

论，遂成为西方叙事诗学传统的理论来源之一。

随后，这一论述引发了更多诗人与理论家的探讨，华兹华斯就指出这一"日常生活里的事件和情节"在抒情诗中不可或缺的性质，即在对"日常生活里事件和情节"的描述叙写中，通过想象的光彩，使其显得有趣："诗的主要目的，是在选择日常生活里的事件和情节，自始至终竭力采用人们真正使用的语言来加以叙述或描写，同时在这些事件和情节上加上一些想象的光彩，使日常的东西在不平常的状态下呈现在心灵面前；最重要的是从这些事件和情节中真实地而非虚浮地探索我们的天性的根本规律——主要是关于我们在心情振奋的时候如何把各个观念联系起来的方式，这样就使这些事件和情节显得富有趣味。"① 其中，华兹华斯对语言的叙事性与"想象"也有所关注。而德国艺术史家格罗塞在考察原始艺术起源时指出："然而我们不能不承认原始民族的抒情诗含有许多叙事的原素，他们的叙事诗也时常带有抒情或戏曲的性质……因为纯粹的抒情诗、叙事诗或戏曲诗，是在无论什么地方都没有出现过的。"② 这一纯粹诗体不存在的判断，从艺术史的角度阐明了抒情诗中叙事性的存在。

非常有趣的是，厄尔·迈纳根据《抒情歌谣集》所选诗歌与对浪漫主义中表现论的讨论认为："'抒情歌谣'因而有了另一个含意，即'叙事'。"③ 同时针对这一文类修正的现象，进一步指出诗歌史上文类相融传统所在，"这一抒情与叙事相结合的传统一直传到了艾略特、庞德、艾肯（Conrad Aike）、克莱恩（Hart Crane）、威廉斯（William Carlos Williams）和其他诗人身上"④。结合对抒情诗特质的探讨，迈纳在文类融合意义上对抒情诗中叙事的"陪衬"作用弱化，以及抒情诗与叙事文在说话者（叙述者）层面更具相似程度⑤等问题进行了理论探析，其中关涉叙述者的问题

① 〔英〕华兹华斯《〈抒情歌谣集〉1800 版序言》，曹葆华译，伍蠡甫、胡经之主编《西方文艺理论名著选编》（中卷），北京大学出版社，1986，第 42 页。

② 〔德〕格罗塞：《艺术的起源》，蔡慕晖译，商务印书馆，1984，第 176 页。

③ 〔美〕厄尔·迈纳：《比较诗学》，王宇根、宋伟杰译，中央编译出版社，2004，第 177 页。

④ 〔美〕厄尔·迈纳：《比较诗学》，王宇根、宋伟杰译，中央编译出版社，2004，第 177 页。

⑤ 〔美〕厄尔·迈纳：《比较诗学》，王宇根、宋伟杰译，中央编译出版社，2004，第 142、148 页。

已经揭开了诗歌叙事学探讨的先声。

受模仿论影响的苏珊·朗格指出："抒情诗中常常出现的摹拟是对一种极为有限的事件，是对一段浓缩的历史，即情感思维思考或某人某事的情感思考，等等进行的摹拟。"① 抒情诗中的事具有双重性格："既是全然可信的虚的事件的一个细节，又是情感方面的一个因素。"② 抒情诗中的事件或历史具有触媒意义，"它激发甚至包含着表现的情感"③，而且对叙事在诗歌中的作用极为肯定，"叙事是一种主要的组织手段……由于它不是必不可少的（如造型艺术中的再现），所以它不是文学的本质，然而它是大多数作品得以构思的结构性基础。它构成了我们文化中诗歌艺术的'伟大传统'"④。而乔纳森·卡勒则从结构主义层面分析了抒情诗歌中各类指示词的叙事特征："整个诗学传统运用表示空间、时间和人的指示词，目的就是为了迫使读者去架构一个耽于冥想的诗中人。这样，诗就成为某位叙述者的话语。"⑤ 这些指示词作为虚构的功能，建构了冥想的诗人与叙述者。这一从媒介意义、结构功能层面的叙事特征分析对诗歌阐释与解读有着重要意义。无论是对组织手段，还是对具体指示词结构功能的探讨，都已经使叙事性在抒情诗中的意义或作用得到凸显，成为叙事诗学传统的重要内容，同时这种诗学传统探讨也逐渐触及西方叙事学理论的维度，伴随着向西方叙事学的发展与演进，一种对抒情诗中的叙事诗学理论的建构即将进入新的阶段。

在西方现代诗歌的发展进程中，叙事性的诗学传统不仅在具体的诗学理论中发展演变，而且现代诗歌中有着众多的叙事性经典之作，这些经典不仅成为众多现代抒情诗人模拟的对象，而且对各个阶段的现代抒情诗有着不同层面的影响。20 世纪上半叶，西方现代诗歌中叙事性因素的出现，

---

① 〔美〕苏珊·朗格：《情感与形式》，刘大基、傅志强、周发祥译，中国社会科学出版社，1986，第 310 页。
② 〔美〕苏珊·朗格：《情感与形式》，刘大基、傅志强、周发祥译，中国社会科学出版社，1986，第 246 页。
③ 〔美〕苏珊·朗格：《情感与形式》，刘大基、傅志强、周发祥译，中国社会科学出版社，1986，第 310 页。
④ 〔美〕苏珊·朗格：《情感与形式》，刘大基、傅志强、周发祥译，中国社会科学出版社，1986，第 303 页。
⑤ 〔美〕乔纳森·卡勒：《结构主义诗学》，盛宁译，中国社会科学出版社，1991，第 248 页。

始于对滥情感伤的浪漫主义诗风的"反动"，不少西方现代派诗人试图修正诗与情感的关系，去除感伤、滥情主义诗风的流弊。里尔克提出诗不是情感的，"诗是经验"①，就是以对经验的提倡来节制情感泛滥；艾略特也有逃避情感之说，"诗是许多经验的集中……诗不是放纵感情，而是逃避感情"②；庞德更为激烈地提出"从情感的暴政中释放出理智"③的观点。上述对情感的反拨性理论促使诗人们开始思考，通过对叙事性因素的引入，开创诗歌书写的新维度、新空间。艾略特《荒原》中对叙事技巧的自如驾驭，给中国现代抒情诗人以莫大的启示。诗中叙事视角的频繁转换、场面变化转移、细节性的场景与事件的具体呈现、戏剧片段的不断插入……显示了艾略特对叙事手段的自如运用，叙事强大的诗学结构能力也得到现代性彰显。他的《普鲁弗洛克的情歌》开了用意识流的手法处理日常事件的诗歌叙事先河，同时以戏剧性的独白、反讽性的陈述、沉思性的追问表现出一种力图挣脱情感化或箴言式书写的新异美学风格。艾略特以叙事风格演绎了繁复、包容、综合的诗美特质，这一诗学风格在现代派诗歌中被奉为圭臬，成为一种可资借鉴的诗学范式——叙事性的书写风格得到确立与张扬。20世纪30年代以来，在冯至、卞之琳、赵萝蕤等人对里尔克、艾略特、庞德的诗歌或诗论的翻译中，将这一倾向引入中国诗坛。这一带有玄学和经院气的叙事风格直接启发了戴望舒、卞之琳以及20世纪40年代的"九叶"诗人，不仅成为他们学习、模仿的诗歌文本，也成为滋养他们的诗歌知识与理论谱系，甚至直接演绎成书写对象，比如穆旦的《诗八首》。中国现代抒情诗中始终回荡着繁复、包容、综合的叙事性书写风格。

二　西方叙事学理论中的诗歌叙事研究

在叙事理论层面，深受结构主义语言学影响的西方叙事学兴起于20世

---

① 〔奥〕里尔克：《马尔特·劳利兹·布里格随笔》，冯至译，《给一个青年人的十封信》，生活·读书·新知三联书店，1994，第73页。

② 〔美〕艾略特：《传统与个人才能》，卞之琳译，王恩衷编译《艾略特诗学文集》，国际文化出版公司，1989，第7~8页。

③ 〔美〕庞德，转引自张曙光等《写作：意识与方法》，孙文波、臧棣、肖开愚编《语言：形式的命名》，人民文学出版社，1999，第400页。

纪 60 年代，虽晚于中国现代抒情诗的发生，但为现代抒情诗研究提供了别样视角。

发轫之初的经典叙事学，扩展了叙事学的研究对象，罗兰·巴特打破了叙事学研究对象仅指狭义叙事作品的界定。在对"各种含有叙事因素的作品的形式规律"① 的探讨中，经典叙事学已经把叙事视为"超越文学具体体裁而存在的现象"②。尤其是 20 世纪 90 年代以来，在从经典叙事学向后经典叙事学转向的过程中，叙事的领域得到扩展。米克·巴尔就有将叙述学概念扩大的思考："叙述学（narratology）是关于叙述、叙事文本、形象、事象、事件以及'讲述故事'的文化产品的理论。"③ 他不仅以"文化产品"扩大了其外延，而且认为"讲述故事"只是其中一种，"叙述""事象"等得到关注。一种泛叙事化的倾向，已将叙事学的疆域进一步扩大。对诗歌中叙事策略的探讨也在同步进行，克莱尔·里根·肯尼在 1992 年已经对乔叟、斯宾塞、弥尔顿、艾略特诗歌中所开创的叙述策略展开了研究④；希利斯·米勒在对"叙事"这一术语进行阐释时提出："如果不是全部，但至少有很多抒情诗也有叙事的一面。如果一个人把济慈（Keats）的《夜莺颂》（*Ode to a Nightingale*）当作一个微型的叙述看待，而不视之为一个有机统一的形象总体，他就会得出完全不同的结论。"⑤ 无独有偶，在艾布拉姆斯对"叙事和叙事学"的术语阐释中，抒情诗中的叙事因素被提及，"应该注意的是，即使在许多抒情诗歌中，也存在隐含的叙事成分"⑥，并以华兹华斯的《收割者》举隅说明。同时，艾布拉姆斯沿袭亚里士多德、黑格尔以来的文学分类传统，从叙述者角度对不同文类进行界说，指出："根据作品中的叙述者，把所有文学作品划分为 3 大类型：抒情诗（全部由第一人称叙述）；史诗或叙事作品（其中叙述者采用第一人

---

① 张寅德：《叙述学研究·编选者序》，中国社会科学出版社，1989，第 20 页。
② 张寅德：《叙述学研究·编选者序》，中国社会科学出版社，1989，第 19 页。
③ 〔荷兰〕米克·巴尔：《叙述学：叙事理论导论》（第二版），谭君强译，中国社会科学出版社，2003，第 1 页。
④ Clare Regan Kinney, *Strategies of Poetic Narrative: Chaucer, Spenser, Milton, Eliot* (Cambridge, U. K.: Cambridge University Press, 1992).
⑤ 〔美〕Frank Lentricchia and Thomas Mclaughlin：《文学批评术语》，张京媛等译，牛津大学出版社，1994，第 87 页。
⑥ 〔美〕M. H. 艾布拉姆斯：《文学术语词典》（第 7 版），吴松江等编译，北京大学出版社，2009，第 347 页。

称，同时让作品中的人物自述）；戏剧（全部由剧中的人物叙述）。"① 抒情诗为第一人称叙述，叙事和史诗为第一人称和人物自述的结合，戏剧是剧中人的自述。这一对叙述者的强调出现在文类分界中，从叙事学层面对抒情诗中第一人称叙述的界定富有理论价值。

　　针对抒情诗中叙事的具体研究则始于21世纪初，彼得·许恩（Peter Hühn）与珍妮·基弗（Jens Kiefer）在其合著 The Narratological Analysis of Lyric Poetry：Studies in English Poetry from the 16th to the 20th Century（《抒情诗歌的叙事学分析：16～20世纪英诗研究》）中，不仅指出"抒情文本（即不是很明显的叙事诗歌如民谣、罗曼司以及诗歌故事）同散文叙事如小说等具有三个相同的叙事学基本层面（序列性、媒介性以及表达）"，而且提出了用叙事学研究诗歌的问题，"如何将叙事学的分析方法与概念运用于对诗歌进行详细的描述与阐释"②，其所选诗歌大多是叙事性较强的抒情诗。2010年，南非学者普鲁伊（H. J. G. du Plooy）在对西方诗歌的叙事研究中发现，"抒情诗的'叙事的/叙事学的阅读'开启了诗歌（the poem）及其不该被忽视或忽略的意义层面的大门"③。2014年，丹麦学者 S. Kjekegaad 则以自传性抒情诗中的叙事与抒情的关联为研究对象，从这一独特的诗歌类型来探讨两者的关系及其与诗人声音的关联、虚构与非虚构如何区分、独特的表达有何诗学价值等问题④。

　　可以说，西方叙事学理论对诗歌中叙事及叙事策略的研究方兴未艾，不仅引发了学者们对诗歌中叙事问题的关注，而且促进了诗歌叙事学的理论研究⑤。同时，深受结构主义语言学影响的叙事理论的确给诗歌研究打开了一个新空间。叙事学从话语范式到经验层面的划分，给关注语言的逻

---

① 〔美〕M. H. 艾布拉姆斯：《文学术语词典》（第7版），吴松江等编译，北京大学出版社，2009，第217页。

② Peter Hühn，Jens Kiefer，*The Narratological Analysis of Lyric Poetry*：*Studies in English Poetry from the 16th to the 20th Century*，Trans. Alastair Matthews，Berlin：Walter de Gruyter，2005，pp. 1-2.

③ H. J. G. du Plooy，"Narratology and the Study of Lyric Poetry" *in Literator*，*Journal of Literary Criticism*，*Comparative Linguistics and Literary Studies*，31（3），2010. pp. 1-15.

④ S. Kjekegaad. "In the Waiting Room：Narrative in the Autobiographical Lyric Poem，Or Beginning to Think about Lyric Poetry with Narratology"，*Narrative*，22（2），2014.

⑤ 罗军：《诗歌叙事学研究评述：开拓与展望》，《长春工业大学学报》（社会科学版）2014年第5期。

各斯中心主义的诗歌研究以深刻的启迪。普林斯在《叙事学词典》中，在对叙述（narrating）的界定中就包含叙述话语（discourse）与叙述行为（telling or relating）①。其中对叙述话语的关注意味着从"情节—人物"叙事模式的传统叙事学，向"故事—话语"叙述话语的现代叙事学转向。其中对"话语"的关注，从语言学层面开启了诗歌叙事学的诗学命题，这既暗合诗歌语言的逻各斯中心主义，也使对诗歌中叙事性的研究从"事件/情节"和"叙述/话语"两个维度分别展开。其中，在话语层面的展开可在结构主义诗学中窥见一斑。结构主义诗学不仅将诗界定为"由吸收并重新组成所指意义的能指符号形成的结构"，而且认为其具有"把其它话语形式中的意义统统吸收同化，并置于新的组织形态之中"②的诗学功能。由此，抒情诗往往借用呼语、人称等指示词架构出一个叙事语境，即通过上述话语，以抒情诗独特的"吸收""同化""重组"的结构功能，使抒情诗能够容纳叙事等各种形式要素，从而实现抒情诗的主题表达。其中，关注"事件/情节"，意味着在对广阔现实的接纳中，展开了对经验域的发现与拓展，而"叙述/话语"则体现了对诗歌中叙事话语的关注，尤其是叙事话语独特的编织、结构能力，为诗歌创作提供了新异的组织与结构的手段。由此，诗歌中的叙事回避了对完整情节或具体环境的呈现，在对广大现实经验的吸纳包容中，以对语言本体的关注最终实现一种诗性叙事。这一理论视域的获取扩大了现代抒情诗人的表意空间，在多元的诗性叙事中丰富了诗歌抒情达意的维度，也呈现了存在本身的多样性。

可以说，正是可资借鉴的中国古典叙事性诗学理论、西方叙事诗学传统以及叙事学理论对诗歌叙事的分析，为现代抒情诗提供了重构诗学图景的可能，作为一种启示和影响亦使中国现代抒情诗突破了单一的诗学框架的理论支撑。一方面，叙事性书写渐次显现了其对现代复杂经验的诗性转换能力，并以诗性的叙事展开了对人性疆域的拓展、对存在的普遍追问；另一方面，其以对经验的容纳和转换、叙事话语的修辞和结构功能的实现，展现了诗学观念的转向和对叙事性诗学传统的接续。而叙事性这一被

① 申丹：《叙述》，赵一凡、张中载、李德恩主编《西方文论关键词》，外语教学与研究出版社，2006，第740页。
② 〔美〕乔纳森·卡勒：《结构主义诗学》，盛宁译，中国社会科学出版社，1991，第243页。

遮蔽的诗学传统在中国现代抒情诗的诗学实践中不断地呈现与张扬，成为现代诗学中不容忽视的诗学景观之一。

第三节　“叙事”与“叙事性”的知识谱系

建构现代意义上的抒情诗的叙事研究，不仅要界定“叙事”与“叙事性”等概念，从文类、话语、修辞、意识形态等层面，广义地理解“叙事性”从“情节—人物”到“事件/故事—话语”的理论扩张与演变；还要在厘清纠缠的话语，区分诗歌中叙事性因素与叙事诗的不同内涵；辨析叙事性与散文化、小说化、戏剧化的关系。因此廓清研究对象边界与内涵成为第一要务。

一　“叙事”的中外言说

“叙事”在中国文化史上早已存在，据杨义、傅修延等人考证，叙事首次出现是在《周礼·春官》中①，在语义学层面，东汉许慎的《说文解字》对“叙”与“事”的解释如下：“叙，次第也，从支余声”，“事，职也。从史，之省声”②。据杨义解读，“‘叙’与‘序’相通，叙事常常称作‘序事’”。依据“序”原义的空间性和“序”与“绪”的假借，杨义对“叙”从时间、空间和线索性方面展开诠释：“不仅字面上有讲述的意思，而且暗示了时间、空间的顺序以及故事线索的头绪。”③通过上述考证辨义，中国文化中的叙事所具有的一些本质特征——作为话语的讲述特质与时空等的序列性特征——已隐约浮现。

虽然“叙事”（narrative）作为严格的术语概念生成于西方，但在西方文论与叙事学理论中，它被赋予了不同层面的意义。在西方苛严的术语或文类概念下，作为文类识别的“史诗”或“叙事诗”的概念，有着泾渭分明的体裁与形态特征。作为一种创作方法的叙事，具有修辞层面的美学特

---

① 杨义：《中国叙事学》，人民出版社，1997，第10页；傅修延：《先秦叙事研究》，东方出版社，1999，第11~12页。

② （汉）许慎：《说文解字》，天津古籍出版社，1991，第65、69页。

③ 杨义：《中国叙事学》，人民出版社，1997，第10~11页。

征，是文学的一种表现手法，甚至在某一具体文类或体裁中出现的"叙事"手段，经常不是被作为独立的艺术表现方法，而只是偶尔被作为风格的概念，称为"叙事式"或"叙事性"风格，比如"叙事式"可见于施塔格尔《诗学的基本概念》的论述中。而在叙事学理论上，申丹从叙事行为、叙事话语等方面又进行不同区分："既可以指涉表达故事（或某种故事成分）的一种特定形式，又可以指涉整个表达层，还可以特指讲故事的行为本身。"[①] 上述语义范畴的指称或界定为理解叙事提供了立体的维度，也带有叙事繁杂的含义，西方化术语概念"叙事"再次进入中国文化语境，其不仅深受西方术语影响，而且由于受到中国文学抒情传统的影响，发生了一番演变。比如有论者指出，"抒情、叙事有时用以指称文学表现及其功能，有时则指文学传统"[②]，呈现了这一概念的复杂内涵。

因此，为了廓清认知，不陷入概念的泥潭，需要进一步甄别与辨析。由于研究的对象是抒情诗中的叙事，因此，一方面需要厘清抒情诗与叙事的概念，另一方面也要对抒情诗中的叙事与叙事诗有所辨析。艾布拉姆斯在对抒情诗的界定中突出了单个抒情诗人的话语、形式短小、表达领悟感知思考状态的过程等特征[③]。与抒情诗的短小相对的是叙事诗的较长篇幅，然而这不是两者本质的区别。两者显著的不同在于，叙事诗中都有一个"比较完整的故事情节和人物形象"[④]，事件的讲述与人物的塑造在诗中占据显著地位；而在抒情诗中，由于"极端的共时呈现"[⑤] 或者说"强烈的即时呈现"[⑥] 往往以压倒性的风格出现，因此故事的讲述与人物塑造等都臣服于这一情感表现。

---

① 申丹：《叙事》，赵一凡、张中载、李德恩主编《西方文论关键词》，外语教学与研究出版社，2006，第 736 页。

② 董乃斌：《导论：抒情传统与叙事传统的并存互动——对中国文学史贯穿线的一种认识》，董乃斌主编《中国文学叙事传统研究》，中华书局，2012，第 15 页。

③ 〔美〕M. H. 艾布拉姆斯：《文学术语词典》（第 7 版），吴松江等编译，北京大学出版社，2009，第 293 页。引文如下："在大多数时候是用来代表由单个抒情人的话语构成的任何短小的诗歌，这一单个抒情人表达了一种思想状态或领悟、思考和感知的过程。许多抒情人被表现为在隐居孤寂中独自沉思冥想。"

④ 辞海编辑委员会：《辞海·文学分册》，上海辞书出版社，1981，第 15 页。

⑤ 〔美〕厄尔·迈纳：《比较诗学》，王宇根、宋伟杰译，中央编译出版社，2004，第 129 页。

⑥ 〔美〕厄尔·迈纳：《比较诗学》，王宇根、宋伟杰译，中央编译出版社，2004，第 190 页。

　　关于叙事诗与抒情诗之别，黑格尔有着颇为深入的探讨。首先，黑格尔辨析了史诗叙事与抒情诗叙事的区别。史诗叙事"一般是铺开来描写现实世界及其杂多现象"，"让独立的现实世界的动态自生自发下去"①，即前者的叙事是外在的、扩展的、自动生发的，是描写现实世界及其现象；而"在抒情诗里却不然，诗人把目前的世界吸收到他的内心世界里，使它成为经过他的情感和思想体验过的对象。只有在客观世界已变成内心世界之后，它才能由抒情诗用语言掌握住和表现出来。所以抒情诗与史诗在展现方式上正相反，抒情诗的原则是收敛或浓缩，在叙述方面不能远走高飞，而是首先要达到表现的深刻"②，即抒情诗的叙事是内化的、吸收的、收敛或浓缩的，虽在叙述上走不远，但达到了表现的深刻。对有叙事的抒情诗，黑格尔指出："全诗的出发点就是诗人的内心与灵魂"③，而且从诗的基本语调、诗学效果上对抒情特质进行厘定，指出事迹或情节描述都是服务于情感的表达："但是这一类诗在基本语调上仍是完全抒情的，因为占主要地位的不是对一件事进行丝毫不露主体性的（纯客观的）描述，而是主体的掌握方式和情感，即响彻全诗的欢乐或哀愁，激昂或抑郁。此外，这类诗从效果看也是抒情的。诗人着意在听众中引起的正是所叙事迹在他自己心中所引起的因而把它完全表现在诗里的那种心情。他用来表现对所叙事迹的哀伤、愁苦、欢乐和爱国热情等等的方式也正足以说明中心点并不在于那事迹本身而是它在他心中所引起的情绪，因为它所突出的并且带着情感去描述的主要是和他的内心活动合拍的那些情节，这些情节描述的愈生动也就愈易在听众心中引起同样的情感"④。这一"中心点并不在于那事迹本身而是它在他心中所引起的情绪"，正说明了叙事为抒情服务的诗学特征。这一特征在中西诗论中如出一辙。在中国古典诗歌理论中，汉乐府的"感于哀乐，缘事而发"⑤，北宋诗人诗话的"诗者述事以寄情"⑥，以及"借事抒情"的手

---

① 〔德〕黑格尔：《美学》（第三卷下册），朱光潜译，商务印书馆，1991，第212页。

② 〔德〕黑格尔：《美学》（第三卷下册），朱光潜译，商务印书馆，1991，第212、213页。

③ 〔德〕黑格尔：《美学》（第三卷下册），朱光潜译，商务印书馆，1991，第193页。

④ 〔德〕黑格尔：《美学》（第三卷下册），朱光潜译，商务印书馆，1991，第193、194页。

⑤ （汉）班固：《汉书·艺文志》，郭绍虞编《中国历代文论选》（1），上海古籍出版社，2001，第141页。

⑥ （宋）魏泰：《临汉隐居诗话》，（清）何文焕辑《历代诗话》（上），中华书局，1981，第322页。

法等，都说明了抒情诗中的"事"对"情"的依附关系。有学者在评论杜诗叙事形态时，将"即事抒情"视为杜甫抒情诗的独特诗学策略，它表现出叙事为抒情服务的特征，"这种叙写不追求故事性，也不大重视情节转换与人物塑造。诗人主要是根据思想情感表达的需要来采择、剪裁和叙写生活场景与人物言动，即事抒情，其叙事也是一种为作者抒情服务的事态叙写"①，即叙事不在于情节发展与人物形象塑造，而在于根据情感表达需要来选择、剪辑叙事材料。由此，对叙事诗与抒情诗中的叙事做了有说服力的辨析。同时，相较而言，以情感的倾诉、抒发为目的的抒情诗，虽然可以感事、缘事而发，但人、事不是其叙写的中心，因而其中的叙事显得片段、零碎、松散、游离、不成系统，因此显出了叙事成分淡薄，而且与抒情、议论、写景等相穿插杂糅在一起，表现手法之间的界限不分明，叙事的形式特征显得相对弱化。

另外，董乃斌先生曾针对所有的叙事作品，无论是零碎的还是系统的，坚持了"叙事"的本质是客观性的界说："'叙'指作者对自身以外事物、事象、事态或事件（故事）的描绘讲述，无论这描绘讲述是片断的还是完整的，零碎的还是系统的，内容的客观性是其根本特征。"② 如果针对抒情诗中的叙事，在此不妨将这一概念有所修正而借用。首先将所叙之"事"的外延扩大，同时也指自身之"事"。在抒情诗中，自身之心事、怀抱等更是重要的表现对象，因此"事"可理解为"现实世界中人与物及其行为的构成。大凡天文地理、河海山川、花鸟虫鱼、诸侯将相、军事政治、柴米油盐都在事中"③。由于自我的加入，"内容的客观性"也值得变更。如果说由于叙事的加入，叙事的诗学效果具有客观化特征的话，那么也是相对的客观，因为在抒情诗强烈情感的表现中，经过选择与表达的事谁能确保其绝对客观？因此抒情诗中的叙事性还有待进一步勘查辨析。

---

① 邹进先：《从意象营造到事态叙写——论杜诗叙事的审美形态与诗学意义》，《文学遗产》2006 年第 5 期。
② 董乃斌：《导论：抒情传统与叙事传统的并存互动——对中国文学史贯穿线的一种认识》，董乃斌主编《中国文学叙事传统研究》，中华书局，2012，第 13 页。
③ 罗书华：《中国叙事之学：结构、历史与比较的维度》，中国社会科学出版社，2008，第252 页。

二　叙事性与抒情诗中的叙事性

抒情诗中叙事因素的存在已不容置疑，叙事的概念在叙事学界已经得到深入广泛的讨论，但叙事性尤其是抒情诗中的叙事性还必须借重西方叙事学理论来展开探讨。对于叙事学层面的叙事性，西方学者一直多有论争①，尚必武对叙事性的理论梳理与归纳颇有借鉴意义，他对叙事的本质性或者说区别性特征与叙事程度做了不同界定："'叙事性'（narrativity）大致指涉两个含义。第一，叙事的基本属性，即回答'叙事为什么成为叙事'的问题。也即是说，'叙事性'是叙事的'特有属性'或'区别性特征'，凡具有'叙事性'的就是叙事，否则就是非叙事。第二，叙事的程度，即回答'什么可以使得叙事更像叙事'的问题。由此出发，则不难回答'什么是诗歌叙事'或诗歌的'叙事性'问题。"② 结合诗歌中叙事的形式表征与叙事基本要素，这里的叙事性暗含叙事作为"特有属性"或"区别性特征"的基本要素，同时也是相对叙事程度的强弱而言。简单地说，抒情诗的叙事性，就是指抒情式中叙事的基本要素及其所带来的叙事程度的强弱，研究抒情诗的叙事性，就是要探讨这些基本叙事要素及其带来的叙事程度的强弱给主体文类——抒情诗带来怎样的诗学形态与诗学功能。

因此，关于叙事性的探讨，首要指向叙事作为质的规定性要素。就叙事而言，叙述者、叙事视角、叙事时间、事件等要素在叙事文中居于核心地位。在抒情诗中抒情人与叙述者在很大程度上是有关联的，抒情人所具有的叙事特征被谭君强揭示，他从米克·巴尔关于叙述者是"行为者"的观念出发，指出"'表达出构成文本的语言符号的那个行为者'或其他媒介中与之相当的行为者"，"抒情诗歌并不讲述'故事'，因而，在抒情文本中自然不存在与叙事文本相对应的叙述者，但作为情感倾诉的表达者，作为语言的主体，抒情文本中仍然存在着'表达出构成文本的语言符号的那个行为者'"③，即虽然抒情诗歌不讲述故事，"抒情人"（speaker）不

① 尚必武：《西方文论关键词：叙事性》，《外国文学》2010 年第 6 期。
② 尚必武：《"跨文类"的叙事研究与诗歌叙事学的建构》，《国外文学》2012 年第 2 期。
③ 谭君强：《论抒情诗的叙事学研究：诗歌叙事学》，《思想战线》2013 年第 4 期。

等于严格意义上的"叙述者"（narrator），但是可以说抒情人是在叙事学意义上"表达出构成文本的语言符号的那个行为者"，也具有"叙述者"的叙述交际功能。在交流与情感倾诉层面，抒情人、抒情接受者与叙述者、受述者之间有着共同性，只是前者比后者的交流更为强烈直接。这一论述与乔纳森·卡勒从结构主义层面分析的抒情诗歌中的叙事特征相吻合，"整个诗学传统运用表示空间、时间和人的指示词，目的就是为了迫使读者去架构一个耽于冥想的诗中人。这样，诗就成为某位叙述者的话语"①，只是后者更强调指示词的叙事性结构功能。对此，尚必武有更为激进的论断，他指出："叙事中所包含的三个重要的因子如'人物'、'事件'、'变化'在抒情诗中也以不同的面貌得到呈现，如'人物'变成了'说话者'，'事件'则变成了'思想'、'态度'、'信仰'和'情感'等，而状态的变化也是可有可无的。"② "人物"即指的是"叙述者"，他直接将"人物"等同于"说话人"。此类辨析从叙述者角度为认知和阐释抒情人的叙事性特征提供了理论依据。与此同时，受到许恩（Peter Hühn）诗歌理论的影响，如"诗歌在话语层面上的总体组织（像任何叙事文本一样）可以被称作是情节"，"在诗歌中，情节典型地使用心理现象如思想、记忆、欲望、感情和态度等"③，尚必武将诗歌中的事件心理化、情感化。以前内在于自我的事件都不被叙事学考察，在抒情诗中不仅从话语组织上将诗歌中的各种心理现象视为情节，并且进一步把这一情节/事件变得心理化、主观化、情感化，使叙事学理论更能适应抒情诗的分析与研究。不过需要指出的是，尚必武关于"状态的变化也是可有可无的"这一判断，值得商榷。因为抒情诗中的变化始终存在，正如艾布拉姆斯的著名论断——抒情诗是"这一单个抒情人表达了一种思想状态或领悟、思考和感知的过程"，这一"过程"包括心理、情感等的变化，当然也包括外在场景的转移、事件的进程，因此变化始终寓于其中，并且和叙事时间、空间或者说序列性

① 〔美〕乔纳森·卡勒：《结构主义诗学》，盛宁译，中国社会科学出版社，1991，第248页。

② 尚必武：《"跨文类"的叙事研究与诗歌叙事学的建构》，《国外文学》2012年第2期。

③ Peter Hühn, "Transgeric Narratology: Applications to Lyric Poetry", *The Dynamics of Narrative Form: Studies in Anglo-American Narratology*, ed. John Pier (Berlin: de Gruyter, 2004), pp. 146–147, pp. 151–153.

有着密切关系。在上述理论探讨的列举与分析中不难发现，通过抒情人与叙述者的关系，抒情诗的叙事性因素凸显；通过事件/情节的心理化，扩大抒情诗中事件的维度，使事件的叙述表达更有抒情的特质；而抒情诗中心理、情感、思想的变化，场景与事件的转移、演进等，都为抒情诗的叙事性探讨提供了有力的理论支撑。

关于抒情诗的叙事性问题，德国学者许恩（Peter Hühn）和基弗（Jens Kiefe）还从媒介性与序列性层面，对此进行了富有理论建设意义的探讨，指出："叙事性主要是两个维度的结合：序列性或时间组织，以及把个体事件链接起来构成一个连贯的序列；媒介性，媒介是从具体的视角对这一序列事件的选择、呈现和富有意义的阐释。"[1] 其中序列性既包含了时间序列又包含了空间序列，甚至还包含因果律，这与尚必武所否定的"状态的变化"不无关联。另外，许恩对诗歌叙事媒介包括的基本成分有所阐述，认为其包含视角与媒介的使用者（传记作者、文本的组织结构、说话者或叙述者、主要人物）[2]。这一观点启发了尚必武将媒介性进一步阐释为，"实则是再现诗歌叙事的'媒介化'（mediation），或'叙述'与'聚焦'，即'谁说'（who speaks?）和'谁看'（who sees?）的问题"[3]，即从叙述与聚焦——从"谁说"（who speaks?）与"谁看"（who sees?）上来分析诗歌叙事。而这一点对研究抒情诗中叙述者的视点和声音不无裨益。

上述从细微层面对抒情诗中的叙事性理论进行了考察与辨析，无疑为中国现代抒情诗的叙事性研究提供了重要的理论视域，以及分析、阐释的角度与方法。同时，也使抒情诗中叙事性的概念进入理论界定的视野。因此，一方面，参照西方文类特征与叙事理论；另一方面，借鉴中国文学传统中叙事诗论及其叙事的特征，抒情诗中"叙事"的界定可从如下方面展开。首先，就诗歌表现手法而言，是指诗人对自身及其以外事物、事象、

---

① Peter Hühn, Jens Kiefer, *The Narratological Analysis of Lyric Poetry*: *Studies in English Poetry from the 16th to the 20th Century*, Trans. Alastair Matthews, Berlin: Walter de Gruyter, 2005, pp. 1-2.

② Peter Hühn, "Transgeric Narratology: Applications to Lyric Poetry", *The Dynamics of Narrative Form*: *Studies in Anglo-American Narratology*, ed. John Pier（Berlin: de Gruyter, 2004）, p. 147.

③ 尚必武：《"跨文类"的叙事研究与诗歌叙事学的建构》，《国外文学》2012 年第 2 期。

事态或事件（故事）的描绘讲述，其中的"事"既可以是某一事件或事件的片段，又可以是思想、记忆、欲望、信仰、感情和态度等心理化事件，一般可以同"叙述""陈述""叙写""描述"等词通用；其次，抒情诗中的叙事泛化为一种描述性的话语，则指由此衍生的修辞性、风格化、功能化的特征，如"叙事性"与"叙事式"的命名或称呼；再次，就范畴大小而言，在一定的语境中，它既可以指称为某些叙事性成分或因素，也可上升为叙事性的诗学传统①。具体到现代抒情诗，则是指抒情主体或者叙述者在一定意义的时空单元中，用语言叙述来呈现情绪、情感、思想、心理、事件、场景等的微妙变化，往往借助"模拟'情感的生变状态'——生长的'过程'、活动的层次、生成的状态"②，来构架一个诗学情境，表征现代的人生与人心。它体现了诗歌的抒情性与语言特质，又具有叙事学的某些特征。正如有论者指出的，抒情诗的叙事不同于其他叙事文学的地方："在抒情诗中，叙事目的就不同了，它不为事，也不为人，只作为诗人情思的依托与外壳而存在。这种唯诗才有的不同于叙事文学的叙事。"③不专注人与事，而是情思的依托与外壳，这正是抒情诗叙事性的独特之处。甚至有学者指出："或是一些事实片段的展现，或是某一生活场景的刻画，或是人物性格或面影的速写，是由诗人主观情感贯穿与笼罩起来的一种叙事结构。它的核心功能指向是抒情。"④ 抒情诗的叙事如片段展现、场景刻画、人物速写，作为结构功能都指向抒情。这里不仅强调抒情诗叙事性所具有的形式层面的结构功能，而且着力指出叙事性的各类美学理念与要素只是帮助抒情诗丰富、拓展表现的策略或途径。因此这一探讨不是指向叙事的演绎，而是指向诗，尤其指向抒情诗的诗学结构与诗学形态的建构。因此在这个意义上，抒情诗中的叙事性，是借用叙事元素来创作文本、解读文本，进而探讨叙事在抒情诗创作与理论层面的诗学功能。

---

① 董乃斌：《导论：抒情传统与叙事传统的并存互动——对中国文学史贯穿线的一种认识》，董及斌主编《中国文学叙事传统研究》，中华书局，2012，第 15 页。
② 〔美〕苏珊·朗格语，转引自叶维廉《中国诗学》，生活·读书·新知三联书店，1992，第 162 页。
③ 袁忠岳：《抒情诗中叙事功能及其形式转换》，《诗刊》1991 年第 4 期。
④ 邹进先：《从意象营造到事态叙写——论杜诗叙事的审美形态与诗学意义》，《文学遗产》2006 年第 5 期。

第四节 叙事性与散文化、戏剧化
和小说化

在中国现代抒情诗中，诗歌的散文化、小说化、戏剧化等诗学命题在其发展的不同历史阶段出现，有着一定话语的纠缠与概念的交集，这也需要对此有所厘定与辨析。五四以来，受译介过来的西方文论的影响，中国新文学中产生了有边界划分的文类意识，较为清楚的文类区分及其话语建构开始出现，因此这几个概念都得到了不同程度的讨论。

一 诗歌中的散文化与叙事性的理论缠绕与区别

在中国现代抒情诗史上，诗与散文的边界区分与论争居于首位，而且两者关系最复杂。检视散文化在现代抒情诗中的发展历程会发现，在胡适1915年提出的"作诗如作文"中可找到散文化最早的痕迹①。在1923年成仿吾对胡适、康白情早期白话诗的批评中②，散文化的"非诗化"特征开始被检讨。在1926年穆木天对胡适"作诗如作文"诗歌观念的批判中③，散文化作为纯诗化的对立面遭到抨击。1931年梁实秋对新诗中"大家注重的是'白'而不是'诗'"的状况及其带来的"散漫无纪"的散文化无不警惕④。1939年艾青在抗战背景下发表的《诗的散文美》中提出："由欣赏韵文到欣赏散文是一种进步"，"散文是先天的比韵文美。口

---

① "作诗如作文"的"文"是指与韵文化的诗相对的散文化的文，而这一散文化的文就不言而喻地具有了叙事性存在的因子。这又见于胡适1916年日记中记载："觐庄尝以书来，论'文之文字'与'诗之文字'截然为两途。'若仅移文之文字于诗，即谓之革命，则不可，以其太易。'此未达吾界革命之意也。吾所持论固不徒以'文之文字'入诗而已。然不避文之文字，自是吾论诗之一法。"文后编者的注释："'文之文字'与'诗之文字'，实际指散文的语言和韵文的语言。"吴奔星、李兴华选编《胡适诗话》，四川文艺出版社，1991，第70页。原载《胡适留学日记》（三），上海商务印书馆，1947，第789~790页。

② 成仿吾：《诗之防御战》，杨匡汉、刘福春编《中国现代诗论》（上编），花城出版社，1985，第69~81页。原载《创造周报》1923年第1期。

③ 穆木天：《谭诗——寄沫若的一封信》，杨匡汉、刘福春编《中国现代诗论》（上编），花城出版社，1985，第93~101页。原载《创造周月刊》1926年第1期。

④ 梁实秋：《新诗的格调及其他》，杨匡汉、刘福春编《中国现代诗论》（上编），花城出版社，1985，第142页。原载《诗刊》1931年第1期。

语是美的，它存在于人的日常生活里。它富有人间味。它使我们感到无比的亲切。而口语是最散文的"①。艾青不仅对散文化的诗美特质有所阐扬，也着重指出了其"口语"美的特征②，而所举诗句"安明！/你记着那车子"，则在口语的"新鲜而单纯"中有着叙事性的烙印。同时，艾青承认在创作《火把》一诗时，"我有意识地采用口语的尝试，企图使自己对大众化问题给以实践解释。"③ 因此，艾青的散文美在口语化实践中有着大众化的倾向。20 世纪 40 年代，朱自清将中国新诗发展脉络描述为，"抗战以前新诗的发展可以说是从散文化逐渐走向纯诗化的路……抗战以来的诗又走到了散文化的路上了"④，即从抗战前到抗战后新诗经历了从散文化到纯诗化再到散文化的过程。而且朱自清还认为，"完全用白话调的自然不少，诗行多长短不齐……又多不押韵。这就很近乎散文了"，"'自然的音节'近于散文而没有标准"⑤。朱自清探讨了造成早期白话诗的散文化成因，对诗与散文的界限有着理论的关注。1943 年李广田宣称"我们这时代是一个散文的时代"，而且认为"诗的散文化。散文化这不单指内容而言，而更重要的还是形式"⑥。虽然"承认这些散文化的诗是'诗'"，但李广田进一步表达了对诗的散文化的不满与对永久性艺术的追求："我们的不能完全满意还是一样的，我们还是一样的在要求那更高更远的东西。"⑦ 进而他在对诗与散文的分野有更明确的认知中，强调了新诗形式创造的意义。1944 年废名对诗歌散文化理论的重刊，都提出了对诗歌散文化的不同关

① 艾青：《诗的散文美》，《艾青选集·第三卷》，四川文艺出版社，1986，第 43、44 页。原载《广西日报》副刊《南方》1939 年第六十六期。

② 艾青《与青年诗人谈诗》中指出"我说的诗的散文美，说的就是口语美"；《艾青选集·第三卷》，四川文艺出版社，1986，第 365、366 页。原载《诗刊》1980 年第 10 期。

③ 艾青：《为了胜利——三年来创作的一个报告》，《艾青选集·第三卷》，四川文艺出版社，1986，第 80 页。原载《抗战文艺》1941 年第 7 期。

④ 朱自清：《抗战与诗》，朱乔森编《朱自清全集》（第二卷），江苏教育出版社，1996，第 345 页。

⑤ 朱自清：《诗的形式》，朱乔森编《朱自清全集》（第二卷），江苏教育出版社，1996，第 396 页。

⑥ 李广田：《论新诗的内容和形式》，杨匡汉、刘福春编《中国现代诗论》（上编），花城出版社，1985，第 425 页。原载《文学评论》1943 年第 1 期。

⑦ 李广田：《论新诗的内容和形式》，杨匡汉、刘福春编《中国现代诗论》（上编），花城出版社，1985，第 428 页。原载《文学评论》1943 年第 1 期。后续引文如下："时代虽然过去，而艺术却应当是永久的。我们要求时代的艺术能成为永久的艺术。"

注。而对散文化给予理论探讨的是袁可嘉，他较早地指出，"在艺术媒剂的应用上，绝对肯定日常语言、会话节奏的可用性但绝对否定日前流行的庸俗浮浅曲解原意的'散文化'"，"一度以解放自居的散文化及自由诗更不是鼓励无政府状态的诗篇结构或不负责任，逃避工作的借口"①。在肯定散文化中"日常语言、会话节奏"媒介的意义之余，他对散文化流弊充满警惕。随后，他不仅指出了"散文化"的诗学渊源、价值，而且指出了诗与散文的区别："'散文化'出现较迟，是西洋自由体诗的再解放，原来意思无非是解脱传统的形式所带来的限制、束缚，使诗的文字媒介更富有弹性、更能作为广泛地表达人生的工具，并不是真的要把诗写成散文，用散文来代替诗。"② 袁可嘉进一步区分了诗的"散文化"与散文的"散文化"："事实上诗的'散文化'是一种诗的特殊结构，与散文的'散文化'没有什么关系，二者的主要分别不在文字的本质，而在结构与安排。"③ 其中，这一"结构与安排"包含了诗与散文的本质区别，而这一使得"更富有弹性、更能作为广泛地表达人生的"散文化，其"结构与安排"的具体内涵，其实是指以对"民间语言与日常语言"使用以"引致扩大解放的效果"，由此产生了诗歌的散文化④。因而，当袁可嘉指出，"民间语言与日常语言的好处都在他们储藏丰富，弹性大，变化多，与生活密切相关而产生的生动，戏剧意味浓"⑤，无异于标示出诗歌散文化的形式特征，即表现为：语言层面是指具有"民间语言与日常语言"的弹性、变化；内容层面则是"广泛地表达人生"；其诗学效果则是"生动，戏剧意味浓"。在这一

---

① 袁可嘉：《新诗现代化——新传统的寻求》，《论新诗现代化》，生活·读书·新知三联书店，1988，第6、7页。原载《大公报·星期文艺》1947年3月30日。

② 袁可嘉：《对于诗的迷信》，《论新诗现代化》，生活·读书·新知三联书店，1988，第66页。原载《文学杂志》1948年第11期。

③ 袁可嘉：《对于诗的迷信》，《论新诗现代化》，生活·读书·新知三联书店，1988，第67页。原载《文学杂志》1948年第11期。引者按：在《论新诗现代化》一书中，此处的引用为"事实上诗的'散文化'是一种诗的特殊结构，与散文化的'散文化'没有什么关系"，读着感觉不通；后查阅此文最早发表的《文学杂志》，则发现引文为："事实上诗的'散文化'是一种诗的特殊结构，与散文的'散文化'没有什么关系"，经比较，从发表的先后、句意的通顺，以《文学杂志》的引文为准。

④ 袁可嘉：《对于诗的迷信》，《论新诗现代化》，生活·读书·新知三联书店，1988，第67页。原载《文学杂志》1948年第11期。

⑤ 袁可嘉：《对于诗的迷信》，《论新诗现代化》，生活·读书·新知三联书店，1988，第67页。原载《文学杂志》1948年第11期。

叙事性的形式中，无不喻示了抒情诗吸纳"民间语言与日常语言"的弹性变化与生动洗练，在经验域的扩展中承载生活更丰富内容的叙事性诗学特征。因而，在袁可嘉对散文化理论的辨析与倡导中就揭于了诗歌散文化里蕴藏的叙事因子。

无论是关于"散文化"与非诗化的讨论、"散文化"与纯诗化的区分，还是抗战语境下诗歌大众化追求中的散文美，抑或是散文化与散文在结构与安排上的区分，还是在有散文化倾向的具体诗歌中，都不难发现叙事性与散文化如影随形。甚至有时候，散文化本身就是叙事性，如在"作诗如作文"中，既标示了新诗反格律的散文化特征，也揭示了新诗说理、写实的叙事性诉求；梁实秋所否定的散文化的"散漫无纪"，也是叙事性的非诗化弊病；穆木天从否定散文化而走向纯诗追求，而纯诗则被宗白华进一步诠释为摒除"一切客观的写景、叙事与说明"，可见纯诗化对散文化、叙事都不能见容；朱自清对抗战以来诗歌"在组织和词句方面容纳了许多散文成分"① 形式的描述，在一定程度上，"散文成分"可以置换"叙事成分"；叶维廉指出："早期的白话诗却接受了西洋的语言，文字中增加了叙述性和分析性的成分，这条路线发展下来，到了三四十年代的时候，变得越加散文化了。"② 从文字中的叙述性、分析性的增加到散文化的演变，叶维廉也发现了叙事性与散文化的关联轨迹。因此，在众多探讨中不难发现二者都有着众多的交集，甚至有时散文化就表现为叙事的特征。

同时，在创作上，周作人的《小河》被评为"新诗中的第一首杰作"③，诗中的叙事性因素鲜明；戴望舒的《我的记忆》是以娓娓道来口语化叙述呈现了打破其中音乐束缚后的散文美；艾青的《大堰河——我的保姆》以悲郁壮美的诗性叙事在 1934 年达到了散文美的顶峰……正如张松建对叙事与散文化关系的探讨："前者只有放置在后者的视野中才能得到全面的解释。"④ 不仅二者共享了白话语调、自然音节、自由诗体等形式所

---

① 朱自清：《抗战与诗》，朱乔森编《朱自清全集》（第二卷），江苏教育出版社，1996，第346 页。

② 叶维廉：《我和三四十年代的血缘关系》，《叶维廉诗选》，人民文学出版社，2008，第280 页。

③ 胡适：《谈新诗——八年来一件大事》，杨匡汉、刘福春编《中国现代诗论》（上编），花城出版社，1985，第 3 页。

④ 张松建：《抒情主义与中国现代诗学》，北京大学出版社，2012，第 129 页。

带来的打破旧诗格律的革命性荣光，更背负了中国新诗发展历程中的负面因素，比如作为流弊存在被指斥。正是在这个意义上，中国现代抒情诗的叙事性问题大多数时候隐藏在散文化诗学的潮流下，成为与之容易混淆的理论话语。

其实二者是有区别的，散文化的提出本是针对韵文化或者说格律化而言的。在古代文论中就有韵散对立的区分，散文化与格律、韵文的对立是第一要义，同时，新诗反叛古典诗歌的一把利器就是排律的散文化。陈明远在对郭沫若 20 世纪 30 年代以后的诗歌"散文化"批评就是针对其诗过于自由、反格律化而提出的①。王泽龙在探讨何为散文化时，也把它与音律的对立置于首位，指出是由于非音律的散文因素入诗形成的散文化："我认为是现代诗歌把非音律的某些非诗歌形式的散文因素融入诗歌，化散文入诗，使诗歌具有内在的诗质与现代的诗意。"② 但在对具体散文因素的探讨时，王泽龙认为："究竟哪些散文因素应该被诗容纳呢？我们从现代诗学理论与诗歌实践中总结了如下四个方面：自由的诗体、白话的诗语、自然的音节、现代的诗思。"③ 把造成散文化的原因当成了散文形式本体论特征，这一迷误导致了散文化的形式特征一直含糊着，不曾在本体论上有所界定。朱自清在谈抗战后诗的散文化时，虽分析了"诉诸大众""民间化""朗诵诗的提倡"是散文化的原因，但对散文化形式特征进行分析时，还是陷入了就散文解释散文化的怪圈，"在组织和词句方面容纳了许多散文成分"④，即散文化的特征就是组织、词句上对散文成分的容纳，无异于循环释义的论述。随后论及"散文化的诗里用了重叠"，"现在的诗着意铺叙"⑤，才触及了一些散文形式要素的探讨。现代抒情诗的散文化与宋诗的"以文为诗"有着内在关联，李怡在对宋诗的概括中就对散文化形式有所论述："我认为最首要的还是所谓的'以文为诗'，即打破晋唐诗歌

---

① 陈明远：《新诗的散文化与格律化》，郭沫若、陈明远著《新潮》，中国文联出版公司，1992，第 273 页。
② 王泽龙：《"新诗散文化"的诗学内蕴与意义》，《中国社会科学》2007 年第 5 期。
③ 王泽龙：《"新诗散文化"的诗学内蕴与意义》，《中国社会科学》2007 年第 5 期。
④ 朱自清：《抗战与诗》，朱乔森编《朱自清全集》（第二卷），江苏教育出版社，1996，第346 页。
⑤ 朱自清：《抗战与诗》，朱乔森编《朱自清全集》（第二卷），江苏教育出版社，1996，第346、347 页。

的物我涵化、含蓄蕴藉的美学规范，反对传统极力营造'纯诗'境界的路数，用散文化的方式创造诗歌，广泛采用叙述性、议论性的语句。"① 在李怡的论述中，散文化的具体手法是叙述性、议论性的语句；前面朱自清所说的"散文成分"也可以等同于叙事性及其手法。可以说除了散文化与格律、韵文的对立关系外，它和叙事性又有着一定的交集，甚至在不严密的论述中"散文化"可以替换为"叙事性"。

但交集或可替换并不意味着等同，就是由于散文化难以形式化为具体要素，因而若要探讨散文化，就不得不借助叙述性、议论性的形式因子，而且叙事性的因素更能揭示散文化的特征，虽然张松建对叙事与散文化关系有着如下判断，"前者只有放置在后者的视野中才能得到全面的解释"②，在此，不妨将张松建对叙事与散文化关系的论述翻转一下：散文化只有通过叙事才能得到真正的理解，即只有借助叙事性因素的诗学探讨才能真正实现对散文化的认知。

就叙事文类的特征而言，散文属于叙事大类，它必然带有叙事作品所具有的特征，有叙事者或人物，有事件或情绪心理的变化，还有具有动力结构的叙事性语句或静态化的描述、叙写。同时，作为文学体裁，它的具体写作手法包括写景、抒情、叙事、议论等。散文具有众多文类的表现手法，却缺乏自己较为独立而风格化的、质的规定特征。钟军红在对胡适"作诗如作文"诗论的研究中也发现："散文的手法和句式如议论、说理、使用虚字、用人称代词等，也不断地被诗歌吸收，愈到后来愈趋向散体化。"③ 其中，"议论、说理、使用虚字、用人称代词"被标示为散文手法或句式；进而，他对散文化的形式特征展开辨析："故散文多用叙事和议论手法。因为议论讲逻辑性，叙事则隐含着时间的流动、方位的确定、事物的逻辑。它们都需要长短不拘的语言形式，需要大量的虚字来表示事物之间的逻辑关系。"④ 这一辨析揭示了散文对叙事与议论等手段的借用，以及叙事与议论的区别。这不仅说明了散文的叙事性特征，而且在对叙事中隐藏的时空、因果等逻辑关系的论述中揭示了散文的叙事性结构。而这一

---

① 李怡：《中国现代新诗与古典诗歌传统》（修订版），北京大学出版社，2012，第85页。
② 张松建：《抒情主义与中国现代诗学》，北京大学出版社，2012，第129页。
③ 钟军红：《胡适新诗理论批评》，人民文学出版社，2005，第116页。
④ 钟军红：《胡适新诗理论批评》，人民文学出版社，2005，第119页

散文化的叙事性在胡适、艾青等的创作中都有不同程度的呈现，成为现代抒情诗中叙事性的重要诗学表征之一。所以在这一界说与讨论中，当叙事性作为文学表现手法出现时，叙事性常常裹挟在散文化的诗学现象中，成为后者较鲜明形式特征；当叙事上升为文类或文学传统时，散文隶属于叙事文类或叙事文学传统，成为一个具有叙事性特征的文学体裁。

　　然而，在《美学》中黑格尔对诗与散文有着严格的区分，因为诗在表现观念和内心的精神性方面具有独特的优势。它能够直接呈现一个完整、统一的世界，主观和客观在诗歌中实现了统一。散文因其日常性，不能深入事物本质和内部，不能超越个别的、偶然的事物之间的工具性和目的性的联系，获得全部事物的总体性，只能呈现偶然性，因为"日常的（散文的）意识完全不能深入事物的内在联系和本质以及它们的理由、原因、目的等等，它只满足于把一切存在和发生的事物当作纯然零星孤立的现象，也就是按照事物的毫无意义的偶然状态去认识事物"①。散文是一种事物之间的联系，而不是事物的本质和内在联系。所以黑格尔认为诗远远高于散文："诗就不仅要摆脱日常意识对于琐屑的偶然想象的顽强执着，要把对事物之间联系的单凭知解力的观察提高到理性，要把玄学思维仿佛在精神本身上重新具体化为诗的想象，而且为着达到这些目的，还要把散文意识的寻常表现方式转化为诗的表现方式，在这种矛盾所必然引起的意匠经营之中，还必须完全保持艺术所应有的自然流露和原始状态的自由。"② 因此，就抒情诗而言，散文不能把握事物的本质联系，不能真正呈现完整、统一的世界，是需要极力规避的。但同时，叙事作为引发事端，使诗歌形象得以具体呈现，因而又是可以存留在抒情诗中。因此，在这个意义上，叙事性作为形式要素，是更能被抒情诗所接纳的，而散文化却不具备如此形式化的诗学价值，反而因其非诗化流弊而成为被排斥的现象。只是在现代抒情诗中，由于散文化现象虽较凸显，但其形式化特征在很大程度上体现为叙事性，而对散文化具体的叙事性形式要素在诗歌中的价值成为探讨、追问的理论命题；虽然往往借助不同时期的散文化去挖掘其中叙事性现象，但最终是要在诗歌本体论意义上，探讨叙事性与抒情诗、叙事性与诗歌的诗学关系与诗学价值。

①　〔德〕黑格尔：《美学》（第三卷下册），朱光潜译，商务印书馆，1991，第23页。
②　〔德〕黑格尔：《美学》（第三卷下册），朱光潜译，商务印书馆，1991，第25、26页。

二 诗歌中的戏剧化、小说化与叙事性的关联

非常有意思的是，如果说叙事性与散文化在新诗发生之初，"并不是这些诗人在理论上的明确提倡与追求"①，只是在抗战之后，"这时代诗的散文成分是有意为之，不像初期自由诗派的只是自然的趋势，而这时代里的散文成分比自由诗派的似乎规模还要大些"②。故叙事性与散文化从自然到自觉追求背后分明是诗歌大众化追求的使然，那么戏剧化曾被袁可嘉在创作与理论层面倡导，是有意为之的理论探索与创作总结，戏剧化作为新诗现代性的重要表征被肯定，是新诗历史选择的必然。

诗歌中戏剧化理论来自西方文论，较早探讨诗歌中的戏剧性特征是英国文艺批评家赫兹利特，他在《英国诗人讲座》中对比莎士比亚和华兹华斯时，肯定了莎士比亚的非"自我中心主义者"的伟大创作及其成就，否定了华兹华斯被"一种热烈的理性的自我中心吞没了一切"的"戏剧性的反面"③。由此，这一非自我中心的戏剧性在诗歌理论层面滥觞。英国诗人勃朗宁不仅以"戏剧性"反复用于诗集的命名，如《戏剧性抒情诗》《戏剧性田园诗》等，而且创作了大量戏剧化诗歌，甚至独创了"戏剧独白诗"，虽然这一戏剧化的诗歌实践在勃朗宁所处的时代被批评，但其开启实验之功不可辱没。正是赫兹利特对诗歌戏剧性的探讨，诱发了一系列戏剧性理论的提倡或诗学探析：艾略特对"戏剧化声音"的讨论，叶芝在晚年提出的"面具论"，庞德以虚构人物作"替身"替代诗人出场，利维斯对玄学诗人多恩诗歌戏剧性特征的分析等。而且，艾略特、叶芝、庞德等人在诗歌中运用戏剧化达到的客观间离与含蓄晦涩的诗学效果，已经成为现代主义诗歌的重要表征。戏剧化诗学观念在 20 世纪 30 年代新批评理论家手中成为理论的热点，不仅发展成了"戏剧性处境"④ 的理论，而且布

---

① 吴晓东：《从"散文化"到"纯诗化"》，《记忆的神话》，新世界出版社，2001，第274页。
② 朱自清：《抗战与诗》，朱乔森编《朱自清全集》（第二卷），江苏教育出版社，1996，第346页。
③ 〔英〕赫兹利特：《英国诗人讲座》，S. W. 道森著《论戏剧与戏剧性》，艾晓明译，昆仑出版社，1992，第128页。
④ Cleanth Brooks, Robert. Penn. Warren. *Understanding Poetry.* Beijing: Foreign Language Teaching and Research Press, 2004. pp. 17–67. 这里参考的是 1978 年问世的第 4 版，此书初版于 1938 年。——引者注

鲁斯提出了诗歌的"戏剧性结构"①。其中布鲁克斯在论及意象的时候指出，"诗歌运用的方法就是通过对事物、人物或事件的戏剧性表现来激发我们的想象"②，这里的戏剧性中充斥着"事物、人物或事件"等种种叙事要素，或者说依赖于叙事要素，戏剧性才成为可能。同时布鲁克斯还提出了"戏剧性情境"，抒情诗是外在于作者的客观呈现、一种情境，"意义是一个情境戏剧化的特别的意思。总之，一首诗，作为一种戏剧，包含了人类的情境，暗示着对于那个情境的态度"③。抒情诗的"客观呈现"是情境美学的具体表征，"一首诗，作为一种戏剧，包含了人类的情境"，一首诗在动作、行为和诗学效果层面是戏剧，但这个戏剧是包含在情境之中，同时抒情诗的"意义是一个情境戏剧化的特别的意思"，说明了抒情诗即是在一个情境之中动作、行为和思想情感的变化之中产生的戏剧化诗学效果所表达的"特别的意思"。因此，"戏剧性处境"最终在诗学形态层面呈现为一种情境美学的特征，其中具体的形式表征就是叙事性的手段。尤其是后者直接启发了袁可嘉在 20 世纪 40 年代提出新诗戏剧化理论。在中国新诗史上，虽然 1944 年闻一多在抗战语境下提出"在一个小说戏剧的时代，诗得尽量采取小说戏剧的态度，利用小说戏剧的技巧，才能获得广大的读者"④，但闻一多粗疏的提倡并没有进一步的理论言说；卞之琳后来对自己创作的"戏剧性处境"⑤ 也仅仅做了概括性解说；只有袁可嘉在《新诗戏剧化》《谈戏剧主义》等文章中有着深入的考辨与理论探讨。不过新月诗人闻一多、徐志摩创作中的戏剧化倾向已经显露，卞之琳、穆旦等诗歌中的戏剧化则更为成熟。到 20 世纪 90 年代，在跨文类写作中，翟永明、陈东东、张曙光、肖开愚等人创作中出现的戏剧场景或戏剧性独白诗，则是

---

① Cleanth　Brooks，　Robert.　Penn.　Warren.　*Understanding*　*Poetry*. Beijing：　Foreign　Language Teaching and Research Press，2004. pp. 266-340.

② Cleanth Brooks，Rolert. Penn Warren. *Understanding Poetry*. Beijing：Foreign Language Teaching and Research Press，2004. p. 69.

③ Cleanth Brooks，Rolert. Penn Warren. *Understanding Poetry*. Beijing：Foreign Language Teaching and Research Press，2004. p. 267. 此段译文的原文为"The meaning is the special import of the dramatization of a situatiion，In sum，a poem，being a kind of drama that embodies a human situation，implies an attitude toward that situation."

④ 闻一多：《新诗的前途》，《天下文章》1944 年第 4 期。

⑤ 卞之琳：《雕虫纪历（1930—1958）·自序》（增订版），人民文学出版社，1984，第 3 页。

现代语境与后现代语境下的新一轮诗歌叙事的先锋性实验。

由上述戏剧化的诗学现象和理论可见，相对于抒情诗中的叙事性，戏剧性或者戏剧化是一个更为显赫的诗学命题。布斯就提出抒情诗中的戏剧性在于与读者的戏剧性关系之中："作家可以根本不要人物介入真正的戏剧，而在……一种与读者的戏剧性关系中表现人物。许多抒情诗在这个意义上是戏剧性的。"① 对布斯而言，抒情诗中的戏剧性不在于人物介入戏剧，而在于"与读者的戏剧性关系中表现人物"，但他对这种"戏剧性关系"没有进一步言说。在关于二者关系的论述中，厄尔·迈纳认为在抒情诗中的叙事、戏剧是起"陪衬作用"的，由于抒情诗"强烈情感的共时呈现"以压倒性的风格出现，"尽管戏剧和叙事成分存在一目了然"②，但戏剧与叙事不仅没有打断削弱抒情，反而被抒情打断削弱，乃至变形，而且"叙事性所起的陪衬作用事实上比戏剧更弱"③。因此相比较而言，抒情诗中的戏剧性风格化特征要鲜明些。不过，"另一方面，抒情诗有说话者，叙事文有叙述者，这就使此两种文类之间的相似程度比二者与戏剧的相似程度要大得多"④。由于叙事和抒情诗二者都有具有言说功能的叙述者，而戏剧是人物直接言说，没有叙述者，所以，在这个层面，戏剧性与抒情诗的关系要疏离些。而艾略特对三种类型诗歌声音做了探讨："第一种声音是诗人对自己说话的声音——或者是不对任何人说话时的声音。第二种是诗人对听众——不论是多是少——讲话时的声音。第三种是当诗人试图创造一个用韵文说话的戏剧人物时诗人自己的声音。"⑤其中"诗人对自己说话的声音"就是抒情诗中对自己说话的诗人，其实面对的是任何人，与叙事性诗歌中的叙述者有着共性，只有在戏剧式诗歌中没有叙述者。在这个层面，迈纳对艾略特的理论有所发展和修正。这也使叙事性与戏剧化之间有了较鲜明的区别。而在施塔格尔诗学理论里，在他对诗歌中抒情式、叙事式、戏剧式作为类的特征对比中，他发现抒情式的

① 〔美〕W. C. 布斯：《小说修辞学》，华明等译，北京大学出版社，1987，第 182 页。
② 〔美〕厄尔·迈纳：《比较诗学》，王宇根、宋伟杰译，中央编译出版社，2004，第 142 页。
③ 〔美〕厄尔·迈纳：《比较诗学》，王宇根、宋伟杰译，中央编译出版社，2004，第 144 页。
④ 〔美〕厄尔·迈纳：《比较诗学》，王宇根、宋伟杰译，中央编译出版社，2004，第 148 页。
⑤ 〔英〕艾略特：《诗的三种声音》，王恩衷译，王恩衷编译《艾略特诗学文集》，国际文化出版公司，1989，第 249 页。

特征是"回忆"，叙事式的特征是"呈现"，戏剧式的特征是"紧张"。就诗学上的间离效果来说，三者分别标示了"感觉—指示—证明：间隔距离在这种意义上扩大着"①。就叙事式的独特意义而言，施塔格尔指出："抒情式的存在或者戏剧式的存在占优先地位是病态的……我们发现叙事式正好处在中间。流动的刚刚固定，固定的自身刚刚发现自己。"② 因为，"在赋予易逝之物以持久的'精神里的形式'之中，我们认出了叙事式的生存，它把事物本身固定下来，提供给记忆……当我们把'形式'，一种形体性东西，指派给叙事式的时候，'精神'考虑到一切依它而定的东西观察着被塑造成形的生命"③。就施塔格尔而言，叙事式不仅对抒情式、戏剧式有着修正的作用，而且赋予二者以固定形象实体，成为连接二者的桥梁。虽然施塔格尔不是针对抒情诗中的叙事与戏剧要素进行分析，但通过他对其中占首要地位的形式要素的判断与厘定，可窥出叙事性不如戏剧化更具间离效果，不如后者具有张力，但叙事性更能呈现形象的具体特征，更为生动鲜明。

在中国现代诗学的语境中，对"戏剧化"这一显赫的理论命题，解志熙在分析穆旦诗歌时有着敏锐而独到的发现："艾略特诗的'戏剧化'方法乃……旨在追求抒情寄意的客观性、间接性，就像写实小说家那样尽量让倾向性通过客观具体的细节场面描写和人物的自我表演自然而然地流露出来，乃至如意识流小说那样通过人物自我戏剧化的内心独白来达到深层心理的揭示，所以现代主义诗艺的'戏剧化'也被称为'小说化'。倘若我们对西方现代诗艺之核心的'象征'不作望文生义的理解，则应该明白艾略特诗的'戏剧化'或'小说化'，乃正是把'象征'从早期象征主义阶段大力推进到一个更为'现代主义'的新阶段。"④ 解志熙将戏剧化的具体形式揭示出来，"客观具体的细节场面描写"，"人物的自我表演"，"意识

---

① 〔瑞士〕埃米尔·施塔格尔：《诗学的基本概念》，胡其鼎译，中国社会科学出版社，1992，第 178 页。

② 〔瑞士〕埃米尔·施塔格尔：《诗学的基本概念》，胡其鼎译，中国社会科学出版社，1992，第 181 页。

③ 〔瑞士〕埃米尔·施塔格尔：《诗学的基本概念》，胡其鼎译，中国社会科学出版社，1992，第 184 页。

④ 解志熙：《一首不寻常的长诗之短长——〈隐现〉的版本与穆旦的寄托》，北京大学中国新诗研究所主编《新诗评论》，2010 年第 2 辑（总第十二辑），北京大学出版社，2010，第 188 页。

流小说……人物自我戏剧化的内心独白"，而且认为"戏剧化"即是"小说化"，进而结合西方诗学潮流的演进，指出"戏剧化"是将"'象征'从早期象征主义阶段大力推进到一个更为'现代主义'的新阶段"的艺术手段。对此，他还进一步地阐释为："不是径直把自己深广的思想关怀一股脑儿倾泻给读者，而是尽量不着痕迹地寄寓在具体的历史人事情境或日常生活现象的客观描绘之中，力求用一系列具体而微而又颇富戏剧性张力甚至像小说一样生动具体的描写，构成一种仿佛自然而然而又含蓄暗示的艺术境界，间接地传达自己的现代经验和深度关怀。"[①] 也就是说，艾略特艺术思维的高明之处，不是直呈思想，而是在客观描绘的张力间接传达经验与关怀：在这里，叙事性的具体情境与客观描绘被强调，同时将戏剧性张力和小说描绘都作为对等的手法建构进同一的艺术境界之中。在对《荒原》的解读中解志熙不仅指出："以戏剧化或者说小说化的客观描绘为主，具体而微地暗示出现代文明的荒凉，含蓄隐曲地传达出别求救赎的心声"，而且揭示了这一独特的寄寓传达与中国诗歌中的寄托的关系："正所谓从容出入于寄托而最终达到寄托之了无痕迹的'浑涵之诣'。"[②] 由此，解志熙不仅将戏剧化的形式表征具体为叙事性的手段，而且指出情境与现象的客观描绘等手法的意义，进而对戏剧化中叙事性有着更为清晰的辨析与厘定。

通过上述讨论可发现，叙事性作为形式特征，不若戏剧化那样具有客观化的间离效果，不如戏剧化那样具有矛盾对立的张力特征，其修辞风格相对弱化，但在形象直接、鲜明的呈现与抒情主体的声音辨析上有着独特之处。同时，在解志熙对戏剧化形式的甄别考辨中，戏剧化的具体形式又以叙事性手段得到实现。另外，如果将叙事性抬高到大的叙事文类意义来指称，在这个意义上，可以将戏剧化归为叙事的麾下，不过这个要看具体的语境而言。20 世纪 90 年代，在叙事性书写的潮流中，戏剧化手段确实存在，并在一定程度上对过度抒情与琐碎叙事有所纠正。因而这也构成叙

① 解志熙：《一首不寻常的长诗之短长——〈隐现〉的版本与穆旦的寄托》，北京大学中国新诗研究所主编《新诗评论》，2010 年第 2 辑（总第十二辑），北京大学出版社，2010，第 188 页。

② 解志熙：《一首不寻常的长诗之短长——〈隐现〉的版本与穆旦的寄托》，北京大学中国新诗研究所主编《新诗评论》2010 年第 2 辑（总第十二辑），北京大学出版社，2010，第 188 页。

事性与戏剧化在现代抒情诗中多重交集又各自复杂而独立的面目。在本文中，叙事性部分地包容了戏剧化的因子，但更具自己独特的形式表征。同时，正如有诗人指出的，"叙述，作为写作手段之一，它与抒情、论理、戏剧化等等技术一样，永远只是手段之一，并非诗的本体属性……它自身对于当代复杂现实的触及上，远远是不够的，它只有与前述的各种手段配合使用，方可造就真正对称于时代要求的诗歌"①，即叙述是手段而非本体，只有与戏剧等其他手段结合才能抵达诗。因此在这个意义上，二者既分类存在，又有着合流倾向。

与叙事性有着极大亲缘关系的诗的"小说化"提法出现较晚，主要见于闻一多与卞之琳等人的文字中，而且大多与"戏剧化"一起提出，如闻一多提出诗歌对"小说戏剧技巧的利用"②，虽然早在这之前，闻一多的诗歌中就有一些"小说化"的诗学实践，比如《奇迹》一诗就有对人物的小说化刻画，但闻一多在理论层面仅止于简约概念的含糊提倡。而卞之琳提倡"戏剧性处境"与"小说化"，是为了实现跳出"小我"的"非个人化"的诗学主张："我总喜欢表达我国旧说的意境或者西方所说'戏剧性处境'，也可以说是倾向于小说化，典型化，非个人化"，"这种抒情诗创作上小说化，'非个人化'，也有利于我自己在倾向上比较能跳出小我，开拓视野，由内向到外向，由片面到全面。"③ 这在他 1940 年出版的《慰劳信集》中有体现，部分诗作被穆旦称为"正在从枷锁里挣脱出来的'新的抒情'的缓缓的起伏"④。由于小说是叙事性特征最凸显的文类，叙事性是小说最显著的特征，很多讨论都将二者等同。不过，在严格意义上，二者稍有区分。"小说化"强调人物—情节/事件的叙事模式，强调"以行动或事件为主所构造的'情节'（plot）或'布局'"⑤ 等动态化、结构性的叙事特征，显得相对狭隘；而诗歌中的叙事性则包容了前者，还有对静态的

① 马永波：《客观化写作——复调、散点透视、伪叙述》，《诗探索》2006 年第 1 辑。
② 闻一多：《新诗的前途》，《天下文章》1944 年第 4 期。
③ 卞之琳：《雕虫纪历（1930—1958）·自序》（增订版），人民文学出版社，1984，第 3、7 页。
④ 穆旦：《〈慰劳信集〉——从〈鱼目集〉说起》，《穆旦诗文集》（2），人民文学出版社，2005，第 55 页。
⑤ 蔡英俊：《"诗史"概念再界定——兼论中国古典诗中"叙事"的问题》，《语言与意义》，华中师范大学出版社，2011，第 170 页。

描写、对非人物——事件的叙述，以及含蓄、简约、修辞弱化的叙事成分，后者显得更加广泛。因此，叙事性比小说化更能容纳丰富多元的叙事成分，成为更具有理论涵盖力的概念。

综上所述，诗歌中的叙事性较小说化、戏剧化等概念是更具包容力、更能容纳众多叙事成分的表意方式，而相对于散文化，叙事性显得更有具体化的形式特征，更能给予诗歌中的各种叙事因素以精细的阐释与分析，成为更能描述与考察中国现代抒情诗诗学特征的一个理论术语。在有所交集而又分离的厘定中，叙事性显示出其独特的诗学价值。

第二章

中国现代抒情诗叙事性写作的发生

在现代抒情诗发生的历史场域，叙事性的理论发端于胡适"作诗如作文"的诗学观念，正如朱自清所说，"初期自由诗派的只是自然的趋势"[1]，叙事性的出现也是自然的趋势。然而此期理论的倡行与自然趋势仅是现象的一端，叙事性的发生可以从历史诱因和发生机制中进行细致勘察。正如有论者指出的："发生不是某种既有事物的发展，发生的前提是连续性的中断。在连续性的中断之处，某种事物'无中生有'地将自身呈现出来。"[2] 发生学意义上的发生，不是既有事物的发展，而是连续性中断之处，"无中生有"的呈现。因而，现代抒情诗叙事性的发生，是现代抒情诗的语言、诗体与古典诗歌的语言、诗体发生中断之后，"无中生有"中生长出来的一种诗学特征，它虽接受了晚清以降叙事诗学思想的影响，但更与西诗译介、现代汉语的生成、自由的诗体、现代观念的传达等有着或隐秘或直接的关联。

第一节　西诗译介中的叙事性发生

吴芳吉、梁实秋、朱自清、王力都曾指出西方诗歌对中国的影响，梁实秋甚至认为"新诗，实际就是中文写的外国诗"[3]。不仅如此，叶维廉在

---

[1]　朱自清：《抗战与诗》，朱乔森编《朱自清全集》（第二卷），江苏教育出版社，1996，第346页。

[2]　段从学语，《重新回到新诗的起点——从〈"新诗集"与中国新诗的发生〉谈起》，张桃洲、孙晓娅主编《内外之间：新诗研究的问题与方法》，社会科学文献出版社，2012，第28页。

[3]　梁实秋：《新诗的格调及其他》，杨匡汉、刘福春编《中国现代诗论》（上编），花城出版社，1985，第114页。原载《诗刊》1931年第1期。

对中国新诗的考察中进一步指出："新诗一开始便承袭了西方专长的叙述性。"① 这一判断不仅表明西方诗歌中叙事性凸显的事实，也说明现代抒情诗叙事性受西方诗歌影响的事实。追问这一叙事性的由来，西方诗歌的译介成为不容忽视的问题。

一 圣诗翻译与叙事性的发生

中国台湾学者李奭学据法国国家图书馆东方手稿部的《圣梦歌》抄本，认为由入华耶稣会士艾儒略（Giulio Aleni）1637 年译出的长篇诗歌《圣梦歌》，"或许才可说是'第一首在华译出的英国诗'"②。这刷新了西诗译介的时间纪录③。《圣梦歌》虽用"以近似弹词的七言古诗"译出，但以首节即以作者兼第一人称叙述者来道开场白，不仅自报家门"我昔赋来原贵品"④ 来说明其武人兼贵族的身份，而且整诗都是"高大的骑士"的亡魂与尸身的辩驳。虽非白话散文的句式，但诗中充满了浓郁的叙事成分。

有意思的是，译者艾儒略是位新教传教士。近年来，袁进、刘进才、罗文军等学者对西方传教士与中国现代文学的发生、白话诗兴起的关联性研究中可发现⑤，圣诗翻译不仅为近现代文学与新诗的发生提供了另辟蹊径的探索，也为叙事性诗学现象提供了可以勘察与考量的丰富个案。

---

① 叶维廉：《与叶维廉谈现代诗的传统和语言——叶维廉访问记》，《叶维廉诗选》，人民文学出版社，2008，第 282 页。

② 李奭学：《中译第一首"英"诗〈圣梦歌〉》，《读书》2008 年第 3 期。

③ 参见李奭学的论述，钱锺书 20 世纪 50 年代提出 1864～1872 年威妥玛、董恂共译的朗法罗的《人生颂》，"五十余年后，其时任教于北大的沈弘及其门弟郭晖两人撰文推翻钱氏之说，认为一八五四年时可能是英国传教士麦都思（WalterHenry Nledhurst）所译的弥尔顿之《论失明》（On His Blindness），才是如今可见最早中译的英诗，该诗发表于是年的《遐迩贯珍》之中"。李奭学：《中译第一首"英"诗〈圣梦歌〉》，《读书》2008 年第 3 期。

④ 李奭学：《中译第一首"英"诗〈圣梦歌〉》，《读书》2008 年第 3 期。

⑤ 袁进：《西方传教士的影响》，见《近代文学的突围》，上海人民出版社，2001；《西方传教士的努力》，见《中国文学的近代变革》，广西师范大学出版社，2006；《重新审视欧化白话文的起源——试论近代西方传教士对中国文学的影响》，《文学评论》2007 年第 1 期；《从新教传教士的译诗看新诗形式的发端》，《复旦学报》（社会科学版）2011 年第 4 期。刘进才：《现代语言运动发生的异域资源——西方传教士与白话文体的先声》，见《语言运动与中国现代文学》，中华书局，2007。罗文军：《晚清民初新教传教士西诗译介研究》，中国人民大学，2012 年博士论文，未刊。

朱维之曾指出《圣经》及其圣歌具有文学性与艺术价值，"成功的圣歌名作，确是世界的瑰宝"，对圣歌的浅显明易而不失诗意有所论述："除《圣经》以外其次重要的基督教作品，便算是圣歌了。圣歌文字一方面要浅显明白，老妪能解；一方面又要不失诗意，不致成为庸俗化的打油诗。"① 圣诗作为西方文学的一种，不仅以其丰富的文学性成为中国新文学乃至现代抒情诗的异域诗学资源，同时其中"浅显明白，老妪能解"的特征，与后来胡适在《白话文学史》中提到的白居易作诗"令一老妪解之"和华兹华斯"每作诗都念给一个老妪听"②，无疑有着内在的一致性，而且也暗合了叙事性的诗学追求。早期传教士翻译的圣诗，用的是文言，其遵从古典诗歌风格移译，比如马礼逊 1818 年出版的《养心神诗》，作为在新教传教士的圣诗汉译首篇，"它在形式上主动遵从中国诗作规范，语言上表现出了文言倾向，不少地方也呈现了一定的浅白化色彩"③。随后，1856年麦都思翻译的《宗主诗篇》呈现了更为雅驯的中国化译风，"译以华文，谐声叶韵，音致抑扬，如中国作诗体裁"④。这些文言译诗在赞美上帝、传递教义上还不能丰富地容纳口语化叙述与更为浅近的叙事成分，因此对于口语化叙述的译文的呼唤成为圣经翻译的潜在需求。随着传教扩张的需要，以及传教士白话水平的提高，在 1872 年以合订一册的形式出版的"北京官话译本"标志着这类白话性质的圣经译本问世，其中的白话意识得到凸显。在不断增加的出版数量中，白话化的译文在圣诗集翻译中也有所彰显，"如 1871 年倪维思、狄考文本《赞神圣诗》，1872 年理约翰、艾约瑟本《颂主圣诗》，1879 年理一视本《圣教新歌》，以及 1886 年杨格非本《诗篇》等，都具有了更为突出的白话风格"⑤。

　　其中 1872 年由英国传教士理约翰、艾约瑟合译的《颂主圣诗》不仅

---

① 朱维之：《漫谈四十年来基督教文学在中国》，《金陵神学志》1950 年第 26 卷第 1、2 期合刊。

② 胡适：《白话文学史》，欧阳哲生编《胡适文集》（第 8 卷），北京大学出版社，1998，第377 页。

③ 罗文军：《晚清民初新教传教士西诗译介研究》，中国人民大学，2012 年博士论文，未刊，第 140 页。

④ 《麦都思行略》，转引自罗文军《晚清民初新教传教士西诗译介研究》，中国人民大学，2012 年博士论文，未刊，第 157 页。原载《六合丛谈》1857 年第 1 卷 4 期。

⑤ 罗文军：《晚清民初新教传教士西诗译介研究》，中国人民大学，2012 年博士论文，未刊，第 179 页。

开始了竖排的分行书写，而且大多采用八言或八六相杂的自由诗体形式，部分诗篇的训诫性叙述通俗易懂，比如第一章《衍圣书诗篇》中的第一篇《诗篇　圣徒恶人之别》：

一　不走恶人道路　　　不居轻慢座位
昼夜常思上帝法度　　　这人得福百倍

二　好比长青树木　　　种在溪水之旁
按时结果十分满足　　　枝叶不干不黄

三　凡他所作所行　　　每每如心如意
虽然天路有时不平　　　究是于他顺利

四　惟有作恶之人　　　如同谷内粗糠
被风吹去四散无存　　　不能收入天仓

五　审判日期一来　　　善恶必分清楚
善者升天享福无涯　　　恶人永远受苦①

译诗中日常生活词语的融入、浅近俗白的比喻以及"这人得福百倍""恶人永远受苦"等口语化陈述，同时大量双音节词出现，取代了单音节词的霸主地位，不仅译诗在白话入诗上取得进展，而且叙事性的因素充溢其间。

在其中标明为"孩儿诗"的译诗中，则出现了更为浅白自由的口语句式，比如第241篇《日月如梭》："一　又是一年过去/去了再不回来/转瞬之间顿更岁序/令我警醒心怀//二　又是一年过去/一年人事完了/各样危疑万般忧虑/心内再不缠绕……"② 译诗共五节，句式整饬中有自由，每节

---

① 转引自刘进才《语言运动与中国现代文学》，中华书局，2007，第97、98页。原载英国理约翰、艾约瑟同译《颂主圣诗》，京都福音堂印制，同治十一年刊（1872），第1页。

② 转引自刘进才《语言运动与中国现代文学》，中华书局，2007，第98页。

开头均为"又是一年过去"，形成一唱三叹、回环往复的音乐美与抒情风格，其间对生命与岁月流逝的感慨，就流淌在浓郁抒情而不乏追忆性叙述的个人抒怀中。在"孩儿诗"中，最具有叙事性倾向的译诗如第 256 篇《勿禁之》：

当初犹太妇人　　　　抱小孩来到主门

那时门徒极力拦拒　　令他们速去

他还没去耶稣已见　　满心怜爱现于慈面

可教小孩到我这里来

因我爱收小孩　　　　常要抱着他在胸怀

我愿作牧看这小羊　　怎教他逃亡

若是他们诚心归我　　和我同活在天亦可

可教小孩到我这里来

耶稣恩典无穷　　　　最喜欢小孩相从

还有无数小孩最苦　　因不知救主

慈悲救主容我祷告　　快教他们听你说道

可教小孩到我这里来

我愿异邦族类　　　　都归附耶稣教会

谨遵圣经预言之意　　将偶像速弃

求主宰天大光照下　　彰显我主慈悲广大

可教小孩到你这里来①

译诗五言、六言、七言、八言、九言相间杂错，极端自由的句式完全打破了整饬的传统诗学观念。最为重要的是，此诗具有明显的叙事性特征，

---

① 转引自罗文军《晚清民初新教传教士西诗译介研究》，中国人民大学，2012 年博士论文，未刊，第 182 页。原载英国理约翰、艾约瑟同译《颂主圣诗》，第二百五十六篇"勿禁之"。

不仅有多个叙述者及其叙述视角转换，而且还出现了人物和具体事件。第一节的叙述者为诗人，他以旁观的角度叙述了妇人小孩投主，遭门徒拒之、耶稣见怜的事件，其中犹太妇人、小孩、门徒、耶稣四位人物出场，且各有行动，情节性的事件毕现。第二节的叙述者变为耶稣，"因我爱收小孩"一句道出了耶稣即"我"自叙者的身份特征，也彰显了耶稣的博爱胸怀。第三、第四节的叙述视点又回归诗人，"慈悲救主容我祷告""我愿异邦族类""彰显我主慈悲广大"等句即是明证，这两节结尾还插入耶稣的声音，"可教小孩到我这里来"，这不仅利用重复构成诗歌复沓的音乐节奏，而且让诗歌中叙述声音的层次变得繁复立体。而最后一句"可教小孩到你这里来"，将前三节的"我"变为"你"，使叙述视点彻底回归诗人，也在重复中显出另一种变化。由此可见，多个人物的出场、细致的情节呈现、"他""我""你们""他们"等多重叙述人称的现身，以及叙述视角多次转化与回归，使此诗的叙事性得到张扬。再加之口语化的词语和句式，使它与传统文言诗作显然不同。之前列举的两首译作虽有一些叙事因素，但过于整饬的诗行在体式上限制了白话口语的自由表达。这首"孩儿诗"则明确打破了形式和韵律方面的束缚，呈现了更为自由的体式，语言浅白俗畅、自然清新。因而在形式和语言形态上十分接近后来的五四白话新诗。加上原诗具有的歌颂圣主的博爱情怀，以及这类译诗在白话入诗、诗性叙事等方面的艺术魅力，可以说，其接受程度不仅绝不逊于"40年之后胡适《尝试集》中那些带有'裹脚时代血腥气'的诗体"①，而且超越了五四初期的大部分新诗，其中叙事性书写是其重要的艺术表征。

　　另外，值得关注的是理约翰、艾约瑟合译《颂主圣诗》一书中的序言，用文言表达的诗学主张，竟然激进地与五四新诗观念异乎寻常的一致："诗之为道，情真为至，而修辞次之。盖文生于情，情真则辞自工……故善为诗者，必本于性情，情之所至，不期然而不能不然。譬犹初春小草生机勃然，自不可遏，是岂雕镂章句者所不同日而语哉……辞不求文语，期易解。虽仍不免优孟衣冠而试被之弦歌，则一唱三叹，讽讽移人。颂主之心，当必油然而生者矣。或曰：'诗贵大雅，而此诗多俚句，

---

① 刘进才：《语言运动与中国现代文学》，中华书局，2007，第98页。

何也？'余应之曰：'子不知三百篇系采于里巷之歌谣乎？缘日久年烟，方言屡变，后之读者，但钦其雅而忘其为俗。是篇虽系颂主意，取通俗是亦里巷歌谣之类耳，虽但庸何伤乎？"① 其诗学价值不仅在于重申了诗歌重真情、尚自然的观念，同时，其中不避俚俗、讲求通达易解的主张显出了诗学上的先锋意味。这无疑与晚清黄遵宪等人的"诗界革命"主张相呼应，同时也不啻为五四新诗中胡适"明白易懂"诗学追求的先声。只是因为其文言的面目而湮没于圣诗翻译中不为人知。在其不避俚俗、"辞不求文语，期易解"的通俗畅达的诗学主张下，圣诗翻译出现了自由的诗歌体式、白话口语的浅近表达、叙述人称与叙述视点的转换等形式要素，无疑体现了一种叙事性诗学倾向，这一与现代抒情诗中的叙事性有着潜在的关联，因此，可谓现代抒情诗叙事性的隐秘源头。

当然，除了《颂主圣诗》圣诗翻译中出现了叙事性因素外，在 1879 年《小孩月报》第 8 期所刊美国传教士文璧所译的《赞美圣诗》，就采用了欧化但浅显自由的白话，叙述了"我"所见主的荣耀事迹。共八节，兹仅录前三节如下：

> 我眼睛已经看见主的荣耀降在世
> 应古时间圣先知预言将要来的事
> 是大卫咨询来到败了撒但魔王势
> 圣徒高兴进步
>
> 诸异邦住在黑暗如同帕子蒙着脸
> 忽见有吉祥兆头东方明耀耀的显
> 远远的领路到了一个伯利恒客店
> 圣徒高兴进步
>
> 在加利利的海边困苦百姓见大光
> 瞎眼的看耳聋的听死去的再还阳
> 天父救世的恩典传到犹太国四方

---

① 转引自刘进才《语言运动与中国现代文学》，中华书局，2007，第 99 页。

> 圣徒高兴进步①

译诗以浅显明白的语言描述了主的圣迹出现、降临及其实现，有时间的流逝、空间转换中圣迹出现与发生的瞬间以及救世的场景，同时自由诗体出现，每节三个长句一个短句的固定格式，每节各自押尾韵，这与传统的近体诗有了明显的不同，以致有学者认为其更像是新文学里的诗歌，是一种"现代汉语诗律的尝试"，其欧化程度远远超越了此后胡适等人的新诗②。袁进还指出："西方传教士的译诗，是汉诗欧化的最早尝试……这种努力到'五四'之后，逐渐成为新诗发展的重要方向，几乎成为新文学中新诗发展的主流。"③。这一主流不仅包括自由的诗体、浅近的白话，还有用欧化的陈述语句呈现诗意。

除此而外，对圣经中诗歌的翻译也体现了叙事的特征。在1919年出版的《官话和合本新旧约全书》中，《弓歌》就在浓厚的抒情氛围中包含了叙事的因子：

19　歌中说：以色列啊，你尊荣者在山上被杀。大英雄何竟死亡！

20　不要在迦特报告，不要在亚实基伦街上传扬；免得非利士的女子欢乐，免得未受割礼之人的女子矜夸。

21　基利波山哪，愿你那里没有雨露，愿你田地无土产可作供物，因为英雄的盾牌，在那里被污丢弃。扫罗的盾牌，仿佛未曾抹油。

22　约拿单的弓箭，非流敌人的血不退缩。扫罗的刀剑，非剖勇士的油不收回。

23　扫罗和约拿单，活时相悦相爱，死时也不分离。他们比鹰更快，比狮子还强。

24　以色列的女子啊，当为扫罗哭号。他曾使你们穿朱红色的美

---

① 转引自罗文军《晚清民初新教传教士西诗译介研究》，中国社会科学出版社，2016，第151页。

② 袁进：《中国文学的近代变革》，广西师范大学出版社，2006，第81页。

③ 袁进：《从新教传教士的译诗看新诗形式的发端》，《复旦学报》（社会科学版）2011年第4期。

衣，使你们衣服有黄金的妆饰。

　　25　英雄何竟在阵上仆倒！约拿单何竟在山上被杀！

　　26　我兄约拿单哪，我为你悲伤！我甚喜悦你，你向我发的爱情奇妙非常，过于妇女的爱情。

　　27　英雄何竟仆倒！战具何竟灭没！①

诗中抒情人面对整个以色列诉说，陈述了"你尊荣者在山上被杀"的事件，由此引爆了"大英雄何竟死亡"的沉痛之情，进而述说两个民族英雄扫罗和约拿单的阵亡带给以色列民族的巨大悲痛。诗歌不仅以沉痛深情之语抒发民族之殇，而且在倾诉中用一系列细节塑造了扫罗和约拿单英武勇猛的形象，这一痛悼之情通过不断转换的叙述来层层呈现：首先叙述了死讯不在异邦传扬的原因，其次诅咒英雄命丧之地，再次召唤以色列女子的哭号，独述"我"对英雄奇妙非常的情感等，最后以"英雄何竟仆倒！战具何竟灭没！"的短句结尾，既呼应开头，又顿挫地增加了情感的强度，直至无以复加的地步。虽是情感浓烈的抒情诗，其中事件的陈述、人物的刻画、不停转换的叙述对象与场景，情感线索历历可寻，情感强度步步推进，终使强烈的情感呈现获得具体可感的形象和物象，才使沉郁悲痛之情不流于空洞或干瘪的哭号。故而叙事虽隐蔽，但其中诗学功能不容小觑，而且这样优美而经典的译文，至今都在沿用。

　　对上述圣诗或《圣经》诗歌翻译的举隅，意在指明在西诗译介中，叙事因素已然存在。虽然圣诗与《圣经》中诗歌的叙事性已经伴随白话自由体译诗出现，并且在此类诗歌中有着不容忽视的诗学功能，但由于圣诗以及《圣经》诗歌的翻译实践在于传教功能而非以文学创作为目的，故而二者之间似乎缺乏直接的关联或影响。不过，在现代文学史上，不少作家表达过对《圣经》翻译的文学价值的肯定。1924 年周作人就指出这一"白话的译本实在很好，在文学也有很大的价值"，在谈到影响时指出，"譬如现在的新诗及短篇小说，都是因了外国文学的感化而发生的"，周作人不

---

① 参见《撒母耳记下》中的《大卫为扫罗和约拿单作哀歌》，《圣经》（新标准修订版/简化字和合本），中国基督教三自爱国运动会、中国基督教协会出版，南京爱德印刷有限公司，2000，第 472 页。

仅认为："希伯来古文学里的那些优美的牧歌（Eidyllid = Idylls）及恋爱诗等，在中国本来很少见，当然可以希望他帮助中国的新兴文学，衍出一种新体。"同时还指出，"《马太福音》的确是中国最早的欧化的文学的国语，我预计它与中国新文化的前途有极深的关系"，并揭示了《圣经》的深远影响："在中国语及文学的改造上也必然可以得到许多帮助与便利，这是我们所深信不疑的。"① 这一影响不仅涉及语言、文化，在文学一途，周作人敏锐地发现了新诗和短篇小说与《圣经》的渊源。对此，20 世纪 40 年代朱自清也有同样的认知："近世基督教《圣经》的官话翻译，增强了我们的语言。如'五四'运动后有人所指出的，《旧约》的《雅歌》尤其是美妙的诗。"② 但他继续认为，由于新文学没有发展起来，所以对诗没有发展影响，他只推崇五四以来的译诗。可见他承认间接影响，但不承认直接影响。其实，《圣经》对新文学的影响还是或隐或显地存在。沈从文讲述初到北京时，"偶然得到一本破旧《圣经》。我并不迷信宗教，却欢喜那个接近口语的译文，和部分充满抒情诗的篇章"，他在反复阅读中，"初步学会了叙事抒情的基本知识"③。作为小说家的沈从文，其中"叙事抒情"大概的指向是小说文体。但《圣经》的文学价值难道仅仅针对小说，不指向诗歌？

学者罗伊（Roy）在对郭沫若早年创作的研究中，其实就打破了《圣经》对现代诗人没有直接影响的魔咒。他发现 1916 年郭沫若认识了仙台地区基督教牧师的女儿安娜，"她的'理想主义和深刻的宗教信念'给郭沫若留下了深刻的印象。他开始阅读和研究《旧约》与《新约》"④。尤为重要的是，在此研究的指引下，高利克发现郭沫若的 Venus 与《圣经》中的《所罗门之歌》《出埃及记》的关联⑤，指出郭沫若《天狗》一诗中

① 周作人：《圣书与中国文学》，《小说月报》1921 年第 12 期第 1 号。
② 朱自清：《译诗》，朱乔森编《朱自清全集》（第二卷），江苏教育出版社，1996，第 372 页。
③ 沈从文：《沈从文小说选集题记》，原题为《选集题记》，《沈从文全集》（第 16 卷），北岳文艺出版社，2002，第 372 页。
④ 转引自〔捷〕马立安·高利克《中西文学关系的里程碑》，伍晓明、张文定等译，北京大学出版社，1990，第 57 页。see Roy, D. T: *kuo Mo-jo: The Early Years*, Cambridge, Mass. Harvard University Press, 1971, p.64.
⑤ 〔捷〕马立安·高利克：《中西文学关系的里程碑》，伍晓明、张文定等译，北京大学出版社，1990，第 58、59 页。

的"我便是我呀""相当于上帝在'神山'上透露给摩西的信息"①，同时此句后的注释为："《出埃及记》，3.1.上帝当时对摩西说，'我便是我'（I am that I am）。"② 这不仅是神示的影响，而且二者在句式上如出一辙，可以窥见影响之一斑。值得进一步探讨的是，这种主谓句式不仅极度张扬了抒情主人公"我"的现代主体性，也在高友工所分析的"动感很容易用一般的'主语与谓语'句式来代表"③ 理论下彰显了动力性的叙述特征。同时，正是这种影响使高利克对郭沫若的《女神》做出了如下判断："它是来自《圣经》、《奥义书》和儒家经典哲学与神话观念的色彩绚烂的镶拼，是一幅多色的文学意象的画卷。"④ 也许，随着史料文献的发掘与《圣经》对现代新诗影响的深入探讨，这些影响中叙事元素的讨论有待进一步开掘。

二　以译代作中的叙事性发生

诚然，这些圣诗翻译及其翻译中出现的叙事性对现代诗人的影响潜隐而不彰显，但这种叙事因素一直在其中孕生。正如有学者指出："在五四新诗兴起之前，传教士译诗在词语音节、欧化句式、叙述语气等方面，已经作出了积极的尝试。"⑤ 一方面，这是现代诗学中叙事性因素出现的潜流；另一方面，这一翻译为后来的梁启超、胡适、郭沫若、徐志摩等人的翻译照亮了来路，同时与五四以来的诗人，如胡适、闻一多、徐志摩、李金发、戴望舒、穆旦等"以译代作"⑥ 或"移译"的诗歌中叙事因素构成呼应。1918 年胡适《关不住了》的发表，就印证了这一叙事性的显性发生。

---

① 〔捷〕马立安·高利克：《中西文学关系的里程碑》，伍晓明、张文定等译，北京大学出版社，1990，第 74、75 页。

② 〔捷〕马立安·高利克：《中西文学关系的里程碑》，伍晓明、张文定等译，北京大学出版社，1990，第 75 页。

③ 高友工：《美典：中国文学研究论集》，生活·读书·新知三联书店，2008，第 191 页。

④ 〔捷〕马立安·高利克：《中西文学关系的里程碑》，伍晓明、张文定等译，北京大学出版社，1990，第 91、92 页。

⑤ 罗文军：《晚清民初新教传教士西诗译介研究》，中国人民大学，2012 年博士论文，未刊，第 219 页。

⑥ 熊辉：《以译代作：早期中国新诗创作的特殊方式》，《中国现代文学研究丛刊》2010 年第 4 期。

　　我说"我把心收起，

　　　　像人家把门关了，

　　叫爱情生生的饿死，

　　　　也许不再和我为难了。"

　　但是五月的湿风，

　　　　时时从屋顶上吹来；

　　还有那街心的琴调

　　　　一阵阵的飞来。

　　一屋里都是太阳光，

　　　　这时候爱情有点醉了，

　　他说，"我是关不住的，

　　　　我要把你的心打碎了！"

八年二月二十六日译美国 Sara Teasdale 的 Over the Roofs

　　诗人以自我的口吻述说将心收起、关住爱情，可五月的风、街心的琴、满屋的太阳微醺了爱情，由此爱情化身为第三人称的"他"直接表达打破心的束缚，走向人性的解放与自由的向往。在口语化的对话与对周遭环境带来的各类视听感觉的细腻描写中，叙述元素充溢其间，自然流转地表达了对现代爱情与自由的追求。胡适 1918 年发表在《新青年》上的译诗《老洛伯》，胡适在序中就称其为"世界情诗之最哀者。全篇作村妇口气，语语率真，此当日之白话诗也"①，除情感的哀婉，借着村妇自述，不仅有环境描述，而且将个人曲折情感经历一一陈述，其中也不乏人物直接引语，一唱三叹中道尽个中委曲情事。它不仅是白话诗的先锋，更是抒情诗中叙事性的典型征候。

　　另外，在因阅读而移译的诗作中，叙事的因子渗入也屡见不鲜，这在

---

① 胡适：《老洛伯"Auld Robin Gay"·序》，欧阳哲生编《胡适文集》（第 9 卷），北京大学出版社，1998，第 125 页。

徐志摩、闻一多、李金发等人的诗作中有不同程度的体现。1922 年徐志摩创作的《威尼市》与 1936 年梁宗岱出版的译诗集《一切的峰顶》中所译尼采的《威尼斯》，两者诗中抒情主体所处的地点、时间、情境和抒情对象可谓酷肖①，而结尾处插入的叙事性追问更是惊人的相似，后者为"——有人在听么？"前者则以"有谁能听？"结尾。抒情诗中的叙事性元素被照搬移译的现象在闻一多的诗中也有所表现。闻一多写于 1926 年的《忘掉她》最后两节如下：

> 忘掉她，像一朵忘掉的花！
> 　年华那朋友真好，
> 　他明天就教你老；
> 忘掉她，像一朵忘掉的花！
>
> 忘掉她，像一朵忘掉的花！
> 　如果是有人要问，
> 　就说没有那个人；
> 忘掉她，像一朵忘掉的花！

美国女诗人蒂斯黛尔（Sarah Teasdale）的 *Let It Be Forgotten* 一诗：

> 忘掉她，像一朵忘掉的花！
> 像忘掉炼过纯金的火焰，
> 忘掉她，永远，永远，
> 时间是良友，他会使我们变成老年。
>
> 如果有人问起，就说已忘记，
> 在很久，很久的往昔

---

① 毛迅：《〈威尼市〉：徐志摩早期诗艺中的一个疑点》，《文学评论丛刊》2000 年第 2 期；熊辉：《以译代作：早期中国新诗创作的特殊方式》，《中国现代文学研究丛刊》2010 年第 4 期。

> 像朵花，像把火，像只无声的脚印
>
> 在早被遗忘的雪里。
>
> （余光中译）①

从这两首诗的相似性中，可以看出曾经留学美国的闻一多难以摆脱因阅读而移译创作的嫌疑。在难以忘怀的感情倾诉中，这两首都将"时间"或"年华"喻为"良友"或"朋友"，以第三人称"他"指代时间流逝、老年降临而插入抒情独语中，恍如他者的声音其实是自况感慨之叹。同时，"如果是有人要问，/就说没有那个人"与"如果有人问起，就说已忘记"，都虚拟了一个假设性的对话叙述场景，以遗忘或不承认存在来终结此种痛彻心扉的难忘。此中种种叙事因素的植入，都将"忘掉她"置于鲜活的场景与他者的声音中，无奈至极的忘掉之举反而成为刻骨铭心之语。李金发收入 1926 年所出版的诗集《为幸福而歌》中的《墙角里》与魏尔伦的《情话》同为抒情诗，有着共同的被叙述的主体"两个形体"，"同样的场景，对话结构、同样的情话"②，较突出地彰显了两首抒情诗中共同的叙事性特征。比如李金发的《墙角里》：

> 墙角里，
>
> 两个形体，
>
> 混合着：
>
> 手儿联袂，
>
> 脚儿促膝。
>
> 喁喁地，
>
> 喁喁地，
>
> 分不出
>
> 谈说
>
> 抑是微笑。

---

① 转引自熊辉《五四译诗与早期中国新诗》，人民出版社，2010，第 185 页。

② 金丝燕：《文学接受与文化过滤——中国对法国象征主义诗歌的接受》，中国人民大学出版社，1994，第 186 页。

——你还记得否，

说仅爱我一点？

——时候不同了，

——我们是

人间不幸者，

——也可以说啊。

声音更小了，

喁喁地，

惟夜色能懂之。

再对比魏尔伦的《情话》：

在孤寂、冰冷的老园，

两个形体刚刚走过。

他们的眼睛呆滞，嘴唇萎靡无力，

人们勉强能听见他俩的话。

在孤寂、冰冷的老园，

两个幽灵追念往昔。

——你还记得咱们旧时的醉心么？

——您为何要我记着它？

——你的心还为我而跳蹦么？

还总在梦中见到我的灵魂么？　——不。

——啊！无以形容的幸福美日呵

我们的嘴贴在一起！　——可能。

——那天空多么蓝，那希望多么大呵！

——希望消匿了，被击败，在黑空里。

他们就这样在疯狂的黑麦里走着，

只有夜能听到他们的话语。

可以发现这两首抒情诗中都可辨识三种声音：诗人的描述陈说、两个形体对话中两种不同的声音。诗人对环境氛围与情态的描述为形体间的情感表达造势，而形体之间跳脱而间离的对话，各自呈示了幽魅情感世界里繁复而富有张力的声音。其中，李金发的叙事声音呈现了相对一致的情感，而魏尔伦诗歌中的叙事声音将矛盾与晦暗的情感表达得激进而现代。经由对魏尔伦诗歌的模仿，李金发将陈述描写与对话性的叙事结构植入现代抒情诗的创作中，不仅习得叙事性抒情的手法，而且获取了现代性的诗学维度。

另外，卞之琳写于 1937 年的《车站》中的"我却像广告纸贴在车站旁。/孩子，听蜜蜂在窗内着急，/活生生钉一只蝴蝶在墙上/装点装点我这里的现实"与艾略特的《阿尔福瑞德·普鲁弗洛克的情歌》中的"当我被公式化了，在钉针下趴伏，/当我被钉着在墙上挣扎"有着异曲同工之妙，重要的是这两首诗都用一个同一动词"钉"，在场景陈述与叙述的聚焦中，被生活碾压而固化的现代人生存图景得到逼真呈现。这种移译或化用在穆旦诗中也不时出现，1947 年他的《发现》一诗中"你把我轻轻打开，一如春天/一瓣一瓣地打开花朵"，就是对肯明斯写于 1931 年的诗句的移译、改写或化用——"你轻柔的注视会轻易打开我/哪怕我像手指一样攥紧我自己/你一瓣一瓣地打开我，像春天打开/（巧妙而神秘地触摩着）她第一朵玫瑰"①，其中细腻动感的叙述与精警奇拔的比喻如出一辙，令人怦然心动。早在 1922 年郭沫若在翻译雪莱诗选时就说过，"我译他的诗，便如像我自己在创作一样"②，道出了翻译与创作之间的微妙关系。后来对这种以译代作或移译的情况，江弱水和熊辉等多有论述，只是其中同步出现的叙事性因素容易为人习焉不察，因此值得进一步发掘与勘察。

从晚清民初的圣诗翻译到五四以来的以译代作或翻译之作，叙事因素

---

① 江弱水：《中西同步与位移——现代诗人丛论》，安徽教育出版社，2003，第 129 页。

② 郭沫若：《〈雪莱诗选〉小序》，彭放编《郭沫若谈创作》，黑龙江人民出版社，1982，第 14、15 页。

不着痕迹地伴随翻译滋生在其间。很多内在渊源与影响也许正如袁进所说，有些影响作家诗人不一定会说出，比如宋明理学大师受佛教影响建立理论体系，但从不谈佛教影响；同时作为事实存在的"西方传教士的中文白话作品，是近代早期已经出现的欧化白话文作品，是最早的现代汉语形态的文学作品，文本俱在，这是铁的历史事实。它们出现在'五四'新文学之前半个多世纪，在民众之中广泛传播，它们是中国近代最早的用外语改造汉语、用西方文学改造中国文学的白话作品，也是中国文学走向世界化、现代化的最初尝试。即使我们无法具体证明它们到底影响了多少'五四'一代的新文学作家，但这些文学作品存在于'五四'新文学之先，从历史的发展来说，西方传教士欧化白话文的翻译和创作，开辟了新的中国文学道路，而'五四'新文学只是沿着他们所开辟的这条道路继续走下去。这些近代欧化白话文作品也影响了许多读者，而这些读者也就是后来中国社会接受新文学的社会土壤，这些大概都是可以肯定的。仅仅凭借这一点，也许就足以让我们看到西方传教士提倡的欧化白话文的意义所在"①。在这个意义上，作为铁的事实存在的圣诗翻译中叙事性因子，与后来胡适翻译莎拉·蒂斯代尔《关不住了》都已经作为中国现代抒情诗叙事性的潜流或者前身，也许在这个意义上我们才能进入历史、进入语言层面，更深入地探讨叙事性的进一步发生。

第二节　叙事性发生的语言与诗体机制

中国现代抒情诗是在"白话"取代"文言"、"自由"取代"格律"的演进中，挣脱语言与诗体的双重束缚，创造性地呈现区别于古典诗歌的诗学形态，而成为一种新兴的表意方式。在这个过程中，语言的变革最终完成这一现代的诗学转型，其中与翻译及其带来的西方文化的全面冲击有关。虽然诗歌叙事性的发生最早出现在圣诗翻译中，但与当时小说、政论、时评、散文等其他文类的翻译也有着莫大的关系，可以说，它是在整个翻译文学中诞生的。具体而言，更是在由翻译带来的现代汉语中生长出

---

①　袁进：《从新教传教士的译诗看新诗形式的发端》，《复旦学报》（社会科学版）2011 年第 4 期。

来，由翻译带来的自由诗体所创生的。由此考辨现代汉语与自由诗体，才能更深入地探究叙事性发生的根源。

现代抒情诗因为使用了现代汉语，不少论者称其为现代汉语诗歌，简称现代汉诗，即凸显了诗歌语言的质料性。不过在中国新诗发生之初，现代汉语最初的面貌是以白话为特征的，周作人对其构成要素有着如下表述："我们所想要的是一种国语，以白话（口语）为基本，加入古文（词及成语，并不是成段的文章）方言及外来语，组织适宜，具有论理之精密与艺术之美。"① 在周作人眼中，白话即是口语，同时还包括部分文言和进入书写系统的方言，以及外来语。其中口语化的白话、欧化的外来语等语言质料不仅带来了语言层面的叙述因素，而且由于欧化的词汇、语法、句式的融入，尤其是欧化的语法、主谓句的大量出现，现代抒情诗在语言结构上植入了叙事性语法，这一结构性的变化进一步凸显了现代抒情诗的叙事性特征。

一 从文言到白话：语言层面的叙事性发生

（一）白话口语与叙事性的发生

正如有学者所说，"'叙'也就是一种言说叙述，是人的一种行为"②，如果把叙事当作语言的述义行为，无疑它存在于一切语言的表意形式中。对此，叶维廉也有所发现："语言文字其中一种主要的性能正是要'说明''陈述'思想与情感。"③ 语言的述义性及其在抒情诗中的叙事性由此可见一斑。

对五四时期的白话所带来的叙事性，普实克曾有过论述："古老的书面语已经不再是文学表达的主要工具，它的地位被'白话'所取代，而白话从本质上说就是一种叙述语言。"④ 白话的叙事性被本质化。陈平原对白话的表意功能有如下判断："白话利于叙事、描写乃至抒情。"⑤ 叙事占其

---

① 周作人：《理想的国语》，《国语周刊》1925 年第 13 期。
② 董乃斌主编《中国叙事传统研究》，中华书局，2012，第 13 页。
③ 叶维廉：《中国诗学》，生活·新知·读书三联书店，1992，第 163 页。
④ 〔捷〕雅罗斯拉夫·普实克：《普实克中国现代文学论文集》，李燕乔等译，湖南文艺出版社，1987，第 29 页。
⑤ 陈平原：《说"诗史"——兼论诗歌中的叙事功能》，《中国小说叙事模式的转变》，上海人民出版社，1988，第 21 页。

中的一极。关于白话的来源和特征，高玉认为："'口语'即白话，是从古代白话而来。"① 应该说五四之初的白话既来自古白话，也来自当下的日常生活的口头用语，二者都呈现口语化倾向。不少学者有着这种认知，周作人就在理想国语的讨论里将白话等同于口语；胡适的"有什么话，说什么话；话怎么说，就怎么说"②；1919 年傅斯年在《新潮》上发表了《怎样做白话文》，提出两个思路，其中之一就是"乞灵说话——留心自己的说话留心听别人的说话"③，也就是向口头语言学习。五四发轫之际，白话的口语化特征极其突出，尽管后来白话走向了雅化、书面化，即刘晓明所认为的在"'文'与'语'逐渐契合而出现的'语文思维'的阶段"出现的"由自然口语过渡到雅化口语"④，但以白话作为利器拆解了古典诗歌文言表意的诗学体系，对中国现代抒情诗而言是功不可没。

　　胡适曾有"我做白话诗，比较的可算最早"⑤ 之说，透露出其对白话诗发明权的在意。但应该说，文人化白话诗创作他是第一人，白话诗的形态则早就出现在前文论及的圣诗翻译中。如果说圣诗白话译文中夹杂着叙事性因素，在胡适的欧化白话诗中亦难以避免。同时，胡适不仅提出"作诗颇同说话"⑥ 来为口语入诗张本，而且"用说话的调子""造成一种说话的诗体"⑦ 就更极端地表达了其诗歌的口语化倾向。新诗的"说话调子"的口语化特点，后来使卞之琳在对新诗与西方诗的关系考察中发现："诗在我国倒是古已有之，但是用说话调子，写起来分行，成为'新诗'，也是由于从西方的'引进'。"⑧ 由此看来，"说话调子"不仅来自西方诗，而且其作为新诗的重要表征，也成为新诗的基本面目。口语入诗的提倡无

① 高玉：《现代汉语与中国现代文学》，中国社会科学出版社，2003，第 79 页。
② 胡适：《建设的文学革命论》，欧阳哲生编《胡适文集》（第 2 卷），北京大学出版社，1998，第 45 页。
③ 傅斯年：《怎样做白话文》，《新潮》1919 年第 1 卷第 2 号。
④ 刘晓明：《"语""文"的离合与中国文学思维特征的演进》，《中国社会科学》2002 年第 1 期。
⑤ 胡适：《再版自序》，欧阳哲生编《胡适文集》（第 9 卷），北京大学出版社，1998，第 84 页。
⑥ 胡适：《胡适留学日记》（下），安徽教育出版社，1999，第 264 页。
⑦ 胡适：《逼上梁山——文学革命的开始》，欧阳哲生编《胡适文集》（第 1 卷），北京大学出版社，1998，第 145 页。原载《东方杂志》1934 年第 1 期。
⑧ 卞之琳：《新诗与西方诗》，江弱水、青乔编《卞之琳文集》（中卷），安徽教育出版社，2002，第 499 页。

不透露了诗歌中的叙事性特征。

高友工对口语的叙事性特征有着如下的发现："其实我们如果撇开学者对口语故事的偏爱，试思口语的最平常的功用，就能了解口语实在是人生活动的一部分。因此口语与个人的社会活动是不能离析的……语言活动大多数是人与人之间的交流，是一种社会活动。不过由于语言能叙述或描写个人活动，成为个人的一种代表。所以我们特别能体会到它在我们生活中的重要性。"① 那么存在于社会交际中的口语的述义性或者说叙事性不仅突出，且占有重要地位。然而对于口语何以具有叙事性，有学者从口语表达所具有的声音中心主义角度，对口语注重"说"或者"言"的表达方式，即对象化思维方式层面展开辨析："在对象性思维那里，语言具有自我遗忘性，语言是以逻辑或对象的方式铺陈，而不是以自己的方式去展示和呈现对象，这样逻辑思维的线性特征和语言的线性叙事特征是二而一的事情。"而语言的线性叙事即是："当关注文字所记录的语言时，强调的是文字时间线性符号的特性。"② 因此，有学者据此判断："口语当然更'关注文字所记录的语言'，口语自然是线性语言，自然是叙事性的语言。"③

正如德国学者许恩（Peter Hühn）所说："叙事是人类学上普遍的、超越文化与时间的符号实践，用以建构经验，生产和交流意义，即便在抒情诗中，这样的基本运作依然有效。"④ 那么，在抒情诗所呈现的交流语境下，口语化的叙事则十分明显，这在胡适的《老鸦》一诗中有着鲜明的体现：

一

我大清早起，
站在人家屋角上哑哑的啼

---

① 〔美〕高友工：《中国语言文字对诗歌影响》，《美典：中国文学研究论集》，生活·读书·新知三联书店，2008，第 188 页。

② 孟华：《汉字：汉语和华夏文明的内在形式》，中国社会科学出版社，2004，第 263 页，第 81 页。

③ 朱恒：《现代汉语与现代汉诗关系研究》，中国社会科学出版社，2013，第 236 页。

④ Peter Hühn，Jens Kiefer，*The Narratological Analysis of Lyric Poetry*：*Studies in English Poetry from the 16th to the 20th Century*，Trans. Alastair Matthews，Berlin：Walter de Gruyter，2005，p. 1.

人家讨嫌我，说我不吉利：——

我不能呢呢喃喃讨人家的欢喜！

二

天寒风紧，无枝可栖。

我整日里飞去飞回，整日里又寒又饥。——

我不能带着鞘儿，翁翁央央的替人家飞；

不能叫人家系在竹竿头，赚一把黄小米！

诗人以老鸦的语气自述因啼声被人讨嫌、为自由只得无枝可依的情状，"我大清早起"和"人家讨嫌我，说我不吉利"等都是极其口语化的陈述，老鸦直白叙述自身境遇如此浅俗晓畅，读来与众不同的口语化叙述打开了白话诗的别样路径。这在新诗草创之初，新鲜得紧。这样一种口语化叙述在后来发展成为戴望舒《我的记忆》中口语化絮语的娓娓道来："我的记忆是忠实于我的/……/它的声音是没有力气的/它的拜访是没有一定的。"在他的《秋天》中以"再过几日秋天是要来了"的口语陈述平淡开头，结尾却以"当浮云带着恐吓的口气来说：/秋天要来了，望舒先生！"以他者——浮云的口吻戏剧性地告终，口语叙述在戴望舒的抒情诗中别有一番风味。而在艾青的《大堰河——我的保姆》中，以口语化的叙述交代了大堰河的身世："大堰河，是我的保姆，/她的名字就是生她的村庄的名字/她是童养媳/大堰河，是我的保姆。//我是地主的儿子；/也是吃了大堰河的奶儿长大了的/大堰河的儿子。/大堰河以养育我而养育她的家，/而我，是吃了你的奶而被养育了的，/大堰河啊，我的保姆。"口语陈述中饱含深情，使现代抒情诗的叙事性诗美特质得到张扬。

（二）欧化词汇与语法的叙事性征候

现代抒情诗包容了众多新鲜事物、名词、概念，同时接纳了大量的西方词汇，王力对百年来西方词汇涌入中国的现象有如是描述："从蒸汽机、电灯、无线电、火车、轮船到原子能、同位素等等，数以千计的新词语进入了汉语的词汇。还有哲学、社会科学、自然科学各方面的名词术语，也是数以千计地丰富了汉语的词汇。"① 在这一过程中，白话在词汇层面具有欧化特征。但使白话欧化程度更高的是其对西方印欧语法的接纳。这一接纳的途径大约有二：一是 19 世纪以来西方传教士为传教而翻译或写成的白话诗、白话散文、白话小说，自然形成了欧化的词汇、句式、语法的白话语体；二是 1895 年马建忠的《马氏文通》借拉丁语法来研究文言，提炼了第一个汉语语法体系，是一部教学文言语法之书，即以西方语法研究中国语言，也是一种"以西律东"的做法。如果说传教士更多的是通过具有实践意义的白话文本，那么《马氏文通》则从理论意义上将欧化语法植入，并且对欧化的白话语体有着深刻的影响。这一影响在中国现代抒情诗中的一个重要表征就是叙事性的凸显。

欧化白话的叙事性大多蕴含在使汉语精密化的成分中，王力对汉语句子中的六种成分有所归纳和分析："（一）定语""（二）行为名词""（三）范围和程度""（四）时间""（五）条件""（六）特指"②。其中时间、范围和程度、条件等方面的逻辑分析要素具有很强的叙事性特征。最为突出的是："的""地""得""着""了""过"等虚词，表示时间、范围、程度、条件的介词，系词所构成的长定语，介词结构等，都成为叙述语法的特征之一。同时，时态、语态的出现也是叙事性的表征。这些元素在诗歌中也大量出现。比如康白情的《西湖杂诗》："德熙去了，/少荆来了。/少荆去了，/舜生来了。/舜生去了，/葆青绛霄终归在这里。"其中的"了"标示了时态，人物去来往复的行动与时间的流逝共同演绎了人生聚散的无常与无奈。再如戴望舒的《我的记忆》中，除了大量"我的记忆是忠实于我的"与"在……上"等句子的重复或排比出现增强了叙事性，"诗人在诗中用了'但是……却'、'而且'、'老（讲着）'、'除非'、'因为'等介词，更强化了口语性"③，这里的介词也和口语一样蕴含叙事的因素，在叙述性的絮语中传达曲折幽微的情致。

① 王力：《汉语浅谈》，《王力文集》（第 3 卷），山东教育出版社，1985，第 680 页。
② 王力：《王力文集》（第 11 卷），山东教育出版社，1990，第 480、486 页。
③ 金丝燕：《文学接受与文化过滤——中国对法国象征主义诗歌的接受》，中国人民大学出版社，1994，第 330 页。

（三）人称代名词与叙事性的发生

欧化白话中大量主谓句的出现，使诗歌中的叙事性得以更突出地存在。诗歌中主谓结构不仅带来了明确的主语"我"，即"我"在诗中大量出现，而且还表现为谓语动词的不可或缺，或者说谓语动词的被强调，由此现代抒情诗基本上以主谓句为主，由此改变了古典诗歌以"题释句"为主的表意方式。这不仅是现代抒情诗与古典诗歌的重要分野所在，而且使叙事性成为抒情诗的形式要素之一。

作为旧诗与新诗的重要区分，正如叶维廉在《中国诗学》中指出的："大多数的旧诗，没有人称代词如'你'如何'我'如何。"[1] 而在中国新诗中"我"几乎出现在所有诗歌的开头，而且"我"高频率地在诗句中出现，比如郭沫若的："我是一只天狗呀！／我把月来吞了，／我把日来吞了，／……／我便是我呀！／我的我要爆了！"对比这一现象，叶维廉对古典诗歌中的无"我"现象有如下解释："中国传统'任自然无言独化'的方法，首先没有了'我'，其次'无言'便不叙。这种没有'自我'，自然也没有个人主义，原是极高的美学理想，但对'五四'时期的诗人来说，完全不可接受，而西方诗人由'我'作自然的'解人'这一个叙述程序，反而切合'五四'时期诗人的需要，所以才有创造社大量用'我'字和新月派大写个人的梦。"[2] 五四以来，在西方自由主义文化思潮的影响下，不仅是"人的觉醒"，更是"自我的觉醒"，强烈的自我意识在文学中尤其是在诗中涌现，成为一个无所不在的形象。表现在语言上就是"'我有话对你说'，所以'我如何如何'这种语态（一反传统中'无我'的语态）便顿然成为一种风气，惠特曼《草叶集》里'Song of Myself'的语态，事实上，西方一般的叙述语法，都弥漫着五四以来的诗"[3]。因而，伴随"我"而来的叙述语法成为现代抒情诗的另一衍生物。由此，抒情主体的"我"就有了叙述的功能，情感抒发其实也是借着"我"来讲述个人或他者的种种情感、意志、心事、怀抱。深受西方自由诗影响的中国现代抒情诗，其

---

[1]　叶维廉：《中国诗学》，人民文学出版社，2006，第330页。

[2]　叶维廉：《与叶维廉谈现代诗的传统和语言——叶维廉访问记》，《叶维廉诗选》，人民文学出版社，2008，第282页。

[3]　叶维廉：《中国诗学》，生活·读书·新知三联书店，1992，第216、217页。

渊源被王泽龙指出："也是西方 19 世纪下半叶（法国象征主义诗潮中的自由诗派）与 20 世纪初期（英美意象派诗人兴起的自由诗革命）现代自由诗运动影响的结果。"① 这一影响不仅在于自由的体式，而且吸纳了西方自由诗中抒情主体的言说特征。这在浪漫主义和现代主义诗歌中都有不同程度的表现，中国台湾学者廖炳惠在考察古典抒情诗中的主体时，对西方诗歌中"我"的分析颇为细致："在现代诗崛起之前，我们的确发现很多说话人者（speaker），歌手以'你我'隐喻的方式谱写出个人力图描述的情感。且在一个极具戏剧性的片刻，吐露出'我你'关系的本质。二人之间的'故事'，时而以赞颂称扬，时而复以责怪的口吻，道出相思的情意。"② 不仅如此，他还发现现代诗的如下特征："但其中却也隐约见到写作、说话的主体（subjectivity）自认为是'现代痛苦的承受者'（sufferer of moder-nity，Baudelaire），陈述'自我中心所担当之苦楚，其语言不但不挣扎求解脱，反而在文字上下功夫……将主体延伸进入潜意识，与空间超绝的存在戏耍。'"③ 以现代抒情主体的"我"来述说或陈述"我"的心事、情怀或者现代性的苦楚，成为西方自由体诗歌的一大特征。这一特点也血液式地输入中国现代抒情诗中，成为中国现代抒情诗叙事性的经典征候。

与古典抒情诗中人称代名词的删略迥异的是，现代抒情诗的人称代名词极大地被张扬，它在现代抒情诗中的叙事功能及其诗学价值已经得到关注，姜涛认为："诗歌写作中的人称意识与叙事性作品一样，不仅构成写作者观物方式转换的中轴点，而且与文本中主体性的生成有关。"④ 不仅可以从叙事学角度考察"我"的视点，探讨诗歌中"我"的声音及其与周遭的关系，同时还可以结合文本探讨现代主体的建构问题。因为"这种'主体性'（subjectivity）不管在古典抒情诗（'我你'或'我她'）或现代诗（自我消匿）的论述（discoursing）过程里，均不断形成，和他人产生对立、接触，以了解本身的处境，一再修正自己，一方面描叙自我与外在世

---

① 王泽龙：《"新诗散文化"的诗学内蕴与意义》，《中国社会科学》2007 年第 5 期。
② 廖炳惠：《人称代名词之删略——浅谈古典抒情诗的主体》，《解构批评集》，东大图书股份有限公司，1986，第 289 页。
③ 廖炳惠：《人称代名词之删略——浅谈古典抒情诗的主体》，《解构批评集》，东大图书股份有限公司，1986，第 290 页。
④ 姜涛：《冯至、穆旦四十年代诗歌写作的人称分析》，《中国现代文学研究丛刊》1998 年第 4 期。

界（你、我或它）的种种关系，一方面便以这些关系组构自身"①。在现代抒情诗中，探讨"我"与世界的关系以及在种种关系中建构现代性的自我，成为现代诗学的核心命题之一。这点在现代诗学中已经引发了不少学者的探讨，如梁秉钧对穆旦诗中"自我"的分析②、江弱水对卞之琳诗中的"我"及其他人称代名词的探究③、姜涛对1940年冯至与穆旦诗歌中的人称分析等。因此借助人称代名词"我"的述说，进入抒情主体隐秘的情感与精神世界，成为理解现代抒情诗的不二法门。也只有通过这个"我"述说的心事情怀、"我"与他者或世界的关系等，我们才能沿着这些情感线索或关系结构，按图索骥地理解这类诗歌，进而把握现代抒情诗中的情感与形式，理解现代的人生与人心。

（四）主谓句与叙事性的发生

在现代抒情诗的主谓句中，不仅主语作为抒情主体呈现叙事性特征及诗学价值，而且谓语动词及其主谓结构更具有这种叙事功能。语言哲学家边门尼指出："人是以本身与自我的关系来诉说，而且以此一关系具特殊的时间性（temporality）。"④廖炳惠在此启发下发现："语言性的自我并不存在，'除非是正在诉说此一件事的行为当中'。"⑤包括抒情诗在内的语言行为中，自我存在于行动性诉说与时间序列中，自我的叙事性不言而喻。同时，主体在时间序列的诉说行为中凸显的人称和时态，其叙事功能在于"时式与人称代名词帮助别人认清诉说主体的功用及其地位"，因此廖炳惠认同边门尼的结论："总而言之，似乎没有任何语言并不具有动词形式，

①　廖炳惠：《人称代名词之删略——浅谈古典抒情诗的主体》，《解构批评论集》，东大图书股份有限公司，1986，第290、291页。
②　梁秉钧：《穆旦与现代的"我"》，杜云燮、袁可嘉、周与良编《一个民族已经起来——怀念诗人、翻译家穆旦》，江苏人民出版社，1987，第43~54页。
③　江弱水：《第二章　意识与声音》，《卞之琳诗艺研究》，安徽教育出版社，2000，第69~101页。
④　边门尼语，转引自廖炳惠《人称代名词之删略——浅谈古典抒情诗的主体》，《解构批评论集》，东大图书股份有限公司，1986，第291页。
⑤　廖炳惠：《人称代名词之删略——浅谈古典抒情诗的主体》，《解构批评论集》，东大图书股份有限公司，1986，第291页。

且不在动词中注明人称的区别。"① 这一判断虽然基于西方语法的特征，有偏颇之处，比如未考虑古代汉语种中动词的非人称性，但这一结论从现代语言角度说明了现代抒情诗的动词形构与人称代名词的叙事性。

在从文言到白话的语言形态的演变中，白话欧化的经典征候正如申小龙所说："汉语欧化的最深刻之处在于它开始象西方形态语态那样以动词为中心来组织成分，控制句子格局。"② 以白话的欧化句式为主的中国现代抒情诗，存在大量这种"动词性表述结构"为标志的主谓型句式，这与古典诗歌中"名词性表述结构"的题释型句式迥然有别。

由于在中国古典诗歌的并列结构中可以不要动词，只有名词的并置也构成中国抒情诗的古典美学范式，比如马致远的《秋思》中"枯藤老树昏鸦，小桥流水人家"，再如温庭筠的《商山早行》中"鸡声茅店月，人迹板桥霜"，都没有动词，但在空间并置中让事物自然出演，从而达到古典诗歌"情景交融"中"出神"而"凝住"的意境，对此叶维廉有独到的论述③。古典诗歌这种缺乏动词的诗歌句型在中国文言语法中最为常见，对这一现象，语言学家赵元任先生认为："相对于印欧语系中以'主语—谓语句'（subject predicate）为主的句式，中国语文的句型结构基本上是以'主题—评述句'（topic comment）为主……'主题—评述句'（或称为'题释句'）可以具有与'主语—谓语句'相同的文法功能，但不论是'主题'或'评述'，其性质更倾向于语义层的串接作用。"④ 题释句的"语义层的串接"更适合名词的并列成句，而且突出了古典诗歌不需要任何动词就能"意象并置""意象叠加"的抒情特质。"题释句"与"主谓句"的对比被高友工运用到对中国古典抒情诗的分析，并进一步阐发，他不仅指出，"很多中文诗歌句型是题释型的。这是一种回顾式的句

① 廖炳惠：《人称代名词之删略——浅谈古典抒情诗的主体》，《解构批评论集》，东大图书股份有限公司，1986，第 291 页。
② 申小龙：《中国文化语言学》，吉林教育出版社，1990，第 199 页。
③ 叶维廉：《中国诗学》，生活·读书·新知三联书店，1992。
④ 转引自蔡英俊《中国古典诗论中"语言"与"意义"的论题："意在言外"的用言方式与"含蓄"的美典》，台湾学生书局，2001，第 91 页。原载 Yuen Ren Chao, *A Grammar of Spoken Chinese*（Berkeley：University of California Press，1968），pp.69-78。

型……汉语题释句型是一个固定形象内部关系的呈现"①，"'释语'是就任何有关'题语'作的一种发挥"，在词语的自由拓展中体现了诗歌语言并立的"等值结构"②，进而发现"动感很容易用一般的'主语与谓语'句式来代表"③，而后者不宜用于古典抒情诗的分析。这一分析进一步彰显了以动词为中心的主谓句对古典诗歌抒情范式的冲击。

　　这种"动词性表述结构"为标志的主谓型句式，在现代抒情诗中成为其叙事性的动力结构。其中，抒情主体凸显的"我"作为主语，往往成为动作的发出者，而动词则成为谓语，成为抒情诗叙事动力结构中不可或缺的、承载情感与经验等心理事件的发动机，如果说将抒情诗定义为"一种思想状态或领悟、思考和感知的过程"④，那么动词或谓语则将这一状态或过程在时间、空间、因果逻辑等层面叠合演变、起伏流转。在现代抒情诗的短诗或小诗中，叙事性借助具有快速连接功能的动词或谓语与新颖而具有强烈抒情风格的词汇，将抒情诗变成一种具有动感活力、速度与激情的动力型抒情美学的范式。在对古典抒情诗唐诗绝句的分析中，学者杨靖献发现具有叙事要素的"动力型绝句"⑤；这在现代抒情诗的短诗与小诗中也比较常见，宗白华《流云小诗》中的《系住》："那含羞伏案时回眸的一瞥，／永远地系住了我横流四海的放心"，"含羞伏案""回眸""一瞥""系住"等一系列情态动作成为现代抒情诗叙事性动力结构的表征。所以有学者做出如下判断："以动词为中心构建句子，必然削弱古典诗歌中意象的作用；同时，动词对人物状态的强化，又使得诗歌叙事能力加强，'叙事'这一在古诗中不很发达的手法在现代汉诗中被抬到了很高地位。"⑥由是，以动词为中心的主谓句的大量出现，使现代抒情诗与古典诗歌的动

①　〔美〕高友工：《美典：中国文学研究论集》，生活·读书·新知三联书店，2008，第197、198页。

②　〔美〕高友工：《美典：中国文学研究论集》，生活·读书·新知三联书店，2008，第65页。

③　〔美〕高友工：《美典：中国文学研究论集》，生活·读书·新知三联书店，2008，第191页。

④　〔美〕M. H. 艾布拉姆斯：《文学术语词典》（第7版），吴松江等编译，北京大学出版社，2009，第293页。

⑤　〔美〕杨靖献：《唐诗中的叙事性》，倪施康编选《美国学者论唐代文学》，上海古籍出版社，1994。

⑥　朱恒：《现代汉语与现代汉诗关系研究》，中国社会科学出版社，2013，第131页。

力型结构的抒情诗具有同中有异的特征，相同的是二者都有着动感活力的动力型结构。"异"在于在前者抒情主体"我"的述说中，现代抒情主体被确立，其叙事性的形式表征也得以彰显；古典抒情中抒情主体"我"隐匿或缺席，并不妨碍动作行为的自然演出，叙事性以隐蔽的方式出现。这也导致了现代抒情诗诗学范式上表现出与意象并置型的古典诗歌的巨大差异。

正是借助上述语言学与诗学形态的双重考察，中国现代抒情诗的叙事性发生得到呈现与阐扬。当这一形式表征成为现代抒情诗结构性的要素，变更了古典抒情诗的诗语结构时，预示了这种从古典到现代的诗学形态转折的同步发生。

二 从格律到自由：诗体解放与叙事性的发生

在诗体的大解放中，中国现代抒情诗摒弃了古典诗歌的格律，承袭了西方自由诗的体式，打破了古代近体诗严格用韵与平仄规定的格律化的森严壁垒，从字数到内容的限定也随之遭到拆解，表现出形式的绝端自由，也就是在这一过程中，随着诗句容量的扩展、自然音节的采用，叙事性在其中潜滋暗长。

（一） 自由诗体与叙事性的发生

现代抒情诗的自由体式一方面来自西诗译介的输入，尤其是西方自由诗体的移植，有学者指出这一渊源："'五四'白话新诗运动，也是西方19世纪下半叶（法国象征主义诗潮中的自由诗派）与20世纪初期（英美意象派诗人兴起的自由诗革命）现代自由诗运动影响的结果……中国的白话诗歌运动是这场世界性的、反传统的、现代自由化的诗歌革命运动的一部分。"[①] 胡适首先在理论层面提出了"诗体的大解放"呼应了自由体诗，他指出，"诗体的大解放就是把从前一切束缚自由的枷锁镣铐，一切打破：有什么话，说什么话；话怎么说，就怎么说。这样方才可有真正白话诗，

---

① 王泽龙：《"新诗散文化"的诗学内蕴与意义》，《中国社会科学》2007年第5期。

方才可以表现白话文学可能性"①，而且进一步论述了自由的内涵："新文学的语言是白话的，新文学的文体是自由的，是不拘格律的……形式上的束缚，使精神不能自由发展，使良好的内容不能充分表现。若想有一种新内容和新精神，不能不先打破那些束缚精神的枷锁镣铐。因此，中国近年的新诗运动可算得上是一种'诗体的大解放'……五七言八句的律诗决不能容丰富的材料，长短一定的七言五言决不能委婉达出高深的理想与复杂的感情"②。这里首先是对格律诗字数限制的打破，使扩展的诗句能容纳"丰富的材料"，为自由诗的包容力张本，同时"丰富的材料"不仅标明了新诗对外部"经验"的关注，而且包含了"经验"范畴的扩张。这与晚清以降，包容"新名物"和书写"古人未有之境"的诗界革命的诉求一脉相承，因而"造成诗歌中认知、叙述因素的强化"③。诗句的扩张使诗能承载"丰富的材料"，于是更多的经验——新名词、新事物以及现代人的各类情感诉求与现实追求都一一呈现在诗中，叙事因子趁势进驻诗歌。对此诗学现象罗家伦有所揭示："又如新诗，以中国目前的社会，苟真有比较眼光的诗人，没有一种材料不可供给他做成沉痛哀婉，写实抒情的长诗的。"④

　　自由诗体对"丰富的材料"的容纳，不仅使现代抒情诗在1920年出现的选本中被分为写实、写景、写意、写情四类⑤，而且有学者还细心地发现："两本诗选中，'写实'、'写景'两类都被编排在'写情'、'写意'之前，某种隐含的价值等级，似乎可以揣摩到。"⑥"写实""写景"类诗的被关注正是叙事因素凸显的重要标志。同时这一自由体式下的叙事性诗学实践也经由不同的诗人展开。

　　胡适不仅在理论上倡导诗体大解放的自由诗，其在创作上也亦步亦趋

---

①　胡适：《尝试集·自序》，欧阳哲生编《胡适文集》（第9卷），北京大学出版社，1998，第81页。

②　胡适：《谈新诗》，杨匡汉、刘福春编《中国现代诗论》（上编），花城出版社，1985，第2～3页。

③　姜涛：《"新诗集"与中国新诗的发生》，北京大学出版社，2005，第165页。

④　罗家伦：《近代中国文学思想的变迁》，《新潮》1920年6月第2卷第5号。

⑤　贾植芳、俞元桂主编《中国现代文学总书目》，福建教育出版社，1993，第3、4页。其中有1920年1月出版的《新诗集》与1920年8月出版的《分类白话诗选》的具体目录。

⑥　姜涛：《"新诗集"与中国新诗的发生》，北京大学出版社，2005，第165页。

地进行了自由体新诗的诗学实践，胡适的《鸽子》句式长短不齐，在自由的体式下，写实性地刻画了天高云淡的秋景里白鸽遨游翻飞的亮丽风景：

> 云淡天高，好一片晚秋天气！
> 有一群鸽子，在空中游戏。
> 看他们三三两两，
> 回环来往，
> 夷犹如意，——
> 忽地里，翻身映日，白羽衬青天，十分鲜丽！

如果说此诗仅以具体物象为描述对象，那么在《威权》中，不仅有将威权拟人化为人物形象，还对一万年之后奴隶终于推翻威权这一事件展开了描述。在自由白话诗里，胡适从物象的描写发展到对情节性事件的叙写，除了对自然之物的欣赏，还有对人类社会关系的揭示，经由威权与奴隶的压迫与反抗这一对立关系的发展变化呈现了社会范型的演变，其中的叙事程度逐步加深。康白情的《妇人》则在自由体式下呈现了更生动鲜活的生活化场景：

> 妇人骑着一匹黑驴儿，
> 男子拿一根柳条儿，
> 远傍着一个破窑边底路上走。
> 小麦都种完了，
> 驴儿也犁苦了，
> 大家往外婆家里去玩玩罢。
> 驴儿在前，
> 男子在后。
>
> 驴背上还横着些篾片儿，
> 篾片儿上又腰着些绳子。
> 他们俩底面上都皱着些笑纹。
> 春风吹了些蜜语到他们底口里来，

又从他们底口里偷了去了。

前面一条小溪,
驴儿不过去了。
他们都望着笑了一笑。
好,驴儿不骑了;
柳条儿不要了;
男子底鞋儿脱了;
妇人在男子底背上了;
驴儿在妇人底手里了。
男子在前,
驴儿在后。

此诗以自由活泼的诗句,描述了农闲之余,小两口归宁省亲路上的所见之景、所历之事。在对载着妇人的驴儿上的篾片、绳子等众多自然风物的细节性描写中,诗人聚焦于路遇小河男子背妇人、妇人牵驴儿过河的事件与场景描述,其中"笑纹""密语""望着笑了一笑"等细节,细腻传神地刻画了一对农家夫妇的幸福之态,对事件的聚焦更进一步揭示了夫妻感情中活色生香的甜蜜,其中的叙事性书写颇有令人心旌摇曳之处,而自由体式更容纳着风韵别致的人间情愫,此可谓早期现代抒情诗叙事性的佳作。除此之外,康白情的游记诗、周作人的《画家》等都呈现自由诗中对叙事性因素的容纳。

(二) 自然音节对叙事性的包容

正如高友工所说:"当一种形式不受篇幅限制而扩展时,诗的声音也就逐渐失去了它对内容的制约。"[1] 反对格律的新诗不仅以自由的诗体扩展了形式,而且严格限定的平仄与韵被摒弃,声音的解放也使内容更加丰富。胡适在对格律的排斥中,走向了对新诗音节理论的讨论,他倡导自然

---

[1] 〔美〕高友工:《美典:中国文学研究论集》,生活·读书·新知三联书店,2008,第243页。

的语气与和谐的用字，使传统用韵被扬弃。他认为："诗的音节全靠两个重要分子：一是语气的自然节奏，二是每句内部所用字的自然和谐。至于句末的韵脚，句中的平仄，都是不重要的事。语气自然，用字和谐，就是句末无韵也不要紧。"① 这已成为新诗音节的重要表征。他认为由此形成了"不拘格律，不拘平仄，不拘长短"的白话新诗，"自然的音节"是其核心的观念之一。随后胡适对此核心观念有进一步阐发，不仅在"节"和"音"上论述，而且还指出，"就是内部的组织——层次，条理，排比，章法，句法，——乃是音节的最重要方法"②，探讨了"层次，条理，排比，章法，句法"等内部组织。在他举例探讨的众多具有自然音节的诗作中，周作人的《两个扫雪的人》不仅音韵自然，且在自然音节中蕴含了叙事性因子：

阴沉沉的天气，
香粉一般白雪，下的漫天遍地。
　天安门外白茫茫的马路上，全没有车辆踪影
　只有两个人在那里扫雪。
一面尽扫，一面尽下：
扫净了东边，又下满了西边，
扫开了高地，又填平了洼地。
　粗麻布的外套上，已结积了一层雪，
　他们两人还只是扫个不歇。
雪愈下愈大了；
　上下左右，都是滚滚的香粉一般白雪。
在这中间，仿佛白浪中浮着两个蚂蚁，
　他们两人还只是扫个不歇。
　祝福你扫雪的人！
　我从清早起，在雪地里行走，不得不谢谢你！

---

① 胡适：《谈新诗——八年来一件大事》，杨匡汉、刘福春编《中国现代诗论》（上编），花城出版社，1985，第 9 页。

② 胡适：《谈新诗——八年来一件大事》，杨匡汉、刘福春编《中国现代诗论》（上编），花城出版社，1985，第 12 页。原载《星期评论》1919 年纪念号第五张第 3 页。

自然的音节实现了无韵诗的独特魅力，其中因解放的音节而带来了对日常生活中寻常事物的关注与容纳。在细节性的描写中不仅有时间、地点、人物、事件等叙事要素，而且两个扫雪的人辛勤劳动的情态也跃然纸上，作者的感激祝福也在曲终致敬式地表达，在自然流转的音节中实现了对景物的摹写、对事件的叙述与对人物的塑造，表现出与古典诗歌截然不同的节奏韵律，使其中的叙事因素得以细致入微地呈现，也成为与古典诗歌差异性的诗学特征。正如王泽龙所说："胡适关于自然音节的诗学观，很大程度上是受英语诗歌音节诗学的影响：讲究语言的音节单位意义，突出语音的轻重长短变化，主张诗歌语言的语意区分与语句的文法特点，这些都是中国古代诗歌格律诗不具备的特点。"① 由此，一种异于古代格律诗程式化的、人工规范的音节诗学——自然音节的诗学观逐渐浮出水面。

刘半农曾说："至于白话新诗的音节问题，乃是我自从 1920 年以来无日不在心头的事。"② 刘半农、刘大白等在对自然音节的广泛实验中，就采用了民间歌谣，而民间歌谣的叙事性也随之带出，这在刘大白的《卖布谣》等诗中有具体体现。而康白情、郭沫若、俞平伯对自然音节的推崇，也使各自诗作中出现了自然的音节韵律与写意叙事的抒情之作。因而自然的音节、写实尚真的叙事性表达，几乎构成了现代抒情诗创作之初的基本面貌。

第三节　现代思想中孕育的叙事性

语言是思想的物质载体，思想的输入往往是通过语言来完成的。正如高玉对现代汉语与现代文学的关系进行考察发现："五四时对西方思想的输入（在语言上表现为新术语、概念和范畴）具有大规模性，具有整体性，再加上白话的形式，因而这种输入从根本上改变了中国的语言体系，从而导致了中国文化和文学的现代转型。"③ 在西方文化从器物、制度到思想观念的输入中，现代思想是其中最为重要的环节。现代思想的形成源于

① 王泽龙：《"新诗散文化"的诗学内蕴与意义》，《中国社会科学》2007 年第 5 期。
② 刘半农：《我之文学改良观》，《新青年》1917 年第 3 卷第 3 号。
③ 高玉：《现代汉语与中国现代文学》，中国社会科学出版社，2003，第 132 页。

译介，尤其是在译介中形成的欧化白话。高玉指出此时的白话其实就是欧化的白话，是"一种新语言体系，也是一种新思想体系，它包含了作为民间口语和大众语的白话，但它更深层的本质是它在思想上的西方性、现代性"①，它不仅涵容民间口语和大众语，同时成为具有"西方性""现代性"的新的语言与思想体系。这一语言形式在以工具为本体的发展演进中促使了中国现代思想的形成，也深刻地影响了现代抒情诗的诗学形态。

对于叙述所承载的社会功能，梁启超早在其《小说与群治之关系》中提出："欲新一国之民，不可不先新一国之小说……何以故？小说有不可思议之力支配人道故……吾中国人状元宰相之思想何自来乎？小说也。吾中国人佳人才子之思想何自来乎？小说也。吾中国人江湖盗贼之思想何自来乎？小说也。吾中国人妖巫狐鬼之思想何自来乎？小说也。若是者，岂当有人焉提其耳而诲之，传诸钵而授之也？而下自屠炊贩卒、妪娃童稚，上至大人先生、高才硕学，凡此诸思想，必居一于是，莫或使之，若或使之，盖百数十种小说之力直接间接以毒人，如此其甚也。"② 小说的社会功用及其对思想的承载据此可见一斑，这一倡导使小说地位上升，进而渗透到诗歌中来，使文类观念的等级发生了变化，小说的叙述在文类等级提升中，扩张渗透到诗歌中来。姜涛对此有所论述："而随着现代文学观念的确立，文类间的等级关系发生新的位移，小说、戏剧上升为'文学'的正宗，在这种位移过程中，诗歌的文体界限势必受到一定的挤压，'尚真'、'写实'等叙述性因素大面积渗入，塑造着特殊的新诗想象。这里似乎发生了一种跨界，即将所谓文的功能，扩充到诗歌的领域，使之能够说理、叙事、写情。在某种意义上，通过扩大诗歌表意能力，容纳多种文体因素，恰恰是新诗发生时的基本抱负。说理、写实、广泛地介入社会生活，也成为早期新诗的突出特征。"③ 对这一诗学现象，朱自清在 20 世纪 40 年代《诗与哲理》一文中也有所论述："那时是个解放的时代。解放从思想

---

① 高玉：《现代汉语与中国现代文学》，中国社会科学出版社，2003，第 236、237 页。
② 梁启超：《论小说与群治之关系》，《饮冰室合集》（第 2 卷），中华书局，1989，第 6～9 页。
③ 姜涛：《"新诗集"与中国新诗的发生》，北京大学出版社，2005，第 165 页。

起头，人人对于一切传统都有意见，都爱议论，作文如此，作诗也是如此。"① 这一对意见、观念、思想等的申说、阐述成为早期新诗的风气。

对此，叶维廉也有着一番发现："白话的兴起，表面上看来是说文言已经变得僵死无力（从我们现在的历史场合看来这当然是偏激的说法），事实上，它的兴起是负有任务的，那便是要把旧文化旧思想的缺点和新思想的需要'传达'到更多的人……白话负起的使命既是把新思潮（暂不提新思潮好坏）'传达'给群众。"② 他揭示了诗歌中白话的社会功能是传达"旧文化旧思想的缺点"与"新思想需要"。而这一传达功能导致了西方叙述语法在中国现代抒情诗中的滥觞："这使命反映在语言上的是'我有话对你说'，所以'我如何如何'这种语态（一反传统中'无我'的语态）便顿然成为一种风气……西方一般的叙述语法，都弥漫着五四以来的诗。"③ 五四以来，各类思想的急切传达使白话在诗歌中具有叙述的色彩。不同的是，在不同的历史阶段，有陈述宣讲的不同对象或者传达申说的不同内容，因而现代抒情诗中的叙事性往往表现出多重面目与多样化的形态特征。

一　科学与叙事性的发生

五四以来，对"德先生"与"赛先生"的欢迎拥护成为启蒙语境下热烈宏大的声音，这些声音也侵入现代抒情诗。科学主义的现代观念在这些声音中显得尤为突出。胡适曾指出"科学"一词在国人与学界眼中占有重要地位："这三十年来，有一个名词在国内几乎做到了无上尊严的地位；无论懂与不懂，无论守旧还是维新，都不敢对他表示轻视或戏侮的态度，那个名词就是'科学'。"④ 科学精神所追求的"客观""真实""具体"等观念也渗透到诗歌中来。比如胡适就有"我的白话诗的实地实验，不过

---

① 朱自清：《诗与哲理》，朱乔森编《朱自清全集》（第二卷），江苏教育出版社，1996，第333页。
② 叶维廉：《中国诗学》，生活·读书·新知三联书店，1992，第216页。
③ 叶维廉：《中国诗学》，生活·读书·新知三联书店，1992，第217页。
④ 胡适：《逼上梁山——文学革命的开始》，欧阳哲生编《胡适文集》第1卷，北京大学出版社，1998，第152页。原载《东方杂志》1934年第1期。

是我的实验主义的一种应用"① 之说，另外胡适还进一步强调："诗须要用具体的做法，不可用抽象的说法，凡是好诗，都是具体的、越偏向于具体的，越有诗意诗味。"② 胡适诗论中凸显了"具体""客观""真实"，一种写实尚真的叙事性倾向弥漫其间。胡适的《礼》一诗是对"礼"这一观念的解说与辨析：

> 他死了父亲不肯磕头，
> 你们大骂他。
> 他不能行你们的礼，
> 你们就要打他。
>
> 你们都能呢呢啰啰的哭，
> 他实在忍不住要笑了。
> 你们都有现成的眼泪，
> 他可没有，——他只好跑了。
>
> 你们串的是什么丑戏，
> 也配抬出"礼"字的大帽子
> 你们也不想想，
> 究竟死的是谁的老子？

"他"死了父亲这件事，引出了"他"和众人——"你们"殊异的态度，借助事件的陈述，揭示了不同人对"礼"这一观念的认知，逻辑性的思辨寄寓其中，胡适的客观说理可谓别具一格。还有《一念》中，将完全不同的物理时空与心理时空置于主观视野之下，现代人在科学具象世界与心理精神层面的差异性感受被现代性地解读：

---

① 胡适：《逼上梁山——文学革命的开始》，欧阳哲生编《胡适文集》（第 1 卷），北京大学出版社，1998，第 160 页。原载《东方杂志》1934 年第 1 期。
② 胡适：《谈新诗——八年来一件大事》，杨匡汉、刘福春编《中国现代诗论》（上编），花城出版社，1985，第 14 页。原载《星期评论》1919 年纪念号第五张。

我笑你绕太阳的地球，一日夜只打得一个回旋；

我笑你绕地球的月亮，总不会永远团圆；

我笑你千千万万大大小小的星球，总跳不出自己的轨道线；

我笑你一秒钟行五十万里的无线电，总比不上我区区的心头
一念！

我这心头一念

才从竹竿巷，忽到竹竿尖；

忽在赫贞江上，忽在凯约湖边；

我若真个害刻骨的相思，便一分钟绕遍地球三千万转！

在时空观念的对比中，现代的科学观念与个人的主观情思被戏谑有趣地述说与识别，亦是一番情趣。可见，叙事性因素就在这一现代观念的阐释解说中被知性化地彰显出来。

郭沫若的诗中有众多现代科学元素，这些科学观念或知识，既拓展为五四时期抒情诗中独特的意象，也在抒情主体化身万物中，以自我夸大的述说呈现了一个青春灵魂无限的能量与创造力，比如《天狗》自诩为："我是月底光，/我是日底光，/我是一切星球底光，/我是 X 光线底光，/我是全宇宙底 Energy 底总量！/……我在我神经上飞跑，/我在我脊髓上飞跑，/我在我脑筋上飞跑。"这是激情飞扬的歌唱，也是浪漫主义自我的述说，这一歌唱性述说正如有学者指出，"从近、现代天文学知识，到 19 世纪末刚发现的'X 光线'，以及生理学、解剖学知识，都汇入'天狗'的诗意生命里，而将这种种'内'、'外'意象联系于一体并赋予它力度与动感的，正是来源自'赛先生'的'五四'时代灵魂"①，其中融入了大量科学知识——天文学、物理学、生理学、解剖学等，不一而足。可以说，在郭沫若坦荡赤裸的青春灵魂中回响着这一时代精神——科学的回声。另外，他在《凤凰涅槃》一诗中发出了现代性的"天问"，亦能折射出科学精神的照耀，散发出现代性的诗学光芒："宇宙呀，宇宙，/你为什么存在？/你自从哪儿来？/你坐在哪儿在？/你是个有限大的空球？/你是个无限大的整块？/……你到底还是个有生命的交流？/你到底还是个无生命的机械？"将现代天文知

---

① 刘为民：《科学与现代中国文学》，安徽教育出版社，2000，第 288 页。

识基础上对存在的追问置于我和宇宙的对话性结构中，虽然不期求回答，但对话性叙述框架已承载起现代灵魂无可量度的精神与情感的能量。

不少现代抒情诗人都长于在科学观念中展开对人的生命与情感状态的叙写。冰心的《繁星·十四》一诗，"我们都是自然的婴儿，卧在宇宙的摇篮里"，在与郭沫若一样的科学观念背景下，述说了现代性的自我的存在及其定位；而卞之琳则在叙事性情境中造成一种"科学的记实"，"把科学上的道理放进诗里，而且造成很好的意象"①。比如《水分》一诗中："昨夜我做了浇水的好梦：/不要说水是柔的，花枝/抬起了，抬起了，你的愁容。"对吸收水分而充满生机的花枝的描写不无科学的道理，但这一对现象的直写、对抽象道理的出示中隐喻着情感对生命的滋养。而《断章》将哲学性的相对观念寓于叙事性的情境中，则是现代观念经典而形象的展示。科学观念或道理的演绎与呈现，或借助独特意象或形象来述说、直写，或通过叙事性情境的营构，最终呈示了抒情诗人对现代思想的表达与现代诗情的实现。

二 革命与叙事性的发生

五四之初，革命观念的申说就已经出现在诗歌中，伴随这一申说，叙事性毕现于诗中。胡适写于1921年的《四烈士冢上的没字碑歌》，其革命观念的伸张在诗中溢于言表，且看前两节：

> 他们是谁？
> 三个失败的英雄，
> 一个成功的好汉！
> 他们的武器：
> 炸弹！炸弹！
> 他们的精神：
> 干！干！干！

---

① 李广田：《诗的艺术：论卞之琳的〈十年诗草〉》，《诗的艺术》，开明书店，1948，第64页。原载《长风文艺》1943年第2期。

他们干了些什么？
一弹使奸雄破胆！
一弹把帝制推翻
　他们的武器：
　炸弹！炸弹！
　他们的精神：
　干！干！干！

不仅有着叙事性的诗序，介绍了四烈士的事迹和作诗的由来，在对英雄"使奸雄破胆""把帝制推翻"的革命行为的叙述中，也洋溢着赞颂之情。同时，革命观念中忘我牺牲的精神在后两节进一步申述，而且呈现口号式表达，这与后来革命文学中的口号式诗歌有着隐秘的关系。但这一书写滥觞于郭沫若，也许胡适与郭沫若都是革命文学中口号式诗歌未曾言明的源头。

郭沫若写于 1919 年的《匪徒颂》有诗前小序，在对具有造反精神人物的赞颂中，充斥着革命观念的表达与口号式书写，仅录前两节就可见一斑：

一

反抗王政的罪魁，敢行称乱的克伦威尔呀！
私行割据的草寇，抗粮拒税的华盛顿呀！
图谋恢复的顽民，死有余辜的黎塞尔呀！
西北南东去来今，
　一切政治革命的匪徒们呀！
　　万岁！万岁！万岁！
二

鼓动阶级斗争的谬论，饿不死的马克思呀！
不能克绍箕裘，甘心附逆的恩格斯呀！
亘古的大盗，实行"布尔什维克"的列宁呀！
西北南东去来今，
　一切社会革命的匪徒们呀！

　　　　万岁！万岁！万岁！

　　此诗与胡适的诗都可谓叙事性书写的流弊之源，这一流弊被叶维廉敏锐地发现，其将叙事性流弊与革命观念的表达联系起来："反映在诗歌里的，第一个最明显的倾向是叙述性，而文类的选择是叙事诗，或带有较大幅度故事性的抒情诗，如果兼有革命的浪漫主义的普罗诗人，便又会加上了许多的顿呼。"① 叶维廉不仅指出革命浪漫主义的普罗诗人在叙事性中加入感叹与呼号，也揭示其产生的时代、政治、国情、语言等原因："三四十年代的诗人，包括艾青和臧克家，由于当时政治及国情的变化，有许多口信要传达，所以更加需要叙述的程序。"② 进而指出"一片纯属于传教式口号式的散文的说明，其滥用程度极为惊人，连当时的注重口信传达的左派批评家都受不了……因为它已根生在白话文的应用里。"③ 其中，对"传教式口号式的散文的说明"的形式特征与生根于白话应用中的危害的揭示，不无警示作用。由此可知，革命观念包括抗战观念的传达，都深深影响了诗歌的抒情方式，当观念径直进驻诗歌，其空洞而干瘪的言说，最后会沦为公式化、口号式的书写，这不仅败坏了叙事，更毁掉了抒情，成为现代抒情诗需要双重警惕的地方。

　　可以说，包括西诗译介在内的各类翻译，不仅形成了口语化的欧化白话，而且带来了词汇、语法、句式等语言因素的变化，促使诗歌话语方式从文言到白话、从格律到自由的转变，自由诗体与自然音节正是这一转变的征候，因此上述因素均是中国现代抒情诗中叙事性出现与形成的重要原因，这种影响到现代变得越来越鲜明了。同时，口语传达基础上的现代抒情诗无不饱含宣传的功能，成为传达科学精神、宣讲革命观念的利器。在这一工具化的创作中，现代观念大面积地出现，与叙述性一起承载了抒情诗的宣教功能，其中所蕴含的思想文化的现代性因素自不待言，这也造成了现代抒情诗中叙事性较为凸显的诗学现象。

---

① 叶维廉：《中国诗学》，生活·读书·新知三联书店，1992，第221、222页。
② 叶维廉：《与叶维廉谈现代诗的传统和语言——叶维廉访问记》，《叶维廉诗选》，人民文学出版社，2008，第282页。
③ 叶维廉：《与叶维廉谈现代诗的传统和语言——叶维廉访问记》，《叶维廉诗选》，人民文学出版社，2008，第282页。

第三章

中国现代抒情诗叙事性的诗学实践

如果说新诗发生之初，叙事性的诗学实践大多隐藏在发生机制中，呈现自然生发的状态，那么作为不断演进的诗歌创作，中国现代抒情诗的叙事性在现代性的诗学追求与具体的历史场域里，生发出更为异彩纷呈、繁复多样的面目，丰富了中国现代抒情诗的表意方式与诗学路径。

第一节　郭沫若：现代抒情诗叙事性的滥觞①

如果说胡适是白话新诗的第一人，那么现代抒情诗的确立则肇始于郭沫若。在 1921 年出版的《女神》中，郭沫若抒情诗中的叙事性已初显端倪。在《女神》诗集中，很多抒情诗都在不同层面分享了事件、对话、场景描写、视点转移、人物塑造等常见的叙事因素，而此类诗歌在郭沫若早期抒情诗中成为叙事性因素凸显的标志性文本。在隐性层面，郭沫若早期抒情诗延续了浪漫主义诗歌中的呼语法，以对"我"与"我们"等人称的自如变易、切换，不仅构建了有着个性面目与时代特征的现代抒情诗的主体，同时以其飞动的想象与夸张，使白话新诗在不乏"乱写"的诗学辩证中摆脱了新与旧的纠缠，克服了早期白话新诗想象力、形象性不足的缺点，走向了真正意义上的现代抒情诗。因而在显性的叙事要素与结构，与隐性叙事的呼语、人称及其夸张的书写中，这一抒情诗的现代性发端，已然呈现在现代抒情诗的叙事性中。

郭沫若抒情诗中的显性叙事性在《凤凰涅槃》一诗中颇具有代表性，其

①　这里考察的是郭沫若早期的诗歌，主要以诗集《女神》（1921）作品为主，这类作品代表了郭沫若诗歌的主要成就，确立了他在现代诗歌史上的地位。

中事件、叙事视点、对话等叙事元素成为诗中的结构性要素。或者可以说，借助这一凤凰自焚与众鸟旁观的事件，使此诗的抒情获得了坚实的结构。而且，在这个意义上，狂飙突进的情感、飞动神奇的想象、跨越时空的追问、对精神与肉身复活新生的欢乐融合的夸张书写，得到叙事结构的有力支撑。郭沫若的天才在于，他以结实的结构性叙事与酷烈激越的抒情，抵达了个体生命的巅峰，成为时代精神的表征。

在《女神》诗集中，有着不同叙事性特征的众多抒情文本，彰显了现代抒情诗的多种叙写形态。回忆或者说追述是叙事性重要的表现手段，正如迈纳所说："抒情诗强烈的即时呈现是怎样的伴随着思维的闪电将过去、现在和未来贯通在一起的。在对过去的回想中的强烈的即时呈现，构成了抒情诗的特征。"① 在诗集《女神》中，此类叙事手段颇为常见。《电火光中》有着诗人对苏武、贝多芬的想象性追忆，《光海》一诗则是诗人自我经历的倒叙性追述。除此而外，叙事性有着更为多样的形态，《地球，我的母亲》与《别离》二诗在场景转换中展开倾诉与畅想；《登临》中有着对登山过程的叙述与山脚下两个行人的插入性描写；《太阳礼赞》和《新阳关三叠》中不乏叙事性对话；《巨炮之教训》在场景描写中植入了对话与虚构；《三个泛神论者》《炉中煤》《匪徒颂》《胜利的死》等诗中充斥着对人物的描述与塑造；《辍了课的第一点钟里》是对事件起因发展的直写……其中，《日暮的婚宴》中夕阳下美景的拟人化叙写，不仅让静态的美景成为婚宴的现场，而且将夕阳比拟为新娘、将海水喻为新郎，在婚宴场景的布置中写出景色的动态之美，可谓别具一格。上述诗歌都有着显见的叙事性特征。然而这还不是郭沫若早期抒情诗叙事性的全部特征，在呼语、人称与排比、列举的"乱写"中，其叙事性得到了独异而隐性的表达。

一 呼语与叙事性的抒情

浪漫主义诗歌中的呼语法，彰显了现代抒情诗巫术性的修辞特征。在语法层面，呼语法（apostrophe）是指"在演讲或文章中通常对不在场的第三者或已故者发出的呼唤，有时也对一个无生命物发出呼唤"②。呼语法

---

① 〔美〕厄尔·迈纳：《比较诗学》，王宇根、宋伟杰等译，中央编译出版社，2004，第190、191页。

② 孙亦丽等编《最新高级英汉大词典》（第3版），商务印书馆国际有限公司，2014，第80页。

借助显在或隐藏的主体展开对包括"第三者""已故者""无生命物"等他者的召唤,这一"我"对"你"的呼唤是"一种无故的、仪式性的行为",既"有利于突出诗歌中的抒情感染力"①,又从独白中发展出一种虚拟的对话性叙事结构。这种虚拟但必要的对话结构②具有一种指涉功能,"它们却迫使我们架构出虚构的语言行为发生的环境,形成一种声音,一种被呼唤的力量"③,不仅与世界构成一种对话的形式,更加呈现了一种"心智内部的戏剧"④。在抒情主体与外界的虚拟对话中,通过戏剧性的人物关系、动态化的行为、心理与情感的变化,建构一个独特的抒情主体,抒情诗轻声而宏大的力量得到实现。由此,从叙事性的语言结构和形式要素来看待诗人与抒情诗主体的截然划分,以及抒情主体——作为动作发出者以其特殊的不易归纳的姿态,从声音、动作、情感、心理、意识的变化来展开对主体形成与建构过程的理解,从而界定这一抒情主体本身与世界的关系。呼语中"我—你"的关系,即是在对象的呼唤、呼告中建立主客关系与情感交流,实质上建构了主体与对象世界的关系,也提供了理解抒情主体的独特路径。呼语法独特的叙事与抒情功能,为重新观照和解读郭沫若诗歌提供了别样的进入方式。

而在对中西诗学的比较与重审中,赵庆庆对呼语法在浪漫主义诗学中的渊源有过如下描述:"从英国湖畔诗派开始,越来越多的浪漫诗人钟情自然,在观照山水时,与其对话,与自我对话,与神对话。这个过程交织着主动、强烈、不安的心智活动。审美主体'我'频频显身诗中,对自然物体,直呼其名。呼语法(apostrophe)修辞的大量运用,既表现诗人和身外物的分裂,又显示出诗人对后者源源不断的感情投射和理性求索。"⑤ 呼语出现在与自然对话的主体声音里,不仅凸显了抒情诗中主体与世界的对

① 参见乔纳森·卡勒对哈特曼《超越形式主义》的引用,〔美〕乔纳森·卡勒:《结构主义诗学》,盛宁译,中国社会科学出版社,1991,第 247 页。

② 因为呼语法就是一种"自明其虚构性的虚构符号",参见王璞《抒情与翻译之间的"呼语"——重读早期郭沫若》,《新诗评论》2014 年第 18 辑。

③ 〔美〕乔纳森·卡勒:《结构主义诗学》,盛宁译,中国社会科学出版社,1991,第 247 页。

④ 转引自王璞《抒情与翻译之间的"呼语"——重读早期郭沫若》,《新诗评论》2014 年第 18 辑。See Jonathan Culler, *The Pursuit of Signs*: *Semiotics*, *Literature*, *Deconstuction*, Ithaca: Cornell University, 2011, p.148.

⑤ 赵庆庆:《重思朱光潜之〈中西诗在情趣上的比较〉》,乐黛云、〔法〕李比雄主编《跨文化对话 30 辑》,生活·读书·新知三联书店,2013,第 470 页。

象化关系，同时在情感表达中成为抒情声音最为直接的表现，或者说是抒情诗的"声音意象"①。这一声音意象，虚构了被召唤对象的出场与表演，正如卡勒指出："呼语的诗人将他的宇宙视为一个由有生命的力量组成的世界。"② 这一种"泛神论"的预言（prophetic）或召唤（vocative）模式，在郭沫若早期抒情诗中有集中体现，或者说换成郭沫若的诗句就是"有生命的交流"。

郭沫若借助呼语巫术般的修辞使白话新诗从以写实性、描述性为主的幼稚尝试，走向了一种生命力的张扬与个性化的表现。呼语在郭沫若抒情诗中成为突出的抒情方式，有对单一对象的呼唤，也有对多个对象的呼唤。对单一对象的呼唤，以独白的叙事话语旨在建立"我"与"你"或"他"的面对面交流的关系，从而呈现了内心情感的交流或冲突。《凤凰涅槃》中对"宇宙"的呼唤，《地球，我的母亲》反复直呼"地球，我的母亲"，《梅花树下醉歌》直呈对"梅花"的呼唤与赞美，《夜》执着于对"夜，黑暗的夜"的呼唤，《夜步十里松原》呼唤着"哦！太空"，《太阳礼赞》对"太阳哟"的反复呼唤，《炉中煤》呼唤着"我年青的女郎"，《浴海》呼唤着"弟兄们"，《鹭鸶》呼唤着"鹭鸶！鹭鸶"，《蜜桑索罗普之夜歌》呼唤着"无边天海"，《鸣蝉》对秋的呼唤，《晚步》中对路过的"松林"的感叹，《春蚕》在对"蚕儿呀"的召唤中的自拟，《黄浦江口》把故乡呼唤为"平和之乡哟"，《西湖纪游·沪杭车中》对"唉，我怪可怜的同胞们哟"有着哀其不幸、怒其不争的叹呼，《雨中望湖》是对"沐浴着的西子"的呼唤……无一不是对单一对象的召唤。其中，《凤凰涅槃》借助对宇宙的呼唤，接通了"我"与宇宙的复杂关系，"宇宙呀，宇宙/你为什么存在？/你自从哪儿来？/你坐在哪儿在？/……/那拥抱着你的空间/他从哪儿来？"对"宇宙"的召唤，不仅建构了抒情主体与宇宙的对话关系，而且对宇宙之外的空间、在"你"之外的"他"也做了进一步的

① 转引自王璞《抒情与翻译之间的"呼语"——重读早期郭沫若》，《新诗评论》2014 年第 18 辑。See Jonathan Culler, *The Pursuit of Signs*：*Semiotics*，*Literature*，*Deconstuction*，Ithaca：Cornell University，2011，p. 142.

② 转引自王璞《抒情与翻译之间的"呼语"——重读早期郭沫若》，《新诗评论》2014 年第 18 辑。See Jonathan Culler, *The Pursuit of Signs*：*Semiotics*，*Literature*，*Deconstuction*，Ithaca：Cornell University，2011，p. 139.

追问。

《晨安》《笔力山头展望》《匪徒颂》《胜利的死》等则是对繁多对象的召唤。尤其是在《晨安》中，郭沫若将万物置于自己的驱遣之下。在呼语中郭沫若成为第一个敞开胸怀拥抱世界、吞吐日月（如《天狗》）、追问宇宙、追问历史现实——空间与时间二维世界（如《凤凰涅槃》）、问候万物（如《晨安》）、召唤弟兄们（如《浴海》）的生命个体。这类诗歌无疑成为一个"世界文本"①，形成了"新世界的诗"②，建立了现代中国与世界的新型关系。也通过这一呼语虚构了"我"与世界万物的关系，实现了浪漫主义"完成了主体（自我）和客体（宇宙）相互认同、相互转化的仪式"③。于是，呼语"架构出一个符合全诗其余部分主题要求的叙事者"④，成为抒情主体"叙事化"的标志之一。同时呼语的指涉性叙事功能都是"对于诗歌主题结构的提前肯定：想象力对客观世界具象的吸收同化和所作出的反应"⑤，进而发展了抒情或某种诗歌主题。在呼语的叙事功能中，郭沫若使一种生命力度得到张扬，这一极度张扬的现代主体又以个性化的面目使现代中国与世界的新型关系得到初步确立。郭沫若早期抒情诗中的呼语及其叙事性特征，无疑具有发展和深化抒情传统的功能。

二　人称与抒情诗的叙事性

在郭沫若早期的抒情诗中，呼语与抒情主体的"我"在一种叙事性的召唤构架中遇合，由于呼语的存在，抒情主体的内外面目或声音得以出现并确立。在膜拜伟人、问候世界、召唤万物等吁请举动中，抒情主体不仅以第一人称的"我"得到凸显，而且表现出迥异于古典抒情诗主体的面目。

有论者曾指出："在 20 年代感伤、激越的文学空气中，以《女神》为

---

① 佛朗哥·莫莱蒂语，转引自王璞《抒情与翻译之间的"呼语"——重读早期郭沫若》，《新诗评论》2014 年第 18 辑。

② 朗西埃尔对惠特曼的抒情形态的定义，转引自王璞《抒情与翻译之间的"呼语"——重读早期郭沫若》，《新诗评论》2014 年第 18 辑，第 78 页注释 1。

③ 王璞：《抒情与翻译之间的"呼语"——重读早期郭沫若》，《新诗评论》2014 年第 18 辑，第 71 页。

④ 〔美〕乔纳森·卡勒：《结构主义诗学》，盛宁译，中国社会科学出版社，1991，第 249 页。

⑤ 〔美〕乔纳森·卡勒：《结构主义诗学》，盛宁译，中国社会科学出版社，1991，第 249 页。

代表的新诗正因为提供了这样一种激动不安的主体机制，而受到众多时代青年的追捧。"① 这一"激动不安的主体机制"揭示了现代抒情主体的面目，这一面目特征符合林庚将自由体的新诗称为"自由诗"，将有格律的古典诗歌称为"自然诗"的区分——他认为自由诗给人"精警紧张"的阅读感受，而"自然诗"则给人以"自然从容"之感②。这一区分其实就包含了古典与现代诗歌中抒情主体的内在差异。在古典抒情诗中，抒情主体是一元的、天人合一的，所以显得自然从容。现代抒情主体是"激动不安"的。在现代社会的变形、变化、分裂、矛盾中，与自然、万物对话的抒情主体即自我的世界也表现出动与乱、紧张与苦闷的特征。这既表现在肉身上，同时也表现在精神层面。前者如《天狗》中吞吐日月、吞噬自我的抒情主体形象。这一形象是"身体高度痉挛的，甚至自我肢解破碎的抒情自我形象"③，也是肉体盛不下精神的产物，所以有"我的我要爆了"的呼告。作为20世纪初青年读者热衷的诗集，《女神》中处处充满"我"这一激动不安主体的述说，有论者指出："把生活欲望、冲突的意识置于作品中，由作品显示了一个人灵魂的苦闷与纠纷，是中国十年来文学其所以为青年热烈欢迎的理由。"④ 这一不安激动的主体以个性化陈述，或宣叙自我肉身的痉挛与肢解，或呼告了精神的爆炸与矛盾，表征了五四青年一代真实的心声，成为一种宏大的历史叙述。而"我便是我呀"，则在"我"的主体性的再次被确认中，"增强了抒情主体——自我形象的英雄性与时代性"，显示了"创造主体的'我'与被创造客体的'我'——即艺术中

---

① 姜涛：《"病中的诗"及其他》，《巴枯宁的手》，北京大学出版社，2010，第168页，原刊于《新诗评论》2008年第1辑。

② 参见林庚《诗的韵律》中观点，"自由诗好比冲锋陷阵的战士，一面冲开了旧诗的约束，一面则抓到一些新的进展；然而在这新进展中一切是尖锐的，一切是深入但是偏激的；故自由诗所代表的永远是这警绝的一方面"，"而且尖锐的，深入的，偏激的方式，若一直走下去必有陷于'狭'的趋势。于是人们乃需要把许多深入的进展连贯起来，使它向全面发展，成为一种广漠的自然的诗体。这种诗体，姑名之曰'自然诗'；如宇宙之无言而含有了一切，也便如宇宙之均匀的，从容的，有一个自然的，谐和的形体；于是诗乃渐渐的在其间自己产生了一个普遍的形式"。《林庚诗文集》（第2卷），清华大学出版社，2005，第77、78页。原载《文饭小品》1935年第3期。

③ 姜涛：《"病中的诗"及其他》，《巴枯宁的手》，北京大学出版社，2010，第167页。原刊于《新诗评论》2008年第1辑。

④ 沈从文：《论朱湘的诗》，张兆和主编《沈从文全集》（第16卷），北岳文艺出版社，2009，第140页。原载《文艺月刊》1931年第2卷第1期。

自我形象之间的距离等于零"，实现了"创造主体与被创造的艺术完全等同的问题"①。经由郭沫若"我便是我呀"的呼告与陈述，抒情主体不仅得到确立而且得到高扬。虽然抒情主体独白性述说往往湮没在历史叙述的宏大共鸣里，但现代抒情主体成为与古典抒情主体有着完全不同的情感与精神特质的"我"，而这正是新诗与古诗区别之处。

　　呼语作为抒情诗独特的修辞术，带来抒情主体自我建构与叙事语境的虚拟，同时带来了人称的扩张、变异。在郭沫若早期抒情诗中，除了"我"的抒情宣叙之外，"我们"的歌唱述说也开始出现。

　　《凤凰涅槃》中除了出现角色形象，而且在召唤万物的呼语中出现了群体形象——"我们"的述说与合唱："我们新鲜，我们净朗/我们华美，我们芬芳。"在此，抒情主体的复数形态，除了说明集体观念在人称叙事中的出现，同时也可见出，后来勃兴的政治抒情诗的情感结构与呼语、人称等诗学特征都可以在郭沫若的抒情诗中找到可以呼应对照之处。这是抒情主体人称变化带来叙事性述说的重要表征。

三　"乱写"及其诗学辨证

　　呼语法也往往带来罗列排比，因为"'包容的修辞'在罗列万事万物、各色人等时，也体现出呼语法的特征"②，这一罗列排比的甚至狂乱夸张的叙事性书写在郭沫若抒情诗中颇为突出。废名在新诗发生语境下，在评价郭沫若和冰心时，指出他们具有"诗情的泛滥""乱写""夸大狂"③的特征。在废名看来，"他（即郭沫若——引者注）的诗本来是乱写，乱写才是他的诗，能够乱写是很不易得的事"④。废名还指出"乱写"是"在中国诗体解放运动之后，应有的一番诗人的本色"⑤，而"郭沫若的新诗里楚

①　孙玉石：《〈女神〉艺术美的获得与失落》，《中国现代诗歌艺术》，北京大学出版社，2010，第144页。
②　王璞：《抒情与翻译之间的"呼语"——重读早期郭沫若》，《新诗评论》2014年第18辑，第77页。
③　废名：《〈沫若诗集〉》，废名、朱英诞著，陈均编订《新诗讲稿》，北京大学出版社，2005，第130页。
④　废名：《〈沫若诗集〉》，废名、朱英诞著，陈均编订《新诗讲稿》，北京大学出版社，2005，第130页。
⑤　废名：《〈沫若诗集〉》，废名、朱英诞著，陈均编订《新诗讲稿》，北京大学出版社，2005，第135页。

国骚豪的气氛确是很重，大概因为诗体解放而有诗情解放，因为诗情解放而古代诗人的诗之生命乃在今代诗人的体制里复活，原是一个很自然的事情"①，在此废名首先肯定了郭沫若的"乱写是很不易的事"，同时认为解放的诗体也解放了诗情，郭沫若本色的"乱写"也是自然的事。但这一说法往往成为郭沫若被人诟病的口实。

如果细致地考察包括呼语在内的各类罗列排比、狂乱夸张的叙事性书写，可以发掘出郭沫若早期抒情诗的美学特质。"乱写"有着自身表述被误解的可能，早在 1922 年，郭沫若提出了"诗不是做的，诗是写的"② 观点，这一观点有可能被不喜欢他大量排比列举的人视为"乱写"的根源，也许会冒犯美学精致主义者对诗歌的审美习惯。比如沈从文在批评郭沫若的小说创作时，不仅视其为"奔放到不能节制"的"废话""琐碎"③，甚至批评他："他是修辞家，文章造句家，每一章每一句，并不忘记美与顺适，可是永远记不到把空话除去。"④ 虽是针对小说，其实不妨视为对其诗中散漫的罗列抒叙的隐在批评。

同时代人虽有批评，但也不乏激赏者。除了闻一多肯定性评价的两篇文章《〈女神〉之时代精神》《〈女神〉之地方色彩》外，早在 1924 年，创造社同人滕固就指出："艺术的要素是一个'动'字，并非简单表出受动的感觉，是表出内面的动——生命就是动——是表出内面的生命。这种动作就是创造，是个性的创造。"⑤ 他肯定艺术中的"动"与"个性的创造"，无疑从侧面呼应了郭沫若"乱写"与"夸大"的创作中表现出的内面生命与个性创造。新月诗人朱湘肯定其诗中对大的崇拜与力的崇拜，但对由此在艺术上呈现的"粗"有所揭示，也包含了对"乱写"的批评⑥。但孙玉石认为在

① 废名：《〈沫若诗集〉》，废名、朱英诞著，陈均编订《新诗讲稿》，北京大学出版社，2005，第 135 页。

② 郭沫若：《曼衍言》一，转引自孙玉石《郭沫若：一个浪漫主义诗人的沉思》，《中国现代诗歌艺术》，北京大学出版社，2010，第 3 页。原载《创造周报》1922 年第 1 卷第 2 期。

③ 沈从文：《论郭沫若》，张兆和主编《沈从文全集》（第 16 卷），北岳文艺出版社，2009，第 155 页。原载《日出》1930 年第 1 卷第 1 期。

④ 沈从文：《论郭沫若》，张兆和主编《沈从文全集》（第 16 卷），北岳文艺出版社，2009，第 159 页。原载《日出》1930 年第 1 卷第 1 期。

⑤ 滕固：《艺术与科学》，《创造周报》1924 年第 40 号。

⑥ 朱湘：《郭君沫若的诗》，王训昭、卢正言、邵华、肖斌如、林明华编《郭沫若研究资料》（中），知识产权出版社，2010，第 583 页。原载《晨报副刊》1926 年 4 月 10 日。

《凤凰涅槃》《晨安》《天狗》等诗中，这种排比列举中能见到一种"打破模仿自然的恶习，朝着动的方向走"①的绝对自由的创造，比如"我飞奔，／我狂叫，／我燃烧。／我如烈火一样地燃烧！／我如大海一样地狂叫！／我如电气一样地飞跑！／我飞跑，／我飞跑，／我飞跑，／我剥我的皮，／我食我的肉，／我嚼我的血，／我啮我的心肝，／我在我神经上飞跑，／我在我脊髓上飞跑，／我在我脑筋上飞跑"。这一激越的情感述说中充满一种激情与速度的美学。

抒情诗中的"我""我们"与呼语在文本中强劲地遇合之后，郭沫若的"乱写"，其实是一种想象力的爆发，是一种创造，正如惠特曼对诗人的评价："对有生气的与伟大的事物的热情，只有当它在人的灵魂里有着有生气的与伟大的源泉时，才会结出硕果来。"②而崇拜惠特曼的郭沫若无疑获得了这种热情与生气。在《晨安》中对世界的问候、对伟人的致敬，《凤凰涅槃》中生命重生与人类大同的欢庆合唱，即是想象力的爆发与创造力的表现，同时也是一种生趣与活力的获得。正如郭沫若指出的："古人用他们的言辞表示他们的情怀，已成为古诗，今人用我们的言辞表示我们的生趣，便是新诗。"③充满生趣恰恰是郭沫若抒情诗的特征之一。现代抒情诗最为核心的是其生机与生趣，一如林庚指出的，《诗经》等古典抒情诗平实浑然中给人以难忘的喜悦，因为"生活上最需要的莫过于健康与生趣，而这些往往都毁于过虑与感伤之中"④。而后来的古典抒情诗沉溺于"过虑与感伤"中，缺少了"健康与生趣"，恰恰是新诗才重新焕发出生机与活力。早期郭沫若抒情诗中的叙事性书写正是这一生机与生趣的明证，而这一颇为人诟病的"乱写"，则有着可资辩难的、诗学的辩证。当然，这一狂乱夸张的叙事性书写，也需要艺术的熔铸与锤炼，不然也就会堕入流弊之途，成为被人诟病的"深厚不足，平实粘滞，缺乏透视，粗滑松脱"⑤之作，正如废名批评指出的："白话新诗对于这一派诗人的天才，有时反而不能加

---

① 孙玉石：《郭沫若：一个浪漫主义诗人的沉思》，《中国现代诗歌艺术》，北京大学出版社，2010，第40页。
② 〔美〕华尔脱·惠特曼：《〈草叶集〉序》，刘保端译，《美国作家论文学》，生活·读书·新知三联书店，1984，第35页。
③ 田寿昌、宗白华、郭沫若：《三叶集》，上海书店出版社，1982，第46页。
④ 林庚：《君子于役》，《林庚诗文集》（第7卷），清华大学出版社，2005，第211、212页。
⑤ 蓝棣之：《现代诗的情感与形式》，人民文学出版社，2003，第15页。

以帮助，好比冰场上溜冰一样，本来是没有阻碍的，但滑就是阻碍，随便的滑一下，自己觉着，别人也看着你滑一脚了，好像气力不够似的。"①

作为心灵丰富、灵魂热度高的诗人，郭沫若在早期抒情诗中借助呼语的召唤、人称的扩张变易与"列举排比"、不无夸张的"乱写"等具有叙事性特征的形式要素，将个体肉身的经验置于历史与现实的观察与表现中，说出了"不能说话的事物所固有的优美和庄严，沟通现实和灵魂的道路"②。不仅以酷烈而激越的情感表达抵达生命的顶峰，也在五四新文化中，参与了这一"时代精神"的发明。

第二节　五四后各诗人群的叙事性书写

在完成了自身合法身份的建构之后，中国现代抒情诗的形式探索走向了纵深的历史场域。如果说胡适、郭沫若在发生机制里自然生发地展开了叙事性的书写，具开启之功同时不乏流弊之过。那么这一优长与流弊也一并伴随其发展历程而消隐起伏地生长，这在五四后的诗人群体与各类社团的创作中有着多元化的表现。

除了胡适、郭沫若两大"旗帜"诗人的创作有着不少的叙事性因素之外，在《新青年》诗人、《新潮》诗人、文学研究会诗人群、小诗作者群、湖畔派诗人与"少年中国学会"、创造社、沉钟社等社团的创作中，写实尚真、描写质实的作品也较普遍，他们以各自风格化的创作，呈现了繁复多样的叙事性诗学实践。

《新青年》诗人③中，除胡适外，沈尹默和刘半农的诗中叙事性因素较

---

① 废名：《〈沫若诗集〉》，废名、朱英诞著，陈均编订《新诗讲稿》，北京大学出版社，2005，第 138 页。

② 〔美〕华尔脱·惠特曼：《〈草叶集〉序》，刘保端译，《美国作家论文学》，生活·读书·新知三联书店，1984，第 17 页。

③ 这一提法较早见于祝宽《五四新诗史》的第四章"《新青年》的主要诗人及其创作"中，指的是在五四前后，以《新青年》为阵地的诗人们，除了胡适外，还包括沈尹默、刘半农、陈独秀、李大钊、鲁迅、陈衡哲等 13 人。参见《五四新诗史》，陕西师范大学出版社，1987，第 127、128 页。姜涛在《中国新诗总系 1 1917—1927》的导言《新诗的发生及活力的展开》中也使用了这一说法。"胡适之后，《新青年》诸公中曾为新诗'敲边鼓'的还有很多，如沈尹默、刘半农、陈独秀、李大钊、沈兼士、陈衡哲、周氏兄弟等。"参见谢冕主编《中国新诗总系 1 1917—1927》，人民文学出版社，2010，第 6~10 页。

为凸显，如沈尹默发表于五四前的《月夜》，"霜风呼呼地吹着／月光明明地照着／我和一棵顶高的树并排着／却没有靠着"，此诗以简约和对细节的描写，使月色下的气候风物、人与树等都历历在目，隐约的抒情风调已经初现，一种引而不发的情感在文字下隐伏、暗示着，叙述描写也潜藏其间。而在《鸽子》《人力车夫》《宰羊》《公园里的二月蓝》《三弦》等诗中，对细节的描写与刻画都颇为耐心细致，这是初期白话诗人所不能力逮的。同时，这些诗中除了静态的刻写与对比外，还加入对话与动作，部分叙事性的细节还传神地呈示了人物的心绪或处境，这些叙述性的描写、刻画与写意、抒情细腻融合，成为沈尹默新诗让人称道之处，也成为初期白话诗实绩的证明。刘半农关注现实的诗作中有着较为突出的叙事性倾向，如《相隔一层纸》《卖萝卜的人》《铁匠》《敲冰》《拟装木脚语》等。而在其抒情写景之作中，也不乏叙事的因素，其《一个小农家的暮》《母亲》等诗中的叙事与描写都清新鲜明，如在眼前。

《新潮》诗人傅斯年的《老头子和小孩子（并序）》可说是这其中的代表之一，它的诗序陈述了创作的起因，"这是十五年前的经历；现在想起，恰似梦景一般"，随后的描写与陈述有着逼人眼目的清新：

　　　三日的雨，
　　　接着一日的晴。
　　　到处的蛙鸣，
　　　野外的绿烟儿濛濛腾腾。

　　　远远树上的"知了"声；
　　　近旁草底的"蛐蛐"声；[1]
　　　溪边的流水花浪花浪；
　　　柳叶上的风声辟呖辟呖：
　　　高粱叶上的风声沙喇沙喇；
　　　一组天然的音乐，到人身上，化成一阵浅凉。
　　　野草儿的香，
　　　野花儿的香，
　　　水儿的香，

团团的钻进鼻去，

顿觉得此身也在空中荡漾。

这一幅水接天连，晴霭照映的画图里，

只见得一个六七十岁的老头子，

和一个八九岁的孩子，

立在河崖堤上。

仿佛这世界是他俩人的模样。

[1] 我们家乡叫"蟋蟀"做"蛐蛐"，叫"蝉"做"知了"。

（选自《新潮》第1卷3号，1919年3月1日）

全诗大段朴素写实的描写，语言稚拙，情感亦透明、清浅，其中的语言与情感如天光云影般徘徊、映照，不带匠气。因为诗艺不成熟，对自然景致的大段铺排，在不节制中虽失掉了古典抒情传统简约、精致的特征，却又不失赤子之心的素朴、真挚与可爱。在审美诉求下，也许会失望于散漫、放纵的叙写，但细品此诗，可感民国风物与人的别样风采。这类描写近乎原始的记录，虽失掉艺术的精粹与回味，却朴拙、鲜活地承载了一种自由、生气的活力。同时还塑造了温润如初、生动鲜活的赤子形象，如"只见得一个六七十岁的老头子，／和一个八九岁的孩子，／立在河崖堤上。／仿佛这世界是他俩人的模样"，"他俩人的模样"是世界原始的模样，也是赤子之心的模样。这一叙事性描写不仅蕴含清明澄澈的清新之风，又不乏赤子情怀的温煦刻画，这在叙事性的自然发生中可谓难能可贵，同时这一情境已难以复制，更毋庸说重返。

文学研究会的诗人群不仅前承《新青年》诗人，且与新潮社诗人有交集。1922年八位诗人的诗合集《雪朝》就是其代表作。1948年冯至回忆朱自清先生时，就论及《雪朝》，认为"里面的诗有一个共同的趋势：散文化，朴实，好像有很重的人道主义的色彩……假如《雪朝》里的诗能够在当时成为一种风气，发展下去，中国的新诗也许会省却许多迂途"[1]。其

---

① 冯至：《忆朱自清先生》，韩耀成等编《冯至全集》（第4卷），河北教育出版社，1999，第134页。

中朴实而散文化的风调中，就隐含叙事的因素。在刘延陵的《水手》一诗中，水手的思念之情被情境化地呈现：

（一）
月在天上，
船在海上，
他两只手捧住面孔，
躲在摆舵的黑暗地方。

（二）
他怕见月儿眨眼
　　海儿微笑
引他看水天接处的故乡。
但他却终归想到了
石榴花开得鲜明的井旁，
那人儿正架竹子，
晒他的青布衣裳。

诗人刻画了在明月的海上捧着脸躲在黑暗中水手的形象，由"躲"的动作引出"怕"见故乡的心事，由此怀想"那人儿"在盛开着石榴的水井旁晾晒衣裳的情景，明艳鲜亮之石榴花映照着清丽朴素的青衣裳，也照亮了水手黑暗中的脸庞，"那人儿"清秀绰约的可爱风姿也永恒映照在水手心上。由此，明媚动人的形象与具体生动的环境承载起远人无边的怀想，这一相思之情经由叙事性的人物刻画、动作与场景的描写得到传神表达，成为早期现代抒情诗叙事性书写中颇为风致之作。

　　除此之外，朱自清的创作最能体现文研会诗人"在宽泛的'为人生'的宗旨之下，一种质朴、稳健、自由的诗风"[1]，其质朴之中就蕴含着写实倾向。其《小舱中的现代》一诗，以绵密细致的刻画，用剪辑组接的手法将杂

---

① 姜涛：《新诗的发生及活力的展开》，谢冕主编《中国新诗总系·第1卷·导言》，人民文学出版社，2009，第11页。

沓纷乱的人声与动作穿插交织在一起，揭示了现代人繁复纷扰的生存图景与境况；而其长诗《毁灭》则将知识分子在动荡历史中的心态，放置于自我剖白的叙述框架之中，使错综复杂的人生感受与敏感多思的心理状态一一得到呈现。这一质实绵密风格下的朴质精神被冯至称许为"不仅应用在诗上，而且应用在散文上以及做人的态度上"[1]，也成为朱自清诗中叙事性书写的内核。

在新月诗人之前的小诗作者与湖畔派诗人的诗作中，叙事性也不时出场，以动人鲜活的细节使抒情诗中的强烈情感得到呈现。宗白华《流云小诗》中的《系住》，"那含羞伏案时/回眸的一瞥，/永远地系住了我/横流四海的放心"，伏案回眸的动作与顾盼含羞的情态，瞬间征服自由不羁的心魂，对刹那动作与情态的叙述，宗白华抓住了最具包孕性的时刻，进而收魂摄魄地撷取了"放心"。有赖于对动作与神态的描写刻画，方能承载这一令人心旌摇荡的时刻，方能彰显出具有穿透力之作的精警、传神的魅力。冰心的《繁星》《春水》中也容纳有叙事性因素的诗句，如《春水》第一五五首：

病后的树荫
也比从前浓郁了
开花的枝头，
却有小小的果儿结着。
我们只是改个庞儿相见啊！

诗中借着对树荫浓郁、花枝结果等变化的描述，暗写了"我"的变化——病后清瘦被隐喻式书写出来，借助一系列变化描述，道出了诗人小病初愈后见到满眼生机时的喜悦，从外物到心境的变迁与生病的本事都不乏叙事因子，可以说一种别样的清新欣悦寄寓于本事与心境的变化之中。再如《春水》第一五九首：

凭栏久
凉风渐生

---

① 冯至：《忆朱自清先生》，韩耀成等编《冯至全集》（第 4 卷），河北教育出版社，1999，第 134 页。

何处是天家？
真要乘风归去，
看——
清冷的月
已化作一片光云
轻轻地飞在海涛上。

此诗中"凭栏""看""飞"等系列动作的连续呈现，都是在为一系列的心理变化张本，这些动作和心理变化无不具有叙事的特征。对这一写法的分析中，废名揭示其作为电影式刹那留影与活动呈现的方法："作者写刹那间的感觉，其表现方法犹之乎制造电影一样，把一刹那一刹那的影子留下来，然后给人一个活动的呈现。"① 这一类似电影的叙事呈现使这首诗仅从变化和动作，就写出了望月抒怀的心境。

　　如果说在小诗中更多是以心理的变化来呈现叙事的因子，则湖畔诗人的事件性显得更加突出。如冯雪峰《山里的小诗》，就以对一个事件的描述，将爱情信息"不着一字，尽得风流"地传达出来："鸟儿出山去的时候，/我以一片花瓣放在它嘴里，/告诉那住在谷口的女郎，/说山里的花已开了。"仅仅叙述了"我"托山鸟儿衔花报春之事，就在事件中以花开的信息隐喻式地传递了爱情的到来。另外，他的《伊在》《老三的病》等诗，则将曲折的情感编织在复沓的叙事中，其中后者在每节结尾处插入的"老实说"来陈述医生的情状，充满反讽的意味。如果说冯雪峰的叙事书写是含蓄婉约的，那么汪静之的叙事则显得热烈直露，其情诗《过伊家门外》有如下书写："我冒犯了人们的指谪，/一步一回头地瞟我意中人；/我怎样欣慰而胆寒呵"，诗人别具情趣地叙述了自己"一步一回头地瞟"伊人而招致非议之事，这一冒犯之举却引发"我"别样的感受——"欣慰而胆寒"，"一步一回头地瞟"的动作揭示时代压力，也写出"我"不顾一切地凝视、注目的勇气，精准的情态描写与微妙的心理刻画都呈现了叙事手法的魅力，成为此情诗热辣表达中的传神点睛之笔。离别是抒情诗的一大母题，潘漠华的《离家》以离家时与离家后的

① 废名、朱英诞著，陈均编订《新诗讲稿》，北京大学出版社，2008，第118页。

情境对比，用白描的手法情节化地处理离情。离别之时母亲为我缝衣、姐姐为我梳头、哥哥牵我远行等几个情节，更生动深挚地抒发了内心之凄苦。朱自清对此有评价："潘漠华氏最为凄苦，不胜掩抑之致。"① 可以说，正是情节性的叙述，才生动具体地展示了这一深挚掩抑的离情别绪。

如果说在发生之初，胡适、郭沫若、康白情等诗歌中的叙事还仅是开启，显得自然而不加修饰，自然地风神与不加节制的铺叙都出现在诗歌中，叙事性书写仅是尝试而非刻意经营，那么随后诗人们已经开始质朴绵密的描写与刻画，心理变化的动态书写与事件、情节的植入，其中诗意的追求开始有自觉的一面，尤其是奇警而点睛式的叙事手段已经开始出现，在叙事手法的演变进展中较胡适等人有了更为诗性的叙事实践。

第三节　新月诗人：体式创制下的客观化叙述

将叙事性的诗学实践自觉展开而有一定理论提倡则始于新月诗人，这在新月主将闻一多和徐志摩的创作或理论探讨中有较为集中的体现。他们在西方诗歌叙事诗风的影响下，开始对叙事性诗学实践有了自觉的追求。

中国现代抒情诗的叙事性书写肇始于西方诗歌的影响，卞之琳就指出这一影响的渊源："我认为徐、闻等曾被称为'新月'派的诗创作里，受过英国 19 世纪浪漫派传统和它在维多利亚时代的变种以至世纪末的唯美主义和哈代、霍斯曼的影响是明显的。"② 其中哈代等诗人诗歌中的叙事性被江弱水论及："哈代（Thomas Hardy）与霍斯曼（Alfred Edward Housman）都偏好设置一个小小的叙事框架，将议论和抒情放在人物的行为和对话上。"③ 因此，诗歌中情节、叙事框架就随维多利亚诗风与巴纳斯主义渗透新月诗人创作中，伴随崭新格律体式的创制，有着叙事倾向的客观化诗学追求也出现在诗中。尤其是针对"自我表现"带来的过度感伤与滥情，开始在诗中强调"具体的境遇"而不是空洞情感的叫器或泛滥化表达。与闻一多交往密切的美学家邓以蛰，早在 1926 年 1 月的《晨报副刊·诗镌》

---

① 朱自清：《中国新文学大系·诗集·导言》（影印本），上海文艺出版社，2003，第 4 页。

② 卞之琳：《完成与开端：纪念诗人闻一多八十生辰》，江弱水、青乔编《卞之琳文集》（中卷），安徽教育出版社，2002，第 154 页。

③ 江弱水：《卞之琳诗艺研究》，安徽教育出版社，2002，第 266 页。

上就关注了文学中感情与人事关系的问题："文学以写感情为主，更逃不了以人事为蓝本，你如果要写一种感情，必先要能把这种感情的人事架造起来，才能引人入胜。"① 随后他既将荷马、卢克莱修、但丁等人的诗，因"善于运用境遇，运用人事上的意趣"推崇为"真历史，真诗"，也针对滥情感伤的诗学弊端有所批评："这都是善于运用境遇，运用人事如果只是在感情的旋涡里沉浮着，旋转着，而没有一个具体的境遇以作知觉依皈的根藉，这样的诗，结果不是无病呻吟，便是言之无物了。"② 闻一多在此文刊出前的题记中肯定了上述观点，并指出："至于诗这个东西……她也应该有点骨骼，这骨骼便是人类生活的经验，便是作者的'境遇'。"③ 因此，新月诗人开始了从具体场景和具象事物出发，在白描和叙述中来刻写人事，插入戏剧独白等多种声音，在历史与现实的各个层面构成意识的交锋；同时以洗练、干净的土白、方言等口语入诗，在格律的追求中融入说话的语调，丰富了现代抒情诗的表意方式，也使诗歌中的叙事有了新的进展。

　　抒情诗中的叙事在众多新月诗人笔下有多样化的呈现。饶孟侃的《醉歌》以一种"说话的节奏"，不断召唤"伙计们"干杯，叙述人酣然醉态下的幻象奇想跃然纸上。另外，他的《天安门》与闻一多的《天安门》都有一个角色化的叙述人，不同的是闻一多笔下的是车夫，他笔下是一个母亲；虽然是不同立场与关怀下的叙述，但无论是历史血腥的追述，还是现实革命的记述，都渲染出了天安门的鬼气森森。同时，在叙述口吻中都隐含着新月诗人语言与音节的实验。刘梦苇的《妻底情》在对莎士比亚十四行诗式用韵的仿制中，以喜剧性情节的逆转呈示了妻子丧夫之痛中的另一面：

　　　　满室的空气沉重而凄惨，
　　　　中央陈列着墨黑的棺材；

① 邓以蛰：《艺术的难关》，《邓以蛰全集》，安徽教育出版社，1998，第40页。原载《晨报副刊·诗镌》1926年第2号。
② 邓以蛰：《诗与历史》，《邓以蛰全集》，安徽教育出版社，1998，第52、53页。原载《晨报副刊·诗镌》1926年第2号。
③ 闻一多：《邓以蛰〈诗与历史〉题记》，《邓以蛰全集》，安徽教育出版社，1998，第58页。原载《晨报副刊·诗镌》1926年第2号。

棺材上花环底颜色黯淡，
显示的消息是死的悲哀。

在这样悲哀的重压之下，
你看那哭夫的人多可怜！
她纵不是你自个儿底她，
我信同情总有点在人间。

那女人哀哭得不想再活，
一口一声要跟丈夫同去；
披的长发忽被棺材挂着，
她惊骇得连忙吐出真语。

她说：夫君呀，请您不用拉！
让我留下再嫁给别人家！
——四月十日，北河沿畔——

前两节以"质朴的描写和平实的叙述"[1] 呈现了灵堂的环境与丧夫女人的可怜，进而浓墨重彩地描述了女人"不想再活""要跟丈夫同去"的呼号与哭告。正在呼天抢地的时刻，女人的头发被棺材挂住的意外情节，扭转了哀痛的叙事，口吐真言的喜剧情节也饱含了女性的辛酸命运：为贞洁必须痛哭失夫，为生存必须再嫁存身。讽刺情节中有着难以掩抑的别种悲情与无奈，借助这一逆转的情节，个中委屈与隐情才得以立体地揭示，由此可见，叙事的书写更为形象地展示了人性复杂多维的空间。

朱湘《石门集》中的《哭城——内战事实》《招魂辞》，《永言集》中的《关外来的风》《国魂》等诗都有对国仇家恨的书写，在切近的爱国情感的抒发中，这类诗里的叙事显得较为粗糙直接，陆耀东对上述诗歌缺乏沉思曾有过批评："收入《石门集》中的《哭城——内战事

---

① 许霆、鲁德俊、陈留金编《中国百家名诗赏析》，江苏教育出版社，1995，第15页。

实》、《招魂辞》,《永言集》中的《关外来的风》、《国魂》,触及了国事,甚至是直面国是,然而由于诗人只停留在对若干现象的不满,缺少对产生丑恶现象根源的追问。认识的一般化导致这些诗的一般化,缺失新的诗意、深的诗思。"① 《石门集》的《一个省城》《柳浪闻莺》与《永言集》里的《乞丐》等诗都一反常态地摒弃了谣曲式的抒情方式,而采用了一种叙述手法。《乞丐》一诗中,在天寒地冻中丧亲而与稻草为伴的乞丐,同"肩扛着半爿雪白肥猪"过年回家的富人的处境形成强烈的对比,表达了朱湘的愤慨之情。《一个省城》《柳浪闻莺》中对都市场景的描写与刻画,尤其是《一个省城》以各种景象的罗列与不时流露出的意识流,共同叙述了现代都市日常生活的诸种景观,展现了颇为新异的抒情风貌:

> 江水已经算好了,喝井水的
> 多着呢。全城到处都是臭虫,
> 卑鄙的臭虫。最销行日本货,
> 价钱巧,样式好看。蔬菜与肉
> 比上海贵。夏天,太太们时兴
> 高领子……还不曾见过穿单袍
> 没领子的男人。通城的院子
> 有一个树木多 (那是教会的。)
> 大学里用着圣保罗的旧址;
> 每到春天——想必真是 Spring Fever
> 必定要闹风潮。东门的城墙
> 拆了一半,还有一半剩下来。
> 城外有茅房,汽车站。
>
> 　　　　　是前天
> 立的秋;像大雨一样,凉风在
> 树子堆里翻腾着。我凉醒了,

---

① 陆耀东:《中国新诗史(1916—1949)》(第一卷),长江文艺出版社,2005,第369页。

躺在床上，想起 Havelock Ellis 的
The Dance of Life，恭维中国的古代，
说那时知道艺术的来生活…
这班外国人！他们专说几百，
几千年前的腐话！

一阵早钟，
一声儿啼，从外面送了进来。
我出了神靠在床上，思忖着。

朱湘通过"每到春天——想必真是""我凉醒了，/躺在床上，想起 Havelock Ellis"等诗句才使主体渐次浮现，最终"我出了神靠在床上，思忖着"才和盘托出了"我"的意识漫流轨迹，从而串缀起省城的各类景象，其中懒惰、懈怠、肮脏、落后中的伪文明、伪现代的都市景象令人警醒与思忖。这一叙述通过意识流对碎片化景象的组合拼接，显出了抒情方式的现代性。这一意识流化的叙事性书写无疑丰富了新月派的现代性抒情。

闻一多和徐志摩在西方诗歌的影响下，叙事性的书写和探索显得颇为明显，甚至有更为激进的实验与一定的理论探讨。这使新月诗人的叙事性书写有了先锋而现代的面目。

闻一多诗中的叙事因素异常丰富，这主要来自西方诗歌的影响。在《天安门》中，通过车夫的戏剧独白讲述了在天安门的断魂经历。此诗虽缺乏显性叙述者的整一讲述，但借助车夫的凌乱讲述也实现了叙事要素的诗学功能，这种手法在新月早期是极为独到的，显出了白朗宁"戏剧性独白"的影响。而《春光》《飞毛腿》二诗据梁实秋介绍，"都有一点哈代的那种戏剧化的悲观的讽刺的意思"[1]，同时在"在寓情于景，通过具体的情节与场面表达思想这一方面"[2] 与霍斯曼和哈代的诗歌相似。

---

[1]　梁实秋：《谈闻一多》，《梁实秋散文》（第一集），中国广播电视出版社，1989，第 408 页。
[2]　江弱水：《卞之琳诗艺研究》，安徽教育出版社，2002，第 267 页。

不过，正如纪德所说："影响不创造任何东西，它只是唤醒。"① 在影响下的吸纳与化约，使闻一多的叙事性书写在吸纳异域资源中与本土经验、自我意识有着个性化的化约，并整合为自己独特的叙事性实践。在《罪过》中，口语化的叙述较为明显："老头儿和担子摔一交／满地是白杏儿红樱桃。"老头自言自语与路人的问话都是地道口语，并未有完全交集的话语间透出的信息却更让人意味深长：贫病交加的老头不担心自己，却一味自责艾怨，生计的无奈溢于言表。《闻一多先生的书桌》则实验了叙事声音的沸腾与喧哗，展现了叙事性更为现代的面目：

> 忽然一切的静物都讲话了，
> 忽然间书桌上怨声腾沸：
> 墨盒呻吟道"我渴得要死！"
> 字典喊雨水渍湿了他的背；
>
> 信笺忙叫道弯痛了他的腰；
> 钢笔说烟灰闭塞了他的嘴，
> 毛笔讲火柴烧秃了他的须，
> 铅笔抱怨牙刷压了他的腿；
>
> 香炉咕噜着"这些野蛮的书
> 早晚定规要把你挤倒了！"
> 大钢表叹息快睡锈了骨头；
> "风来了！风来了！"稿纸都叫了：
>
> 笔洗说他分明是盛水的，
> 怎么吃得惯臭辣的雪茄灰；
> 桌子怨一年洗不上两回澡，
> 墨水壶说"我两天给你洗一回。"

① 〔法〕纪德：《文学上的影响》，《纪德文集》（文论卷），桂裕芳等译，花城出版社，2001，第357页。

“什么主人？谁是我们的主人？”
一切的静物都同声骂道，
“生活若果是这般的狼狈，
倒还不如没有生活的好！”

主人咬着烟斗迷迷的笑，
“一切的众生应该各安其各位。
我何曾有意的糟蹋你们，
秩序不在我的能力之内。”

书桌物品在众声喧哗中上演了抱怨与声讨，每个事物都依据其物性表达了各自委屈的境遇，事物间惟妙惟肖的话语有直接引语也有间接引语，各种驳杂的声音既交织又有各自的立场，非常有趣地表达了不满与抗议，最后现身的主人的答语也耐人寻味，哲学性地终结了一次书桌上的“革命事件”。在此，闻一多张弛有度的叙事能力彰显了现代抒情诗富有张力而丰美的风貌。

而他的抒情长诗《奇迹》却是另一种叙述，是以自我为圆心的述说，大量铺排的句式举隅着自己的种种饥渴与诉求。倾诉对象的神秘性，让诗的主题也神秘莫测。如果说此诗背后有一段爱情本事，诗的主题则是爱情主题；如果是精神的欲求没有情事背景，那么此诗则更为玄奥，面对人类精神与灵魂的饥荒，奇迹更具有普遍性，进而成为哲学的诗，因此闻一多这种抒情对象的不明导致了主题的暧昧神秘。然而，结尾叙写了“奇迹”出场的情景：“我听见阊阖的户枢砉然一响，/传来一片衣裙的綷縩——那便是奇迹——/半启的金扉中，一个戴着圆光的你！”这一个亮丽闪耀的登场，使神秘的“奇迹”形象鲜活地被呈现，成为闻一多不可多得的神来之笔，而且这首诗也成为他诗歌的收官之作。

闻一多对各类叙事手法的实验，使他在创作上显出前卫与先锋的色彩。同时他不仅尝试叙事性的创作与创新，在写诗停笔经年之后，还针对抗战现实，进一步提出：“在一个小说戏剧的时代，诗得尽量采取小说戏剧的态度，利用小说戏剧的技巧，才能获得广大的读者。”① 这在一定程度

① 闻一多：《新诗的前途》，《天下文章》1944 年第 2 卷第 4 期。

上丰富了叙事性的诗学理论,结合其创作,使其在诗歌史有着不可取代的地位。

相较而言,徐志摩抒情诗中的叙事性更显出了哈代的影响,梁实秋就指出:"哈代的小诗常常是一个小小的情节,平平淡淡,在结尾处缀一个悲观的讽刺,这是哈代的独特的作风,志摩颇能得其神韵。"① 江弱水亦持同样的论调:"徐志摩深受哈代的影响。他访问过哈代,写诗写评论常写哈代,译诗也以哈代诗居多。而哈代的诗,除了口语化之外,还很戏剧化,常常都是叙事的,两个或三个人之间对话。"② 《一条金色的光痕》《叫花活该》等诗多是口语化叙述,但也不乏戏剧独白的声音,而《谁知道》则充斥着戏剧对白和独白的声音,首尾的叙述贯穿全篇,形成一种复沓的叙事,人物对话、独白与环境的叙述呈现了车夫悲惨的命运。而在对话中动感十足且最具叙事倾向是《鲤跳》:

> 那天你我走近一道小溪,
> 我说"我抱你过去,"你说"不;"
> "那我总得搀你,"你又说"不。"
> "你先过去,"你说,"这水多丽!"
>
> "我愿意做一尾鱼,一支草,
> 在风光里长,在风光里睡,
> 收拾起烦恼,再不用流泪;
> 现在看!我这锦鲤似的跳!"
>
> 一闪光艳,你已纵过了水,
> 脚点地时那轻!一身的笑,
> 像柳丝,腰还在俏丽的摇:
> 水波里满是鲤鳞的霞绮!

---

① 梁实秋:《谈徐志摩》,《梁实秋散文》(第一集),中国广播电视出版社,1989,第 195~196 页。

② 江弱水:《卞之琳诗艺研究》,安徽教育出版社,2002,第 266 页。

徐志摩将情侣过浅溪的场景描写得异样明媚动人，不要人搀扶的女子轻盈俏丽地涉水一跳，惊艳了情人亦摇曳了溪水，也成为诗歌中的惊艳之作，诗人在形象与动作的叙述刻画中，不仅有女子跳跃前的娇俏自诩、纯真可爱，也有跳跃动作的直写，动态可人，且让明艳照人的女子与溪水波光相互辉映，在情人眼中不可方物的美都随柳丝、霞绮摇曳荡漾其间。

不过，徐志摩的叙事性诗学实践显得更为驳杂，有显见和隐伏之分，很多抒情诗中的叙事是隐秘地潜伏在浓郁的情感抒发中，因而徐志摩的叙事性书写有着丰富的路径。在《沙扬娜拉》甜蜜而又蕴含无限哀愁的吟唱中，隐藏着离别的本事，只是本事隐去，连离别的背景都被虚化了，诗人的叙述聚焦在离别之人的动作、神情、声音、体态的描写与刻画之上，"最是那一低头的温柔／水莲花不胜凉风的娇羞"，独到熨帖的比喻与低头的动作、温柔与娇羞叠合的神态，一起动态而风致地绘写了离别之人的万种风情，徐志摩的天才正在于此。不过，这还只是徐志摩诗中叙事因素的冰山一角。《偶然》一诗中隐去了具体感情事件，但是情感的线索在"我"的述说与你、我关系变化之中有迹可循，无论投影与相逢，都是借人生际遇之事来隐喻偶然或命运的无常，从而在不得已中开解，诗歌中强烈的情感在婉曲与貌似洒脱中无奈表达。徐志摩这类诗歌的魅力正在于：解脱之语更是无奈之举，其中隐藏在语言下面的激烈情事只能引而不发，这使隐去的情事与诗歌的书写构成了另一种内在的紧张。这一种紧张也出现在《再别康桥》中，不同的是，本事虽不隐藏，离别之际，诗人的告别不仅具有空间的转移，也有时间的推移，离别事件融汇在景物描写与情感游历之中，时空交织的叙事与情感体验的变化让离愁与潇洒构成一种紧张，因为难以忘怀的求知生活、最美的青春怀想与不得不离开的现实都涌现、激荡在这一离别时分，虽不言明不舍，但"悲莫悲兮生别离"的疼痛已隐隐成为洒脱的底色。其实书写过程本身就是对这种离愁的纾解与安慰，在书写中自我告慰、自我缓解，最终自我疗治，时空、情感的变化就以叙事的因子参与了这种诗学的自我慰藉与自我治疗，成为文学中别有意味的书写和述说。

徐志摩抒情诗中的叙事性还表现为一种以口语为主体特征的"自然的说话调子"，卞之琳对其诗中富有音乐性的口语所表现出的"念"的特征与古典诗歌做了一个甄别："徐志摩的诗创作，一般说来，最大的艺术特色，是富于音乐性（节奏感以至旋律感），而又不同于音乐（歌）而基于活的语言，主要是口语（不一定靠土白）。它们既不是直接为了唱的（那还需要经过音乐家谱曲处理），也不是像旧诗一样为了哼的（所谓'吟'的，那也不等于有音乐修养的'徒唱'），也不是为了像演戏一样在舞台上吼的，而是为了用自然的说话调子来念的（比日常说话稍突出声调的鲜明性）。这是像话剧、新体小说一样从西方'拿来'的文学形式，也是在内容拓展以外，新文学之所以为'新'，白话新诗之所以为'新'的基本特点。"① 卞之琳将这一口语化近乎自然说话调子的书写风格命名为新诗的"新"的基本特点，同时不经意地指证了这一风格中的叙事性特征。叶维廉又将此特征称为"谈话的风格"，这种絮语式的述说让抒情主体与读者的关系更亲近，这一风格的特征如叶维廉所说，"都是向一个假想的或不在场的听众说话，由现在眼前事物开始，然后通过联想、沉思，进出于过去、现在、远方，近前的人事、景物之间，由于作者把读者视作亲近的人"，从而通过这种亲近体贴的述说实现了读者和作者的更内在、更当下的交流。"这样用亲密的口气刻刻不断的诉说而始终不离开'现在的发生性'，使事物随着作者的意识漫展。"② 这在 1926 年的《翡冷翠的一夜》与 1930 年的《爱的灵感》中，分别以"你真的走了，明天"和"不妨事了，你先坐着吧"这种口吻开头，在这絮语中呈现独特情境中个体生命的特殊经验，同时因为亲近的述说，使读者沉入诗人当下的状态，随诗人漫展的意识流动，更有令人动容与贴肤之感。这一叙事性的手法影响了卞之琳，叶维廉也指出卞之琳对徐志摩的学习与发展："这也便是卞之琳的《西长安街》和《春城》中的'现在刻刻发生性'的依据……基本上是由徐志摩发展出来。"③ 同时与 1929 年戴望舒有絮语风格的《我的记忆》构成一种呼应，因为此诗的创作，戴望舒才"完成了'为自己制最合自己的脚的鞋子'的工作"④，其中絮语式的陈述成为现代性表征，此诗"成为现代诗派的起点"⑤，因而，这现代性的叙事手法成为戴望舒转向现代派的标志。

---

① 卞之琳：《〈徐志摩选集〉序》，《上海师范大学学报》（哲学社会科学版）1982 年第 3 期。

② 叶维廉：《中国诗学》，生活·读书·新知三联书店，1992，第 243 页。

③ 叶维廉：《中国诗学》，生活·读书·新知三联书店，1992，第 243 页。

④ 杜衡：《〈望舒草〉序》，王文彬、金石编《戴望舒诗全编》，浙江文艺出版社，1989，第 53 页。原载《现代》1933 年第 4 期。

⑤ 钱理群、温儒敏、吴福辉：《中国现代文学三十年》（修订版），北京大学出版社，1998，第 351 页。

徐志摩、戴望舒、卞之琳从不同层面丰富和发展了现代抒情诗的叙事手法，而这一手法的现代诗学意义还有待从叙事手法层面去挖掘与探讨。因而，在这个意义上，新月诗歌的叙事性诗学实践在现代层面开启了一个新的时代与空间。

第四节　戴望舒："制最合自己的脚的　　鞋子"的叙事性实验

进一步践行叙事性手法的是戴望舒，不过其笔下的叙事性也有显隐之别，比如在情感浓烈或音乐性较强的诗歌中，叙事性因素较为隐匿。《雨巷》一诗，就在撑着油纸伞于雨巷寻觅邂逅一位丁香姑娘这一隐约的事件框架中，梦与追梦人永恒的距离被诗意地书写。而其中的叙事因子被淹没在浓得化不开的情绪与旋律里，难以被辨识、区分。类似的诗歌还有《寻梦者》，此类诗歌都将具体的情感或主题深植于一个寻找的事件框架中，借这一不突出的线索或事件结构实施深层的情感表达。

戴望舒抒情诗叙事性最为突出的作品多集中在《我的记忆》里。此期的戴望舒正如卞之琳指出："法国现代诗人，例如作为后期象征派的耶麦（Francis Jammes），还有艾吕亚（Paul Eluard），还可能有须拜维埃尔（Jules Supervielle）等人……在望舒个人风格的形成过程中，正像西班牙诗人洛尔加在他最后时期一样，都起了一点作用。"[①] 他深受后期法国象征主义诗人耶麦、艾吕亚、须拜维埃尔以及西班牙诗人洛尔迦等的影响。对《我的记忆》一诗与耶麦的《膳厅》等诗之间的关系，孙玉石已做了比较研究，甚至《膳厅》中的结尾与戴望舒《秋天》的结尾都用了直呼其名的手法，"你好吗，耶麦先生？"被仿制为"秋天要来了，望舒先生！"最有意味的是，《我的记忆》一诗对耶麦诗中絮语式谈话风格的模仿。这在《我的记忆》与《秋天》等诗中有集中体现。《秋天》就以叙述的口吻叙写了秋的来临和抒情主体默坐抽烟的状态，以口语化叙事引出对秋天独特的情感体验，在"歌吹""烦忧""乐事"等写意性体验中，再次恢复到

---

① 卞之琳：《〈戴望舒诗集〉序》，江弱水、青乔编《卞之琳文集》（中卷），安徽教育出版社，2002，第351页。

日常生活中来："今天，我是没有闲雅的兴致。//我对它没有爱也没有恐惧，/我知道它所带来的东西的重量，/我是微笑着，安坐在我的窗前，/当浮云带着恐吓的口气来说：秋天要来了，望舒先生！"在这一寻常心态的叙写下，古典诗歌中悲秋的抒情模式被转换成一种更为超然的现代体验，彰显出戴望舒别样的抒情方式。而《我的记忆》首先以絮语风格对"我"和"记忆"关系展开口语化的述说，随后诗中加入了众多的排比：

> 它生存在燃着的烟卷上，
> 生存在绘着百合花的笔杆上，
> 它生存在破旧的粉盒上，
> 它生存在颓垣的木莓上，
> 它生存在喝了一半的酒瓶上，
> 在撕碎的往日的诗稿上，在压干的花片上，
> 在凄暗的灯上，在平静的水上，
> 在一切有灵魂没有灵魂的东西上，
> 它在到处生存着，像我在这世界一样，

这些众多的排比将情思、意识的流转组合并置在流动的日常语言中，使抽象难以捕捉的"记忆"随物赋形、弥漫周遭、无所不在，在流动而富于韧性的叙述性语言和句式中，使现代人幽微繁复的情感得到立体具象的呈现。而且还不时插入具有逻辑序列的诗句："人们会说它没有礼貌，/但是我们是老朋友。//它是琐琐地永远不肯休止的，/除非我凄凄地哭了，/或是沉沉地睡了。/但是我永远不讨厌它，/因为它是忠实于我的。"情绪的流转中加入转折、假设、因果等逻辑关系，使诗情的发展不断转折、变化或被解释，繁复的情思不断伸展、演变，显出现代人精微、复杂的情绪风貌。这一叙事性手法的现代特征被卞之琳称许："日常语言的自然流动，使一种远较有韧性因而远较适应于表达复杂化、精微化的现代感应性的艺术手段，得到充分的发挥。"① 复杂而精微的现代情绪被自然流动、韧性的

---

① 卞之琳：《〈戴望舒诗集〉序》，江弱水、青乔编《卞之琳文集》（中卷），安徽教育出版社，2002，第350页。

叙事所呈现，这无疑开启了一种独特的现代抒情方式。因此，叙事性书写的现代性被孙玉石推崇："完全用纯然的现代口语，使诗的叙述同读者的情感拉近了距离，增大了抒情的亲切性。即使在具有气势的排比性很强的诗行中……修饰语也由长而短，内在节奏的加快，传达记忆无所不在的'诗情程度'。"① 其中，戴望舒叙事的具体手法——口语化、排比等被指出，而"抒情的亲切性"与"无所不在的'诗情程度'"，则是对其诗学价值的极高评价。

从《我的记忆》诗集开始，不仅日常生活图景的叙述或描写较多地出现在诗中，如《过久居》和《示长女》等诗，而且戴望舒还以说话的调子写出了《我们的小母亲》和被称为"小型叙述诗"② 的《断指》。其中写于1928年《断指》虽然没有完整的故事，却借着"我"对诗中主人公——作为革命者的"他"的叙述，在旁观与介入、述说与颂扬中表达了"我"的钦佩与自我鞭策。而在《我用残损的手掌》一诗中，以有形的手掌触摸地图展开对祖国美丽河山的想象，在铺排的叙写中使无形的河山得到实有而形象的呈现，散文化的句式中，一种沉痛的热爱与深情得到叙写：

> 这一片湖该是我的家乡，
> （春天，堤上繁花如锦幛，
> 嫩柳枝折断有奇异的芬芳，）
> 我触到荇藻和水的微凉；
> 这长白山的雪峰冷到彻骨，
> 这黄河的水夹泥沙在指间滑出；
> 江南的水田，你当年新生的禾草
> 是那么细，那么软……现在只有蓬蒿；
> 岭南的荔枝花寂寞地憔悴，
> 尽那边，我蘸着南海没有渔船的苦水……
> 无形的手掌掠过无限的江山，

---

① 孙玉石编写《戴望舒名作欣赏》，中国和平出版社，1993，第80页。
② 北塔：《雨巷诗人：戴望舒传》，浙江人民出版社，2003，第69页。

手指沾了血和灰，手掌沾了阴暗，

这一呓语式述说，在空间的转换与幻觉化的体验中将爱国深情悠长而深挚地表达出来，在不节制的铺叙中，深沉而有力的情感得到传达。此类对狱中经历或复国热望中的爱国情感的叙写在《狱中题壁》《心愿》《等待》《偶成》等诗中，都有不同程度的表达，成为戴望舒诗歌中颇具写实倾向的抒情诗。

不过相对而言，戴望舒1944年创作的《萧红墓畔口占》显得更精警简约，含蓄内敛的风格凸显：

> 走六小时寂寞的长途，
> 到你头边放一束红山茶，
> 我等待着，长夜漫漫，
> 你却卧听着海涛闲话。

长途跋涉而以山茶花祭奠亡友的过程，被张弛有度而又举重若轻地叙述，生死相隔的"我""你"，一等待一静听，在历史与现实、永恒与暂居之间不无哲学的沉思与拷问。借助这一事件与场景，对深沉缅怀中的逝去与历史重压下的生存展开了富有张力的诗性考辨，一种含蓄内敛的叙事风度得到别致的表现，一种深挚掩抑的哀思与悼念之情引而不发地隐藏其间。这一含蓄优美的叙事被卞之琳论及："在亲切的日常说话调子里舒卷自如，锐敏，精确，而又不失它的风姿，有节制的潇洒和有工力的淳朴。"①

从《雨巷》富有音乐性节奏的"唱"到这类诗歌中说话语调的述说，不仅被陈太胜称为诗歌音乐性的转变②，而且被孙玉石视为"传达记忆无所不在的'诗情程度'，开了中国三十年代现代派的一代诗风"③。这一"说"的语调不仅以自然流转而富有韧性的日常口语，敏锐、精确地传达

---

① 卞之琳：《〈戴望舒诗集〉序》，江弱水、青乔编《卞之琳文集》（中卷），安徽教育出版社，2002，第350页。

② 陈太胜：《从"唱"到"说"——戴望舒的1927年及其诗学意义》，《天津社会科学》2007年第1期。

③ 孙玉石编写《戴望舒名作欣赏》，中国和平出版社，1993，第80、81页。

了现代人繁复精微的情思，而且以絮语式风格缩短了诗人和读者的距离，以亲切的抒情实现诗情的丰富传达。同时，这一絮语式的述说包容了更为丰富的言说对象，不仅恢复了诗歌与现实世界的清新关联，使诗歌从象征主义过于晦涩幽昧的表达中走出来，缓解了诗歌与现实的紧张关系，而且扩展了诗歌书写的经验域，敞开了写作的维度，丰富了抒情诗的表意方式。由此，不仅日常事物的书写进入现代抒情诗，而且絮语式叙述也成为现代诗学手段之一。诗歌中的叙事性在戴望舒的诗中成为诗学的正典，也成为富有标志性意义的诗学现象。

第五节　何其芳：情节因素的意象化抒情

与卞之琳同时崭露诗坛的何其芳，其 20 世纪 30~40 年代的抒情诗①更具迷离梦幻的特征，但在迷离梦幻抒情之作中，叙事的因素也不断闪现。正如他自述："这时我读着晚唐五代时期的那些精致的冶艳的诗词，蛊惑于那种憔悴的红颜上的妩媚，又在几位班那斯派以后的法兰西诗人的篇什里找到了一种同样的迷醉。"② 只是因为其中浓郁热烈的情感，班那斯派客观叙写的因子大多湮没融化在令人迷醉的色彩与馥郁的抒情中。

何其芳早年受到的影响，可从另一侧面说明这一叙事因素的存在。1927 年，从深受新月派影响的诗人祝世德到万县中学任教开始，何其芳就在新月诗歌的洗礼中开始了对新文学的认知，并且在 1929~1930 年于上海中国公学读书期间，因为新月诗派的影响而迷恋新诗③。新月派中巴纳斯派的精雕细琢与克制理性都曾在他早期诗歌中留下影子，而且他喜欢温庭筠及其《花间集》，不仅为其精致艳冶的颜色、图案、姿势所迷醉，也不经意地沾染了其中的"冷静之客观"④。他的早期诗歌接续了古典诗歌诗序、题注中的叙事性因素，而且新月派诗歌中的戏剧性独白等叙事性特征

---

① 这里考察的是何其芳前期的诗歌，以《预言》（1931—1937）与《夜歌》（1938—1944）等作品为主，这类作品代表了何其芳诗歌的主要成就，确立了他在现代诗歌史上的地位。

② 何其芳：《论梦中的道路》，转引自刘继业《新诗的大众化和纯诗化》，北京大学出版社，2008，第 279 页。原载《大公报》"文艺"第 182 期"诗歌特刊"，1936 年 7 月 19 日。

③ 方敬、何频伽：《何其芳散记》，四川教育出版社，1990，第 32 页。

④ 叶嘉莹：《迦陵论词丛稿》，上海古籍出版社，1980，第 18 页。

也出现在其早期诗歌中。他在 1935 年 1 月和 6 月先后发表于《万县民众教育月刊》和《水星》杂志上的《筌筷引》二诗，同题但内容迥异。前者在注释中讲述了《公无渡河》的典故，后者则以诗序的方式重述了典故中令人哀恸的故事；前者以西方神话为蓝本，叙写了"我"如何阻止"你"被塞壬水妖的歌声蛊惑的过程，后者则综合中西文化中的各种典故，不仅叙写了辽远而迷离的想象，而且在其中插入了大量的戏剧性独白，其中戏剧性独白还放在括号中，作为插入的声音，标示其具有叙事性的独特因素。后者被收入《汉园集》和《预言》时，则删去了诗序和戏剧性独白，部分文字有所改动，易名为《风沙日》，这一删改去掉了新月的痕迹，更像何其芳个性化的、呓语般的梦幻抒情。但其中的典故仍在浓重的抒情中透出叙事的因子。这种在括号中插入戏剧性独白的新月痕迹并未完全从其诗中消失，在《梦后》《古城》《夜景（二）》等诗中都有不同程度的体现。其《夜景（二）》中，诗人描写了马蹄声中归人叩响门环待答的场景并插入了戏剧性独白的猜想，用抒情的语调描叙了一个浪子归家的故事，浪子的形象也在描写与独白声中呼之欲出。

戏剧性独白在何其芳抒情诗中不算突出，相对而言，他的代拟体抒情诗的叙事性相对突出。在代拟体抒情诗中，他对情感的述说寄寓在故事或典故浓缩的情节性的意象里，或者在典故中将浓郁情感呓语式地表达出来。其中可以清晰地辨析叙事的踪迹，成为何其芳抒情诗中叙事性较为突出的形态特征。

代拟体是古典诗歌中的传统诗体，其中的代言手法是指"诗人代人设辞，假托他人的身份口吻创作诗歌，设身处地代替诗中主人公言情述事"，"代言体并不一定是叙事的，也可以抒怀为主，而只在其中含事"①。而现代抒情诗中的代拟体无论是"古意新拟"②，还是现代述说，都是"诗人自我意识的客观折射"③，同时作为抒情诗，主要是以抒发自我的情怀心事为主，只是在其中包含叙事的因素。前者如卞之琳的《妆台》、戴望舒的《妾薄命》、何其芳的《休洗红》《扇》等，后者如卞之琳的

---

① 周剑之：《宋诗叙事性研究》，中国社会科学出版社，2013，第 61、62 页。
② 见卞之琳《妆台》一诗标题下的括号内标注的"古意新拟"，《雕虫纪历》（增订版），人民文学出版社，1984，第 144 页。
③ 江弱水：《卞之琳诗艺研究》，安徽教育出版社，2000，第 76 页。

《鱼化石》。

相对而言，何其芳的代拟体诗中女性气质更为明显。在《扇》中，直接以"设若少女妆台前没有镜子"开头，代拟少女的口吻，在画面与想象的变幻与交叠中叙写了一个少女漫流的情思；而《休洗红》在古词牌名下，则直接模拟一个罗衣褪色的怨妇语调，描叙了在寒塘砧声里、今昔对比中，借着罗衣褪色隐喻了美好青春的偷逝与浅退，表达了对美好青春无限怅惘的追忆。其中，"我慵慵的手臂欲垂下了。/能从这金碧里拾起什么呢？""我杵我石，冷的秋光来了。/它的足濯在冰样的水里，/而又践履着板桥上的白霜。/我的影子照得打寒噤了。"这些动作的细节刻画与意境的渲染营造，刻写了哀怨少妇慵懒、失落、冷清、苦寒的心境。

代拟体中一般有两种视角。一种是第一人称的视角，为全篇代言，视角隐藏，人物的述说自行展开且自行表演；另一种是作者视角切入后转换为人物叙述①。一般而言，这两种视角下的声音层次比较简单。何其芳代拟诗中的声音层次比较丰富，正如江弱水所说："在这种代拟的情况下，作者的身份本来就会发生转移，何况何其芳生性具有的'双重人格'。他的女性气质，不仅表现在这些以第一人称自托为女子的诗文中，也体现了在这些以女子为爱情对象的二、三人称的书写上。"② 第一人称的代拟中大多是一种声音，但在《罗衫》一诗中，不仅有对罗衫这一事物拟人化的代拟述说，而且插入了罗衫与人物"眉眉"的对话声音：

> 我是，曾装饰过你一夏季的罗衫，
> 如今柔柔地折叠着，和着幽怨。
> 襟上留着你嬉戏时双桨打起的荷香，
> 袖间是你欢乐时的眼泪，慵困时的口脂
> 还有一枝月下锦葵花的影子
> 是在你合眼时偷偷映到胸前的。
> 眉眉，当秋天暖暖的阳光照进你房里，

① 周剑之：《宋诗叙事性研究》，中国社会科学出版社，2013，第64、65页。
② 江弱水：《中西同步与位移——现代诗人丛论》，安徽教育出版社，2003，第108页。

你不打开衣箱，检点你昔日的衣裳吗？

我想再听你的声音。再向我说

"日子又快要渐渐地暖和。"

我将忘记快来的是冰与雪的冬天，

永远不信你甜蜜的声音是欺骗。

其实是借衣饰与女性的亲密关系隐喻男女爱情，在代拟体中表达对爱情的隐秘述说，早在陶渊明的《闲情赋》就已出现："愿在衣而为领，承华首之余芳；悲罗襟之宵离，怨秋夜之未央……愿在丝而为履，附素足以周旋；悲行止之有节，空委弃于床前。"① 同样，何其芳以罗衫自述展开，以"荷香""口脂""锦葵花的影子"等大量生动细节铺陈了眉眉陪伴在侧的种种亲密情形，从而在具体可感的事境中，借罗衫的形象书写了痴情男子对眉眉细腻深挚的情感。其中，对眉眉检点衣物的召唤、想象眉眉对"我"诉说的"日子又快要渐渐地暖和"的多重声音中，都交织着男子对眉眉挥之不去的爱之蜜语与爱之回想，所以才有"我将忘记快来的是冰与雪的冬天，／永远不信你甜蜜的声音是欺骗"。这一季节颠倒、自欺欺人的述说中，诗人以近乎透明的天真表达了对爱的热切回应与沉醉，更是诗人对爱至情无悔的书写。何其芳在代拟诗体中，将心事的叙写与述说表达得异样热烈动人。

在上述代拟体诗中，何其芳"以角色转换的方式自由地出入于自己的幻想"，那么在神话典故的化用中，他"出入于各种幻美的神话传说故事。在这一入一出之中，他得以在别人的故事里寄托自己的思想、抒发自己的情感，同时也以自己的心灵去设想和体悟别样的人生"②。因此，经由中西具有情节性的各类典故，何其芳抒情诗中的叙事往往显得含蓄深情。正如他在《论梦中的道路》中所言："我不是从一个概念的闪动去寻找它的形体，浮现在我心灵里的原来就是一些颜色，一些图案……那些图案，真费了我不少苦涩的推敲。我从陈旧的诗文里选择着一些可以重新燃烧的字。

---

① （晋）陶渊明：《闲情赋》，谢先俊、王勋敏译注《陶渊明诗文选译》，巴蜀书社，1990，第147、148页。

② 张洁宇：《荒原上的丁香：20世纪30年代北平"前线诗人"诗歌研究》，中国人民大学出版社，2003，第291页。

使用着一些可以引起新的联想的典故。"① 于是，其在诗歌中往往通过一个小故事或典故，或形成一个隐约含蓄的故事线索或故事框架，或直接将这些故事、典故结晶、凝练为有叙事性因素的意象，引发无边的联想，抒发其浓烈馥郁的情感。总体而言，这类抒情诗中的叙事性因素有着事隐而情显的特征。

何其芳"对古今中外的神话童话、民间传说、志怪故事的内容和典故"的浓厚兴趣，被张洁宇称为"神话情结"②。如果说在《送葬》中，以拜伦《唐璜》中对金钱的鄙弃、法国浪漫派诗人奈瓦尔自缢的悲剧，以及希腊神话中卡德莫斯与龙齿武士建立忒拜城的故事等纯粹西方的典故来表达对过去的告别，那么《风沙日》则在中西典故的交织中叠现了迷离繁复的梦境。在《风沙日》的迷乱白日梦中，诗人借助中西典故，让自己穿行在不同典故的不同角色之中。在莎士比亚的《暴风雨》和《仲夏夜之梦》之中的故事，诗人化身为"美鸢达"与做梦的王后"提姐丽亚"，"美鸢达！我叫不应我自己的名字""但让我听我自己的梦话吧！/……Maidens call it love-in-idleness/不要滴那花汁在我的眼皮上，/我醒来第一眼看见的/可能是一匹狼，一头熊，一只猴子"，一会儿又化身为男性角色，"我正想醒来落在仙人岛边/让人拍手笑秀才落水呢""我又想我是一个白首狂夫，/披发提壶，奔向白浪呢"，这不仅呈现了何其芳诗中梦幻迷离的特征，也在这些蕴含丰富情节因素的意象中彰显了独特的抒情方式。这一抒情方式被陈太胜称为"意象化抒情"③。

张洁宇对此类情节性意象的内涵、表现力、暗示性、张力等倍加肯定，对其诗学价值有着翔实深入的阐述："神话故事情节在何其芳的诗文中是被用作一种意象的，而且是一种内涵特别丰富深广的意象。这些意象不是孤立的、静态的和平面的，也不仅仅是用以传达某一种简单的情绪，它们因其背后所隐藏的故事——甚至一种文化背景——而大大拓展了内涵。因此，作为诗歌意象，它们是立体的、动态的、具有丰富情节性的，

---

① 何其芳：《论梦中的道路》，转引自刘继业《新诗的大众化和纯诗化》，北京大学出版社，2008，第281页。原载《大公报》"文艺"1936年第182期"诗歌特刊"。

② 张洁宇：《荒原上的丁香：20世纪30年代北平"前线诗人"诗歌研究》，中国人民大学出版社，2003，第278页。

③ 陈太胜：《象征主义与中国现代诗学》，北京大学出版社，2005，第206页。

因而也就无疑地具有了更大的表现力、暗示性和情感张力。"① 上述各类神话故事、民间传说经由何其芳浓缩、凝练为"立体的、动态的、具有丰富情节性"的意象，"让其整个故事情节隐藏在意象背后释放出一种强烈而复杂的情绪"②。这一独特的技巧被李健吾称为："他用技巧或者看法烘焙一种奇异的情调。"③ 情节化的意象成为独特的叙事性技巧，渲染烘托出抒情诗的情绪氛围和诗境。正如张洁宇所说："烘染了整个诗境和情绪氛围，并因此而成为诗文中的'点睛'之笔。"④ 不难看出，这类凝结着复杂文化符码的叙事性意象，不仅隐秘、有效地承载起何其芳生动复杂的情感世界，而且流溢散布出一种浓郁强烈的抒情氛围，这既成为何其芳独一无二的情感表达与意象营造方式，也成为其抒情诗中颇为个性化的抒情手段。

借助神话故事建构诗中隐约含蓄的故事线索或故事框架，最终成就了何其芳的成名作——《预言》，这成为其意象化抒情中情节因素稍微凸显的诗作。

　　这一个心跳的日子终于来临！
　　呵，你夜的叹息似的渐近的足音，
　　我听得清不是林叶和夜风私语，
　　麋鹿驰过苔径的细碎的蹄声！
　　告诉我，用你银铃的歌声告诉我，
　　你是不是预言中的年青的神？

　　你一定来自那温郁的南方！
　　告诉我那里的月色，那里的日光！

① 张洁宇：《荒原上的丁香：20 世纪 30 年代北平"前线诗人"诗歌研究》，中国人民大学出版社，2003，第 280 页。

② 张洁宇：《荒原上的丁香：20 世纪 30 年代北平"前线诗人"诗歌研究》，中国人民大学出版社，2003，第 280 页。

③ 李健吾：《〈画梦录〉——何其芳先生作》，《李健吾文学评论选》，宁夏人民出版社，1983，第 130 页。

④ 张洁宇：《荒原上的丁香：20 世纪 30 年代北平"前线诗人"诗歌研究》，中国人民大学出版社，2003，第 279 页。

告诉我春风是怎样吹开百花，
燕子是怎样痴恋着绿杨！
我将合眼睡在你如梦的歌声里，
那温暖我似乎记得，又似乎遗忘。

请停下你疲劳的奔波，
进来，这儿有虎皮的褥你坐！
让我烧起每一个秋天拾来的落叶，
听我低低地唱起我自己的歌！
那歌声像火光一样沉郁又高扬，
火光一样将我的一生诉说。

不要前行！前面是无边的森林：
古老的树现着野兽身上的斑纹，
半生半死的藤蟒一样交缠着，
密叶里漏不下一颗星星。
你将怯怯地不敢放下第二步，
当你听见了第一步空寥的回声。

一定要走吗？请等我和你同行！
我的脚步知道每一条熟悉的路径，
我可以不停地唱着忘倦的歌，
再给你，再给你手的温存！
当夜的浓黑遮断了我们，
你可以不转眼地望着我的眼睛！

我激动的歌声你竟不听，
你的脚竟不为我的颤抖暂停！
像静穆的微风飘过这黄昏里，
消失了，消失了你骄傲的足音！
呵，你终于如预言中所说的无语而来，

　　无语而去了吗，年青的神？

　　一九三一年秋天，北平

全诗以回声女神的口吻，述说了对爱热切期待到怅惘无果的结局。水仙少年与回声女神之间的爱情本事已淡隐为抒情诗的情节线索，在这一爱情故事的框架下，诗人不仅浓墨重彩地叙写了这种情感变化的过程，而且通过对爱人心跳的等待、热情的招引等大量细节的生动刻画，塑造了年轻的神与热切等待的女子的形象，借助具体可感的形象塑造与大量细节的生动刻画，使炽烈深沉的情感在幻美热切地述说中得到传神的传达。由于情感线索、故事框架、情感变化、生动细节等大多湮没在浓烈馥郁的抒情中，只有细细辨析方才能注目于这些叙事要素，因此表现出事隐而情显的特征。

　　何其芳不时在抒情诗中塑造一些虚拟的人物来承载其梦幻迷离的情感，如"牧羊女"形象多次出现在诗中。《秋天》中"秋天梦寐在牧羊女的眼里"，《季候病》中对"牧羊女"的想象既使诗歌充满异域风情，又负荷着牧歌情调的抒情风味："谁的流盼的黑睛像牧女的铃声/呼唤着驯服的羊群，我可怜的心？"另外，何其芳还不时构建一类在诗中进行对话与倾诉的形象，如《花环》中的"小玲玲"，"我说你是幸福的，小玲玲/没有照过影子的小溪最清亮"，以及《罗衫》中的"眉眉"。这都从侧面丰富了叙事性的抒情方式。但其笔下塑造得最为突出的形象是"于犹烈先生"，这一形象使其抒情诗具有了小说化的意味，这首写于 1936 年的《于犹烈先生》表现出事显而情隐的叙事风格：

　　　　于犹烈先生是古怪的。

　　　　一下午我遇见他独自在农场上

　　　　脱了帽对一丛郁金香折腰。

　　　　阳光正照着那黄色，白色，红色的花朵。

　　　　"植物，"他说，"有着美丽的生活。

　　　　这矮小的花卉用香气和颜色

　　　　招致蜂蝶以繁殖后代，

　　　　而那溪边高大的柳树传延种族

> 却又以凤，以鸟，以水。
>
> 植物的生殖自然而且愉快。
>
> 没有痛苦，也没有恋爱。"
>
> 他慢慢地走到一盆含羞草前，
>
> 用手指尖触它的羽状叶子。
>
> 那些青色的眼睛挨次合闭，
>
> 全枝像慵困的头儿低垂到睡眠里。
>
> 于犹烈先生是古怪的。

在这首诗中何其芳一反浓郁的抒情情调，而以戴望舒《秋天》《我的记忆》等诗中的口语化语调，一方面叙述了于犹烈先生和"我"在农场相遇的情形，描写了于犹烈先生对郁金香脱帽致敬、他碰触含羞草等情状，将其"古怪"的形象渐次浮现于笔端；另一方面，诗人作为受述者，让于犹烈先生对植物的生殖繁衍一本正经地进行科学化陈述，使这一古怪又别有意味的形象更加鲜活。这一形象是何其芳诗歌中具有异域色彩且富有现代性的形象，这一别具一格的小说化叙述，在何其芳诗歌中塑造了一个极富张力的现代人物，在现代抒情诗中，这一古怪独特人物的出场亦显得独树一帜。何其芳在以叙事介入的诗歌写作中，使抒情诗形态稍有变形，从另一个视角拓展了现代抒情诗的表意方式，这于何其芳也是独一无二。

何其芳抒情诗中的叙事性溢出文体之外，在散文中这些故事得到重新书写和进一步诠释，比如《预言》就在散文《迟暮的花》中述说故事的由来和解释了年轻的神不留下的原因，在话剧《夏夜》中借人物之口再次诠释了不留的原因与失悔的美丽。抒情诗《花环》与散文《墓》可以对照阅读；《扇》一诗的首二句被置于散文《扇上烟云》开篇，诗中的含义在散文中被细腻阐释。他的诗与文有着深刻的关联，其抒情诗中的很多内容都在散文中得到复现或阐释。这也构成何其芳抒情诗中叙事性的另一面向。

1936～1937年，山东莱阳的经历使何其芳从个人狭小的天地走向了芸芸众生，接触现实生活的他，在《云》中，开始有了新的认知与书写：

我走到乡下。
农民们因为诚实而失掉了土地。
他们的家缩小为一束农具。
白天他们到田野间去寻找零活,
夜间以干燥的石桥为床榻。

我走到海边的都市。
在冬天的柏油街上
一排一排的别墅站立着
像站立在街头的现代妓女,
等待着夏天的欢笑
和大腹贾的荒淫,无耻。

与农民的困苦、乡村的凋敝相对峙的是商贾的奢侈、都市的繁荣,被现实的巨大差距刺痛后,何其芳发出了愤激之声,否定云月星星,开始批评不公道的人世:"从此我要叽叽喳喳发议论:/我情愿有一个茅草的屋顶,/不爱云,不爱月,/也不爱星星。"

20世纪40年代开始,主要是在《夜歌》中,由于转向社会现实,尤其是经历了延安生活后,何其芳抒情诗中的"我"比较凸显,语言朴素明朗,叙述性诗句大量出现,意象化的抒情方式锐减。其叙事性从两个角度展开,一方面,其抒情诗在写实的维度中充斥着议论,如在《什么东西能够永存》《我想谈说种种纯洁的事情》等诗中充斥着理性认知,在《北中国在燃烧》片段(二)有了深沉的哲思:"生命并不虚伪。/我们承认自然的限制。/在限制里最高地完成了自己,/人就证明了他的价值和智慧。"再如,他的议论不无真诚痛苦的声音,在《夜歌》(二)中的自我反省:"我是如此快活地爱好我自己,/而又如此痛苦地想突破我自己,/提高我自己!"但在这类写实性抒情诗中,有不少议论是流于空疏,诗的文字就会因此变得粗疏,说理本身也因缺乏具体可感的形象变得干瘪而面目可憎,因而此类书写成为流弊之先兆。

另一方面,其叙事性表现为排比句式增多。在《我为少男少女们歌唱》中,用排比的形式歌唱早晨、希望、未来的事物与生长的力量:"我为少男少女们歌唱。/我歌唱早晨，/我歌唱希望，/我歌唱那些属于未来的事物，/我歌唱正在生长的力量。"《生活是多么广阔》写道："去参加歌咏队，去演戏，/去建设铁路，去作飞行师，/去坐在实验室里，去写诗，/去高山上滑雪，去驾一只船颠簸在波涛上，/去北极探险，去热带搜集植物，/去带一个帐篷在星光下露宿。"这一排浪般并列的句式与艾青《大堰河，我的保姆》有着异曲同工之妙，二者排比的铺叙，为 20 世纪 40 年代抒情诗中的现实主义叙事开辟了道路，无疑也是 1949 年以来政治抒情诗、生活抒情诗的先声。正如李怡指出的："大概只有何其芳才继续借助于'赋'的语言功能，营造他所迷醉的色彩和情调。"①

此期叙事性的出现，首先与口信或观念的传达有关，除了意识形态层面的进步与提高外，抗战情形下的家国救亡等观念不同程度地渗透诗歌，成为叙写的重要内容；其次是经历变化带来的创作变化，延安作风与军旅生活都以新鲜纯洁、具体可感的人事感染和影响着何其芳，因此此期抒情诗中的部分作品中已经存在政治抒情诗的叙写，其中的不节制与漫漶粗糙的叙述、描写已成弊端，尤其较多直接简单的议论说理，最终终结了其 20 世纪 30 年代忧郁梦幻的爱的歌唱，尤其是终结了具有情节因素的意象化抒情，成为何其芳抒情诗被人诟病、批评的原因。

第六节　卞之琳：小说化的抒情策略

将叙事性书写推向更现代表意方式的是卞之琳。他有着这样的自叙："我写诗，而且一直是写的抒情诗，也总在不能不自已的时候，却总倾向于克制，仿佛故意要做'冷血动物'。"② 在抒情的含蓄表意中，他选取了叙事性的书写方式，并把这一方式推向了现代。这一抒情诗的叙事手段既是自身个性气质的使然，也不乏外来影响的介入。

张曼仪、江弱水等学者在对卞之琳的研究中，从不同角度或层面论及了影响卞之琳的中外诗人③。其中，在叙事性书写方面对其构成影响的是

---

①　李怡：《中国现代新诗与古典诗歌传统》（增订版），北京大学出版社，2008，第 232 页。

②　卞之琳：《雕虫纪历（1930—1958）·自序》（增订版），人民文学出版社，1984，第 1 页。

③　张曼仪：《卞之琳著译研究》，香港大学中文系，1989；江弱水：《卞之琳诗艺研究》，安徽教育出版社，2000，第 179～228 页，第 255～293 页。

艾略特、奥登与徐志摩、闻一多。徐志摩与闻一多作为卞之琳的授业恩师，其影响被卞之琳自述为："我邮购到《志摩的诗》初版线装本（后来重印的版本颇有删节）。这在我读新诗的经历中，是介乎《女神》和《死水》之间的一大振奋。"① 而且他进一步道出了其中的师承关系，表示在写诗的技巧方面从现代新诗人身上学来的一部分之中，"不是最多的就是从《死水》吗？"卞之琳更具体地表示在诗的创作里"常倾向于写戏剧性处境、作戏剧性独白或对话，甚至进行小说化"等做法，从西方的诗作里自然可以找到较为直接的启迪，而且从我国旧诗的"意境"说之中也可以找到较为间接的一些领会，同时也来自闻一多等前辈新诗人："从我的上一辈的新诗作者当中呢？好，我现在翻看到闻先生自己的话了，'尽量采取小说戏剧的态度，利用小说戏剧的技巧'等等（《全集》卷首朱序 22 页）。而以说话的调子，用口语来写干净利落、圆顺洗练的有规律诗行，则我们至今谁也还没有能赶上闻、徐旧作，以至超出一步，这也不是事实吗？"② 这些影响不仅见诸他后来对徐、闻二人的回忆性评论文字，而且也被张曼仪与袁可嘉等在不同层面讨论过。张曼仪认为徐志摩、闻一多等人给卞之琳的影响，有两点是真正说得上持久的："第一就是能够戏剧性地描绘一个场面，第二就是能够灵活地运用口语。"③ 她后来还提及，卞之琳所受的影响包括"能够接受而且受用无穷的格律的制约"④。对这一影响，作为诗人的他也不乏理论辨析的眼光。在对徐、闻、戴诗歌中叙事特征与口语化叙述的评价中，他一方面持肯定态度，另一方面对其中的流弊不无警惕，这一清醒而理性的认知使他在受影响中力求超越，有着更为独特的诗艺探索。因此不论是自述的"写戏剧性处境、作戏剧性独白或对话，甚至进行小说化"，还是"能够戏剧性地描绘一个场面"与"能够灵活地运用口语"，上述包孕了叙事因子的影响，在卞之琳笔下都在继承中有着变形与超越。

"能够戏剧性地描绘一个场面"在卞之琳诗中比较常见，不过和传统

① 卞之琳：《徐志摩诗重读志感》，江弱水、青乔编《卞之琳文集》（中卷），安徽教育出版社，2000，第 307 页。

② 卞之琳：《完成与开端：纪念诗人闻一多八十生辰》，江弱水、青乔编《卞之琳文集》（中卷），2002，安徽教育出版社，第 157 页。

③ 张曼仪、黄继持等编《现代中国诗选 1917~1949》（第 1 册），香港大学出版社、香港中文大学出版部，1974，第 707 页。

④ 张曼仪：《卞之琳著译研究》，香港大学中文系，1989，第 16 页。

戏剧中激烈冲突不同的是，几乎是"无事的戏剧"，甚至其中的对话或独白都少见或者阙如。比如 1930 年创作的《寒夜》一诗：

> 一炉火。一屋灯光。
> 　老陈捧着个茶杯，
> 对面坐的是老张。
> 老张衔着个烟卷。
> 　老陈喝完了热水。
> 他们（眼皮已半掩）
> 看着青烟飘荡的
> 　消着，又（像带着醉）
> 看着煤块很黄的
> 烧着，他们是昏昏
> 　沉沉的，像已半睡……
> 哪来的一句钟声？
> 又一下，再来一下……
> 　什么，有人在院内
> 跑着："下雪了，真大！"

全诗描述了一个下雪的黄昏，呆坐室内的老张、老陈无所事事、浑浑噩噩度日的场景，仅有钟声的突响暂时打破了枯寂，在钟声消失将要回复到昏睡无聊时，又插入了院内跑步人的声音。两次声音闯入有一定的戏剧性效果，但这一打破反而使寂寞沉闷更为突出且更难以消除。这一手法同样出现在《苦雨》与《几个人》中。《几个人》在静默的场景描写中，凸显了现代性的沉思。诗人描叙了落日里北平街头种种情境与事态，如"叫卖的喊一声'冰糖葫芦'，/吃了一口灰像满不在乎""卖萝卜的空挥着磨亮的小刀，/一担红萝卜在夕阳里傻笑"，涉及"提鸟笼的""矮叫化子""卖萝卜的"等众多人物，但他们各自独立没有关联，更无冲突可言。"当一个年轻人在荒街上沉思"给予整首诗以叙述视点或者贯穿的线索，将众多人物、事物或场景置于年轻人沉思的视野之下，显出了荒芜寂寞中的一种现代性思考。

但是将戏剧性场景的写实描绘赋予现代哲理内涵的是《断章》和《圆宝盒》，前者在看与被看两相对立的关系中，赋予人生中的微妙情感或人生际遇以哲学内涵，后者则借客观对应物——圆宝盒，在借物抒情、借事抒情中完成了对暂与久的哲学追问。二诗的精妙结构中有着种种场景或情境，获得了李健吾的盛赞："如今诗人却在具体地描画。从正面来看，诗人好像雕绘一个故事的片段；然而从各面来看，光影那样匀衬，却唤起你一个完美的想象的世界，在字句以外，在比喻以内，需要细心的体会，经过迷藏一样的捉摸，然后尽你联想的可能，启发你一种永久的诗的情绪。这不仅仅是'言近而旨远'，这更是余音绕梁。言语在这里的功效，初看是陈述，再看是暗示，暗示而且象征。"① 这一由陈述而衍化的象征，无疑有着艾略特"客观对应物"的影子。这一客观对应物的方式不仅被江弱水视为"本质上说，这是一种戏剧化的方式，不过与结构整一的传统戏剧不同"②，也被陈太胜认为是"戏剧性处境"的写作方式③。如果结合这一手法产生的语境与具体内涵，则会有另外的发现。这一手法的提出显然是基于艾略特有关诗歌是情绪与个性的逃避的经典界定："诗不是放纵情绪，而是逃避情绪，不是表现个性，而是逃避个性。"④ 正是这一客观化的诗学追求催生了新的诗学追求："用艺术形式表现情感的唯一方式是寻找一个'客观对应物'；换句话说，是用一系列实物、场景，一连串事件来表现某种特定的情感；要做到最终形式必然是感觉经验的外部事实一旦出现，便能立刻唤起那种情感。"⑤ "客观对应物"里用"实物""场景""事件"来表现情感，其实就是一种叙事性手法，无疑和卞之琳所采用的"这时期我更多借景抒情，借物抒情，借人抒情，借事抒情……也可以说是倾向于小说化，典型化，非个人化"⑥ 有着内在的一致性，其间充斥的叙事性毋庸置疑。因此，与其说客观对应物的方式即是戏剧化的方式，那么不若说

① 刘西渭：《咀华集》，花城出版社，1984，第110~111页。

② 江弱水：《卞之琳诗艺研究》，安徽教育出版社，2002，第190页。

③ 陈太胜：《象征主义与中国现代诗学》，北京大学出版社，2005，第152页。

④ 〔美〕艾略特：《传统与个人才能》，卞之琳译，王恩衷编译《艾略特诗学文集》，国际文化出版公司，1989，第7、8页。

⑤ 〔美〕艾略特：《哈姆雷特》，王恩衷译，王恩衷编译《艾略特诗学文集》，国际文化出版公司，1989，第13页。

⑥ 卞之琳：《雕虫纪历（1930—1958）·自序》（增订版），人民文学出版社，1984，第3页。

客观对应物的方式通过对场景、实物、事件的叙述，实现了戏剧性处境，或者说这一戏剧化的效果是通过陈述来完成或实现的，最终建构了具有戏剧化效果的叙事情境。正是在这个意义上，这种冷静客观、不落言诠的叙述实现了别一种抒情。因此，叙事是对放纵情绪与表现个性有所修正的表现手段之一，它用或跳跃或省略的叙述，通过对场景、实物、事件的编织，实现了对个性与情绪的展示与呈现，使它们符合现代诗的程式、仪轨乃至诗学追求。因此，在卞之琳诗中"客观对应物""戏剧性处境""叙事情境"无疑具有相同的内涵，在诗学层面具有等值的意义，这也成为卞之琳在现代诗艺磨砺中对叙事性手段的一大贡献。

卞之琳诗歌中的口语化特征也体现了一种叙事倾向。他不仅自道"我写新体诗，基本上用口语"①，而且在对徐志摩、闻一多的推崇中，多次提到口语入诗的诗学价值，认为《志摩的诗》《死水》等使用现代汉语写诗，特别是采用口语入诗的做法，都能够"吐出'活'的，干脆利落的声调"，而且是很少用"喜闻乐见"的说辞去"行陈词滥调之实"②。在对戴望舒诗中白话的"松散""散文化的枝蔓"等不足进行批评时，认为"比诸徐、闻，望舒运用现代汉语，更不说用口语了，作为新诗媒介，就缺少干脆、简练、甚至于硬朗"③。对口语的推崇以及受徐、闻"灵活地运用口语"的影响，其在诗歌创作中追求一种"干脆、简练甚至于硬朗"的口语。对此，江弱水曾指出，它们主要是出现在 20 世纪 30 年代初期的诗作，后期的《慰劳信集》中也有一定程度的出现④。比如《慰劳信集》就在对人物的塑造与部分经典细节的描述中出现了京白式口语，比如《修筑飞机场的工人》中"母亲给孩子铺床总要铺得平""我们的飞机也需要平滑的场子""自家的小鸽儿""飞出去得劲"等表述，就在地道的京白儿化和方言口语中刻画出了在抗战背景下修筑机场的工人因对飞机的爱护有加而不辞辛劳。"串门儿玩玩大家欢喜"（《实行空室清野的农民》）和"也得

① 卞之琳：《雕虫纪历（1930—1958）·自序》（增订版），人民文学出版社，1984，第 15 页。
② 卞之琳：《徐志摩诗重读志感》，江弱水、青乔编《卞之琳文集》（中卷），安徽教育出版社，2000，第 311 页。
③ 卞之琳：《〈戴望舒诗集〉序》，江弱水、青乔编《卞之琳文集》（中卷），安徽教育出版社，2000，第 351 页。
④ 江弱水：《卞之琳诗艺研究》，安徽教育出版社，2002，第 260 页。

算工夫结了果"（《一位夺马的勇士》）都在口语的亲切贴肤中表达了人物的情态与事件的因由。当然，卞之琳诗歌中最多的还是"哪儿"这一儿化口语的使用，比如《圆宝盒》中的"我幻想在哪儿（天河里？）/捞到了一只圆宝盒"，《距离的组织》中的"哪儿了？我又不会向灯下验一把土"，"哪儿"不仅带来哲学语境的追问与潜在的沉思，同时这一追问的语气，为诗歌中对话的发展设置了一个可容留与期许的空间。

其诗歌中的口语在沉思气质下，有时表现为一种絮语式的抒情风格，而且往往是一种内心的絮语，如《白石上》一诗中首尾两节：

> 去吧，到废园去，
> 找一方白石，
> 不管从前作什么用的，
> 坐坐吧，坐下来
> 送夕阳下山
> 一边听饶舌的白杨
> 告诉你旧事。
> …………
> 不是雨，是风
> 起来了，可是很轻，
> 只能比叹息，
> 你不妨再坐一会儿
> 在白石上，
> 听浅湖的芦苇
> （也白头了）
> 告诉你旧事
> （近事吧）
> 一边看远山
> 渐渐的溶进黄昏去……

"去吧，到废园去，/找一方白石，/……坐坐吧，坐下来/……/告诉你旧事/（近事吧）"，这些口语化的娓娓叙述，牵引着诗人与读者一起去探访旧事旧景，在旧事旧景的抒怀中安放、融汇了作者的万千心事、无限追怀。这一絮语式抒情风格与戴望舒的《我底记忆》有异曲同工之妙，只是因个人气质差异，卞诗更具有沉思玄想的特征。

就在这一带有口语特征的絮语式抒怀中，卞之琳在诗行里用括号插入另外的声音，比如"（也白头了）""（近事吧）""（醒来天欲暮，无聊，一访友人吧）"。这一插入声音的诗学特征，在江弱水看来，括号之中的语句插入主体的叙述之中，从而构成了巴赫金所谓的肯定与补充、问与答、反对与同意诸种关系①，而这些关系是充满祈使、疑问、感叹和反诘语气的，这其实就为口语的使用留下了更多的余地②。不过，口语不仅是插入语式地介入陈述的诗学情境，而且是以喧哗的对话、直接引语等形式入诗，最终卞之琳将干脆、洗练、硬朗的口语化陈述发展成为对话性的诗歌，不仅使诗歌中充满丰富的声音，也使其诗歌创作表现出"小说化、戏剧化"的特征。

另外，卞之琳诗歌中的戏剧性独白也不失口语的色彩，同时这一戏剧性独白也带有陈述的风格。比如《酸梅汤》《过节》《叫卖》《春城》等诗就在口语化的陈述中展开。关于《春城》，张曼仪就指出此诗"通篇用说话的调子；不是单一的调子，却是几种不同的声音"③。抒情诗前三节中的说话人或者叙述者，既客观陈述又不断随环境、景物的变化而变换自己的视点，并不时流露出叙述者自我的驳杂独白；第四节用直接引语引出车夫们的调侃式对话；第五节以读书人的独语，表达对车夫和老成小孩唱腔的悲愤；第六节插入流行歌曲的滥调，戏谑地表达胡闹的主题；第七节又回到客观叙述者，视点和独白也随意识流自如地变换，在胡闹主题下却又有着近乎丧心病狂的自我释怀。全诗不断变换叙述视点或说话对象，呈现了立体逼真的戏剧性场景，而且通过各种独立声音的对立、冲突、碰撞、混响，使各种态度、立场和信息敞开，最终实现了思想的交锋，犹如巴赫金所说的狂欢化叙事。卞之琳诗歌中戏剧性独白最为突出的是《酸梅汤》，说话者是一个洋车夫，其听众虽主要是卖酸梅汤的老头，但也有路人与其

---

① 江弱水：《卞之琳诗艺研究》，安徽教育出版社，2002，第111~112页。
② 江弱水：《卞之琳诗艺研究》，安徽教育出版社，2002，第265页。
③ 张曼仪：《卞之琳著译研究》，香港大学中文系出版，1989，第38页。

他洋车夫，因而也在不断发生变化。借助话多的洋车夫，不仅刻写了自身以及他者的神情、动作、心态，也折射出北平街头下层社会生意萧条、兴味索然的生存状态。其中，洋车夫的乐观与卖酸梅汤老头的生闷气、车夫老李蒙头大睡构成富有意味的对比，除悲观与达观之外，亦隐藏着更多的无奈与辛酸。从这一戏剧性独白，诗人呈现了更为丰富生动的人生图景，别样的哀痛寄予在客观叙述与个人独白之间，作者犀利冷静的审视亦在其中，可以说借助这一戏剧独白的客观陈述，诗人最为眼毒，他呈现一切，不解释一切，却完成一切。因此显出了卞之琳在诗歌中对叙事手段的独到驾驭与运用。

　　这些叙事性征候不仅可从戏剧性处境、口语化、戏剧性独白中得到体现，而且还可从人称与视角层面来探讨，即从叙事视点和叙事声音中展开。叙事视点即"谁看"的问题，叙事声音即"谁说"的问题。这二者既包含了人称，也和视角中的声音与视点有关。在卞之琳的《候鸟问题》一诗中，就既有关乎人称的辨析，更有"我"的声音的识别：

> 多少个院落多少块蓝天
> 你们去分吧。我要走。
> 让白鸽带铃在头顶上绕三圈——
> 可是骆驼铃远了，你听。
> 抽陀螺挽你，放风筝牵你，
> 叫纸鹰、纸燕、纸雄鸡三只四只
> 飞上天——上天可是迎南来雁？
> 而且我可是哪些孩子们的玩具？
> 且上图书馆借一本《候鸟问题》，
> 且说你赞成呢还是反对
> 飞机不得经市空的新禁令？
> 我的思绪像小蜘蛛骑的游丝
> 系我适足以飘我。我要走。

虽然诗中有"我""你们""你"不同称谓的出现，如"你们去分吧。我要走""且说你赞成呢还是反对"等，但处于中心地位的不是"我"与

"你"、"我"与"你们"的对立性处境,而是"我"作为主体表现出的自我意识和声音的分裂与矛盾。在独白层面,诗人的声音似乎指向的是"你们"或"你",其实是诗人和自己的对话。在姜涛看来,其中原因在于现代诗人引入一个"你"或"你们",实际上是隐含了一个缺席的听者,而这种人称的设置方式本质上又是现代主义诗歌写作呈现其话语方面的隐私性、内向性的一种通常的修辞。① 这一自我的虚构设置其实就是诗人自己,西方评论家早就指出,在诗歌中反复出场的"你"往往意味着诗人在自言自语。② 但这一人称的引入了使现代诗歌具有了对话与辩论的特征,从而呈现为主体声音的矛盾辩驳或者说分裂。因此理解了"我"与"你""你们"的关系,才能在此诗中进一步辨析声音的指向,由此探讨声音的意义。其中直接插入两句自语"而且我可是哪些孩子们的玩具""我的思绪像小蜘蛛骑的游丝",丰富的声音叙述了走与留的抉择与行动,在不断地折返与回顾、向前与远行中,展现了诗人充分的犹疑、徘徊与反复。因此,此诗就犹如巴赫金对陀思妥耶夫斯基的声音诗学的评价:"内心语言就像哲理剧一般展开。"③

《尺八》一诗不仅与散文《尺八夜》构成诗歌与本事之间的张力,同时表现了卞之琳诗歌中独异的叙事视点与插入的叙事声音。

> 像候鸟衔来了异方的种子,
> 三桅船载来了一枝尺八。
> 从夕阳里,从海西头,
> 长安丸载来的海西客
> 夜半听楼下醉汉的尺八,
> 想一个孤馆寄居的番客
> 听了雁声,动了乡愁,

---

① 姜涛:《冯至、穆旦四十年代诗歌写作的人称分析》,《中国现代文学研究丛刊》1998 年第 4 期。

② 转引自姜涛《冯至、穆旦四十年代诗歌写作的人称分析》,《中国现代文学研究丛刊》1998 年第 4 期。see J. B. Leishman and Stephen Spender, *DuiNo Elegies*,(London:The Hogarth Press,1939),p. 19.

③ 〔俄〕巴赫金:《巴赫金全集》(第五卷),白春仁、顾亚玲译,河北教育出版社,1998,第 321 页。

得了慰藉于邻家的尺八。
次朝在长安市的繁华里
独访取一枝凄凉的竹管……
（为什么年红灯的万花间，
还飘着一缕凄凉的古香？）
归去也，归去也，归去也——
像候鸟衔来了异方的种子，
三桅船载来一枝尺八，
尺八乃成了三岛的花草。
尺八乃成了三岛的花草。
（为什么年红灯的万花间，
还飘着一缕凄凉的古香？）
归去也，归去也，归去也——
海西人想带回失去的悲哀吗？

诗篇一开头无异于在比喻式的叙述里，将时间、地点、人物、事件等小说
要素一一出示："像候鸟衔来了异方的种子，/三桅船载来了一枝尺八。/
从夕阳里，从海西头，/长安丸载来的海西客。"表层的视点聚焦于海西
客，而海西客的叙述又将视点聚焦于番客，第一个"归去也，归去也，归
去也——"来自番客的声音，第二个"归去也，归去也，归去也——"则
又回到海西客的声音，但"（为什么年红灯的万花间，/还飘着一缕凄凉的
古香？）"则是海西客、番客与诗人声音的混响，通过叙述视点的重叠、
分离与返回，不仅使诗歌更具有历史感或者说历史的径深，同时"往昔番
客的乡愁，是今日海西客的镜中映象，海西客从体验番客这个'他者'而
深化了自身的乡愁体验"①。而最后诗人声音的插入，打破了抒情声音对乡
愁主题的沉溺，在反躬自问中又使这份情感疏离化。因而在自我与他者的
镜像关系中、在沉溺与疏离的抒情声音中，卞之琳小说化的客观抒情得到
诗性的呈现。

　　抒情诗中小说化的手法于卞之琳自身，更显出了一种理论的自觉。

---

① 江弱水：《卞之琳诗艺研究》，安徽教育出版社，2002，第80页。

卞之琳早在 1936 年对小说中的第一人称"我"就有分析，认为用来叙述故事的"我"不一定是作者本人，有时候"我"代表的是作品中的主人公，如此使用的意图，有可能是为了叙述的方便，也有可能是为了口吻上的亲切，还有可能是为了追求戏剧性的效力，而"写诗的亦然"①。这一小说化的倾向在其 20 世纪 30 年代对普鲁斯特、纪德等人小说的翻译、40 年代长篇小说《山山水水》的创作、50~60 年代对莎士比亚四大悲剧的翻译与戏剧研究等文学活动中，可以较清晰地见到。在其小说辑本的卷头赘语中，他对西方小说的叙事手法如数家珍："欧美小说表现手法，从传统的小说作者出面或不出面，显得无所不在，无所不晓的叙述，和作者化身为旁观者或局中人用第一人称自述，到詹姆士式加心理精微刻画的第三人称单角度呈现，到普如斯特式加'意识流'第一人称单角度铺陈，到乔埃斯式（Joycean）纯用'意识流'第三人称多角度表达，到其后'新小说'等等层出不穷新'先锋'派的手法，转而重取安排故事不忌讳作者显得无所不在，无所不晓的'不真实'印象的传统手法。"② 有学者发现："卞氏对小说的叙述角度一直独有会心……卞之琳诗中作者与叙述者在许多情况下的分离倾向，是一种小说化的反映。"③ 此种小说叙事视角的关注对其诗歌中独特的抒情声音无疑有着深刻的影响。

卞之琳抒情诗中的叙事性书写不仅通过戏剧性处境、口语化、戏剧性独白等得到体现，而且还可从人称与视角层面来探讨，即从叙事视点和叙事声音中展开，从而呈现小说化的抒情方式。卞之琳这一叙事性的诗学特征不仅在文学史层面具有个性化的价值，诚如江弱水的论述，他的戏剧化、小说化写法，以及对主题客观而冷静的处理，对"我""你""他"等人称的不断转换和伪装，显然在很大程度上降低了自郭沫若诗歌以来那种大写的"我"的姿态，从而在"我"盖过其他声音和万众一声的"我"的两种时代形态之间，营构了自我质疑却又极富诗人个性的一种声音④；而且在具体而微的诗学层面拓展了抒情诗的表意空间，彰显了现代抒情诗独异而现代的诗学魅力。对于这些表现，江弱水做了如下评价，认为卞之

---

① 卞之琳：《关于"你"》，天津《大公报·文艺》1936 年 6 月 7 日。
② 卞之琳：《地图在动》，珠海出版社，1997，第 120 页。
③ 江弱水：《卞之琳诗艺研究》，安徽教育出版社，2002，第 74 页。
④ 江弱水：《卞之琳诗艺研究》，安徽教育出版社，2002，第 301 页。

琳的诗作处处是"即景、即事、即人、即物"，诗人主体的感情也由此总是落实到具体又客观的形象上，与此同时，诗人又善于由实入虚，立足现实层面做出了种种飞跃，进入更为广阔的时空之中，因此，其诗有"此情此景总藏有万象，一时一地都伸向无穷"的特征①。在现代抒情诗的写作中，他朴素的陈述，贴近呼吸和体温，却又遥指向灵魂的隐痛；他诗性的叙事，以话语的编织与结构，成为抒情抵达精神世界的引桥。由此，形成了卞之琳小说化的抒情策略，也使这一叙事性书写成为现代抒情诗中独具特色与魅力的诗学手段。

第七节　冯至：经验型的现代抒情

1935 年，冯至被鲁迅誉为"中国最为杰出的抒情诗人"②，其抒情诗的叙事性既充满浪漫主义的风调，又展示了现代主义的冥思。这使其抒情诗在现代诗歌史上显得卓尔不群。

冯至 1927 年出版的诗集《昨日之歌》，以及 1929 年出版的《北游及其它》，都呈现浪漫主义的抒情气质。但正如他自己所说："诗里抒写的是狭窄的情感、个人的哀愁，如果说它们还有一点意义，那就是从中可以看出五四以后一部分青年的苦闷。"③ 在充满个人哀愁的青春与爱的主题下，冯至早期抒情诗中不乏叙事的因子，人物刻画与情节虚拟、场景的描写与对话的植入、事件因素的典故与意象化抒情中的浓郁情愫等，都彰显了浪漫主义诗风下的叙事共性。

其写于 1921 年的第一首新诗《绿衣人》是由真实本事而引发的——他在胡同散步时偶见一邮差而引发想象④，因此，此诗在充满现实体验的背景下，对绿衣邮差的形貌不乏平实细腻的描写。结尾敲门的细节，则隐喻着平淡无奇的邮差有时也是命运的别称，情节的植入使诗歌有精警之语。《问》一诗中，描叙了他与至爱人在玫瑰花前关于爱的对答、摘玫瑰

①　江弱水：《卞之琳诗艺研究》，安徽教育出版社，2002，第 301 页。
②　鲁迅：《中国新文学大系·小说二集·导言》（影印本），上海文艺出版社，2003，第 5 页。
③　冯至：《冯至诗选·序》，四川人民出版社，1980，第 3 页。
④　冯至：《西郊集·后记》，韩耀成等编《冯至全集》（第二卷），河北教育出版社，1999，第 131~132 页。

示爱等行动，通过四个场景里的对话、摘花示爱的叙事因素表达了青春少年关于爱的探讨、追问，抒发了咏叹之情。《蛇》一诗中将抽象的寂寞比拟为具象的蛇——"冰冷地没有言语"，将"你的发"喻为草原，"你的梦境"如绯红的花朵，意象十分奇警，但更为奇异的是，在结尾处为"我"偷衔来"你"的梦境，神来的叙事因子一下活色生香地赋予"寂寞"以非凡神奇的形象，对于爱情的渴望得到热烈表达，这也显示了冯至潜藏的抒情才华。

《宴席上》一诗记述了在深夜盛宴上厨娘关于烹饪的叙说，弹曲姑娘突然加入，用其歌声述说了错过的爱情，犹如白居易《琵琶行》余音不绝的风调。《南方的夜》有如何其芳式的意象化抒情的风调，在湖滨听燕子讲南方风物，其中蕴含着炽烈爱情的诉说："燕子说，南方有一种珍奇的花朵，/经过二十年的寂寞才开一次/这时我胸中忽觉得有一朵花儿隐藏，/它要在这静夜里火一样地开放。"《什么能够使你欢喜》中的述说绵密而激越："你怎么总不肯给我一点笑声，/到底是什么东西能够使你欢喜？/如果是花啊，我的心也是花一般地开着；/如果是水呢，我的眼睛也不是一湾死水。/你可真像是那古代的骄傲的美女，/专爱看烽火的游戏——/啊，我心中的烽火早已高高地为你燃起，/燃得全身的血液奔腾，日夜都不得安息！"抒情主人公不厌其烦地恳求、询问、揣摩，使其费尽心机、讨好的神态鲜活呈现于眼前。其中两节诗中借助裂帛与烽火两个典故，表达了因期待愿被扯得千丝万缕，为爱愿燃起心中烽火而日夜不息，情节性的意象抒发了赤诚热烈的爱恋。《夜半》如同《闻一多先生的书桌》，充斥着文具们的声音，描述的是夜间声讨与哗变事件，但比起闻一多的超然，冯至更具存在的省思，事件的描述与存在的反思使内在的情感引而不发。《歌》描述了男女的睡像："看许多男人的睡像/都好像将爆未爆的火山；/为什么都这般坚忍，/不把火焰啊吐向人间？//那座山它不能爆裂，/若不是山影儿浸入湖面？！/若没有水一般女人的睡眠/早已含不住了它的火焰。"在平凡的睡像里发现大的秘密，隐秘的关系是难以直接解释的，正如李广田所说："不能解释，因为一切解释都有限制。"① 通过对形象的组织、述说，诗人直接以逼真的形象道出了一个秘密，这种形象的直呈解决了道理解释的难题。应该说，只有借助具体鲜活的形象，哲学的

① 李广田：《李广田文学评论选》，云南人民出版社，1983，第 272 页。

洞见才会被瞬间照亮。

这些抒情短章以多样的叙事手段表达了或幽婉或热烈的情感，显得清新可人、隽永深挚。在他四首抒情风味极浓的叙事诗《帷幔》《吹箫人的故事》《寺门之前》《蚕马》中，故事情节的完整性、人物形象的塑造展示了他对各种叙事手段的自如运用。其中，最难能可贵的是，在哀婉动人的故事中不乏惊心动魄的情节，在婉曲繁复的心理刻画中充满幻想浪漫的抒情，这一叙事与抒情的绵密结合，尤其是叙事对抒情的有力实现，在中国新诗发展史中具有一定的典范性。这不仅为《北游》的出场做了铺垫，而且其中人物的塑造、情节的剪裁把握、抒情与叙述的张弛编织、语言的精警张力等对后来十四行诗的创作无疑是一种前期的诗学训练。

也正是在这个意义上，加上独自一人去哈尔滨执教的经历，1928 年他写下了 500 行的长诗《北游》。这首抒情长诗有着古典记游记行诗的叙述框架与联章合咏的组诗结构。在对游历的序列叙述下，诗人以十三首诗作的篇幅，不仅有"前言"和"尾声"，构成一个完整的结构，而且通过"别"等事件、场景、时令等的交叉变化，构成不同叙事场面转换的组诗结构。而且一如古典的记游记行诗"注重表现诗人的个人体验……个人体验和主观视角是凸显而非隐含的"①，在游历记行的叙事框架下突出的是人物的主观体验。另外，联章合咏的组诗结构，正如陈平原的发现，虽有"明确的叙事意识，把组诗作一结构整体来安排，借首与首之间的连接"，来表现个人的心路历程，使个人心事怀抱逐一落实到诗中，但"都有利于诗人腾出手来抒情，而不利于精细的叙事"，"是诗人们……协调纪事与感事的又一种方法"②。因而，这两种叙事性手法从不同角度实现了现代抒情诗的表意实践。

全诗从"我是一个远方的行客"的主观视角，悉心抒叙了冬天远离北京独居哈尔滨的抒情主体的沉思与咏叹，是"一个敏感的知识分子面对复杂的内外困扰而严肃求索的心路历程"③。诗人通过变换的叙事场景，一方

---

① 周剑之：《宋诗叙事性研究》，中国社会科学出版社，2013，第 180、181 页。

② 陈平原：《说"诗史"——兼论中国诗歌的叙事功能》，《中国小说叙事模式的转变》，北京大学出版社，2003，第 302~303 页。

③ 解志熙：《冯至作品新编·前言》，人民文学出版社，2009，第 2 页。

面"批判的审视直指畸形繁荣的现代都市和病态的现代人性"①，另一方面在时代与都市背景下，从秋到冬的时间流逝，从北京到哈尔滨的空间转换，即从车厢—公园—咖啡馆—私人宴会—礼拜堂—追悼会等的转移，在错综复杂的时空中以"游"与"思"的交互作用，更加凸显个体的孤独与自我成长历程中的精神危机，成为真实的自传体记述。《北游》既是诗人"独立苍茫自咏诗"的自画像，又成为一代青年的命运轨迹与心灵成长史。在叙述的时空转换中，诗人将一己之反思、焦虑与自我拷辨植入"游"与"思"步步拓展、层层深入、互动互补的有机序列中，将客观的叙述呈现与细腻敏感的心灵低语相结合，在组诗结构中使个人心事、情怀敏锐而疼痛地表达出来。同时，在这一记行诗的结构中，生与死、自我的确认、人生选择、个体存在的孤独等存在主义的命题已经逐一展开。因此，也正如解志熙所论析，对于诗人自身而言，此诗可视为其结束与开始，以前那种浪漫中略带唯美的青春抒情结束了，此后更为现代性的人生探询的开启了②。

应该说，在20世纪40年代之前，冯至抒情诗中的叙事性，无论是人物的刻画、情节的虚拟、场景的描写、对话的植入、典故的意象化抒情，还是记游记行框架下联章合咏的组诗结构，都既接续了古典抒情诗的叙事范式，又有着浪漫主义的浓郁情愫，这里更多见出冯至早期抒情诗的叙事性风貌。然而，留学德国之后，其抒情诗创作的转变，正如李怡的分析，从20世纪20年代的情感抒发型转向40年代的经验抒写型，对人生经验的掘取成为此期的重点③。第二个时期不仅是关注"现代性的人生探询"，而且着重于"强调人生经验的提取和挖掘"的"经验抒写型"，这一经由经验的凝结、升华使其抒情诗中的叙事性走向了现代。

关于新诗中经验的讨论，肇始于胡适。他指出个人经验与文学家的关系，没有前者后者无法立足，④ 由此提出了"诗的经验主义"⑤。有论者对

① 解志熙：《冯至作品新编·前言》，人民文学出版社，2009，第2页。

② 解志熙：《冯至作品新编·前言》，人民文学出版社，2009，第2页。

③ 李怡：《中国现代新诗与古典诗歌传统》（增订三版），中国人民大学出版社，2015，第254页。

④ 胡适：《建设的文学革命论》，《中国新文学大系·建设理论集》（影印本），上海文艺出版社，2003，第136页。

⑤ 胡适：《梦与诗·自跋》，姜涛主编《中国新诗总系 1917—1927》，人民文学出版社，2010，第12页。

此分析，指出这表明了直接经验在诗人创作中具有极其重要的作用，在当时这种经验又被称为一种朴素的现实主义的萌芽①。这一重实践且关乎一己体验的"经验"说，与后来现代主义的"经验"有着区别，故有论者认为胡适的"诗的经验"说是"形而下"，而现代主义诗人所接受的"诗是经验"之"经验"，则是"形而上"的②。

"诗是经验"这一现代主义的诗学观来自德国诗人里尔克。对里尔克的这一诗学观念，阐释得最为深入的正是冯至。早在 1925 年，冯至在本家叔叔冯文潜那里知道了诗人里尔克③，1926 年第一次读到里尔克的《旗手》④，但翻译里尔克是在 20 世纪 30 年代。在 1931 年"2 月或 3 月，诗人梁宗岱来访，二人谈诗论文，颇受启发"⑤，也许正是这次会晤，催生了梁宗岱与冯至二人的先后翻译。梁宗岱率先于同年发表的《论诗》中，把里尔克的《布里格随笔》中精深的一段摘译，关于"诗是经验"的观点正在其中："因为诗并不像大众所想象，徒是情感（这是我们很早就有了的），而是经验。"⑥冯至的翻译要稍微滞后些，他在 1932 年 10 月 30 日和 1934 年 1 月 30 日的《沉钟》第 14 期和第 32 期先后译出了《马尔特·劳利兹·布里格随笔》两个片段⑦。

不过，将"诗是经验"进一步阐发并展开诗学实践的却是冯至。在写于 1936 年的《里尔克——为十周年忌日作》一文中，不仅可以看到冯至

① 杨四平：《论胡适的"诗的经验主义"》，《淮北煤炭师范学院学报》（哲社版）2006 年第 2 期。

② 龙泉明、邹建军：《论"诗是经验的传达"——中国现代诗学观探讨之一》，《常德师范学院学报》（社会科学版）2002 年第 1 期。

③ 参见蒋勤国的《冯至年谱》：1925 年"9 月下旬，在德国研究哲学美学的本家叔叔冯文潜（冯学彰之子）回国省亲，冯至在他那里首次知道了诗人里尔克与史推芳·盖欧尔格的名字，听叔叔谈了里尔克与盖欧尔格的情况"。中国社会科学院外国文学研究所编《冯至先生纪念论文集》，社会科学文献出版社，1993，第 514 页。

④ 冯至：《里尔克——为十周年忌日作》，韩耀成等编《冯至全集》（第四卷），河北教育出版社，1999，第 83 页。

⑤ 冯至著，冯姚平据各本整理加注而成：《冯至年谱》，韩耀成等编《冯至全集·附录》（第十二卷），河北教育出版社，1999，第 637 页。

⑥ 梁宗岱：《论诗》，《梁宗岱文集Ⅱ》（评论卷），中央编译出版社，2003，第 28 页。原载《诗刊》1931 年第 2 期。在文章的末尾落款中注明的时间"弟宗岱　一九三一，三，二十一于德国海德尔堡只尼迦河畔"，据此可推测这一译文是这次会晤的催生物。

⑦ 参见蒋勤国的《冯至著译年表》，中国社会科学院外国文学研究所编《冯至先生纪念论文集》，社会科学文献出版社，1993，第 535、536 页。

对里尔克诗歌创作的理解与认知，而且在当时有着现代主义倾向的《新诗》上的发表，也可以看到其后来的影响：

> 他开始观看，他怀着纯洁的爱观看宇宙间的万物。他观看玫瑰花瓣、罂粟花；豹、犀、天鹅、红鹤、黑猫；他观看囚犯、病后的与成熟的妇女、娼妓、疯人、乞丐、老妇、盲人；他观看镜、美丽的花边、女子的命运、童年。他虚心侍奉他们，静听他们的有声或无语，分担他们人们都漠然视之的命运。一件件的事物在他周围，都像刚刚从上帝手里做成；他呢，赤裸裸地脱去文化的衣裳，用原始的眼睛来观看。……罗丹怎样从生硬的石中雕琢出他生动的雕像，里尔克便怎样从文字中锻炼他的《新诗》里面的诗。我每逢展开这本《新诗》，便想到巴黎的罗丹博物馆。这集子里多半是咏物诗，其中再也看不见诗人在叙说他自己，抒写个人的哀愁；只见万物各自有它自己的世界，共同组成一个真实、严肃、生存着的共和国。①

他充满爱意地观看万物的视角及其共建万物的"共和国"设想，与其虚心静听万物的有声无声、分担万物的命运等表述，既呈现了里尔克的诗歌世界与诗学观念，也表明冯至在深入地学习之后，形成了自己的诗学观念的精髓与要义。

正如李广田的评论："冯至先生不但向我们介绍了里尔克，在某些点上，实在也等于向我们说明了他自己。"② 从里尔克身上，冯至获取了一种"赤裸裸地脱去文化的衣裳，用原始的眼睛来观看"的观物方式，深入体会了有着爱意、虚心与命运分担的情感，拥有了真实观看意义上的看见与发现。这一原始而真实的观物方式无不具有叙事性的写实眼光；同时，这个"我"与万物是忘我的、对等的、与之俱化的态度，二者不能区分："等到它们成为我们身内的血，我们的目光和姿态，无名地和我们自己再也不能区分。"③ 叙述人称从"我"到了"我们"，而其取材方式的"真实

---

① 冯至：《里尔克——为十周年忌日作》，韩耀成等编《冯至全集》（第四卷），河北教育出版社，1999，第84、85页。原载《新诗》1936年第3期。
② 李广田：《李广田文学评论集》，云南人民出版社，1983，第270页。
③ 李广田：《李广田文学评论集》，云南人民出版社，1983，第270页。

与虚伪，生存与游离，严肃与滑稽"，"没有一事一物不能入诗，只要它是真实的存在者"①。进一步坐实了诗歌对广泛经验域的敞开，诗歌中以无限的对象展开了叙事的可能性。

如果说，这一经验型抒情诗的叙事性有着外来养分的滋养，但也与中国抗战现实与冯至自身的生活经历有关。因此，20 世纪 40 年代《十四行集》的出现，既有着外来影响，又是时代与个人经验的叠加：

> 在抗日战争时期，整个中华民族经受严峻的考验，光荣与屈辱、崇高与卑污、英勇牺牲与荒淫无耻……等等对立的事迹呈现在人们面前，使人感到兴奋而又沮丧，欢欣鼓舞而又前途渺茫。我那时进入中年，过着艰苦穷困的生活，但思想活跃，精神旺盛，缅怀我崇敬的人物，观察草木的成长、鸟兽的活动，从书本里接受智慧，从现实中体会人生，致使往日的经验和眼前的感受常常融合在一起，交错在自己的头脑里。这种融合先是模糊不清，后来通过适当的语言安排，渐渐呈现为看得见、摸得到的形体。把这些形体略加修整，就成为一首又一首的十四行诗，这是我过去从来没有预料到的。②

正是在生活、思考、观察、读书、知识的获取与生命的体会诸般经验的融合交集中，逐渐聚拢了语言及其形式的安排，使"过去的悲欢""凝结成屹然不动的形体"——十四行诗。由此，十四行诗就从平面、幽暗的世界中雕塑般地浮现，成为灵动明净的智慧之语。这种由里尔克实验创制的自由、变格的十四行诗，"它便于作者把主观的生活体验升华为客观的理性，而理性里蕴蓄着深厚的感情"③。冯至正是以这一自由变格的形式运转自如地容纳了他的思想与情感。

不过，这些思想与情感在进入十四行诗时，还需要经历通过具体事物、人物、事件来完成情感与思想经验化的诗性结晶过程。正是在这种意

---

① 李广田：《李广田文学评论集》，云南人民出版社，1983，第 85、86 页。
② 冯至：《我和十四行诗的因缘》，韩耀成等编《冯至全集》（第五卷），河北教育出版社，1999，第 94 页。
③ 冯至：《我和十四行诗的因缘》，韩耀成等编《冯至全集》（第五卷），河北教育出版社，1999，第 94 页。

义上，当"里尔克说，情感是我们早已有了的，我们需要的是经验"，冯至在对其诗学观念的习得中进一步领悟到："这样的经验，像是佛家弟子，化身万物，尝遍众生的苦恼一般。"① 于是，在《十四行集》中发现对"化身万物"体验或者说经历的结晶，就是十分自然的事了。在该诗集的序言中，冯至的表述明显突出了"体验""自然现象""生活""遭遇"，以及"启示""关连"等词语。

> 有些体验，永远在我的脑里再现，有些人物，我不断地从他们那里吸收养分，有些自然现象，它们给我许多启示：我为什么不给他们留下一些感谢的纪念呢？由于这个念头，于是从历史上不朽的人物到无名的村童农妇，从远方的千古的名城到山坡上的飞虫小草，从个人的一小段生活到许多人共同的遭遇，凡是和我的生命发生深切的关连的，对于每件事物我都写出一首诗：有时一天写出两三首，有时写出半首便搁浅了，过了一个长久的时间才能续成。这样一共写了 27 首。②

诗人化身在"自然现象""个人的一小段生活""许多人共同的遭遇"中，既将不朽的历史人物、无名的农妇村童，以及远处的万古名城与山坡上的小草飞虫相提并论，又满怀着里尔克式的爱意、虚心与命运分担等情感，将"凡是和我的生命发生深切的关连的"人和事都写成诗歌，于是出现了《十四行集》中咏物、写人、记事的诗篇。同时，这一化身万物的经验化表达成为中国抒情诗现代性的重要征候之一。

"将情感化为诗经验，也正是中国现代主义尤其是 40 年代现代主义诗歌的突出特征。"③ 这不仅是后来者的判断，也是当时诗论家的认知，袁可嘉就指出"现代诗人重新发现诗是经验的传达而非单纯的热情的宣泄"④，进而提出，"在把意志或情感化作诗经验的过程"⑤，即"你必须融和思想

---

① 冯至：《我和十四行诗的因缘》，韩耀成等编《冯至全集》（第五卷），河北教育出版社，1999，第 86 页。
② 冯至：《〈十四行集〉序》，韩耀成等编《冯至全集》（第一卷），河北教育出版社，1999，第 213、214 页。
③ 王毅：《中国现代主义诗歌史论（1925—1949）》，西南师范大学出版社，1998，第 240 页。
④ 袁可嘉：《诗与民主》，《论新诗现代化》，生活·读书·新知三联书店，1988，第 47 页。
⑤ 袁可嘉：《新诗戏剧化》，《论新诗现代化》，生活·读书·新知三联书店，1988，第 24 页。

的成分，从事物的深处，本质中转化自己的经验，否则纵然板起面孔或散发捶胸，都难以引起诗的反应"①，或者是将抽象观念"融于想象，透过感觉、感情而得着诗的表现"②，其具体的策略是戏剧化，即通过戏剧化方式将情感转化为诗经验。不过，戏剧化不仅是将情感经验化的途径之一，同时，袁可嘉这一戏剧化的手段也有值得考辨之处。

袁可嘉对戏剧化三种方向的描述中，第一种以里尔克这类较内向作者为例，认为此类作者的戏剧化是"努力探索自己的内心，而把思想感觉的波动借对于客观事物的精神的认识而得到表现的"③。这种戏剧化的表述显得含糊、笼统，没有精准具体的表述，缺乏更为细腻实在的形式感。其实，此类戏剧化就是向内挖掘，以对事物的本质或精神的认知来实现对思想感觉的波动的表现。这一表述里，就包含了一种对内在思想过程的描述与呈现的叙事性，戏剧化在这一过程中仅仅是最终实现的诗学效果，而叙事才是达成这一戏剧化效果的重要桥梁或者说手段。因为，在对思想或者灵魂的写照中，有时精神世界的冲突矛盾或者矛盾冲突后获得的平静、和谐，都会不约而同地带上一种戏剧化的诗学效果，也许在这个意义上是戏剧化的。由此，结合前文界定的叙事性，即抒情主体或者叙述者在一定意义的时间单元中，用语言叙述来呈现情绪、情感、思想、心理、事件、场景等的微妙变化……来构架一个诗学情境，表征现代的人生与人心。那么，思想感觉的波动作为一个变化过程，本身就是叙事性的表现对象之一。同时，里尔克式亲切的娓语式述说不无带上叙述的特征。或者说这是里尔克抒情诗的叙事性，也是冯至抒情诗的叙事性特征。因此，此类戏剧化经验正如洪子诚所说："这个概念（引者按：经验）的一个问题就是不能把它形态性的东西体现出来。实际上我们谈叙事性的问题，它带有一种形态的表征。而经验本身并没有包含这样的内容。"④ 缺乏形态的经验必须要由具体的形式来承载。因此，将情感转化为诗的经验，除了戏剧化手段，还可利用叙事的形态。冯至的《十四行集》正体现了经验对叙事形态的借助——利用叙事对事物、人物的描写与评价，对场

---

① 袁可嘉：《新诗戏剧化》，《论新诗现代化》，生活·读书·新知三联书店，1988，第 29 页。
② 袁可嘉：《诗与主题》，《论新诗现代化》，生活·读书·新知三联书店，1988，第 76 页。
③ 袁可嘉：《新诗戏剧化》，《论新诗现代化》，生活·读书·新知三联书店，1988，第 26 页。
④ 洪子诚：《在北大课堂读诗》，长江文艺出版社，2002，第 406 页。

景的描绘与对事件的陈述等可感具体的形式，来将无形的经验形象化、形式化。

如果说《十四行集》以十年的停笔，最终呈现了一个在 1930 年《等待》一诗中就预言了的 "丰饶的世界"，那么这一丰饶的世界，首先是一个充满了日常事物、寻常现象的素朴世界，是眼前景，也是身边事。面对这一世界，冯至以里尔克式的原始眼光展开了对生活的观察，以亲切的描写叙述了一己之敏锐的感觉与体验。他的咏物、写人、记事的诗篇无疑有着里尔克咏物诗的艺术光晕。《十四行集》中诗篇 "不管是在运思逻辑上，还是在语言句法及意象排列上，都显出平滑顺畅的特征"①。冯至是以朴素写实的手法展开对平凡而伟大的存在者的述说。比如《有加利树》：

> 你秋风里萧萧的玉树——
> 是一片音乐在我耳旁
> 筑起一座严肃的庙堂，
> 让我小心翼翼地走入；
>
> 又是插入晴空的高塔
> 在我的面前高高耸起，
> 有如一个圣者的身体，
> 升华了全城市的喧哗。

道旁普通高大的有加利树，"秋风里萧萧的玉树" 奏鸣着自然的 "音乐"，"筑起一座严肃的庙堂"，让诗人小心地步入其间，这一视听合一的生动情境化描写中，诗人不无敬畏之情；而在诗人笔下已然圣化的 "高塔" "圣者"，以其孤独挺立的存在显示对喧嚣的摒弃、超越。对这一真实而朴素的存在的认知，正寄寓在这一描述刻写中，由此才从容智性地表达了诗人对其生命存在的领悟："你无时不脱你的躯壳，/凋零里只看着你生长/在阡陌纵横的田野上//我把你看成我的引导：/祝你永生，我愿一步步/化身为你根下的泥土。"

---

① 王毅：《中国现代主义诗歌史论（1925—1949）》，西南师范大学出版社，1998，第 224 页。

　　如果说《有加利树》是在刻写与比喻中赞美了存在物的伟大，那么《几只初生的小狗》则在场景描叙的片段中，以初生小狗蒙昧无知而切肤的感受，抒发了对温暖与光明的永恒记忆与歌颂：

> 接连落了半月的雨，
> 你们自从降生以来，
> 就只知道潮湿阴郁。
> 一天雨云忽然散开，
>
> 太阳光照满了墙壁，
> 我看见你们的母亲
> 把你们衔到阳光里，
> 让你们用你们全身
>
> 第一次领受光和暖，
> 日落了，又衔你们回去。

冯至直白地描述半月来连绵的阴雨中，降生的小狗"就只知道潮湿阴冷"，但在阳光下被狗妈妈衔来衔去晒太阳的场景被诗人敏锐而独具慧心地捕捉到，在深情动人的书写中洞悉了经验的秘密："你们不会有记忆，／但是这一次的经验／会融入将来的吠声，／你们在深夜吠出光明。"在平易的叙写中，诗人植入了时代命意的考量与生命哲学的沉思，将懵懂经历、切肤体验化为深刻的生命经验。这不仅喻指的是小狗对经验密码的获取，更是众生对生命与存在的领悟。

　　冯至对人类命运关切的书写总是通过具体形象或事件实现的，他以回忆的口吻叙述了对威尼斯的难忘，"它是个人世的象征，／千百个寂寞的集体"，这一形象贴切的比喻，承载了对人类孤独经验的书写，使《威尼斯》成为人类生存境遇的真实写照。

> 一个寂寞是一座岛，
> 一座座都结成朋友。

> 当你向我拉一拉手，
> 便像一座水上的桥；
>
> 当你向我笑一笑，
> 便像是对面岛上
> 忽然开了一扇楼窗。

诗作首先将"寂寞"比喻为"一座岛"，而随后"寂寞"与"岛"的隔膜、冷硬都被"拉一拉手"与"水上的桥"、"笑一笑"与"开了一扇楼窗"的朋友模式融化。冯至的非凡魅力正在于，不仅使抽象经验——寂寞成为立体可感的形象——岛，而且还以生动可人的拉手动作、勾连隔膜人世的桥梁、明媚动人的嫣然微笑等细节的刻写，来化解板结闭合的心魂，这些动作和表情都是在情境化中被呈现的，最后"只担心夜深静悄，/楼上的窗儿关闭，/桥上也断了人迹"。寂寞恒在、担心永远，在冯至举重若轻的场景勾绘中，经验与情感化为对宿命存在的共鸣而诗性的表达。《我们来到郊外》一诗中，跑警报一事触发了冯至的巧思奇喻，在对融汇到郊外的人群与分流街衢的关系及其场景描述中，以海水与河水自然熨帖地比喻了处于危险中的人类及其命运，将这一人类经验及其对这一经验的珍惜之情，都呈现在事件、场景的叙述与充满想象力的比喻中，可看出冯至以叙事来编织情感的独特诗艺。

冯至刻写人物的诗作，如《蔡元培》《给一个战士》《鲁迅》《杜甫》《歌德》《画家梵诃》等诗中，每一首都是一幅精神的素描，在简约而精警的生平事迹描述中，显出了作者对众多经验、事件化繁为简的萃取能力。除了在其中植入大量有情节性的典故外，使诗句包孕丰富的信息量，同时以对经典细节的勾勒，鲜明形象地凸显了人物的仪态风神。《鲁迅》一诗中，冯至就以上述叙事手段化典故往事、文本意象为鲁迅的精神血肉，由此镂刻了血肉丰满的人间鲁迅：

> 在许多年前的一个黄昏
> 你为几个青年感到一觉；
> 你不知经验过多少幻灭，

　　但是那一觉却永不消沉。

　　我永远怀着感谢的深情
　　望着你，为了我们的时代：
　　它被些愚蠢的人们毁坏，
　　可是它的维护人却一生

　　被摒弃在这个世界以外——
　　你有几回望出一线光明，
　　转过头来又有乌云遮盖。

　　你走完了你艰苦的行程，
　　艰苦中只有路旁的小草
　　曾经引出你希望的微笑。

冯至饱含深情地追忆了鲁迅鼓励、支持沉钟社等青年的往事，从而刻画了鲁迅关心、激励青年的师长形象；但同时，冯至更为深刻地揭示了鲁迅与时代紧张关系中的斗士形象，以及被追慕的鲁迅在幻灭、怀疑等内在张力下呈现的谦卑而孤独的形象。对这一形象，冯至展开了集合式的精神素描，他充分运用沉钟社与鲁迅交往的具体事件，选取了文本《一觉》《野草》中的意象或内容，甚至将想象性的画面与《野草》文本交错叙述，"你有几回望出一线光明，/转过头来又有乌云遮盖。//你走完了你艰苦的行程，/艰苦中只有路旁的小草/曾经引出你希望的微笑"，以小说般亦真亦幻的叙写，完成了对鲁迅先生的精神写照，堪称人物诗的典范之作。而《画家梵诃》一诗，对凡·高的画风与内容有精约传神的描述，燃烧的向日葵、燃烧的扁柏、燃烧的阿尔的太阳与行人、"向着高处呼吁的火焰"，无一不是凡·高艺术精神的表征，但是诗人更深刻领悟到的是画家对更微小的事件和贫穷人群的关心：

　　但是背阴处几点花红，
　　监狱里的一个小院，

> 几个贫穷的人低着头
> 在贫穷的房里剥土豆,
> 却像是永不消溶的冰块。
>
> 这中间你画了吊桥,
> 画了轻盈的船:你可要
> 把些不幸者迎接过来?

在这些精湛的细节性叙述中,冯至深入画家的精神世界,更为深刻地领悟了绘画中的审美与伦理精神。虽然此诗有点古代题画诗的味道,但最后对画中勾勒的吊桥、船的虚构与想象的追问,显示了诗人不仅懂艺术,而且对画家深藏的美学风格与伦理精神有着与众不同的领悟与心灵相通,借助叙述与描写,除了将艺术经验化为形象之诗,还透过诗歌,在审美经验中寄寓了悲天悯人的温暖情怀。

除此而外,《看这一队队的驮马》与《我们站在高高的山巅》对景物或场景的写实显得较为铺陈。尤其是后一首,在回环往复的书写中,化身万物的经验情感得以圆融无碍地抒发:"我们随着风吹,随着水流,/化成平原上交错的蹊径,/化成蹊径上行人的生命。"虽然冯至十四行诗中大部分作品都是经验书写与情感抒发,是娓娓道来、舒缓亲切的,但也有少部分诗篇显得紧张,有着发自内心的恐惧或者内在压迫下的爆发。比如《我们听着狂风里的暴雨》与《深夜又是深山》,对恐惧与孤单都有着细腻写实的成分:"狂风把一切都吹入高空,//暴雨把一切又淋入泥土,/只剩下这点微弱的灯红/在证实我们生命的暂住。"这既是紧张狂暴中的写实,又在沉思与启示中充满情感,即目睹暴力自然对万物的摧毁后,使人油然而生对自然的敬畏、对生命的悲悯。如果说前者在狂风大作的暴雨中感到孤单与恐惧,那么后者则在静默的孤独中爆发出灵魂的呐喊:"四围这样狭窄,/好像回到母胎;/我在深夜祈求//用迫切的声音:/'给我狭窄的心/一个大的宇宙!'"由此可见,冯至以繁复的叙事形态承载了对经验、情感的亲切深挚、细致入微的表达。

冯至认为他的十四行诗是,"我似乎在与一个对面的'生命'对话,我向他申诉我的内心世界"①，其对话与申诉之中实际上有着丰富的信息。一方面，诗中有着浓郁主观情感的"我"或者"我们"的对话与申诉，而且申诉的是"我的内心世界"，这抒情性的基调不言而喻。同时冯至自己也认为《十四行集》是抒情诗，而非哲理诗。在 1990 年接受香港《诗双月刊》记者童天蔚采访时，他就不承认自己是"哲理诗人"，并申说"沉思不等于哲学，说是沉思还比较接近，说是哲理，我总觉得我还够不上，在我的十四行诗中，可以看出在抗战时期一个知识分子怎样对待外界的事物，对待自己钦佩的人物，对自然界、生物的感受"②，他认为自己在十四行诗中，只写出对万物心仪而倾心的敬重。虽然他有着较重的思考痕迹，但他是带着一己之感受和体温展开思考，因为"在一个没有深情、只有考虑的时代里，多少生存中根本的问题都被遗弃了！"③ 只有植入了深情与感受，"我"对万物的关怀、注目、体认、思考，才会由一己走向与万物的融合，才会直面生存中根本性的问题，才会由此上升为哲性的沉思。

　　同时，这一深情的沉思冥想是通过"我们""我""你""他们"等叙述人称的变化及其相互关系来实现的。因而，在诗中，不仅出现了如李广田所指出的"那不是站在'我'的地位上来关切'你'或'他'，而是'我你他'的契合，或如诗人自己所说是生命的'融合'罢了"④。同时，在这一"我"和"你""他们""我们"的关系还可以进一步考辨，不仅通过人称之间的关系来更深层地阐释《十四行集》，探讨其诗学价值，而且通过这一抒情主体人称的转换与融合，来考察现代主体的自我建构问题。

　　首先，在《十四行集》咏物诗与人物传记诗中，主要是抒情主体"我"对"你"的描述，其中"你"是被描写叙述的对象。一般意义上抒情诗中的"你"都是虚构的一个对话者，其实就是诗人自身。但冯至《十四行集》的"你"是实指，而且作为被赞美、书写的对象，正如姜涛所

① 冯至：《谈诗歌创作》，韩耀成等编《冯至全集》（第五卷），河北教育出版社，1999，第250 页。
② 冯至：《谈诗歌创作》，韩耀成等编《冯至全集》（第五卷），河北教育出版社，1999，第249 页。
③ 冯至：《一个对于时代的批评》，韩耀成等编《冯至全集》（第八卷），河北教育出版社，1999，第248 页。
④ 李广田：《李广田文学评论集》，云南人民出版社，1983，第275、276 页。

说："'你'总是指涉着现实具体的形象，从日常的平凡事物（有加利树、鼠曲草、驮马、小河等）到诗人心目中的圣者（鲁迅、蔡元培、歌德、梵词等），个体内心中对生命存在的诉说在这些诗中一下子变成了对某种具体所指的礼赞。"① 其中有加利树是"我的引导"，鼠曲草则表达了"我向你祈祷，为了人生"，《给一个战士》则"像不朽的英雄"，"你超越了他们，他们已不能/维系住你的向上，你的旷远"。其次，在冯至的《十四行集》中，"你"和"我"逐渐趋同，向着一个集体复数的"我们"融合。对此，姜涛进一步指出："'你'与'我'之间只有一方的默许、聆听、引导与另一方的恳请、倾诉和追随，这种失却了对立、否定因素的交谈其实只是复数性合声（'你'与'我'的重合）的一种巧妙伪装而已。也正因为这样，'你'与'我'两个单数人称也呈现出一种向共同复数性存在不断溶汇、趋同的态势。"② 比如《威尼斯》中的"当你向我拉一拉手/便像一座水上的桥"，"你"和"我"逐渐融为一体，成为"我们"。而从"我"走向"我们"的原因，一方面有着抗战时代对个体加入集体的召唤；另一方面，更深的原因来自里尔克的影响。正如贺桂梅对冯至此期精神世界的考察，"第一步是从'非真实存在'中脱出，从被社会习俗、规范和既定关系所规定的处境中游离开来，意识到自己仅仅作为向死而生的'存在者'；然后在最原初的状态中获得与统摄万物的'神性'的关联。这'关联'使'个人'再度回到'世界'，但却是更广阔的世界。因此，与'脱落'和'否定'紧密相关的另一个基本主题，便是'关联'和'肯定'"③。这段话道出了冯至和里尔克的相似之处：从个体作为孤独而真实的存在从社会中剥离出来；随后，获得真实存在后的个体重返世界，在对世界的担当与化身万物的过程中，与世界、与万物关联并融为一体，由此从"我"走向"我们"。其中，"'给我狭窄的心/一个大的宇宙！'"不仅来自《古兰经》的引言④，而且正如贺桂梅所说，"以'狭窄的心'包容

---

① 姜涛：《冯至、穆旦四十年代诗歌写作的人称分析》，《中国现代文学研究丛刊》1997年第4期。
② 姜涛：《冯至、穆旦四十年代诗歌写作的人称分析》，《中国现代文学研究丛刊》1997年第4期。
③ 贺桂梅：《转折的时代：40~50年代作家研究》，山东教育出版社，2003，第168~169页。
④ 〔德〕顾彬：《路的哲学——论冯至的十四行诗》，《关于"异"的研究》，曹卫东编译，北京大学出版社，1997，第193页。

整个'大的宇宙'，正是冯至在'脱落'中寻求真实存在时得以进入更广大的世界的方式"①。从这里可获得冯至从"我"到"我们"的秘密所在，不仅是对时代的担当，更是对存在的担当，因此众多的"我们"汇入，以集体的姿态吟唱着最为个人化的经验与情感，因此"我"与"我们"在这里表现了抒情主体与世界既物质又现实的关系、既精神又哲学的关联。因而《十四行集》既是时代的，也是哲学的。这让《十四行集》的抒情表意在与时代、与万物的关联中，显得既具有个人意义上的哲学深度，又展示了集体意义上的时代的广度。由此，借助人称关系的转换与融合考察，《十四行集》中抒情主体的面目和声音、诗学价值与叙事功能得到一一彰显。

　　20世纪40年代的《十四行集》作为抒情诗中颇具有现代性特征的文本，其现代性首先在于以叙事的形式来呈现。由于其中的咏物诗、写人记事诗篇都是经验的结晶，正如陈太胜所指出的："作者的诗艺确乎已经到达了这样一种境地，能将普通的生活上升为象征。这种象征有时是由一个中心意象来展开的，像第3首与第4首的'有加利树'与'鼠曲草'，而其中的大部分诗篇则是通过描述一个事件来象征的。"② 在对思想、情感的沉淀、化炼、凝结、萃取的过程中，以对象征意象的描写、具体事件的描述——上述种种叙事形态最终承载起对经验的现代性表意实践。其次，他的现代性还在于从古典的、浪漫的诗性叙事到现代的经验型抒情的演进上。可以说，冯至早期抒情诗中的叙事更多呈现了对古典诗歌与浪漫主义诗歌中叙事性手段的接续，它与古典诗歌的叙事性、浪漫主义中的叙事性有着很大的一致性。但从《十四行集》开始，冯至在投注给万物的朴素、亲切、充满爱意的情感中，叙事以对经验的承载与表达，完成了另一种意义上的现代性抒情。这一现代性抒情方式正如卞之琳所指出的："冯写于此时的《山水》（散文集的一部分）、《十四行集》、《伍子胥》，按他自己的说法，是一道'弧'，照我个人的爱好来说，在他艺术创造历程上，不算顶峰，总还是突出的一道'弧'，一弯彩虹。"③ 这不仅是他个人的弧与

① 贺桂梅：《转折的时代：40~50年代作家研究》，山东教育出版社，2003，第168页。
② 陈太胜：《象征主义与中国现代诗学》，北京大学出版社，2005，第195页。
③ 卞之琳：《忆"林场茅屋"答谢冯至——复〈冯至专号〉约稿信》，江弱水、青乔编《卞之琳文集》（中卷），安徽教育出版社，2003，第101页。

彩虹，而且作为从古典到现代的一道突出的"弧"、一弯彩虹，《十四行集》将思想情感化为诗的经验，这一诗的经验通过叙述的方式，在诗对叙事性的"驯服"中，使叙事性承载起对经验的形式化呈现，既使现代抒情诗以叙事形态来完成对经验的塑形，又最终完成了对诗的实现，完成了现代抒情诗表意的一种现代转型。

第八节　艾青：散文美中的叙事性抒情

1934 年艾青《大堰河——我的保姆》的发表可谓横空出世，给现代抒情诗注入了清新刚健的气息。在 20 世纪 30 ~ 40 年代的现实主义诗学潮流中，艾青"散文美"的提倡，为现代抒情诗的叙事性提供了更为丰富的诗学形态与形式特征①。

在艾青早期创作的抒情诗中，其叙事性已经有所表现。经过对绘画艺术的经年学习，其诗歌不由自主地具有视觉艺术的特征。这一视觉艺术特征在 1932 年发表的第一首《会合》中就有所体现，除了诗中有着较为浓厚的绘画艺术的特征，比如诗中的场景描写充斥着画面感与色彩感，而且刻画了心中燃烧着爱国情感的日本、中国、安南等亚裔群像。《透明的夜》在田堤、广场、酒坊、杀牛场、原野等场景的不断转换中塑造了"醉汉""浪客"等"夜的醒者"的酒徒群像。《当黎明穿上了白衣》则以"紫蓝的林子""青灰的山坡""绿的草原""新鲜的乳液似的烟"等意象，在色彩感强的画面中描绘刻画明媚的风景。这些简约的叙述或描写都充斥着视觉艺术的特征，艾青的诗论也呼应这一叙事性书写，"诗人应该有和镜子一样迅速而确定的感觉能力，——而且更应该有如画家一样的掺和自己情感的构图"②，即他对诗人镜子般的感觉能力与画家样的情感构图能力颇为强调。而这种"掺和自己情感的构图"的方式，无疑具有叙事刻写之法。此说被蓝棣之敏锐捕捉到："艾青下意识地认为这些个'怎样'里埋藏着

---

① 这里考察的是艾青 1949 年前的诗歌，主要以诗歌《大堰河——我的保姆》（1934）与诗集《大堰河》（1936）、《北方》（1939）、《他死在第二次》（1939）、《向太阳》（1940）、《旷野》（1940）、《黎明的通知》（1943）、《献给乡村的诗》（1945）等作品为主，这类作品代表了艾青诗歌的主要成就，确立了他在现代诗歌史上的地位。

② 艾青：《诗论》，《艾青选集·第三卷》，四川文艺出版社，1986，第 22 页。

诗，诗的特质就在于将此‘怎样’展开，诗的魅力就在于看这些个‘怎样’展开得怎么样，因此，在这个‘怎样’里无意之间透露出艾青诗观念的一个核心问题。”也就是说，“‘怎样’这个词代表了艾青的诗思维”①。进而，蓝棣之结合艾青诗歌表现出的“怎样”这种“诗思维”，在艺术手法上将其称为“艺术刻画”，并诠释为“艺术刻画，是指用散文的语言，描写和渲染的手法来刻画对象，虽然它是内指的，然而看起来它是客观的和观察的。这是西方近代诗的传统，包括波德莱尔和兰波的启示，可以说是艾青从法国带回来的芦笛的一种发音方式”②。这一方面体现了艾青诗歌与西方现代诗歌的渊源，另一方面呈现了艾青诗歌在视觉艺术影响下的突出特征：客观、观察，以及由此产生的有着散文化面目的叙事性诗句。其中客观的艺术刻画，经历了创作的自发到理论的自觉的过程，这一散文化中的叙事性抒情才最终成就了艾青抒情诗中独一无二的散文美。

　　在监狱羁押的日子，不能画画的艾青，用语言的火柴划破牢狱的黑暗，点燃了埋葬多年的情感，《大堰河——我的保姆》就在真情的直白诉说中成为现代抒情诗中里程碑式的作品。除最后一段是直抒胸臆地抒发对大堰河的爱与赞美以外，整首诗都在叙述的口吻中进行大气磅礴的抒情。诗歌以追忆的方式叙述了大堰河的身世，如同小说开头一样，诗人在口语的陈述中展开对人物及其人物关系的介绍，进而在近乎完整的时间序列里呈现了人物的命运：“‘我’在大堰河家的所见所感（第四节）——‘我’离开时大堰河的哭泣（第五节）——‘我’离开后大堰河的劳动（第七节）——大堰河对‘我’的思念、深爱和梦想（第八节）——大堰河死时的情境（第九、十节）——大堰河死后的家境（第十一节）”③，借助这一序列，诗人动情地述说了大堰河对“我”的深爱，以及她奴隶般的生存与悲惨际遇。同时诗人运用了成人和儿童两个不同叙事视角，将现实与往事交织，以儿童视角的纯真来对比其中被遮蔽的酸楚与疼痛，更深地揭示了其命运的悲凉。所以，有论者还指出这一童年视角对大堰河与“我”的双重塑造：“如果从童年视角出发去体味，我们绝不会简单地把它看作

---

① 蓝棣之：《现代诗的情感与形式》，人民文学出版社，2002，第53~54页。
② 蓝棣之：《现代诗的情感与形式》，人民文学出版社，2002，第55页。
③ 魏天无：《抒情诗中的“叙事问题”——重读〈大堰河——我的保姆〉》，《语文教学与研究》1998年第5期。

是大堰河乐观、开朗、豁达、苦中求乐的个性、性格的体现（这是我们自己彻头彻尾的庸俗的'成人视角'）。它反映着'我'当时无从体会'她含着笑'背后的'四十几年的人世生活的凌侮'、'数不尽的奴隶的凄苦'，偏爱和依赖只能让'我'感觉到她的美丽甚至幸福，却难以觉察这不过是'我'的一厢情愿的天真幻觉。"① 因此，此诗中，艾青诗歌的叙事性诗学价值得到全新的凸显。

除此而外，诗中有着大量生动的细节或排比句："你用你厚大的手掌把我抱在怀里，抚摸我；/在你搭好了灶火之后，/在你拍去了围裙上的炭灰之后，/在你尝到饭已煮熟了之后，/在你把乌黑的酱碗放到乌黑的桌子上之后，/在你补好了儿子们的为山腰的荆棘/扯破的衣服之后，/在你把小儿被柴刀砍伤了的手包好之后"；或聚焦式地刻画了与"我"离别时流泪的大堰河："我是地主的儿子，/在我吃光了你大堰河的奶之后，/我被生我的父母领回到自己的家里。/啊，大堰河，你为什么要哭？"都在叙事的呈现中使人物形象异常鲜明生动，深挚的情感溢于言表。伴随着聚焦人物的陈述，其口语化的抒叙随丰沛激越的感情自然流转、跌宕起伏，自如流畅、淋漓尽致地表达了爱与悲痛。虽然通篇运用叙述，但在强大的抒情风格下，人物塑造和故事讲述已经被抒情所压倒并吸纳，因此此诗不是要讲述一个故事，而是通过对人物命运的叙述来塑造一个形象，让形象与种种细节刻画和描写一起来建构一个情境，经由这个立体可感的情境来承载和表达悲郁壮美的情感。这一特征也被蓝棣之称为"情境诗"，即"是一首情境与意象相融合而成形的诗"②。可以说，在人物的塑造、情感的激越诉说与细节的精微刻画中营构了诗学的情境，因而，此诗不仅使艾青诗歌的散文美特征得到彰显，而且成为艾青抒情诗的风格化特征。

随后 1938 年的《雪落在中国的土地上》中，艾青除了借助艺术刻画将无形的事物具体、形象、生动地呈现，如对"风"的塑造："风，/像一个太悲哀了的老妇，/紧紧地跟随着/伸出寒冷的指爪/拉扯着行人的衣

---

① 魏天无：《抒情诗中的"叙事问题"——重读〈大堰河——我的保姆〉》，《语文教学与研究》，1998 年第 5 期。

② 蓝棣之：《现代诗的情感与形式》，人民文学出版社，2002，第 134 页。

襟，/用着像土地一样古老的话/一刻也不停地絮聒着……"同时，还以朴素而有弹性的口语述说刻画了"赶马车的农夫"、"乌篷船上""蓬头垢面的少妇"、蜷伏在家的"年老的母亲"等形象，借助场景的转换和推移，诗人写出了雪夜中国大地的苦痛、灾难与漫长。同样是散文化的语句，在对原野、雪夜、土地的描绘中，充斥着个人化的抒情声音："中国，/我的在没有灯光的晚上/所写的无力的诗句/能给你些许的温暖么？"在从一己走向了群体、从个人情感走向了广袤大地的歌唱中，艾青以饱含个人印迹的叙事性抒情展现了其悲郁壮美的诗学风格。这一大气磅礴的叙事性抒情在《向太阳》《雪落在中国的土地上》《北方》以及后来创作的《黎明的通知》《献给乡村的诗》《旷野》《旷野》（又一章）等诗中，都有不同程度的体现。同时另一类短诗中，如《手推车》《乞丐》则在具体画面与细节的刻画中，显出了艾青雕刻的精微细腻，手推车的尖音与车辙，视觉与听觉上都给人以尖锐凌厉的痛感。而《乞丐》的细节刻画最为传神：

> 在北方
> 乞丐用固执的眼
> 凝视着你
> 看你在吃任何食物
> 和你用指甲剔牙齿的样子
>
> 在北方
> 乞丐伸着永不缩回的手
> 乌黑的手
> 要求施舍一个铜子
> 向任何人
> 甚至那掏不出铜子的兵士

艾青不仅精准刻画了饥饿乞丐的形象，而且还揭示了饥饿令人不寒而栗的罪恶："饥饿是可怕的/它使年老的失去仁慈/年幼的学会憎恨。"这一叙事性刻画可谓力透纸背，同时表达了诗人对中国现实内在的愤怒与沉痛之情。因此，散文化的叙事既可以大气磅礴，有时也可短小精干、精警有力。

1939 年艾青在抗战背景下发表的《诗的散文美》提出："由欣赏韵文到欣赏散文是一种进步……散文是先天的比韵文美。口语是美的，它存在于人的日常生活里。它富有人间味。它使我们感到无比的亲切。而口语是最散文的。"① 艾青不仅对散文化的诗美特质有所阐扬，还指出了其"口语"美的特征②，而所举诗句"安明！/你记着那车子"，则在口语的"新鲜而单纯"中不无叙事性的烙印。这一理论的倡导也伴随着创作展开，在《吹号者》与《他死在第二次》的口语化叙述中，塑造了两个鲜明动人的人物形象。而且，《吹号者》中惊醒的情景与优美号声的刻画尤为清新动人："他最先醒来——/他醒来显得如此突兀/每天都好像被惊醒似的，/是的，他是被惊醒的，/惊醒他的/是黎明所乘的车辆的轮子/滚在天边的声音。"借着清晨辽远清新的号声，诗人述说了生命的欢愉："他开始以原野给他的清新的呼吸/吹送到号角里去，/——也夹带着纤细的血丝么？/使号角由于感激/以清新的声响还给原野，/——他以对于丰美的黎明的倾慕/吹起了起身号，/那声响流荡得多么辽远啊……/世界上的一切，/充溢着欢愉/承受了这号角的召唤……"清晨辽远的号声因饱含生命的血丝更具有生命的欢欣，因而此诗被誉为"真正体现了一种生命感和生命形态"③。如果《吹号者》更重外部刻画与场景描写，那么《他死在第二次》在注重过程叙述与心理刻画中更聚焦于内视角。这些场景描绘与心理刻画都采用白描的方式，口语化的陈述中使人物行动或心理自然演进变化。这种散文美被牛汉总结为："所谓散文美，我以为还说明诗的强有力的弹性和张力，使诗的情境得以向远远的疆界拓展，具有了深邃广漠的感觉。这也正是大诗的气象。"④ 而且还确认其现代性的质地："采用鲜活的有弹力和流动感

---

① 艾青:《诗的散文美》,《艾青选集·第三卷》,四川文艺出版社,1986,第 43、44 页。原载《广西日报》副刊《南方》1939 年第六十六期。

② 参见艾青《与青年诗人谈诗》中指出"我说的诗的散文美,说的就是口语美",《艾青选集·第三卷》,四川文艺出版社,1986,第 365、366 页。原载《诗刊》1980 年第 10 期。

③ 牛汉:《不可遗忘的声音》,牛汉、郭宝臣主编《艾青名作欣赏》,中国和平出版社,2002,第 197 页。

④ 牛汉:《深情而颤栗的呼喊》,牛汉、郭宝臣主编《艾青名作欣赏》,中国和平出版社,2002,第 133、134 页。

的语言和语调，这正是现代诗应当有的艺术要素……只能一气读下去，不能喘息和停顿，读者的心只能与诗人的坦诚的情感一起搏动。"① 这一散文美从理论到创作在艾青此期的诗歌中得到全面的展现，同时这一散文美在现实主义层面也具有现代性的因子。

虽然说 1940 年前《他死在第二次》等诗集出版，被穆旦评价为"新的抒情"，并启发穆旦将其沿着现代主义方向推进，成为穆旦式的"新的抒情"，相对而言，艾青则更具有现实主义色彩，但是，深入艾青诗歌中的散文句式，可发现这种现代性的因素也深藏其间。尤其是这种流动的散文句式呈现一种时间结构的特征，这一时间结构恰恰凸显了其叙事性的特征，而且这一特征与穆旦的散文化句式有异曲同工之妙，在现代性的表意实践中，都"展示生命复杂的运动变化形象，以散射式的无规则波动推进、陈述情感"，"所有的物象都在他波澜起伏的情绪之海里漂流"，从而成为一种"无始无终的激烈推进"② 的"新的抒情"。穆旦推崇艾青诗歌中的"散文美"，认为是"朴素口语"中"充满了生的气息的健康"，有着"土地气息"和"夹带着纤细的血丝"，"充满着辽阔的阳光和温暖，和生命的诱惑"的歌唱；是"情绪和意象的健美的糅合"，是"强烈的律动，洪大的节奏，欢快的调子"，是"'机智'可以和感情容受在一起"，"顶好的节奏可以无须'机智'的渗入"等等③。最终，朴素而带有生气的鲜活口语，弹性流动的时间结构的句子，充满土地与生命感的"情绪和意象的健美的糅合"，大气磅礴的抒情与悲郁壮美的风格，共同铸就了艾青"散文美"的诗学内涵。其中承载这一散文美的恰恰是叙事性的形式，因此，对艾青而言，其"新的抒情"正是散文美中的叙事性抒情。

这一散文美中的叙事性抒情因受艾青富有时代性的诗学观念的影响，有着大众化的倾向。比如艾青提出："诗人的'我'，很少场合是指他自己的。大多数的场合，诗人应该借'我'来传达一个时代的感情与愿望。"④

---

① 牛汉：《朴素的情操》，牛汉、郭宝臣主编《艾青名作欣赏》，中国和平出版社，2002，第145 页。
② 李怡：《黄昏里那道夺目的闪电——论穆旦对中国现代新诗的贡献》，李怡、易彬编《穆旦研究资料》（上），知识产权出版社，2013，第447、448 页。
③ 穆旦：《他死在第二次》和《慰劳信集——从〈鱼目集〉说起》，李怡、易彬编《穆旦研究资料》（上），知识产权出版社，2013，第156~165 页。
④ 艾青：《诗论》，《艾青选集·第三卷》，四川文艺出版社，1986，第23 页。

因而，这种用自我来承载时代声音的追求，促使其诗歌走向了大众化；同时在创作《火把》时，他也指出："我有意识地采用口语的尝试，企图使自己对大众化问题给以实践解释。"① 艾青的散文美在口语化实践中的大众化倾向，由此可以得到印证。不过，虽然如此，在走向大众、歌唱时代声音的时候，在20世纪40年代众声喧哗的口号标语诗中，艾青独一无二的抒情声音依然凸显，一方面在于其"新的抒情"中现实性与现代性的双重内涵，另一方面也在于这一声音中始终拥有他独特的生命体验与生命形态。这正是艾青独具一格散文美中的叙事性抒情。他开启了现代抒情诗大气磅礴的局面，对穆旦以及20世纪40年代诗人的影响可谓深远。

第九节　穆旦：叙事性与"新的抒情"

在现代诗歌史上，穆旦抒情诗中的现代性最为张扬，也最为凌厉。尤其是他在1937年全面抗战爆发以来到1949年前的创作，可谓现代抒情诗的峰巅诗作之一。其抒情诗中的叙事性也从不同维度得到突出。

早在1933年、1934年穆旦就开始发表作品②。不过，在此期，他对诗歌本质的理解颇有意味。早在中学生时期发表的《诗经六十篇之文学评鉴》中，他不仅提出"文学是必须带有情感的"，同时认为"其实文学的要素还不只于情感而已，思想也是很重要的一部分"，他对《诗经》中《枚杜》抒情的"平淡寡味"，《公刘》叙事的"笨拙而板滞"③ 的批评，已经隐隐透露了他诗学的基本观念。

此期其部分抒情诗中的叙事性特征已经有所彰显。《流浪人》中对具体的饥饿状态做了感受细腻的刻写，尤其是将"饿——/我底好友/它老是缠着我"的饥饿拟人化，进而细致地描摹了对饥饿具体而微的感受，流浪人的饥饿情状得到形象刻画。其中，穆旦将抽象的感受拟人化，

---

① 艾青：《为了胜利——三年来创作的一个报告》，《艾青选集·第三卷》，四川文艺出版社，1986，第80页。原载《抗战文艺》1941年第7期。
② 参见《集外诗存》部分与李方编《穆旦（查良铮）年谱》，穆旦著，李方编《穆旦诗文集·2》（增订版），人民文学出版社，2014。
③ 穆旦著，李方编《穆旦诗文集·2》（增订版），人民文学出版社，2014，第30、31页。

这一手法在后面创作中更具有智性的特征。《两个世界》在对富家女与缫丝女的形象、行为、生活境遇等细节的比较中铺陈展开，结尾富家女眼中的"污迹"与缫丝女手上的"血迹"的对比，触目惊心地叙述中掩抑不住穆旦的同情之音。如果说《夏夜》《冬夜》等写景诗，在简洁直观的描写中蕴含着或清爽或寂寥的体验或感受，那么，在《一个老木匠》和《更夫》中对人物的刻画则更为生动传神，其对人物命运刻写，于深挚的同情中也不乏思索的力度。其中与老木匠辛劳疲累相对的是，吸旱烟时，老木匠"看着喷出的青烟缕缕往上飘"的舒适惬意，更夫不仅有着"微弱的灯火"下的"深沉的脸"，而且"生命在每一声里消失了，/化成声音，向辽远的虚空飘荡"，引人深思。另外，《玫瑰的故事》是根据英国随笔而用叙事诗的笔调来改写的。浓郁的抒情风调中不仅有人物、偶遇的情节，而且老妇人就是角色鲜明的叙述人，她讲述年轻时新婚旅行偶遇乡村老人，听他讲自己不幸的爱情与玫瑰的由来，自由而整齐、娓娓而舒缓的歌谣般叙述和故事套故事的讲述，最终化为对玫瑰与青春咏赞的歌唱："只有庭院的玫瑰花在繁茂地滋长，/年年的六月里它鲜艳的苞蕾怒放。/好像那新芽里仍然燃烧着老人的热情，/浓密的叶子里也勃动着老人的青春。"叙事框架下承载着单纯、温婉的欢欣与哀愁，使早期抒情诗显得简单而透明。随后，日军对东北的蚕食使爱国主义情感高涨，穆旦的《哀国难》《我们肃立，向国旗致敬》《古墙》《祭》等诗，一方面张扬了热血青年的慷慨悲歌，另一方面在直陈现实或刻写事物中使其诗情的书写节制而内敛。其中《古墙》作为咏物诗，穆旦不仅将古墙拟人化，除了刻画与描写古墙的寂寥沧桑，还着重叙写了古墙不屈、抗争的光荣历史，"晚霞在紫色里无声地死亡，/黑暗击杀了最后的光辉，/当一切伏身于残暴和淫威，/矗立在原野的是坚忍的古墙"。古墙的坚忍与曾经残暴的历史，静穆、内敛的描写显出穆旦不安灵魂对峥嵘历史与国难现实的痛苦思考。这些早期的叙事性都还停留在感性写实的层面，单纯而年轻的心魂还没有历经战争、个人情感的磋磨，虽有痛苦、热烈的爱国情感在涌荡，但这一经验还没能刻录出时代与灵魂的声音，其现代性亦隐而未发。

这一痛苦的经验最终化为《野兽》一诗中横空出世、血肉模糊的创伤形象，这是穆旦刻画的战争中觉醒中国的形象，其中难免蛰伏着穆旦自己的样子。此时，这一承载着扭曲多节的历史与现实的思想者形象，已经打上了现代性的色彩，其独一无二的抒情方式也正如唐湜所指出的："几近于抽象的隐喻似的抒情，更不缺乏那种地层下的岩浆似的激情。"① 这一激情是通过肉感、逼真的刻写来呈现的，不过这些刻画已经脱去静态摹写，而充满动感与抽象的现代性叙写：

> 黑夜里叫出了野性的呼喊。
> 是谁，谁噬咬它受了创伤？
> 在坚实的肉里那些深深的
> 血的沟渠，血的沟渠灌溉了
> 翻白的花，在青铜样的皮上！
> 是多大的奇迹. 从紫色的血泊中
> 它抖身，它站立，它跃起，
> 风在鞭挞它痛楚的喘息。
>
> 然而，那是一团猛烈的火焰，
> 是对死亡蕴积的野性的凶残，
> 在狂暴的原野和荆棘的山谷里，
> 像一阵怒涛绞着无边的海浪，
> 它拧起全身的力。
> 在暗黑中，随着一声凄厉的号叫，
> 它是以如星的锐利的眼睛，
> 射出那可怕的复仇的光芒。

痛楚凄厉、"拧起全身的力"的野性嚎叫，与死亡对抗的猛烈火焰般的野性凶残、无边海浪般的怒涛，以及"如星的锐利的眼睛，/射出那可怕的复仇的光芒"，表明穆旦对野兽的塑造可谓别具一格。在狰狞中显出力度、在抗争中有着复仇、恐惧得让人战栗、战栗中又让人振奋不已的形象，这

---

① 唐湜：《忆诗人穆旦——纪念穆旦逝世十周年》，杜运燮、袁可嘉、周与良主编《一个民族已经起来——怀念诗人、翻译家穆旦》，江苏人民出版社，1987，第 153 页。

在积弱积贫的中国，是难能可贵的。其中，"在坚实的肉里那些深深的/血的沟渠，血的沟渠灌溉了/翻白的花，在青铜样的皮上！"刻画了逼真、动态而肉感的众多细节，让人感到强健、不屈的生命力。在此，年轻的穆旦以"岩浆似的激情"刻写民族与自我的面影，其叙事性则彰显在这一动感形象的现代性建构中。

虽然开启了现代性叙写，但穆旦的现代抒情诗势必要经过对西方现代诗的学习、时代的历练、情感的淬火、战争的洗礼，才能抵达中国现代抒情诗的巅峰。作为诗人，他有效地将上述经验与主体的情感、思想糅合为现代的智性经验，以独特的事件性、对话性的叙事手段承载起对经验的诗性书写，最终实现他所称道的"新的抒情"，并且由此加入了20世纪40年代抗战军兴中的时代合唱，但又发出更为现代、更为个人、更为独异的声音。不过，这一具有叙事性特征的"新的抒情"，是在个人经历与时代境遇中逐渐生成的。

在"行年二十，步行三千"①的西南联大湘黔滇旅行团迁徙之旅中，穆旦从书本走向田野，走向了真实的中国，他笔下的《出发——三千里步行之一》《赞美》等诗中都熔铸着这一行旅的见闻。其中，《出发——三千里步行之一》《原野上的走路——三千里步行之二》二首诗既有年轻人纯洁欢欣的激情歌唱，又在茫然滞重中获得对中国更深的认知。《出发》中美丽沅江两岸的风物、人和行踪都被诗歌实录，沿江的桐树、马尾松、丘陵、清水潭、军山铺、太子庙、石门桥、桃源、郑家驿、毛家溪、老船夫、孩子们、黄牛、蝴蝶、菜花田……这一切都在诗中被铺排叙写，诗人不仅刻画了"一扬手，就这样走了，我们是年青的一群"的"鲁滨逊"形象，也开始对"广大的中国的人民"沉重苦难的生存状况有了切身的体认："在一个节日里，他们流着汗挣扎，繁殖！"《原野上的走路》一诗中，离开城市的"我们"被原野拥抱，发现蚂蚁"他们的血液在和原野的心胸交谈"，不仅有着"在我们的血里流泻着不尽的欢畅"，而且大段风景的描绘融入"我们"的旅行中，在铺陈叙述与贴切的比喻中，原野也充满行军起伏的动感与节奏，"我们起伏在波动又波动的油绿的田野，/一条柔软的

---

① 高小文：《行年二十，步行三千》，张寄谦编《中国教育史上的一次创举：西南联合大学湘黔滇旅行团记实》，北京大学出版社，1999，第233~250页。

红色带子投进了另外一条/系着另外一片祖国土地的宽长道路，/圈圈风景把我们缓缓地簸进又簸出，/而我们总是以同一的进行的节奏，/把脚掌拍打着松软赤红的泥土"，伴随着充满动感与节奏的叙述，穆旦及其年轻的同行者"在诗中像古代的杜甫李白一样数述着中国的地名，入微地感受着中国每一个地点复杂而深厚的意义"①。这一洋溢着青春激情的歌唱经由细腻的叙写与大段的铺陈，不仅"可以感受到这种鲜活的人生图画和真实的生活脉搏"②，而且能在经验的呈现中唱出时代与自我独特的声音。正如后来王佐良对这一经历的评价："他是从长沙步行到昆明的，看到了中国内地的真相……更有现实感。他的诗里有了一点泥土气，语言也硬朗起来。"③ 同时，这一清新真切的迁徙经历，在飞扬而年轻的声音中注入更为开阔的时代泛音，由此唤起年轻穆旦对人民更为真纯而切肤的体认与赞美。这一抒情诗中叙事性表达崭露头角。

不过，在长沙与昆明的求学生涯中，执教西南联大的燕卜荪以对西方现代诗歌的介绍，打开了穆旦的诗学视野；在外语系的学习，使穆旦系统地接触以艾略特、奥登等为代表的英美现代派诗人，这二者的影响④，已经成为穆旦抒情诗中不可或缺的诗学资源。阅读并翻译过艾略特的《荒原》和《普鲁弗洛克情歌》的穆旦，对西方现代抒情诗中的叙事性手法相当熟稔，这在穆旦 1940 年、1941 年发表的诗中有着不一而足的体现，如《防空洞里的抒情诗》《从空虚到充实》《还原作用》《我》《五月》《智慧的来临》。

其中《防空洞里的抒情诗》描述的本是进入防空洞避险的事件，穆旦却以艾略特诗歌和诗论中的多种声音，在此诗中实验性地表现。这里的抒情被扭曲，驳杂的叙事声音揭示了在战争、死亡威胁下庸常麻木的人群的日常生活和人心，同时显出了穆旦抒情诗中独异的现代特征。对

---

① 李书磊：《1942：走向民间》，山东教育出版社，1998，第 113 页。

② 谢冕：《一颗星亮在天边》，杜运燮、周与良、李方、张同道、余世存编《丰富和丰富的痛苦：穆旦逝世 20 周年纪念文集》，北京师范大学出版社，1997，第 11 页。

③ 王佐良：《穆旦：由来与归宿》，杜运燮、袁可嘉、周与良主编《一个民族已经起来——怀念诗人、翻译家穆旦》，江苏人民出版社，1987，第 1 页。

④ 参见王佐良《穆旦：由来与归宿》与江弱水《伪奥登风与非中国性：重估穆旦》等文，从不同层面谈及这种诗学影响，载李怡、易彬编《穆旦研究资料》（上、下），知识产权出版社，2013。

防空洞里众生相的刻画，穆旦借助的不是静态的白描，而是人物自己的
声音：

> 他向我，笑着，这儿倒凉快，
> 当我擦着汗珠，弹去爬山的土，
> 当我看见他的瘦弱的身体
> 战抖，在地下一阵隐隐的风里。
> 他笑着，你不应该放过这个消遣的时机，
> 这是上海的申报，唉！这五光十色的新闻，
> 让我们坐过去，那里有一线暗黄的光。
> 我想起大街上疯狂的跑着的人们，
> 那些个残酷的，为死亡恫吓的人们，
> 像是蜂拥的昆虫，向我们的洞里挤。
>
> 谁知道农夫把什么种子洒在这土里？
> 我正在高楼上睡觉，一个说，我在洗澡。
> 你想最近的市价会有变动吗？府上是？
> 哦哦，改日一定拜访，我最近很忙。
> 寂静。他们像觉到了氧气的缺乏，
> 虽然地下是安全的。互相观望着：
> O黑色的脸，黑色的身子，黑色的手！
> 这时候我听见大风在阳光里，
> 附在每个人的耳边吹出细细的呼唤
> 从他的屋檐，从他的书页，从他的血里。

诗歌第一句"他向我，笑着，这儿倒凉快"，一开始就呈现一个"他"的
声音。"他"是战争中的任何一个个体，他与"我"以及众人间的对话，
一下就将人们从战争的威胁旋即拉入了琐碎的日常："消遣的时机""上海
的申报""五光十色的新闻"，以及众人在防空洞里的寒暄交流，"他"拦
住我谈论报上的婚姻启事……各类叙事性对话建构了避险中的消遣时光。
而抒情主体"我"大多在每节末尾显身，联想中沉思回味的是冥冥中死亡

对人类的威胁、打击乃至摧毁，或观察倾听着黑色幽暗中的生存与大风中每个人的命运。诗人不仅以觉醒的主体声音对比麻木人群的众声喧哗，更深刻地揭示了觉醒主体眼睁睁地看着人们堕入无妄之灾，自己也"染上黑色"的结局。不仅如此，诗中的两段插入非常有意味，似乎在走神的瞬间坠入两个梦魇。诗人插入炼丹术士的鬼梦，其中对炼丹的永生追求与"死在梦里"的醒悟不无辩证启示；而插入戏剧性独白，则如白日梦般地坠入战前的浪漫时光。浪漫温馨对比着战争的残酷与死难，术士的梦魇对比着人类命运的凄惶惨淡。这几重对比之后，诗人将避险结束在虚构的叙述之中："胜利了，他说，打下几架敌机？/我笑，是我。/当人们回到家里，弹去青草和泥土，/从他们头上所编织的大网里，/我是独自走上了被炸毁的楼，/而发见我自己死在那儿/僵硬的，满脸上是欢笑，眼泪，和叹息。"获胜的叙述却由"我"的死亡展开，这里"我"的分裂与变形已初见端倪。正如梁秉钧所指出："'我'既生存亦死亡，既欢笑亦流泪，既胜利，但亦失败了。'我'是每一个人，扮演不同的角色，通过那些角色去体会不同的人。"①"我"分裂的声音与形象隐喻了命运中的重重危机与死亡的魅影，由此达成了对现实的讽喻与揭示，这一由不同人物的叙事声音展开的现代抒情，成为现代抒情诗中独具魅力的诗篇。

　　更富有诗学价值的是，诗人在抒情诗的书写中尝试了各种声音的叙述，诗歌中的人称都显得不确定，随语境而变化，临时而面目诡异。其中第一人称的"我"在诗中显得面目模糊，除了开头和结尾"我"出现，以及中间有一段戏剧性独白外，"我"在众声喧哗中显得有点不真实，因此，"我"是一个不可靠的叙述者，是"极度虚构"②的。同时诗中其他的"我"是当下说话者的自称，显得更为驳杂和不确定，这个"我"是"一个说"的自称，而对话中的人称往往显得极其依赖语境，是临时性的称谓。主体声音的暧昧模糊极大地冲击着审美习惯。另外，"他"既指与"我"对立的他者，也泛指任何一个战争威胁下的个体，在插入叙述这一具体语境中指的是"术士"，驳杂的身份有着现代小说中不确定叙事的特

---

① 梁秉钧：《穆旦与现代的"我"》，杜运燮、袁可嘉、周与良主编《一个民族已经起来——怀念诗人、翻译家穆旦》，江苏人民出版社，1987，第46页。

② 梁秉钧：《穆旦与现代的"我"》，杜运燮、袁可嘉、周与良主编《一个民族已经起来——怀念诗人、翻译家穆旦》，江苏人民出版社，1987，第45页。

征，也极大地撼动了思维模式与诗学表达。由此，这些叙事人称变化与独白、对话、插入叙述等众声喧哗，一起建构了拥挤狭窄的防空洞中避难、消遣、休闲的种种场景，既呈现了战争危险下苟安的众生相，又在死亡冥冥的胁迫中展开了对人的生存与命运的思考与追问。由此，现代抒情诗不仅在戏谑反讽的叙述中注入了现代性的省思，又显示了独特而富有诗学价值的现代性叙述的实验与探索。只是，这一对话性叙述与人称变换的叙述声音的探索刚刚显露峥嵘，还需在经历与诗艺的磨砺下才能走向成熟，而穆旦开启的现代性抒情方式已经开始成为其标志性的表意方式之一。这在后来的《还原作用》《我》《诗八首》等诗中得到进一步的张扬。

　　不过，这一抒情诗中叙事手法的成熟是在穆旦的两篇书评中得到确认或形成的。1940 年 3 月 3 日和 4 月 28 日，他在香港《大公报·文艺综合》副刊上先后发表与艾青诗集《他死在第二次》同名的评论、《〈慰劳信集〉——从〈鱼目集〉说起》对卞之琳的评论。在评论中，穆旦提出了"第三条路创试的成功"① 与"新的抒情"② 的主张。在前文中，他表明了对呆板枯涩的标语口号诗、辞藻堆砌而空洞无物的抗战诗歌以及五四以来自然风物与牧歌情调叠加的抒情诗的摒弃，而力赞艾青诗歌的"散文美"，指出朴素的口语之中其实充满健康的生的气息，有着"土地气息"和"夹带着纤细的血丝"，"充满着辽阔的阳光和温暖，和生命的诱惑"的歌唱。在后文中，他指出"新的抒情"，本质上是有理性地去鼓舞人们争取光明，是意象与情绪的健康结合，是"强烈的律动，洪大的节奏，欢快的调子"，是"'机智'可以和感情容受在一起"，"顶好的节奏可以无须'机智'的渗入"等。如果归纳两篇评论中"新的抒情"观念，其核心即在于对"朴素口语"的推崇，对与情绪、健美结合的"意象"的注重，对深厚博大的情感以及"消融着牺牲和痛苦的经验"的心灵的推崇，对鼓舞人们争取光明的"理性"等观念的强调。不过"口语""意象""情感""经验""理性"等观念，都是经过穆旦修正或者说打上他独特烙印的概

---

① 穆旦：《他死在第二次》，穆旦著，李方编《穆旦诗文集·2》（增订版），人民文学出版社，2014，第 58 页。

② 穆旦：《〈慰劳信集〉——从〈鱼目集〉说起》，穆旦著，李方编《穆旦诗文集·2》（增订版），人民文学出版社，2014，第 60 页。

念。其"朴素口语"是有别于艾青的，是口语与大学才子式书面语的混合，其"意象"是富有肉感与个人化的情感特质，其"情感"是厚重、深沉与博大、繁复的，其"经验"是敏锐痛苦、热烈丰沛的，其"理性"是机智才气而不失"血液的激荡"，这一切才最终合成了"新的抒情"的繁复内涵。

然而，在对这一"新的抒情"具体的形式感的探究中，不难发现叙事性的手段，或者说最终实现"新的抒情"，不乏具体的叙事手段的组织、结构与呈现。在形式层面，颇能彰显"新的抒情"特征的是，穆旦对口语的丰富与发展，以及由此创制的自然流转的散文化句式。

如王佐良的评价："他的诗歌语言最无旧诗词味道，同过去一样是当代口语而去其芜杂，是平常白话而又有形象和韵律的乐音。"[1] 穆旦诗歌中的口语生动形象，具有乐感韵律，而且充满语言的述义性。其抒情诗的叙事性在口语化中得到彰显。在《防空洞里的抒情诗》中众人的对话无一不是生动即景的口语；《小镇一日》中"一脸的智慧，慈祥"的杂货铺老板向我打招呼问好，与我唠嗑述说家常，"现在他笑着，他说，/（指着一个流鼻涕的孩子，/一个煮饭的瘦小的姑娘，/和吊在背上的憨笑的婴孩，）/'咳，他们耗去了我整个的心！'/一个渐渐地学会插秧了，/就要成为最勤快的帮手"，在日常口语的陈述中，寻常人生跃然纸上。在《玫瑰之歌》和《五月》中，具有不少现代生活气息的白话口语，前者如"散步，谈电影，吃馆子，组织体面的家庭，请来最懂礼貌的朋友茶会"。对这一现代语汇融入诗语的现象，李怡不仅视之为富有现代生活气息的现代汉语，进而指出："勃朗宁、毛瑟枪、Henry 王、咖啡店、通货膨胀、工业污染、电话机、奖章……没有什么典故，也没有什么'意在言外'的历史文化内容，它们就是普普通通的口耳相传的日常用语，正是这些日常用语为我们编织起了一处处崭新的现代生活场景，迅捷而有效地捕捉了生存变迁的真切感受。"[2] 穆旦 1945 年的《农民兵》，用语几近口语，在平易自然的述说中刻画了万千农民兵被人漠视的生存现状："不过到城里来出一出丑，/因

---

① 王佐良：《穆旦：由来与归宿》，杜运燮、袁可嘉、周与良主编《一个民族已经起来——怀念诗人、翻译家穆旦》，江苏人民出版社，1987，第 7 页。

② 李怡：《中国现代新诗与古典诗歌传统》（增订版），北京大学出版社，2008，第 277 页。

而抛下家里的田地荒芜，/国家的法律要他们捐出自由：/同样是挑柴，挑米，修盖房屋。//……带着自己小小的天地：/已知的长官和未知的饥苦，/只要不死，他们还可以云游，/看各种新奇带一点糊涂。"周珏良称赞其文字平易却清新有力、敏锐深刻却个人化："文字可算是十分平易的了，简单得几乎真是'老媪能解'，然而句句清新有力，它深刻锐利的地方尤其使人感觉到搔着痒处的痛快……穆旦是从人人的语言中找到了自己的语言，而这个语言或许也可以替他找到了读者吧？"同时认为其《甘地》一诗"用极近口语的文字写出了庄严的诗，在白话文已被提倡了二十多年的今日，面每有大制作还是觉得此种文字不够典雅非用文言不可的时候，这种成就是特别可注意的"①。这一"庄严的诗"的获取，来自穆旦自身的精神气质、生活经历与具体现实的熔铸，尤其是《甘地》一诗中对印度时局、甘地精神与殖民地人民的痛苦生存的深刻认知，使这些口语凸显出血肉的质感与同情的关切。正是摒弃了当时流行的标语口号与感伤辞藻的书写，口语以切近生活的气息写出"庄严的诗"，而这正是"新的抒情"所欲实现的诗学追求之一。

　　然而，此类口语化陈述的诗作真正呈现庄严与静穆之美的标志性作品，则是 1941 年《从寒冷的腊月的夜》与《赞美》的先后发表。前者在直白口语的描述中，使诗句呈现了叙事特征。这种特征被陈太胜称为"事件性抒情"，即"是指通过描述事件或场景来抒发情感的抒情方式……事件化的抒情通过事件、细节或场景的描述，使诗的语言产生一种戏剧化的转义"②。这里的事件化抒情突出了事件、场景、细节，因此事件化抒情与意象化抒情不同的是，后者是事隐而情显，前者呈现为事显而情隐的特征，情感深深隐藏在描述中。由此，穆旦着重刻画场景与劳作者的面目：

　　　　风向东吹，风向南吹，风在低矮的小街上旋转，

　　　　木格的窗纸堆着沙土，我们在泥草的屋顶下安眠，

　　　　谁家的儿郎吓哭了，哇—呜—哇—呜—从屋顶传过屋顶，

---

① 周珏良：《读穆旦的诗》，李怡、易彬编《穆旦研究资料》（上），知识产权出版社，2013，第 301 页。

② 陈太胜：《象征主义与中国现代诗学》，北京大学出版社，2005，第 206 页。

他就要长大渐渐和我们一样地躺下，一样地打鼾，

从屋顶传过屋顶，风

这样大岁月这样悠久，

我们不能够听见，我们不能够听见。

火熄了么？红的炭火拨灭了么？一个声音说，

我们的祖先是已经睡了，睡在离我们不远的地方，

所有的故事已经讲完了，只剩下了灰烬的遗留，

在我们没有安慰的梦里，在他们走来又走去以后，

在门口，那些用旧了的镰刀，

锄头，牛轭，石磨，大车，

静静地，正承接着雪花的飘落。

通过这一叙述，穆旦更深入地感悟这一命运的处境，记录了世代农民的共同命运：

一个农夫，他粗糙的身躯移动在田野中，

他是一个女人的孩子，许多孩子的父亲，

多少朝代在他的身边升起又降落了

而把希望和失望压在他身上，

而他永远无言地跟在犁后旋转，

翻起同样的泥土溶解过他祖先的，

是同样的受难的形象凝固在路旁。

在大路上多少次愉快的歌声流过去了，

多少次跟来的是临到他的忧患；

在大路上人们演说，叫嚣，欢快，

然而他没有，他只放下了古代的锄头，

再一次相信名词，溶进了大众的爱，

坚定地，他看着自己溶进死亡里，

而这样的路是无限的悠长的

而他是不能够流泪的，

他没有流泪，因为一个民族已经起来。

……

为了他我要拥抱每一个人，

为了他我失去了拥抱的安慰，

因为他，我们是不能给以幸福的，

痛哭吧，让我们在他的身上痛哭吧，

因为一个民族已经起来。

场景的描述冷静而肃穆，屋顶下的哭声和暗夜中的对话充满了生活气息，朴素干净的口语陈述中，衰败的村庄、土地的气息与世代的命运都素朴地直呈于前。口语的陈述与自然流转的散文句式，将农民世世代代的辛苦劳作、生生不息的无言哀恸，缓缓倾泻成寒风和河流，流荡在原野上，流淌在历史中，成为中国文化中郁结的情感，哽咽着每一个阅读者的喉咙。

这一庄严的书写，还不止于述说，在《赞美》中，农民以雕塑般的形象出现在诗中，诗人以原罪式表达展开了赞颂与歌唱，使这一深厚的情感在自然流转的口语陈述中，注入了对历史、文化、自我的深刻省思，使深情歌唱变成了庄严肃穆的赞歌。其中的口语陈述与自然推进的散文化句式，将对历史上农民塑像的刻写，最终通过事件性抒情上升为一个隐喻、一个象征。因此陈太胜进一步认为："穆旦以诗来表现现实生活，同时又将日常经验提高到诗的象征境界，使之具有深厚的思想内容，这即是袁可嘉说的'象征，现实与玄学'的综合传统，无论是在诗歌形式还是在诗歌境界上，都把中国现代汉语诗歌发展到了一种前所未有的境地。"[①] 在这里，穆旦从书写个人成长经验的大学生变成了关注国难的公民，甚至后来投笔从戎，以身报国，从小小的书斋走向广阔天地，这首诗就好像一个转折或预示。也是从这里，富有大学才子气质的抒情主体，从此变成了他后来译介丘特切夫作品时所说的诗人形象，"隐藏在生活表层下的深沉的性格"，"仿佛摆脱了一切顾虑，一切束缚"，从而与万千世界有了共同的呼吸和生活，由此"我们才看到了一个真正敏锐的、

---

① 陈太胜：《象征主义与中国现代诗学》，北京大学出版社，2005，第 206 页。

具有丰富情感的诗人"①。

在糅合口语、散文化句式而构成的事件性抒情策略中，穆旦丰富地发展了口语，使抒情诗的述义性语言得到扩张。在盛赞艾青的口语中，他加入了更多富含众多信息的抽象名词、语汇。这些词汇因为充满大学才子气，被江弱水称为"教科书式的措辞"②，他还对此种"论文型的词汇"的用法有所论述，"从奥登的诗中涌来，又沉淀到穆旦的诗里去"，进而敏锐指出其诗学意义："在中文语境里穆旦的诗句之所以令人耳目一新，正是因为他一扫从前的诗人习用的'诗意措辞'（poeticdiction），而使用了大量'非诗意化'的用语，那些见诸心理学、教育学、社会学、政治学以及法学、医学的种种，遂以其富分析性的抽象，带学究气的枯涩，造成一种智性风格。"③ 从朴素的口语到智性风格的陈述，无疑拓展了抒情诗的表意空间。

同时，在语法、句式方面，由于事件性抒情的方式，诗中并不拘泥于对意象、典故的获取。正如陈太胜所说，"事件化抒情中也有意象，只是意象是从叙述中浮现出来的"④，因此意象具有鲜活生动的语境，不注重意象营造和典故摄取的穆旦，在语法句式上倾向于以主谓句为主要特征的陈述风格，这主要是由于受到英语学习与翻译西方诗歌的影响。在对主谓句的提倡中，其语句摒弃了古典诗歌在并列空间结构下对深度意象和典故的追求，转而采用了一种散射式的时间结构来陈述感情、展示复杂生命运动变化的形象，"所有的物象都在他波澜起伏的情绪之海里漂流"，从而成为一种"无始无终的激烈推进"的、"沉思冥想的知性抒情"⑤。这一时间结构恰恰凸显了其叙事性的特征，在动感中推进、陈述情感更是叙事性的表征之一。

无独有偶的是，郑敏在分析其诗中的矛盾力量及其关系时，也采用的是主谓句。她表示为了解剖诗歌中的"矛盾的动态"，将一首诗看成一个句子，并分为主语、谓语、宾语及补语几部分，这样分解诗歌的结构，其

① 穆旦：《〈丘特切夫诗选〉译后记》，李怡、易彬编《穆旦研究资料》（上），知识产权出版社，2013，第195页。
② 江弱水：《中西同步与位移——现代诗人丛论》，安徽教育出版社，2003，第139页。
③ 江弱水：《中西同步与位移——现代诗人丛论》，安徽教育出版社，2003，第141页。
④ 陈太胜：《象征主义与中国现代诗学》，北京大学出版社，2005，第206页。
⑤ 李怡：《黄昏里那道夺目的闪电——论穆旦对中国现代新诗的贡献》，李怡、易彬编《穆旦研究资料》（上），知识产权出版社，2013，第447、448页。

好处在于可以通过观察各个部分之间的关系，更好地理解一首诗作的活力，因而"它不再是没有生命的一堆字句。诗的动态得以呈现"①。郑敏对其矛盾结构与动态特征的揭示无意间证明了其诗歌的叙事特征。不仅如此，穆旦在语句中注重精准明确，反对句意的含混模糊，他晚年写作都是在提倡，"诗要明白无误地表现较深的思想"，"不用陈旧的形象或浪漫模糊的意境来写它"②。因此他的诗中除了主谓句的陈述外，还加入了大量具有严密逻辑的介词、连词等，实现精准的表达，比如《鼠穴》："虽然现在他们是死了，/虽然他们从没有活过，/却已留下了不死的记忆，/当我们乞求自己的生活，/在形成我们的一把灰尘里。"有时即使没有这些介词、连词，其内在的语义关系亦使诗歌在表意上充满了逻辑层次，这种逻辑层次不仅推动着诗句在线性结构上呈现叙事性的特征，而且这一逻辑陈述中的智力因素，因为"扭曲、多节、内涵几乎要突破文字，满载到几乎超载"③，这一逻辑性陈述彰显了智力与诗意的繁复，这成为穆旦抒情诗最具有特色的表征。可以说在口语的丰富发展、句式的自然流转的陈述与逻辑化的表达中，"新的抒情"，最终借助这些形式因素成为穆旦抒情诗别具一格的特征。

　　"新的抒情"不仅体现在语言与句式的拓展上，还在于穆旦对经验的智性整合与表达上。其中，抽象经验的智性表达是其风格化的抒情策略之一。这一抽象经验和种种形象往往用"拟人"的手法来表达。这是一种独特修辞手法，呈现在一定的、具体的、动态的场景和动作中，往往蕴含叙事的因素，有时还达到一种戏剧性张力的诗学效果。比如抽象经验"恐惧"和"饥饿"在拟人化过程中，其叙事性在不同程度上有所表现。《我想要走》中"当恐惧扬起它的鞭子"；在《饥饿的中国》之二中，"我看见饥饿在每一家门口，或者他得意的兄弟，罪恶"；在《城市之舞》中，对"静止"的拟人化表达："虽然'静止'/有时候高呼：/为什么？为什

---

① 郑敏：《诗人与矛盾》，杜运燮、袁可嘉、周与良主编《一个民族已经起来——怀念诗人、翻译家穆旦》，江苏人民出版社，1987，第 30 页。

② 郭保卫：《书信今犹在，诗人何处寻》，杜运燮、袁可嘉、周与良主编《一个民族已经起来——怀念诗人、翻译家穆旦》，江苏人民出版社，1987，第 179、180 页。

③ 郑敏：《诗人与矛盾》，杜运燮、袁可嘉、周与良主编《一个民族已经起来——怀念诗人、翻译家穆旦》，江苏人民出版社，1987，第 33 页。

么"；在《小镇一日》中，小镇上"旋转在贫穷和无知中的人生"，被比拟为"就仿佛大海留下的贝壳，/是来自一个刚强的血统"，其中的公路被拟人化为"公路扬起身，看见宇宙，/像忽然感到了无限的苍老"；在《春天》中"春天是人间的保姆，/带领一切到秋天成熟"。对上述拟人化表达，江弱水就指出："穆旦袭用奥登惯用的一种修辞手法，即抽象词的'拟人法'（Personification）……从乔叟到弥尔顿，从莎士比亚的戏剧到班扬的小说，抽象词的拟人法早已成为英语文学的修辞常格。"① 这既来自奥登和英国文学传统的影响，也是穆旦自身对诗艺的追求，穆旦曾说过："每一首诗的思想，都得要作者去现找一种形象来表达；这样表达出的思想，比较新鲜而刺人。"② 咏物诗《旗》中，旗的形象新鲜醒目，充满寓意："风是你的身体，你和太阳同行，/常想飞出物外，却为地面拉紧。//是写在天上的话，大家都认识，/又简单明确，又博大无形，/是英雄们的游魂活在今日。//你渺小的身体是战争的动力，/战争过后，而你是唯一的完整，/我们化成灰，光荣由你留存。//……是大家的心，可是比大家聪明，/带着清晨来，随黑夜而受苦，/你最会说出自由的欢欣。"在这一拟人化手法中，旗既具体又抽象，既动感自由又负荷沉重，在历史与现实、政治与生命之间，飘扬代言。形象的拟人化手法不仅实现了表意的"新鲜而刺人"，而且形象化的过程充满动感与叙事的特征，使抽象的情思得到形象感性的实现。

最能体现这种经验的智性表达的是 1942 年发表的《诗八首》。非常有意思的是，在爱情的发生、发展、演进，最后归于平静的各阶段的叙事性结构，此诗与古典诗歌联章合咏的组诗结构有着一致性，王毅对此有探索性发现，"穆旦的《诗八首》与杜甫《秋兴》在诗章篇法上极为类似"，二者不仅"均是八章构成一组诗的连章之作，章章之间均有谨严的构思与衔接……在诗行建构方面，……穆旦《诗八首》也恰恰同样采用这种诗行建构方式，即每首八行"③。进而，王毅认为："穆旦诗八首也正是以爱情为一本，以八诗之骨干，而以此一本，发为爱情的终极原因、过程、事

① 江弱水：《中西同步与位移——现代诗人丛论》，安徽教育出版社，2003，第 139 页。
② 郭保卫：《书信今犹在，诗人何处寻》，杜运燮、袁可嘉、周与良主编《一个民族已经起来——怀念诗人、翻译家穆旦》，江苏人民出版社，1987，第 180 页。
③ 王毅：《中国现代主义诗歌史论（1925—1949）》，西南师范大学出版社，1998，第 218 页。

件、方法、生死、种种矛盾痛苦，小至一人某次的爱情历程，大至所有爱情的演绎。"① 不过这一结构的类似与章法的相同仅是外在的形似，在叙事框架下，起着重大作用的是穆旦现代性的诗思。他就这样表达过："而现在我们要求诗要明白无误地表现较深的思想，而且还得用形象或感觉表现出来，使其不是论文，而是简短的诗，这就使现代派的诗技巧成为可贵的东西。"② 于是，最复杂纠缠的爱情体验在叙事框架中，被现代派的诗歌技巧转换成经验而智性的表达。

穆旦所采用的"现代派的诗技巧"，在《诗八首》中表现为抒情主体的陈述语气，多种人称变化中呈现各种矛盾力量之间的复杂关系，在对爱情复杂性的理性思辨中，诗人使用多种人称植入多种声音，使各种经验得到申说与表达。首先，浪漫抒情的主体变身为客观理性的陈述者，"你"和"我"陈述爱情的始末、曲折、矛盾与复杂性，同时抽身出来对"我们"进行审视，比如第一首：

> 你底眼睛看见这一场火灾，
> 你看不见我，虽然我为你点燃；
> 唉，那燃烧着的不过是成熟的年代，
> 你底，我底。我们相隔如重山！
>
> 从这自然底蜕变底程序里，
> 我却爱了一个暂时的你。
> 即使我哭泣，变灰，变灰又新生，
> 姑娘，那只是上帝玩弄他自己。

其中"我们相隔如重山！"是对"我们"现状的理性揭示，而"姑娘，那只是上帝玩弄他自己"，则是诗人抽身出来，打量审视"你""我"，甚至对上帝的把戏予以揭穿，一种疏离的打量更显出一种理性省思的眼光。由

---

① 王毅：《中国现代主义诗歌史论（1925—1949）》，西南师范大学出版社，1998，第217页。
② 郭保卫：《书信今犹在，诗人何处寻》，杜运燮、袁可嘉、周与良主编《一个民族已经起来——怀念诗人、翻译家穆旦》，江苏人民出版社，1987，第180页。

此，在陈述语气里，诗人利用人称的变化对诗中的矛盾关系进行一一的揭示。郑敏认为，这三种力量，即"你"、"我"、代表着命运与客观世界的"上帝"，"在表面的另一层的力的结构则进行审视是'我''你'和'上帝'（或自然造物主）三种力量的矛盾与亲和"①。在抒情主体的冷静陈述中，"我""你""上帝"三者在角色中被组织上演关于绝望而热烈、矛盾而痛苦的爱情的理智探讨，陈述的语气贯穿始终。

抒情主体不仅组织了种种矛盾冲突的上演，还在不断变化的指称中以不同叙事人称编织了语言与智力的迷宫，让复杂矛盾的爱情探讨在悖论与迷宫中穿行。因此，根据语境和诗意来判断其具体意蕴，是进入诗歌、力求解索的不二法门。比如第三首中："你底年龄里的小小野兽，/它和春草一样地呼吸，/它带来你底颜色，芳香，丰满，/它要你疯狂在温暖的黑暗里。//我越过你大理石的理智殿堂，/而为它埋藏的生命珍惜；/你我底手底接触是一片草场，/那里有它底固执，我底惊喜。"第一节中的"它"即指"小小野兽"，也指爱情中的"感性"；第二节中的两个"它"都承首句，指称了"理智"或者爱情中的"理性"。在第六首中，指称的变化及其意蕴则更复杂：

相同和相同溶为怠倦，
在差别间又凝固着陌生；
是一条多么危险的窄路里，
我制造自己在那上面旅行。

他存在，听从我底指使，
他保护，而把我留在孤独里，
他底痛苦是不断的寻求
你底秩序，求得了又必须背离。

在解析诗中指称"他"的具体意蕴时，王毅有精彩的分析。此处"他"的

---

① 郑敏：《诗人与矛盾》，杜运燮、袁可嘉、周与良主编《一个民族已经起来——怀念诗人、翻译家穆旦》，江苏人民出版社，1987，第34、38页。

理解要从第一节的"我制造自己在那上面旅行"入手，揭开"他"的秘密，"他"即是每一个分裂、分割的"我"在具体语境中的代称。而且第二节的每一个"他"与第一节的每一行是对应，与你"相同"的我、与你"差别"的我、在"相同"与"差别"中痛苦矛盾地寻求着的"我"。如王毅所释："后面三行中的三个'他'就自然地分别对应着三个'我'——非我（使我无节制地认同于你）；本我（保护我的本真而与你有所差异）；含有非我和本我的我（痛苦地寻求你的秩序，要与你相同，但又必须背离）。"① 这一人称的繁复性堪与《防空洞里的抒情诗》里的多种人称与声音媲美，这不仅在人称变化中包含了复杂多元的人生体验，也使现代人多维的心理世界被揭示。这些人称的复杂指代不仅显示了穆旦叙事性抒情中对语言的高度敏锐与高超的编织能力，同时彰显了其语言艺术中智力的锋芒，从而使现代抒情诗获得"新的抒情"的"第三条路"，大大丰富了现代抒情诗的表意空间。

然而，最终使"新的抒情"在历史经验与个人经验叠合，实现深度抒情的是 1945 年《森林之魅——祭胡康河谷上的白骨》的问世。1942 年 2 月穆旦投笔从戎，1942 年 5 月到 8 月，惨绝人寰的"野人山经历"是穆旦诗歌创作的一个重要节点。这段经历经过三年积郁，在 1945 年 9 月才写下了直面"野人山经历"的唯一诗篇②。经过战争与死亡的洗礼，诗经验升华中的深度抒情诗学得以确立。不过这一抒情诗学的经验深化，亦依赖于叙事性手段的实现。诗歌以诗剧的形式展开了死亡经验的书写，虽然出现了"森林""人"以及这一对话后的合唱性质的"祭歌"，但"森林"不过是抒情主体拟物化或者说事物拟人化下的一个形象，诗人借助它展开对原始森林荒蛮景物、环境的描写，"森林"与"人"虽有角色和对话，但这一切都在具有写实性的描写中实现。人的渺小、张皇、恐惧也被逼真地刻写出来：

> 是什么声音呼唤？有什么东西
> 忽然躲避我？在绿叶后面

---

① 王毅：《中国现代主义诗歌史论（1925—1949）》，西南师范大学出版社，1998，第 210 页。
② 易彬：《从"野人山"到"森林之魅"——穆旦精神历程（1942—1945）考察》，李怡、易彬编《穆旦研究资料》（上），知识产权出版社，2013，第 477~499 页。

　　　　它露出眼睛，向我注视，我移动

　　　　它轻轻跟随。黑夜带来它嫉妒的沉默

　　　　贴近我全身。而树和树织成的网

　　　　压住我的呼吸，隔去我享有的天空！

　　　　是饥饿的空间，低语又飞旋，

　　　　像多智的灵魂，使我渐渐明白

　　　　它的要求温柔而邪恶，它散布

　　　　疾病和绝望，和憩静，要我依从。

　　　　在横倒的大树旁，在腐烂的叶上，

　　　　绿色的毒，你瘫痪了我的血肉和深心！

在诗歌中，死亡的注视与跟随、窒息与饥饿、疾病与绝望都以夸张而奇异的描绘呈现出来，而"绿色的毒，你瘫痪了我的血肉和深心！"则写出了"森林"对"我"从肉体到精神的吞噬，"我"这一真切实感的死亡体验可谓刻骨铭心。因为"森林"代表着"死亡"对万物包括人的威慑，显出狰狞的魅影：

　　　　美丽的一切，由我无形的掌握，

　　　　全在这一边，等你枯萎后来临。

　　　　美丽的将是你无目的眼，

　　　　一个梦去了，另一个梦来代替，

　　　　无言的牙齿，它有更好听的声音。

　　　　从此我们一起，在空幻的世界游走，

　　　　空幻的是所有你血液里的纷争，

　　　　一个长久的生命就要拥有你，

　　　　你的花你的叶你的幼虫。

而"绿色的毒""无言的牙齿"在吞噬"你"之后，"你血液的纷争"将变成"森林"的"花""叶""幼虫"，诡异恐怖的变形，深刻地刻画了死亡的恐怖与无常。不过诗人没有止于对恐惧与死亡的描写，他把个人经验与时代经验化为祭奠的歌唱：

> 静静的，在那被遗忘的山坡上，
> 还下着密雨，还吹着细风，
> 没有人知道历史曾在此走过，
> 留下了英灵化入树干而滋生。

在对"森林"与"人"的对话中，无论是"森林"的死亡暴虐，还是"人"的恐惧张皇，无论是强大还是渺小，对话体都将具体经验给予写实性刻画，这既造成戏剧性的张力结构，又实现了对士兵的绝望与幻觉的细致入微的刻写，最终将经验深化为深情而静默的祭歌："没有人知道历史曾在此走过，/留下了英灵化入树干而滋生。"这一深情的叙写，呈现了穆旦举重若轻地处理个人经验与历史经验的艺术能力。

这一能力在后来的长诗《隐现》中再次闪现，在痛定思痛后以更为抽象的抒情表达了这一沉痛经验：

> 那每一伫足的胜利的光辉
> 虽然照耀，当我终于从战争归来，
> 当我把心的深处呈献你，亲爱的，
> 为什么那一切发光的领我来到绝顶的黑暗，
> 坐在山岗上让我静静地哭泣

面对这一沉重而难以排解的生命之痛，诗人不得不祈求于"上帝"，来实现精神的救赎。全诗虽有"情人自白""爱情的发现""合唱"等声音，却不具有鲜明的角色特征，只是抒情主体的分层而已，还是诗人自己的声音。其中，大量抽象经验的陈述与对主的吁请和祈求的反复书写，显露了对叙事、议论等手段的熟练运用，其中有不少真知灼见，如"我们有机器和制度却没有文明/我们有复杂的感情却无处归依/我们有很多的声音而没有真理/我们来自一个良心却各自藏起"，也有最后时刻现身的神迹生动降临的瞬间：

> 忽然转身，看到你
>
> 这是时候了，这里是我们被曲解的生命

　　请你舒平，这里是我们枯竭的众心

　　请你糅合，

　　主呵，生命的源泉，让我们听见你流动的声音。

这是其抒情诗最为光华与璀璨之处，在生动的细节叙写中彰显神迹降临，这一神来之笔在一定程度上弥补了诗中的其他缺陷，比如往往以理性经验的直写来实现，显出"新的抒情"过于智力化的特征，这成为穆旦抒情诗中智力或知识的"肿块"，成为尤需警惕的诗学流弊。

　　通过对穆旦 20 世纪 30 年代以来抒情诗叙事性手段的考察不难发现，穆旦早期叙事性书写显得稚嫩，对于人物、事件大多止于一般性的描写叙述，没能彰显出其独特的抒情风格。但 40 年代以来，在经过异域诗学经验的学习、现实生活的磨砺、战争与死亡经验的淬火之后，他在对话性叙事、事件性叙事、口语化陈述、自然流转的散文句式等具体叙事诗学形态中，融汇成了一种"新的抒情"，在以叙事彰显抒情的魅力中，突出了其智性、肉感、"新鲜刺人"的风格，这一具象与抽象融合的抒情方式为 20 世纪 40 年代的诗坛奉献了巅峰之作。同时，在 40 年代，他这一"新的抒情"与艾青"散文美"、沈从文的"情绪和思想的综合"、闻一多的"诗得尽量采取小说戏剧的态度"，袁可嘉的"新诗戏剧化"等诗学主张一起扩大了现代抒情诗的诗学疆域。

第四章

中国现代抒情诗叙事性的诗学形态

在中国现代抒情诗的历史演进中，在不同历史时期、不同抒情诗人的诗学实践中，叙事性都在不同程度上参与了现代抒情诗学的建构，成为其中不容忽视的形式要素。在具体诗学实践中，对叙事性的诗学形态的归纳总结与理论辨析，也成为现代抒情诗研究的应有之义。正如在前文中对抒情诗叙事性的界定，即是指抒情主体或者叙述者在一定意义的时空单元中，用语言叙述来呈现情绪、情感、思想、心理、事件、场景等的微妙变化，往往借助"模拟'情感的生变状态'——生长的'过程'、活动的层次、生成的状态"①，来构架一个诗学情境，表现现代的人生与人心。而现代诗人都以不同的面目参与了这一诗学情境的创作：胡适及其五四后诗人群大多在"具体""明白"中开始了对写实性、描述性诗歌情境的营造；郭沫若在显隐的叙事结构中，尤其是在呼语、人称以及罗列排比的叙事中展现了现代抒情诗飞动神奇的诗学情境；新月诗人对客观化的戏剧情境进行了叙事性诗学实验与体式的创制和建构；戴望舒在《雨巷》中对邂逅的情境展开想象与期待，在《我的记忆》中为自己定制了絮语式的叙述风格；何其芳在情节性意象中编织各类情境叙写自我心事、怀抱；卞之琳在时空不断转换中不断制造"现代发生性"情境，承载其玄思与冥想；冯至在"事件律动圣仪式的勾画"②中营造情境、传达沉思与哲理；艾青在对自然现象的描绘与具体场景的刻写、推进中建构苦难中国的各类情境，去传达感时忧国的

---

① 〔美〕苏珊·朗格语，转引自叶维廉《中国诗学》，生活·读书·新知三联书店，1992，第 162 页。

② 叶维廉：《我和三四十年代的血缘关系》，《叶维廉诗选》，人民文学出版社，2008，第 305 页。

深挚情感；穆旦在对话性的情境与场景的叙写中，"把生命和节奏敲进经验、行动、情境的每一片断里，让这些力化的片断'演出'自己的秩序"，借助不断跳跃转换的意象，"不断地从一个经验面急转到另一个经验面，形成张力与爆炸性"①，从而成为现代抒情诗中最为精警张力的诗学情境。在上述繁复多元的叙事性诗学实践中，"诗学情境"（亦可称为"情境美学"）的基本面目逐渐浮现跃出，它无疑表征了现代抒情诗叙事性的诗学形态，因此，对现代抒情诗叙事性的诗学形态研究有待进一步展开。

第一节　情境美学的由来

乔纳森·卡勒在对抒情诗的形式特征探讨中发现："诗是由吸收并重新组成所指意义的能指符号形成的结构。形式格局这一最基本的特性，使诗把其它话语形式中的意义统统吸收同化，并置于新的组织形态之中。"② 抒情诗这一独特而强大的"吸收""同化""重组"的结构功能，不仅使它能够容纳包括叙事等各种形式要素，同时"使纳入其中的叙事性材料发生质变"③。这是抒情诗能包容叙事要素的理论依据，也说明抒情诗以压倒性的优势对其他形式要素进行变形重构，这一变形重构中形成的叙事性诗学情境，对抒情诗有着重要的形式意义。在此，借用吴晓东的"情境美学"概念，展开对这一抒情诗叙事形态的探讨。

吴晓东在对现代诗歌的解读中发现："分析现代派诗歌，更好的一个角度是情境。它不完全是意境，而有情节性，但其情节性又不同于小说等叙事文学，其情境是指诗人虚拟和假设的一个处境。"④ 其中虚拟、假设的特征，就揭示了在现代抒情诗中有鲜明叙事性因素的事件、情节等所具有的虚构性与想象性，进而探讨其结构功能："但诗人把这一系列意象都编织在情境中，表达的是相对主义观念。单一的你和单一的看风景人都不是

① 叶维廉：《中国诗学》，生活·读书·新知三联书店，1992，第 262 页。
② 〔美〕乔纳森·卡勒：《结构主义诗学》，盛宁译，中国社会科学出版社，1991，第 243 页。
③ 袁忠岳：《抒情诗中叙事功能及其形式转换》，《诗刊》1991 年第 4 期。
④ 吴晓东：《理解诗歌的形式要素——关于"现代派"的一次阅读课》，《文学的诗性之灯》，上海书店，2010，第 237 页。

自足的，两者在看与被看的关系和情境中才形成一个网络和结构。这样，意象性就被组织进一个更高层次的结构中，意象性层面从而成为一个亚结构，而总体情境的把握则创造的是更高层次的描述。"① 在此，他把意象性视为"亚结构"，具有情节性因素的情境视为高于意象的"更高层次的结构"。吴晓东在对《错误》的深入解读中得出："它更体现了一种情境的美学。它首尾有故事性，令人联想其一个有淡淡的感伤的哀婉的邂逅故事……而《错误》这首诗的想象情境却是不确定的，多义的，这就是诗歌营造的情境，它有故事性，但毕竟不是小说。所以它的虚拟的情境就有一种复义性，提供了多重想象的余地，也容纳了多重的母题。"② 对其具有的"复义性"与对"多重母题"的包容，进行了理论阐述。吴晓东对抒情诗的强大结构功能展开分析与阐释，在此基础上结合诗歌中的叙事因素，提出了诗歌中"情境美学"的理论。这一"情境美学"的探讨与阐释，无疑为具有叙事性因素的现代抒情诗的分析、阐释提供了理论的"牛刀"，同时呈现了现代抒情诗异于古典诗歌的情境美学特征。

　　无独有偶，近年来在古典诗歌研究中，对诗歌中叙事性研究的拓展与深入，为情境诗学成为一个有意味的话题提供了可资借鉴的理论资源。张剑在对近世诗歌价值评判标准的反思中，提出了情境诗学的概念，并对此概念有所辨析与阐释。"情境"的最早言说可以追溯到王昌龄在"物镜""意境"之外提出"情境"，"二曰情境，娱乐愁怨，皆张于意而处于身，然后驰思，深得其情"③。此说虽提出了概念，偏重于情的表述，但未揭示"情境"更为深刻核心的内涵。张剑在对情境诗学理论渊源的梳理中，对情境的具体意蕴做了具有说服力的阐释与界定："'情境'是'情感'与'境遇'的叠加，即'情'加'事'，重借事以传情，其事包括外在于情的一切事与物。"④ 其中不仅对情境中"境遇"的动态特征给予了关注，对

---

① 吴晓东：《理解诗歌的形式要素——关于"现代派"的一次阅读课》，《文学的诗性之灯》，上海书店，2010，第238页。
② 吴晓东：《理解诗歌的形式要素——关于"现代派"的一次阅读课》，《文学的诗性之灯》，上海书店，2010，第239页。
③ （唐）王昌龄：《诗格》，（宋）陈应行编《吟窗杂录》（上），中华书局，1997，第206页。
④ 张剑：《情境诗学：理解近世诗歌的另一种路径》，《上海大学学报》（社科版）2015年第1期。

"事"则将其扩展为"外在于情的一切事与物"。最为重要的是，指出了""情'指的是一种主观化的感受，近于心灵史性质；'境'指的是一种外在境遇，近于生活史性质……其'纪念'近于'情'而'记录'近于'境'"①。这一定义打破了王昌龄对"情"的泥滞表意，在对"事与物"的容纳以及"境遇"的动态性包容中，丰富了"情境"的意蕴，因此上述阐析无疑也适用于现代抒情诗中叙事性的特征。

然而，情境美学还须从理论渊源与诗歌史层面去探讨。在理论层面，情境美学在西方诗学中也多有探讨。黑格尔在对"即兴诗""应景诗"的探讨中发现了叙事在诗歌中的存在，"诗人把某一件事作为实在的情境所提供的作诗机缘，通过这件事来表现他自己"②，并以希腊"享乐派"诗人歌集中的爱情故事与贺拉斯《内心生活》等诗来说明，"不过在抒情诗里也用得着叙事的因素"，同时指出"但是这些小故事只是用来表现一种内心的情境"③。经由黑格尔讨论，抒情诗中的叙事性因素所依赖或呈现的情境，成为情境美学的重要理论支撑。苏珊·朗格提出的"一种纯粹而完全的经验的现实，一个虚幻生活的片断"④，也是情境的一种表现。她还指出"叙述部分"在诗歌中的不同作用，偶尔出现的、不明显的叙述因素"仅仅只起到介绍某种情境、某个形象，或者某种引起反应与情感的物体的作用"，但当叙述因素作为作品的中心主题时，"创造一个诗的幻象的坚实结构，往往成为整个作品的大体方案或'情节'，影响和控制着文学创作的各种其他手段"⑤。在朗格的理论中，叙事既是情境、形象的触媒，又是建构诗学幻象——一个更大情境的坚实结构。乔纳森·卡勒提出的"它们却迫使我们架构出虚构的语言行为发生的环境"⑥，说明了情境是实境，但也

① 张剑：《情境诗学：理解近世诗歌的另一种路径》，《上海大学学报》（社科版）2015年第1期。

② 〔德〕黑格尔：《美学》第三卷（下册），朱光潜译，商务印书馆，1991，第195页。

③ 〔德〕黑格尔：《美学》第三卷（下册），朱光潜译，商务印书馆，1991，第197、198页。

④ 〔美〕苏珊·朗格：《情感与形式》，刘大基、傅志强、周发祥译，中国社会科学出版社，1986，第242页。

⑤ 〔美〕苏珊·朗格：《情感与形式》，刘大基、傅志强、周发祥译，中国社会科学出版社，1986，第302页。

⑥ 〔美〕乔纳森·卡勒：《结构主义诗学》，盛宁译，中国社会科学出版社，1991，第247页。

不乏虚构的特征。上述探讨都说明诗人必须将情感、思想、经验等化为虚构的片段或具象的情境，即在情境化中最终实现诗歌的艺术表达。

中国现代抒情诗的情境理论的发展渊源始于美学家邓以蛰针对滥情伤感的诗学弊端提出的"境遇"说，他认为："今考人类（个人或群类）内行为，凡历史可以记载的，诗文可以叙述的，无一不是以境遇为它的终始。"① 进而他提出："诗的描写最重要的是境遇。境遇是感情掺和着知识的一种情景。"② 他不仅指出"境遇"是诗歌叙事性的重要因素，而且情感与认知合成也包含其中。"具体的境遇"其实是以经验作为底色，也是抒情诗的叙事性产生的重要诱因。他对荷马、卢克莱修、但丁等人的诗因"善于运用境遇，运用人事上的意趣"十分推崇，而对感伤滥情的诗学痼疾不无批评："运用人事如果只是在感情的旋涡里沉浮着，旋转着，而没有一个具体的境遇以作知觉依傍的根籍，这样的诗，结果不是无病呻吟，便是言之无物了。"③ 不过对诗歌中叙事因素的关注，邓以蛰在1926年1月的《晨报副刊·诗镌》上就开始了，此文在探讨文学中感情与人事关系时提出："文学以写感情为主，更逃不了以人事为蓝本，你如果要写一种感情，必先要能把这种感情的人事架造起来，才能引人入胜。"④ 在此，人事或者说包含叙事的因素作为诗歌的结构性功能已被学理性地倡导。随后在他的《诗与历史》一文中，他进一步探讨了叙事因素的"境遇"，同时上述观点被闻一多激赏，其在《诗与历史》刊出前的题记中指出："至于诗这个东西，不当专门以油头粉面、娇声媚态去逢迎人，她也应该有点骨骼，这骨骼便是人类生活的经验，便是作者的'境遇'。"⑤ 闻一多揭示了"境遇"所具有的"骨骼"的诗学功能，就是邓以蛰指出的诗歌中"先要能把这种感情的人事架造起来"的独特

---

① 邓以蛰：《诗与历史》，《邓以蛰全集》，安徽教育出版社，1998，第52、53页。原载《晨报副刊·诗镌》1926年第2号。

② 邓以蛰：《诗与历史》，《邓以蛰全集》，安徽教育出版社，1998，第49页。原载《晨报·诗镌》1926年第2号。

③ 邓以蛰：《诗与历史》，《邓以蛰全集》，安徽教育出版社，1998，第52、53页。原载《晨报副刊·诗镌》1926年第2号。

④ 邓以蛰：《艺术的难关》，《邓以蛰全集》，安徽教育出版社，1998，第40页。原载《晨报副刊·诗镌》1926年第2号。

⑤ 闻一多：《邓以蛰〈诗与历史〉题记》，《邓以蛰全集》，安徽教育出版社，1998，第58页。原载《晨报副刊·诗镌》1926年第2号。

叙事性结构特征。而闻一多这一总结性揭示，无疑与他在 20 世纪 40 年代提出的诗"采取小说戏剧的态度"① 遥相呼应，隐约透露出新月诗人叙事性追求的轨迹。在此文中，邓以蛰所提出的"具体的境遇"则是情境美学的最早模型之一。

朱自清虽在不同文字表述中提到了"情境"②，认为微妙的情境是象征派诗歌与"表现劳苦生活的诗"的区别，但对"情境"的诗学意义的探讨仅在《诗与哲理》一文中有所涉及，认为从日常境界体味出哲理才能体现出诗人的本事："在日常的境界里体味哲理，比从大自然体味哲理更进一步。因为日常的境界太为人们所熟悉了，也太琐屑了，它们的意义容易被忽略过去；只有具有敏锐的眼手的诗人才能把捉得住这些。"③ 此处的"情境"，包含日常生活的底色，这对于理解"情境"所具有的心灵史与生活史的特征，已经非常近似。

卞之琳的"戏剧性处境"则从另一个侧面，赋予了情境美学以"戏剧性"的特征。然而这一从"借景抒情，借物抒情，借人抒情，借事抒情"和"倾向于小说化，典型化，非个人化"演化而成的"戏剧性处境"④，在具体形式化层面仍是一种叙事性的表达方式，戏剧性更多是一种由此而产生的诗学效果。因此"戏剧性处境"本质上仍属于一种情境美学的范畴。同时，从"戏剧性处境"理论来源可见出它与叙事性情境美学的内在关系，西方现代诗人叶芝、庞德、艾略特等受勃朗宁"戏剧抒情诗"的影响与启发，从不同层面提出"主体戏剧化"的概念，在 20 世纪 30 年代英美新批评学者的"主体戏剧化"观念基础上，进而提出了"戏剧性处境"或"戏剧性情境"⑤ 的理论，其中布鲁克斯就提出，抒情诗是外在于作者的客观呈现，一种情境，"意义是一个情境戏剧化的特别的意思。总之，

---

① 闻一多：《新诗的前途》，《天下文章》1944 年第 4 期。

② 比如在《新诗的进步》中论析象征诗派时，提出了"象征诗派要表现的是些微妙的情境"，但对"情境"没有进一步界说。参见朱乔森编《朱自清全集》（第二卷），江苏教育出版社，1988，第 320 页。

③ 朱自清：《诗与哲理》，朱乔森编《朱自清全集》（第二卷），江苏教育出版社，1988，第 333、334 页。

④ 卞之琳：《雕虫纪历（1930—1958）》（增订版），人民文学出版社，1984，自序第 3 页。

⑤ 胡家峦：《〈理解诗歌〉导读》中就将"Dramatic Situatiion"译为"戏剧性情境"，See Cleanth Brooks. *Understanding Poetry*. Beijing：Foreign Language Teaching and Research Press，2004. p. 1。

一首诗，作为一种戏剧，包含了人类的情境，暗示着对于那个情境的态度"①。抒情诗的"客观呈现"是情境美学的具体表征，"一首诗，作为一种戏剧，包含了人类的情境"，一首诗在动作、行为和诗学效果层面是戏剧，但这个戏剧是包含在情境之中，同时抒情诗的"意义是一个情境戏剧化的特别的意思"，说明了抒情诗即是在一个情境之中动作、行为、思想、情感的变化之中产生的戏剧化诗学效果所表达的"特别的意思"，因此，"戏剧性处境"最终在诗学形态层面呈现为一种情境美学的特征，其中具体的形式表征就是叙事性的手段。谙熟英美诗歌和诗学理论的卞之琳，无疑受到这一理论的影响，为了隐藏情感，表现一种"非个人化"的诗学追求，就自然而然地从新批评中将"戏剧性处境"拿来为我所用了，而对其中具体形式要素却未曾加以细致精微的辨析。由是，"戏剧性处境"就自然而然地遮蔽了具体的形式要素，成为诗学理论中的一种笼统而强势的霸权话语。因此，对"戏剧性处境"这一理论的甄别与考辨，指出其具体的形式要素和诗学效果的不同面目，对其具体地运用于诗学批评的实践中是不无裨益的。

对"戏剧性"或者说"戏剧化"中的叙事性征候，解志熙曾做出如下思考，他认为艾略特的"戏剧化"，"旨在追求抒情寄意的客观性、间接性"，具体手法有着写实小说的特征，"尽量让倾向性通过客观具体的细节场面描写和人物的自我表演自然而然地流露出来，乃至如意识流小说那样通过人物自我戏剧化的内心独白来达到深层心理的揭示"②，他将此种具有现代主义诗艺特征的"戏剧化"称为"小说化"，认为这一叙事性的手段，具有"把'象征'从早期象征主义阶段大力推进到一个更为'现代主义'的新阶段。"③ 应该说，解志熙较为学理性地重新辨析了"戏剧化"的现代

---

① Cleanth Brooks. *Understanding Poetry*. Beijing：Foreign Language Teaching and Research Press，2004. p. 267. 原文为："The meaning is the special import of the dramatization of a situatiion，In sum，a poem，being a kind of drama that embodies a human situation，implies an attitude toward that situation."

② 解志熙：《一首不寻常的长诗之短长——〈隐现〉的版本与穆旦的寄托》，北京大学中国新诗研究所主编，《新诗评论》2010 年第 2 辑（总第十二辑），北京大学出版社，2010，第 188 页。

③ 解志熙：《一首不寻常的长诗之短长——〈隐现〉的版本与穆旦的寄托》，北京大学中国新诗研究所主编，《新诗评论》2010 年第 2 辑（总第十二辑），北京大学出版社，2010，第 188 页。

诗艺特质与形式面目，也历史化地指出其中的诗学价值。具体而言，他认为："尽量不着痕迹地寄寓在具体的历史人事情境或日常生活现象的客观描绘之中，力求用一系列具体而微而又颇富戏剧性张力甚至像小说一样生动具体的描写，构成一种仿佛自然而然而又含蓄暗示的艺术境界，间接地传达自己的现代经验和深度关怀。"① 戏剧化的手法就是小说手法、叙事手法，通过"具体的历史人事情境"与"日常生活现象"的客观描绘，传达现代经验和深度关怀。在叙事手法编织的情境中实现"现代经验和深度关怀"的传达，只是这一传达有着戏剧性张力的诗学效果。因此，戏剧性是诗学效果，而对具体情境的叙事性编织才是其诗学形式，叙事才是戏剧化的形式要素。

对"情境"在诗歌中的诗学价值，叶维廉从理论层面有更深入的探讨，这一"情境"提法始见于他对老舍《骆驼祥子》的评价："作者耐心地让事件毫不加评介地环绕着主角发生，主角的个性，尤其是他的'本能自我'通过戏剧的情境慢慢弥漫出来。"② 情境的诗学价值中暗含了小说美学的特征；随后，他结合古典诗歌"因境造语"，探讨了在创作中"最好依循着实境的情况或事件变动的律动而迹写"③，这一"实境"即是"情境"的雏形或者说策源地。同时，他还以辛笛的《航》、冯至的十四行诗《初生的小狗》、卞之琳的《古镇的梦》、艾青的《北方》与《雪落在中国的土地上》等诗为例，说明了"语言依循可触可感的实境来发展比较可以达到直接和存真"④。他不仅认为艾青《雪落在中国的土地上》一诗是"苦难中国的情境的写迹"⑤，而且指出"卞之琳利用多种层次的出神状态去漫入不同的时空，其中最重要的，是经常保持事物的'现在发生性'，要使读者跟着诗的进展而觉着事物刻刻中在眼前发生"⑥ 的切身体验，"现

---

① 解志熙：《一首不寻常的长诗之短长——〈隐现〉的版本与穆旦的寄托》，北京大学中国新诗研究所主编，《新诗评论》2010 年第 2 辑（总第十二辑），北京大学出版社，2010，第 188 页。

② 叶维廉：《中国诗学》，生活·新知·读书三联书店，1992，第 221 页。

③ 叶维廉：《中国诗学》，生活·新知·读书三联书店，1992，第 229 页。

④ 叶维廉：《中国诗学》，生活·新知·读书三联书店，1992，第 230 页。

⑤ 叶维廉：《我和三四十年代的血缘关系》，《叶维廉诗选》，人民文学出版社，2008，第 302 页。

⑥ 叶维廉：《我和三四十年代的血缘关系》，《叶维廉诗选》，人民文学出版社，2008，第 304 页。

在发生性"与"觉着事物刻刻中在眼前发生"就是眼前、当下之情境,这里不仅要求诗人创作需要有"情境"的特征,而且要求读者在情境化中实现阅读欣赏,即"首先便要对事物加以特别的凝注,刻刻的凝注,好像在你读到这行诗之前,该事物或事件从未发生,这包括了两个程序:先疏离后亲切——先使其疏离凌乱不相关的环境然后使之成为最亲切的事物,如此事物便可以随着意识漫展而行"①。读者在刻刻凝住中,通过疏离到亲切的读解,实现深度的接纳。这一创作与阅读中的情境化策略,无不包含了对叙事性及其表现手法的实现。

同时,叶维廉还辨析了"境界"与"情境"的区别,因为"叙述性的写法里不可以做到某种境界,因为叙述的时候,自然就会参与了人的意思了,参与作者的意见了"②。因为"境界"一词仍是古典诗学的,古典诗论最高的境界是重视忘我,是物我两忘,是"'任自然无言独化'的方法,首先没有了'我',其次'无言'便不叙"③。现代抒情诗则以述义性的白话为工具,叶维廉发现文言表达,是景物自然演出,天趣从容;白话表达,丧失了景物的客观性;有着众多声音的指点说明:"文言所能表达的境界(或者说感受、印象意味)是白话无法表达的……文言里,景物自现,在我们眼前演出,清澈、玲珑、活跃、简洁,合乎天趣,合乎自然。白话的写法,戏剧演出没有了,景物的客观性受到侵扰,因为多了个诗人在指点说明(落花'里''有'人……)"④ 而现代抒情诗在以日常讲的白话为工具的运用过程中,"模拟我们实际的语调、神情、态度",从而呈现了情境的特质,在这个情境里,"自我"得到充分表现,五四以来张扬的个人主义在抒情诗得到全面的呈现。个人化的"自我"不仅有了叙述,而且这个"自我"与外在世界和自然是对立的存在,因此不再是古典的、物我两忘的"意境"或者说"境界",而是与"我"对立呈现、被对象化的、具有叙事性特征的"情境",这也成为现代抒情诗叙事性

① 叶维廉:《我和三四十年代的血缘关系》,《叶维廉诗选》,人民文学出版社,2008,第304页。
② 叶维廉:《我和三四十年代的血缘关系》,《叶维廉诗选》,人民文学出版社,2008,第289页。
③ 叶维廉:《我和三四十年代的血缘关系》,《叶维廉诗选》,人民文学出版社,2008,第305页。
④ 叶维廉:《中国诗学》,生活·新知·读书三联书店,1992,第227页。

与古典诗歌叙事性的最大差别之一。由此，也形成了现代抒情主体话语的叙事性特征——独白性与对话性。可见，叶维廉对情境的探讨与分析，对现代抒情诗的叙事性诗学形态之一——情境美学的建构有着重要的理论意义。

如果说叶维廉是在有"我"、无"我"层面探讨了"意境"与"情境"的区别，那么李怡对古典诗歌中"意境"的分析，虽未提出"情境"的概念与之对比，却从空间结构与时间结构指出古典诗歌与现代诗歌的不同，认为古典诗歌的意境是物我浑融的空间结构："追求物我浑融的'意境'效果的古典诗歌就其实质而言是一种空间结构艺术，即往往从诗人的视角出发，勾勒出一个'天容时态，融和骀荡'的宇宙空间来。"① 古典诗歌的"意境"呈现的空间结构静穆和谐，时间仿佛凝固、停伫。接着李怡进一步探讨发现：现代抒情诗中的叙事性情境，既植根于具体的空间环境，又任情感的变化流动、随思维的跳跃跌宕，更具有线性时间的结构，现代抒情诗的叙事性情境在时间维度上彰显出与古典意境的内在区别。同时，李怡对穆旦诗歌中时间结构特征有如下论述："时间结构旨在展示生命复杂的运动变化形象，以散射式的无规则波动推进、陈述情感，或按比较文学名家叶维廉的说法是一种'直线追寻的发展'方式"②，进而指出二者不同的诗学特征："一为物我感的感性抒情，一为沉思冥想的知性抒情，一为回环宛转的悠然呈现，一为无始无终的激烈推进。"③ 这一古典意境与情境美学的差异，也突出了现代抒情诗叙事性的诗学特质。

然而现代抒情诗的叙事性不仅在时间上有所凸显，一如小说叙事上的时间律，而且在空间上、在情感与思维的逻辑层面上，一样有着变化流转，发展演绎，一如小说叙事的空间迁移与因果律。而这一系列的叙事性特征都可以在情事互动的结构中逐一探讨与辨析，彰显现代抒情诗叙事诗学形态——情境美学强大的结构功能。

---

① 李怡：《黄昏里那道夺目的闪电——论穆旦对中国现代新诗的贡献》，李怡、易彬编《穆旦研究资料》（上），知识产权出版社，2013，第448页。
② 李怡：《黄昏里那道夺目的闪电——论穆旦对中国现代新诗的贡献》，李怡、易彬编《穆旦研究资料》（上），知识产权出版社，2013，第448页。
③ 李怡：《黄昏里那道夺目的闪电——论穆旦对中国现代新诗的贡献》，李怡、易彬编《穆旦研究资料》（上），知识产权出版社，2013，第448页。

另外，在具体的诗学批评实践层面，蓝棣之在分析艾青和牛汉诗歌时，提出了"怎样写"的"艺术刻画"①的手法与"情境诗"②的概念。具体而言，对艾青诗中的"艺术刻画""是指用散文化的语言，描写和渲染的手法来刻画对象"③，强调了语言与手法上叙事性，比如"描写"与"渲染"以及"散文的语言"，而且这一强调一方面达成了"客观"的诗学效果，另一方面他发现在观察与刻画中，艾青使其诗歌获得"景物诗"中深邃、独一无二的"生命力与活力"④。由此，蓝棣之将这一叙事性的诗学形态命名为"情境诗"。他不仅认为"艾青那些优秀的作品，几乎都是情境诗"⑤，而且着重针对牛汉《梦游》一诗探讨了"情境诗"。对此，蓝棣之有着细致的分析，他不仅指出此诗以"幻中见真"的方式"用超现实的手段来写现实的诗情诗境"，"是一首情境诗，是一首情境与意象相融合而成形的诗"，⑥ 同时，他还借用艾吕雅的诗论阐释了"诗是直接从现实生活的情境之中凝聚或蒸发出来的结晶或彩虹，是'瞪大眼睛观看生活时在我们心中出现的现实'"⑦。蓝棣之对情境诗的叙事性要素、情境与意象的关系、情境与现实生活的关系等展开探讨，从另一个维度丰富了具有叙事性特征的情境美学的诗学内涵。

因此，无论是在现代诗歌理论中，还是在西方理论中，抑或是在古典诗歌研究层面探讨"情境美学"，其都从不同层面呈现了叙事性具体可感的诗学形态与具体而微的诗学价值。情境美学是将片段性的场景、细节、事件、意象，通过具有叙述性的话语组织而构成一个相对整一、可感的情境，而这个情境也正如吴晓东所说，可以将所有诗歌要素纳入情境中，从而上升为"一个网络或结构"，"而总体情境的把握则创造的是更高层次的描述"⑧，在这一情境中，可以容纳更多的主题和想象，最终

---

① 蓝棣之：《现代诗的情感与形式》，人民文学出版社，2002，第53~55页。
② 蓝棣之：《现代诗的情感与形式》，人民文学出版社，2002，第134、135页。
③ 蓝棣之：《现代诗的情感与形式》，人民文学出版社，2002，第55页。
④ 蓝棣之：《现代诗的情感与形式》，人民文学出版社，2002，第57页。
⑤ 蓝棣之：《现代诗的情感与形式》，人民文学出版社，2002，第135页。
⑥ 蓝棣之：《现代诗的情感与形式》，人民文学出版社，2002，第134、135页。
⑦ 蓝棣之：《现代诗的情感与形式》，人民文学出版社，2002，第135页。
⑧ 吴晓东：《理解诗歌的形式要素——关于"现代派"的一次阅读课》，《文学的诗性之灯》，上海书店，2010，第238页。

实现叙事性诗学价值。这一诗学价值不是为了讲出一个故事，也不是为渲染某种环境、氛围，而是将这些故事、环境、氛围编织成为诗歌的一种情境，最终在诗性的表意中达成对情感的呈现——呈露立体、丰美、繁复的情感肌理。

第二节 情境美学中抒情主体的叙事性话语

正如叶维廉关于在"情境"的论述中指出的，现代抒情诗是以日常生活中讲的白话为工具的，在白话的运用中"模拟我们实际的语调、神情、态度"，从而表现出情境的特征。他认为在这个情境中，"自我"在诗中得到充分表现，这一情境也是五四以来张扬的个人主义的具体诗学场域。因此现代抒情诗中，个人化的"自我"不仅有了叙述，而且这个"自我"与外在世界包括自然，都显出对立的、不同的存在。因此外在世界不再是天人合一、物我两忘的"意境"或者说"境界"，而是与"我"构成对立呈现、被对象化的、具有叙事性特征的"情境"。在这一情境中，现代的自我被确立，一方面现代抒情主体不仅独白性地张扬主体的心事、情怀、意志，另一方面也在对话性地展开现代抒情主体的辩驳，这不仅构成了现代抒情主体叙事性话语的形式征候，也成为现代抒情诗叙事性与古典诗歌叙事性的最大差别之一。因此，抒情诗中的叙事性可以从抒情主体的独白性述说、抒情主体的分层与变形中的对话性言说等层面考察。

一 现代抒情主体的独白性述说

中国新诗发生或者说中国现代抒情诗确立之时，最为显著的一个特征是：诗歌文本中涌现了大量的第一人称——"我"。"我"的突出与中国古代近体诗中抒情主体"我"的消隐，构成形式殊异的对比。同时，也从人称方面彰显了现代抒情主体话语层面的叙事特征。

古典诗歌中抒情主体"我"到近体诗中才开始缺席，而并不是一开始就在诗歌中缺席，据学者考证："在中国诗歌的源头《诗经》中，作为第一人称的抒情主体频频出现在众多诗篇中。《诗经》305篇，据统计，直接在诗中出现第一人称抒情人的共168篇，占55%以上，其中绝大多数为第

一人称'我'，其他如'予'、'余'、'朕'也少量出现。""《离骚》全诗
370余句，约2490字，其中第一人称代词'朕'、'余'、'吾'、'我'、
'予'等出现约80余次。"① 后来它的隐匿与中国古代"天人合一"的哲
学思想有关，但更与古代近体诗的诗语结构、五言七言的句式、平仄对偶
格律等要求有关。尤其当古典诗歌中的五言、七言逐渐发展成为以五绝、
七绝为代表的绝句和以五律、七律为代表的律诗——这一近体诗的精绝体
式后，近体诗平仄、对偶、格律的严格要求往往会将不协韵的第一人称的
诸种代名词剔除。正如姜涛所指出："当隐喻性的诗意语言被散文化的日
常语言所替代，当意象性的结构方式被分析性的现代语法所消解。"② 隐喻
性诗语与意象性结构的古典抒情诗往往以并置性、空间性的结构出现，语
句多是名词性的并列，不仅动词消失，人称代名词也随之被删略。比如马
致远的《秋思》中就有三组空间并列的意象，"枯藤老树昏鸦，小桥流水
人家"，温庭筠的《商山早行》也是名词性的、并列的意象，"鸡声茅店
月，人迹板桥霜"。对此吴晓东有所总结："诗句的构成往往是意象的连缀
和并置。这一特征在中国古典诗歌中最突出，诗句往往是名词性的意象的
连缀，甚至省略了动词和连词。"③ 这种意象并置与连缀对动词和连词的省
略，成为古代近体诗歌的经典征候。古典诗歌中的"我"与自然、万物融
为一体，在不辨你我的忘言中，达到天人合一的境界，其诗学特征不仅如
叶维廉所说的"'任自然无言独化'的方法，首先没有了'我'，其次
'无言'便不叙"④，而且诗歌语句也变成了赵元任所说的"题释句"。古
典诗歌尤其是近体诗的抒情范式多呈现静穆和谐、优美宁静、物我两忘的
无我之境。

　　然而，中国现代抒情诗，以具有述义性特征的白话口语为工具，以欧
化的分析性现代语法为组织结构。因此在诗歌中出现了欧化语法下的主谓

① 谭君强：《论叙事学视阈中抒情诗的抒情主体》，《云南师范大学学报》（哲学社会科学
版）2016年第3期。

② 姜涛：《新诗的发生与活力》，谢冕、孙玉石、洪子诚等编著《百年中国新诗史略：〈中
国新诗总系〉导言集》，北京大学出版社，2010，第27页。

③ 吴晓东：《理解诗歌的形式要素——关于"现代派"的一次阅读课》，《文学的诗性之
灯》，上海书店，2010，第232页。

④ 叶维廉：《我和三四十年代的血缘关系》，《叶维廉诗选》，人民文学出版社，2008，第
305页。

句，主语的不可或缺，使诗歌中的抒情主体凸显出来，所以诗中处处都是"我"，人称代词"我"的出现，正如乔纳森·卡勒对抒情诗歌中各类指示词的叙事特征的分析："整个诗学传统运用表示空间、时间和人的指示词，目的就是为了迫使读者去架构一个耽于冥想的诗中人。这样，诗就成为某位叙述者的话语。"① 而且，由于主谓句替代了题释句，主谓句不仅突出了"我"的地位，主谓句中的谓语动词也显出其重要性，使诗歌结构呈现为时间线性的特征，严密的分析性、逻辑性的语法关系进一步突出了叙事因素。正是在这个基础上，"我"作为主谓句叙事性结构中重要的一环，使现代抒情诗中的"我"大量涌现，抒情主体"我"开始了现代性的自我述说。

伴随主谓句出现的抒情主体"我"，无疑带上了叙事语法的特征。这里抒情主体的述说，与时代、家国有关，也展开了个人情感世界的探索，这些抒情主体大多具有浪漫主义特征，抒情主体的形象是完整而单一的，抒情主体与世界的关系是独立的、对象化的，强调自我的存在，表现出时代性的特征与个人的性格化因素。同时，这些主体身上都不同程度地体现了具有现代因素的独立性特征。不过，无论是在公众世界还是在自我情感世界的关注中，抒情主体"我"的声音往往作为"独白"，对"自我"或对某个或对某类隐形的听众述说，成为整一而内在的声音。对这一传统抒情诗中抒情主体声音的基本形态，巴赫金认为："在抒情诗中，作者的形式倾向最为强烈，也就是说他消融在外在声音形式和内在的绘声绘色的节奏形式之中，因而好似他不存在，好似他同主人公融为一体；或者相反，没有主人公而只有作者。"② 应该说，抒情主体与诗人在独白中几乎融为一体，二者的声音与视点都同一性地沉溺在具体的语境中。

因此，正是在抒情主体整一独立的形象建构下，受诗人或者说作者强烈形式倾向的影响，这个主体的"我"在叙事视点与叙事声音层面多是统一的，其叙事话语呈现为"独白"的特征，这一独白的主体述说与抒情主体的

---

① 〔美〕乔纳森·卡勒：《结构主义诗学》，盛宁译，中国社会科学出版社，1991，第248页。

② 〔俄〕巴赫金：《审美活动中的作者与主人公》，晓河译，《巴赫金全集》（第一卷），河北教育出版社，1998，第86页。

自我形象相结合，成为融为一体的存在。于是，在现代抒情诗中开始了个人化、风格化的整一述说。胡适译诗《关不住了》中的"我"述说了现代抒情主体对爱情的约束："我把心收起，／像人家把门关了，／叫爱情生生的饿死，／也许不再和我为难了。"而1921年《希望》中的"我"却把爱情当作希望种下，期待收获："我从山中来，／带着兰花草；／种在小园中，／希望开花好。／／一日望三回，／望到花时过；／急坏看花人，／苞也无一个。"二诗中的抒情主体"我"，在不同的情境中表达了对爱情的不同述说与不同态度，在约束与期待的陈述中，显现了现代抒情主体在五四时代，既有着守旧的观念，又不无青春年少式对爱的期待。这种抒情诗的独白性述说也建构了现代抒情主体的早期形象，成为现代性观念的一种表征。

　　这一现代性独白的述说在郭沫若诗中塑造了一个"狂乱夸张"的浪漫主义自我，诗中的抒情主体更具有时代特征，《天狗》中"我是一只天狗呀！／我把月来吞了／我把日来吞了／……／我便是我呀！／我的我要爆了！"其中吞吐宇宙的天狗是时代精神的象征，也是年轻郭沫若青春魂魄的形象写照，尤其是"我便是我呀！／我的我要爆了！"在狂飙突进的时代精神与个性解放的思潮中，充分显示了一个飞动神奇的"我"，这不仅是这一主体的自我强调与爆炸式表白，更是其肉体盛不下精神时的一种极端表达。而且从这里，郭沫若的"我"逐渐发展成为复数的指称"我们"，比如在《凤凰涅槃》中，群体或时代的"大我"开始被建构，"我们华美，我们芬芳"，抒情个体的独白演变为抒情群体的合唱，尤其是时代"大我"的形象可谓后来政治抒情诗中"我们"的先声。

　　闻一多诗中的抒情主体，是一个关注中国现实的爱国者——"我"的独白，无论是《发现》中"我哭着叫你，／呕出一颗心来，——在我心里"，祖国被喻为我的"心"的比喻性述说，还是《七子之歌》中将澳门与内地的关系拟人化为"我"与母亲的关系。闻一多笔下的"我"，都具有赤子情怀，都表达了对积弱积贫的祖国的热爱与深情。这一抒情主体成为爱国主义诗歌的重要原型，这一主体形象建构了现代情境中的"我"与"家国"的关系。

　　如果说胡适、郭沫若、闻一多等诗歌中的"我"主要述说了抒情主体与时代、家国之间的关系，那么徐志摩、何其芳、戴望舒诗中的抒情主体——往往更多地述说了私人世界中"我"的个人情感。徐志摩空灵潇洒的"我"、戴望舒"低回婉转"的"我"、何其芳"梦中迷离"的"我"等都极具个人气质与性格特征。在个体情感世界中，抒情主体的独白往往述说那个内在的、隐秘的"我"。徐志摩《偶然》中的"我"，述说着隐秘的个人际遇与情怀；戴望舒《雨巷》中的"我"，述说了梦与追梦人永恒的距离与永远的怅惘、迷茫；何其芳《预言》中"我"的热烈倾诉与期待，都隐藏着一己之心事与幻梦。虽然个性化的独白彰显了风格化主体独特的精神面目，但这里抒情主体"我"几乎沉溺在具体的情境中，抒情主体与诗人呈现为同一性的特征。

由此可见，现代抒情诗的抒情主体，借助对时代家国、儿女私情、个人心事与怀抱展开了独白性述说，建构生动鲜活的诗学情境，不仅使主体情感得到张扬、阐发，同时，也借助这一独白性述说，建构了风格迥异的现代性主体，呈现了抒情主体与作者融为一体的同一性存在，成为现代抒情诗中叙事诗学形态的表征之一。

二 抒情主体分层与变形中的对话性

现代抒情诗中虽然有着众多的独白性述说，但随着现代抒情诗的演进，抒情主体的形象也发生着演变，抒情诗中的声音不仅停留在独语层面，而且呈现了声音与视点的丰富与发展。现代抒情诗的情境美学也体现在抒情主体分层与变形而产生的对话性中。正如巴赫金一方面强调抒情诗中的独白是其最形式化的特征，但同时他又发现"事实上即使在这里，也有主人公和作者的相互对立，而每一话语中都回响着反应之反应"。① 这一"反应之反应"，就说明了抒情诗在独白中也隐藏着对话性，相对于小说中形式感鲜明的对话，抒情诗中的对话显得潜在，而且其中对话性主要通过抒情主体的声音的分层与变形表现出来。在抒情主体分层与变形中的对话性中，现代抒情诗建构了复义、多元的诗学情境。

在巴赫金的对话理论里，对话性作为叙事的重要形态，"对话交际是语言的生命的真正之处"②，对话的"同意或反对关系、肯定和补充关系、

---

① 〔俄〕巴赫金：《审美活动中的作者与主人公》，晓河译，《巴赫金全集》（第一卷），河北教育出版社，1998，第86页。
② 〔俄〕巴赫金：《陀思妥耶夫斯基的诗学问题》，生活·读书·新知三联书店，1992，第252页。

问和答的关系"，"对话性是具有同等价值的不同意识之间相互作用的特殊形式"①。抒情诗则通过主体声音的分层来表现"同意或反对关系、肯定和补充关系、问和答的关系"。这一繁复多重的关系呈示，正表征了复杂矛盾的人性与多变动态的人生。

郭沫若的《凤凰涅槃》就表现出抒情主体的对话性特征。"凤歌""凰歌""凤凰更生歌"基本就是抒情主体声音分层后的不同表征，这三者之间构成同一性主体的内在对话；而"群鸟歌"则可谓抒情主体的变形，内部是众鸟之间的对话，外部则与"凤歌""凰歌""凤凰更生歌"构成对峙性的交流。这一抒情主体的分层或变形，使抒情诗能包容更为丰富的信息，扩展主体与诗歌的情感或思想的容量。这一抒情主体的分层在穆旦的长诗《隐现》中同样存在。如果说在郭沫若的诗中，由抒情主体的分层或变形而带来的对话性显出截然对立的声音，那么穆旦《隐现》中具有对话性声音则显出质疑、反驳、悖论与痛苦的特质，通过对话性的语境交流，诗歌中具有"同等价值的不同意识"之间构成思想的交锋，不仅使诗歌成为最大意识量的存在，而且对话性的交流建构了复杂的现代性主体，形成与古典抒情诗完全不同的、紧张精警的诗学情境。

在闻一多与徐志摩具有戏剧性独白的诗歌中，主要体现为抒情主体声音的变形，即抒情主体的"我"演变成具体的不同角色在诗歌中出场。通过角色间的对话，产生情感的交流与思想的交锋，隐晦地表达诗人独特的情感与关怀，比如闻一多的《天安门》《飞毛腿》《闻一多先生的书桌》，徐志摩的《先生！先生！》《叫化活该》等诗。这些抒情主体的声音虽变形化身为不同人物，但其声音是清晰可辨的，不同声音中负荷的情感与价值也明白可感。这些声音大多和抒情主体保持了一致性，即使是带上各种角色的面具，抒情主体的意识也是清楚可辨的。这一单一明朗的状态在戴望舒、何其芳的诗歌中也是清楚可识的。而且由于二人更深地沉溺在浓郁的抒情氛围中，抒情主体的声音往往带有沉醉的风貌。不过，为了彰显抒情主体的丰富面目，戴望舒在抒情诗中也引入他者来使情感的抒发疏离化，在《断指》中抒情主体就从旁观的视角去打量，从而建立了更为从容的叙

---

① 〔俄〕巴赫金语，转引自董小英《再登巴比塔——巴赫金与对话理论》，生活·读书·新知三联书店，1994，第7页。

述。何其芳则在诗歌中采用了代拟体的手法，将抒情主体变形为不同角色的人物。代拟体在卞之琳的《妆台》、戴望舒的《妾薄命》、何其芳的《休洗红》《扇》等诗中都呈现抒情主体变形的声音，其中何其芳的声音显得尤为多变，在《风沙日》中，诗人一会儿化身为"美鸾达"与做梦的王后"提妲丽亚"，"美鸾达！我叫不应我自己的名字"，"但让我听我自己的梦话吧！/……Maidens call it love-in-idleness/不要滴那花汁在我的眼皮上，/我醒来第一眼看见的/可能是一匹狼，一头熊，一只猴子"，一会儿又化身为男性角色——"落水秀才"和"白首狂夫"，在多重声音的交叠、对话中，不仅呈现了何其芳诗中梦幻迷离的特征，也在蕴含丰富情节因素的意象与由抒情主体变身而来的形象中彰显了独特的抒情方式，形成了何其芳梦幻、迷离的诗学情境。

卞之琳诗歌中抒情主体的分层与变形，不仅有戏剧性独白和代拟体，而且还进一步发展为非个人化的"你"和"他"，在主体意识的客观化中隐藏了抒情主体，展开了对话性叙事。比如《航海》中的"这时候睡眼蒙眬的多思人"，《水成岩》中的"'水哉，水哉！'沉思人叹息"中的"沉思人"，《几个人》中"当一个年轻人在荒街上沉思"中的"年轻人"，以及《尺八》中的"海西客"等，都是抒情主体的客观化变形。这一变形中的人物塑造既在疏离化中获得了客观视角，而且使抒情主体与形象之间构成了立体的、对话的声音。这一非个人化的他者的引入使现代诗学情境显得更为立体，也充满了令人沉思的特征。同时，这对于抒情主体自我形象的建构，对抒情诗中叙事形态的发展有着不容忽视的诗学价值。

而将抒情主体的分层与变形推向极致的是穆旦。他笔下抒情主体的声音不仅分层为不同的对话，比如《隐现》，而且还变形为诗剧形态中不同的角色。其中《神魔之争》《森林之魅》《神的变形》中的不同角色充满矛盾、张力的对话，而且在《防空洞里的抒情诗》中有抒情主体与不同人物的对话、交流以及内省独白。这些不同声音间的辩驳、质疑丰富了我们对现实经验与人性认知的复杂维度。但穆旦的重要贡献不止于此，在他自由不羁的灵魂深处，还隐藏着矛盾痛苦的"我"，在他诗中，这个"我"不仅是变形，更是分裂，这在《诗八首》和《我》中有明显的表现，其中《我》一诗，还根本不让"我"现身：

　　　　从子宫割裂，失去了温暖，
　　　　是残缺的部分渴望着救援，
　　　　永远是自己，锁在荒野里，

　　　　从静止的梦离开了群体，
　　　　痛感到时流，没有什么抓住，
　　　　不断的回忆带不回自己，

　　　　遇见部分时在一起哭喊，
　　　　是初恋的狂喜，想冲出樊篱
　　　　伸出双手来抱住了自己，

　　　　幻化的形象，是更深的绝望，
　　　　永远是自己，锁在荒野里，
　　　　仇恨着母亲给分出了梦境。

"我"不现身，而将"我"变成对象化的"自己"，在这一具有对话性的关系中，这种分裂的主体完成了自我的客观化塑造。"我"的孤独、绝望都被客观化地审视和打量，由此这个痛苦、裂变的抒情主体立体繁复的形象，正是现代人"丰富和丰富的痛苦"的真实塑像。在这一抒情主体的分裂式对话与陈述中，穆旦不仅为自己造型，也为现代主体塑像，他以最具张力的主体建构了现代抒情学中最令人着迷的、丰美深邃的诗学情境。

　　正是在上述抒情主体的分层、变形中，现代抒情诗以丰富、多样的声音，展开了多种层面的对话，无论是戏剧独白还是多元对话，无论是角色化的代拟，还是自我的裂变、分身，无论单一明朗，还是繁复矛盾，无论是沉溺梦幻的主体，还是清醒理性的自我，都构成多个层次的对话性交流，呈现了现代抒情主体对话性的叙事声音，这不仅建构了现代主体复杂立体的多元面目，也在构成价值与意义的混响与交锋中，形成了现代抒情诗丰富多元、现代的情境美学。

第三节 情事互动的抒情诗学

现代抒情诗情境美学的特征除了在抒情主体的叙事性话语中得到彰显，而且也凸显在富有事件、情节等因素的现代抒情诗中。情境美学以更具组织或结构能力的诗学形态，成为更具有包容力的诗性叙事，从而丰富和发展了现代抒情诗学。

在关于抒情诗自身独特的语境探讨中，有学者就敏锐地发现："抒情诗特有的语境，形成一种不同于小说的功能性框架，使纳入其中的叙事性材料发生质变。"① 这不仅说明抒情诗本身的结构功能，而且揭示了强大的抒情语境对叙事因素的变形与重构，其中的结构功能与叙事材质的关系探讨已经触及了抒情诗中的叙事形态特征。

抒情诗中情境的重要元素是事件或者说情节。因此事件或情节与情感的关系就显得非常有意味。首先，在抒情诗中，这些事件或者情节都表现出心理化、情感化的特征。正如苏珊·朗格所指出的，诗中均具有虚构的事件与情感的双重特征："……情节中的每一个因素也就是情节中的情感表现，因此，诗人是以心理方式编织事件，而不是把它当作一段客观的历史。"② 因此，戴望舒的《萧红墓畔口占》中本是祭奠萧红一事，诗人叙述寂寞六小时的长途，这一细节不仅仅说明路程的遥遥，而且承载着诗人对友人深情而沉痛的悼念，也是对日占香港这一沉重现实的隐秘回应。事件与细节已经以心理的方式纳入情感表达的仪轨中，不复是单纯的记事或写人，甚至客观的历史都隐晦地编织进个人化的情感陈述中。因此抒情诗中的大量细节都呈现为心理化、情感化的特征。

其次，抒情诗中的情节、事件，往往不是完整故事情节的讲述，而或是触发情感的线索背景、动因，或是承载情感抒发的框架，因此在形态上显得碎片化、线索化，在诗学功能上，具有触媒或媒介的作用。比如何其芳的《预言》一诗，在对热烈浓郁的爱情期待与落空的书写中，有着一个

---

① 袁忠岳：《抒情诗中叙事功能及其形式转换》，《诗刊》1991 年第 4 期。
② 〔美〕苏珊·朗格：《情感与形式》，刘大基、傅志强、周发祥译，中国社会科学出版社，1986，第 246、247 页。

神话故事的背景，这一神话故事的情节、事件都比较模糊，只有人物出场，其深挚而热烈的歌唱表达了对爱情由渴望到失望的情感轨迹。这种事隐情显的现象在何其芳具有情节因素的意象性抒情诗中，有着最为集中的体现。在冯至的长诗《北游》中，北上就职生活的事件仅仅是一个抒情诗的叙述框架而已，诗人借助这一框架表达了一个知识青年的精神危机与对都市生活的批判。而其《十四行集》的第二十三首中，狗妈妈衔小狗晒太阳的事件，作为背景或动因，最终要表达"你们在深夜吠出光明"的期盼之情；写跑警报事件的《在郊外》一诗，最终触动诗人抒发哲学性的沉思，"有同样的警醒/在我们心头/有同样的运命/在我们的肩头"，是对共同命运的发现、提醒与担当。相较而言，卞之琳的叙事更为虚化，《断章》中的情境不过是一个陈述性的框架，却要承载诗人诱发的对相对主义等观念的思考。穆旦的《诗八首》虽然通过爱情火灾般的燃烧来书写了爱情的发生、发展、深入、完成等演进过程，这一爱情经历的草灰蛇线的叙事框架，不过是承载穆旦对爱情的矛盾与悖论的理性发现与揭示。由此，这里的叙事性情节或事件在抒情诗中的作用，正如苏珊·朗格的发现："美感价值不在作品呈露情感本身，而在模拟'情感的生变状态'——生长的'过程'、活动的层次、生成的状态。"①这些情节或事件仅仅是提供情感发生的空间、时间或者语境，最终让其内在的情感、思想、经验得到具象化的生动体现，而且展示其复杂、立体的情感或精神的层次或结构，实现对最大意识量的表现。

　　情境美学中的叙事性，还表现在叙事的序列性上。对叙事中的序列性，德国学者许恩（Peter Hühn）有所论述："叙事性主要是两个维度的结合：序列性或时间组织，以及把个体事件链接起来构成一个连贯的序列；媒介性，媒介是从具体的视角对这一序列事件的选择、呈现和富有意义的阐释。"② 其中，序列性指的既是时间又是空间，甚至还包含因果律所暗含的逻辑顺序。情境美学的实现既可以在时间结构展开，又可以在空间序列

---

① 〔美〕苏珊·朗格语，转引自叶维廉《中国诗学》，生活·读书·新知三联书店，1992，第162页。

② Peter Hühn, Jens Kiefer, *The Narratological Analysis of Lyric Poetry: Studies in English Poetry from the 16th to the 20th Century*, Trans. Alastair Matthews, Berlin: Walter de Gruyter, 2005, pp. 1-2.

中生长，还可以在因果逻辑中演绎推进。何其芳的《秋天》一诗主要是在空间转换中表达情思的延异：

> 震落了清晨满披着的露珠，
> 伐木声丁丁地飘出幽谷。
> 放下饱食过稻香的镰刀，
> 用背箩来装竹篱间肥硕的瓜果。
> 秋天栖息在农家里。

> 向江面冷雾撒下圆圆的网，
> 收起青鳊鱼似的乌桕叶的影子。
> 芦篷上满载着白霜，
> 轻轻摇着归泊的小桨。
> 秋天游戏在渔船上。

诗人的情感随物宛转，随物赋形，对秋天的体验、感知就在事件的推进——伐木、割稻、摘瓜果、撒网、打鱼与空间的转换——幽谷、稻田、竹篱间、农家、江面、渔船中逐一实现。卞之琳的《尺八》一诗中海西客与番客听尺八而动乡心的情节，是在空间的转换与时间回旋中传达了情思的流转，抒发了现实的乡愁与文化的乡愁。而他的《距离的组织》只是叙写了一个午梦，但借这个梦境解释了中国当时衰落的现实，也揭示了芸芸众生在现实中醉生梦死的迷茫感，其中现实空间的转换、历史时空的斗转、白日梦与神话传说的自由穿插、虚实映照，将叙事的时间、空间、逻辑因果等序列繁复地编织在诗中，承载了最大意识量的诗歌内容，因此朱自清称赞道："这篇诗是零乱的诗境，可又是一个复杂的有机体，将时间空间的远距离用联想组织在短短的午梦和小小的篇幅里。这是一种解放，一种自由，同时又是一种情思的操练，是艺术给我们的"。[1] 当然，叙事的序列中最意味深长的是，以逻辑序列所展现的情思的跌宕起伏，比如戴望舒的《烦忧》：

---

① 朱自清：《解诗》，朱乔森编《朱自清全集》（第二卷），江苏教育出版社，1996，第325页。

说是寂寞的秋的清愁，
说是辽远的海的相思。
假如有人问我的烦忧，
我不敢说出你的名字。

我不敢说出你的名字，
假如有人问我的烦忧：
说是辽远的海的相思，
是寂寞的秋的清愁。

抽象的情绪"烦忧"是难以被具体写意和表达出来，要将它准确刻画，着实为难诗人。因此，诗人从时间与空间入手来刻写烦忧的情形、状态，但由于难以刻画，所以诗人在假设的语境，借用古代回文诗的形式，展开了逻辑缠绕的陈述，在逻辑性的循环言说中，这一反逻辑的逻辑叙述反而意外地呈现了"烦忧"复杂缠绕的情状。在逻辑序列中展现复杂悖论的情思的高手是穆旦，他在《我》《诗八首》等诗中以强大的逻辑力量展现了悖论而痛苦的现代主体的爱情体验，其逻辑序列的演绎与叙述中展现了最为痛苦、智性的现代灵魂的精神景深。

　　情境美学最高的诗学价值在于，以情境建构起更有意识含量、更高层次的结构，使抒情诗从一般的意象走向宏大的精神结构。对此，吴晓东对《断章》与《错误》的分析则可见一斑。在现代抒情诗中，此类从一个情境来承载巨大的精神、情感的诗学结构，在卞之琳、冯至、穆旦等诗人中有着较为突出的表现。冯至的《十四行集》中的《什么能从我们身上脱落》一诗，就举重若轻地从一个情境的叙写，抵达对死亡的沉思与书写。

我们把我们安排给那个
未来的死亡，像一段歌曲，

歌声从音乐的身上脱落，
归终剩下了音乐的身躯
化作一脉的青山默默。

自然落叶的事件，在此演化为对死亡的形象、诗意的书写，有形与无形，生与死都得到妥帖的表达与抒叙。穆旦的《从寒冷的腊月的夜》《赞美》等诗中对田野的叙事性描写，对乡村寒夜中的哭声、炭火、对话等的叙述或刻画，对无言的农民世代劳作而又生生不息的形象与命运的塑造……由此，在事件性抒情中，意象一一从描写、叙述中浮现出来，最终与场景、动作、人物共同谱写了对农民的认同、拥抱，以及知识青年在原罪中的赞美。这里的叙事性就建构了一个情境，承载了穆旦厚重、无言的疼痛与来自血肉、发自于灵魂的情感。只有这一多义的情境，才能负荷起超重的思想与情感，这在他后来的《森林之魅》《隐现》等诗中都有不同程度的体现。因此，难怪陈太胜对这一事件性抒情寄予了高度评价："穆旦以诗来表现现实生活，同时又将日常经验提高到诗的象征境界，使之具有深厚的思想内容，这即是袁可嘉说的'象征，现实与玄学'的综合传统，无论是在诗歌形式还是在诗歌境界上，都把中国现代汉语诗歌发展到了一种前所未有的境地。"① 这正是情境美学中叙事性的诗学价值所在。

应该说，在情境美学中，抒情主体的叙事性述说——无论是独白还是对话，都建构了与世界对立的、区别的、对象化甚至抗争辩驳的现代性主体，一种迥异于古典抒情诗自然从容的美学形态——紧张精警的现代诗学形态出现。同时在情境美学里，在事件、情节的情感化过程中，事件以线索、背景、动因、框架来承载情思或意志的表达，成为现代抒情诗中较为常见的现象。正是由于事件、情节的情感化、心理化，使情感、思想、经验被时间、空间、逻辑等序列纳入组织结构里，成为情事互动的诗学情境。情事互动的诗学情境使情感不至于空疏，使思想得到承载，使经验获得具体可感的外观，从而成为别具一格抒情诗学的形式要素，它不仅建构了情境美学，而且作为更高层次的结构，承载起更为繁复的情思与主题。或者可以借用袁可嘉对散文化与散文区别来界说叙事性：事实上诗的"叙事性"是一种诗的特殊结构，与小说的"叙事性"并不等同，二者可以分享叙事理论的具体形式要素，诗的"叙事性"在语言的结构与安排上只指向诗歌，是对诗的实现与表达。同时，通过这种叙事性情境的编织结构，具有主体述说性、行为性、动态性的情境美学，在一定程度上，使抒情诗

① 陈太胜：《象征主义与中国现代诗学》，北京大学出版社，2005，第206页。

获得结实坚韧的骨骼，使抽象、隐喻的抒情，在走向象征之途时，不至于因为过度的艺术过滤、玄学化而丧失人类精神中鲜活生动、健康生趣的内核。其诗学价值正如邓以蛰所说："倚仗他那锋利的感觉，坚强的记忆，任何历史上的陈迹，都可以随时原原本本的在他的精神里复活着；这样，历史才可以永远存在。"① 此说揭示了诗比历史更永恒的隐秘因素，"锋利的感觉，坚强的记忆"正是诗人具体的感情与印象，而这些独特的具体感情与印象正是构成抒情诗中境遇或者说情境的重要元素，在这一情境中人类的精神才得以生气勃勃地复活与赓续。因此，情境美学最终成为现代抒情诗叙事性不可或缺的诗学形态，其诗学价值有待进一步发掘与弘扬。

---

① 邓以蛰：《诗与历史》，《邓以蛰全集》，安徽教育出版社，1998，第56页。原载《晨报副刊·诗镌》1926年第2号第20页。

结　语

　　通过对现代抒情诗叙事性的考察，可以清楚地看到，叙事作为基本的文学表现手段或者说形式要素，在现代抒情诗中有着其独特的组织性、结构性的文学功能。在现代抒情诗走过的百年历程中，当诗歌不断以创新反叛的实验展开其现代性的形式探索时，叙事性正是其现代性探索中不可或缺的一环，对现代抒情诗的发展有着举足轻重的作用，是实现其抒情写意的重要手段。现代诗人对叙事手法的诗学实践，为现代诗歌带来了繁复多样的表意方式和别致精彩的诗学艺术，推进了现代抒情诗在创作与欣赏层面的纵深发展。

　　依循历史与形式的轨迹，本书对叙事性的诗学理论渊源展开了逐一的考辨，对其理论的边界、具体的特征试着做出了一己的界定；对其具体的发生、演进展开了爬梳与厘清；结合具体的文本，对现代诗人的叙事性诗学实践展开具体而微的分析与阐释；对由此出现的叙事性诗学形态进行逐一的归纳总结、阐析辨识。通过这一界定、梳理、考辨、归纳、追问，试图对这一风格弱化的形式要素，从历史的掩埋中将其发掘出来，使之回到具体的历史场域中，展示其应有的诗学价值与历史地位。

　　考察现代抒情诗叙事性的过程，其实也是从别一视角去认识中国现代抒情诗的过程。现代抒情诗的情感特质、意象化、散文化、戏剧化等表意形态诚然是经典之论，然而借助叙事理论，也可对现代抒情诗获取新的发现与认知。首先，自五四以来，随着小说文类的崛起与现代观念的传达，叙事性经由译介、语言、诗体、思想观念等层面渗入现代抒情诗的表意实践；而在对叙事性与散文化、戏剧化、小说化的形式考辨中发现，叙事作为基本的形式要素，是形式特征不明显的散文化的重要形式要素，是戏剧化实现的基本手段，是小说化的显著特征。其次，在众多诗人的叙事性书写中发现，古典诗歌的叙事手段不时复活在现代抒情诗的叙事性诗学实践中：胡适的白描、康白情记游记行的写实、何其芳的代拟体与典故中的意象化抒情、冯至的记游诗及其与穆旦诗歌中同样出现的联章合咏的组诗结构，无不散发着古典抒情诗中的叙事魅力。但同时，抒情主体独白性与对话性的叙事话语、叙事声音的分层变形、多种叙事声音和视点的交织，对现代人精神世界的立体塑造与雕刻，叙事中呈现的散文化倾向、戏剧性的诗学效果等都丰富了叙事性的现代抒情。因而在接续古典叙事诗学中，现代抒情诗的叙事性书写又在创新实验中，接受西方现代诗学的影响，最终在众多诗人的诗学实践中有了进一步的发展——叙事性不是为了故事的讲述，而是为了借助故事框架或线索，营造整一立体的情境，在丰美的情感肌理的呈露、传达中实现诗性叙事。叙事性作为一种诗学手段，更是一种具有话语编织能力的诗学结构，在对现代主体的心事、情感、意志、怀抱的呈现中，最终以情境美学指向诗的实现与完成，从而另辟蹊径地对现代人的心灵、精神、情感展开书写，成为现代抒情诗不容忽视的诗学形态。

在对这一形式问题的本体论探讨中，本书不仅一直试图纵深地探讨叙事性在历史与审美之维的诗学价值，同时，也试着回答在抒情与叙事的紧张关系中，在诗与叙事的张力结构中，叙事如何实现了抒情的表意性实践，叙事如何成为诗性叙事的问题。这一本体论的探讨，不仅积极探索叙事学理论如何介入现代抒情诗的诗学阐释等形式层面的问题，也试图通过诗学实践与诗学阐释，拓展现代抒情诗的诗学版图。而在这一切形式的追索中，更重要的问题是，在积极回应中国诗学的抒情传统下，探讨现代抒情诗如何借助叙事的形式展开诗学的探索与实验，来讲述现代性主体的心事、怀抱与情志，展开现代抒情主体自我的建构及其与世界的关系。借助现代性抒情主体的语言、行为、修辞，来窥见中国现代抒情诗中叙事性诗学传统在接续与创造中的现代转型，揭示现代语境下叙事性诗学形态这一形式变迁中，中国现代文学与现代文化的转型问题。

现代抒情诗叙事性的发生与演进还刚刚开始，其具体的形式要素的探索远未停止。虽然上述探讨步履蹒跚，但在努力探求中，希冀对这些问题能有所触及，有所回应，甚至有所发现；希望丰富和发展现代抒情诗的诗学概念与诗学形态，对当下的诗学创作与诗学阐释提供一些参考与借鉴。于我的观察思考而言，可谓有得有失。有所得的是，本书着重探讨了叙事性的具体内涵、发生机制、具体诗学实践与诗学形态，努力考辨源流，尝试理论界定，在对前人之说基础上发展并归纳了叙事性的诗学形态，促进抒情与叙事的互动，繁荣诗歌表意形式的多元景观，这正是现代抒情诗叙事性研究对诗歌史的意义和价值所在。

但更值得反思的是，作为风格弱化的形式要素，不仅其具体的诗学形态与范式有待进一步精微细腻的考辨，同时，抒情诗中叙事性的形式要素追问还需要纵深展开；叙事性的理论边界远未厘清，不同诗学话语与叙事性之间的理论交集依然缠绕；叙事性的理论与诗学实践之间的内在紧张仍然存在；探讨对古典诗歌叙事性的接续与展开其现代性的转换中，还需要对传统叙事诗论进行更细致潜深的挖掘、整理，以期有进一步的发现与思考；以西方叙事学手段对具体诗歌文本的阐释与解读，还有待更为精准贴切、细化深入；在针对具有叙事特征的抒情诗的分析与理论总结中，还存有不少的纰漏与缺陷。而且，由于着重考察具有先锋性与现代性的抒情诗中的叙事性特征，对现实主义潮流下叙事性书写的探讨还没有展开，对现代抒情诗叙事性书写中的流弊与缺陷的省察远未涉及……种种纰漏和遗憾的存在，也催逼着人进一步地思考和回应。因而面对上述种种问题，都说明了本书仅仅是一个尝试的开始，其延伸的诗学探讨以期待之势敞开。

在回顾百年新诗中的叙事性现象，有论者指出："新诗的书写更依赖现代的人文经验……新诗的想象力视域更注重诗歌和现实的关系，新诗和社会的现代意义上的关联。其实，它更多是源于一种文化观念，表达的自由是维护真实性的最基本的要求，既是风格方面的要求，也是审美理念方面的要求。表达的自由，促使现代诗人不断拓展诗歌的描述性，从各种角度，各个层面，探索人的复杂而动荡的现代处境。如果不存偏见的话，应该说，新诗和描述性的关系，反过来又促进了新诗的文学能力的增强。一个突出的表现是，新诗开始运用更舒展的更多褶皱的更倾向讲述的语言，来反映现代的生存经验的复杂性。这样，新诗和它采用的诗歌语言的描述性的关系，又推进了诗歌和洞察的关联。"① 面对现代诗人不断拓展演变的叙事性书写，面对这一不断发生变化与演进的时代，面对不断发生着变化的现代主体及其身处其间的现代文化，这对现代抒情诗叙事性的考察提出

---

① 臧棣语，参见洪子诚等《世纪视野中的百年新诗》，《读书》2016 年第 3 期。

了新的挑战——需要更切实的跟进追踪、更纵深的考辨厘定、更缜密的分析阐释、更综合的理论判断，才能触摸这一发展的诗学轨迹与跃动的内在情感。

　　因而，在这一条充满张力的叙事性诗学的探索路径中，现代主体的自我述说与现代建构远未停止，现代社会及其文化的发展演进也不断变化，现代诗人的诗学探索亦刚刚出发，叙事性诗学的理论探讨还未自觉凸显，而本书理论描述、诗学分析与诗歌实践之间的缝隙还有待进一步弥合。虽希望为后来者提供可资参考的诗学考察路径，也试想推动这一狭窄命题的进一步生长与发展，但这一切仅仅是一个浅尝辄止的开始。如果说，这些尝试正如西方论者对 20 世纪 30 年代英国诗人的评价："诗人们在出发航海的时候所希望的，是找到一个新的人类。他们并没有找到这样一个有血肉的人，却在一个晚上，发现他们的船搁浅在必然的岩礁上，一个他们从未梦见过的伟大的人的形象，显示在他们眼前。他们的失败就是他们的成功。"① 那么对这一未竟的诗学形式的考察与辨析，也如一个不知所终的远航，希望于失败中期求黎明的微光，并对此做不懈的探讨与追问。

---

　　①　Demetrios Capetankis：《论当代英国诗人》，袁水拍译，《诗文学》1945 年第 1 辑。

参考文献

一 新中国成立前期刊

［1］《小说月报》1910～1931

［2］《青年杂志》1915～1916

［3］《新青年》1915～1926

［4］《新潮》1919～1922

［5］《星期评论》1919～1920

［6］《少年中国》1919～1924

［7］《诗》1922～1923

［8］《学衡》1922～1933

［9］《创造季刊》1922～1924

［10］《创造周报》1923～1924

［11］《洪水》1924～1927

［12］《文学周报》1925～1929

［13］《创造月刊》1926～1929

［14］《新月》1928～1933

［15］《大众文艺》1928～1930

［16］《乐群》1928～1930

［17］《文艺月刊》1930～1941

［18］《时事新报》1930～1947

［19］《学文》1930～1932

［20］《诗刊》1931～1932

［21］《国语周刊》1931～1936

［22］《现代》1932～1935

［23］《新诗歌》1933~1934

［24］《文学》1933~1937

［25］《诗歌季刊》1934~1935

［26］《文艺画报》1934~1935

［27］《大公报·文艺·诗特刊》1935~1936

［28］《诗歌杂志》1936~1937

［29］《新诗》1936~1937

［30］《今日评论》1937

［31］《七月》1937~1941

［32］《中国诗坛》1937~1939

［33］《抗战文艺》1938~1946

［34］《人世间》1939~1949

［35］《当代评论》1941~1944

［36］《诗恳地丛刊》1941~1944

［37］《文艺先锋》1942~1948

［38］《时与潮文艺》1943~1946

［39］《文艺春秋》1944~1947

［40］《新群》1945~1946

［41］《希望》1945~1946

［42］《文艺复兴》1946~1948

［43］《诗创造》1947~1948

二　专著

（一）国内现当代部分

［1］艾青:《诗论》,人民文学出版社,1980。

［2］陈超:《最新先锋诗论选》,河北教育出版社,2003。

［3］陈晓明:《众妙之门:重建文本细读的批评方法》,北京大学出版社,2015。

［4］陈丙莹:《卞之琳评传》,重庆出版社,1998。

［5］陈均:《中国新诗批评观念之建构》,北京大学出版社,2009。

［6］陈太胜：《象征主义与中国现代诗学》，北京大学出版社，2005。

［7］陈绍伟编《中国新诗集序跋选（1918—1949）》，湖南文艺出版社，1986。

［8］陈平原：《中国小说叙事模式的转变》，北京大学出版社，2003。

［9］陈希：《中国现代诗学的范畴》，中山大学出版社，2009。

［10］陈旭光：《中西诗学的会通——20世纪中国现代主义诗学研究》，北京大学出版社，2002。

［11］陈旭光、谭五昌：《秩序的生长——"后朦胧诗"文化诗学研究》，陕西人民教育出版社，2002。

［12］陈伯海：《中国诗学之现代观》，上海古籍出版社，2006。

［13］陈厚诚编《李金发回忆录》，东方出版中心，1998。

［14］陈金淦编《胡适研究资料》，知识产权出版社，2010。

［15］陈国球、王德威编《抒情之现代性》，生活·读书·新知三联书店，2014。

［16］程光炜：《中国当代诗歌史》，中国人民大学出版社，2003。

［17］程光炜：《程光炜诗歌时评》，中国人民大学出版社，2002。

［18］程相占：《中国古代叙事诗研究》，广西师范大学出版社，2002。

［19］蔡英俊：《中国古典诗论中"语言"与"意义"的论题——"意在言外"的用言方式与"含蓄"的美典》，学生书局，2001。

［20］蔡英俊：《语言与意义》，华中师范大学出版社，2011。

［21］董小英：《再登巴比塔——巴赫金与对话理论》，生活·读书·新知三联书店，1994。

［22］杜运燮、袁可嘉、周与良主编《一个民族已经起来——怀念诗人、翻译家穆旦》，江苏人民出版社，1987。

［23］杜运燮、张同道编《西南联大现代诗抄》，中国文学出版社，1997。

［24］杜运燮、周与良、李方、张同道、余世存编《丰富和丰富的痛苦：穆旦逝世二十周年纪念文集》，北京师范大学出版社，1997。

［25］废名著，陈子善编订《论新诗及其他》，辽宁教育出版社，1998。

［26］废名、朱英诞著，陈均编订《新诗讲稿》，北京大学出版

社，2005。

[27] 冯姚平编《冯至与他的世界》，河北教育出版社，2001。

[28] 傅宗洪：《大众诗学视域中的现代歌词研究：1900~1940年代》，中国社会科学出版社，2016。

[29] 耿占春：《叙事与抒情》，中国社会科学出版社，2005。

[30] 耿云志：《胡适新论》，湖南出版社，1996。

[31] 耿云志：《胡适研究论稿》，四川人民出版社，1985。

[32] 高兰编《诗的朗诵与朗诵的诗》，山东大学出版社，1987。

[33] 高友工：《美典：中国文学研究论集》，生活·读书·新知三联书店，2008。

[34] 高玉：《现代汉语与中国现代文学》，中国社会科学出版社，2003。

[35] 龚继民，方仁念：《郭沫若年谱（上、中、下）》，天津人民出版社，1992。

[36] 贺桂梅：《转折的时代：40~50年代作家研究》，山东教育出版社，2003。

[37] 洪球编《现代诗歌论文选》，仿古书店，1936。

[38] 洪子诚主编《在北大课堂读诗》，长江文艺出版社，2002。

[39] 洪子诚、刘登翰：《中国当代新诗史》（修订版），北京大学出版社，2005。

[40] 胡怀琛编《诗学讨论集》，新文化书社印行，1934。

[41] 胡风著，晓风编选《胡风选集》，四川人民出版社，1995。

[42] 胡风：《胡风回忆录》，人民文学出版社，1993。

[43] 胡风：《论诗短札》，耕耘出版社，1947。

[44] 胡适著，吴奔星、李兴华编选《胡适诗话》，四川文艺出版社，1991。

[45] 胡适：《胡适留学日记》（一），商务印书馆，1947。

[46] 胡适：《胡适留学日记》（三），商务印书馆，1947。

[47] 胡适：胡适留学日记（上下），安徽教育出版社，1999。

[48] 黄晋凯等主编《象征主义·意象派》，中国人民大学出版社，1989。

［49］姜涛：《"新诗集"与中国新诗的发生》，北京大学出版社，2005。

［50］姜涛：《巴枯宁的手》，北京大学出版社，2010。

［51］江弱水：《卞之琳诗艺研究》，安徽教育出版社，2000。

［52］江弱水：《中西同步与位移——现代诗人丛论》，安徽教育出版社，2003。

［53］金丝燕：《文学接受与文化过滤——中国对法国象征主义诗歌的接受》，中国人民大学出版社，1994。

［54］贾植芳、俞元桂编《中国现代文学总书目》，福建教育出版社，1993。

［55］敬文东：《被委以重任的方言》，人民大学出版社，2003。

［56］旷新年：《1928：革命文学》，山东教育出版社，1998。

［57］李怡、易彬编《穆旦研究资料》（上下），知识产权出版社，2013。

［58］李怡主编《中国现代诗歌欣赏》，高等教育出版社，2004。

［59］李怡：《中国现代新诗与古典诗歌传统》（增订版），北京大学出版社，2008。

［60］李书磊：《1942：走向民间》，山东教育出版社，1998。

［61］李长之：《李长之文集》（全十卷），河北教育出版社，2006。

［62］李广田：《李广田文学评论选》，云南人民出版社，1983。

［63］李广田：《李广田代表作》，黄河文艺出版社，1987。

［64］李达三、罗钢编《中外比较文学的里程碑》，人民文学出版社，1997。

［65］李亚峰：《近代叙事诗研究》，中国社会科学出版社，2015。

［66］吕周聚：《中国现代主义诗学》，人民文学出版社，2001。

［67］刘福春：《新诗纪事》，学苑出版社，2004。

［68］刘福春编撰《中国新诗总书目》，作家出版社，2006。

［69］刘福春：《中国新诗编年史》（上下卷），人民文学出版社，2013。

［70］刘继业：《新诗的大众化和纯诗化》，北京大学出版社，2008。

［71］刘进才：《语言运动与中国现代文学》，中华书局，2007。

［72］刘为民：《科学与现代中国文学》，安徽教育出版社，2000。

［73］刘俊文主编《日本学者研究中国史论著选译第 1 卷》，黄约瑟译，中华书局，1992。

［74］罗文军：《晚清民初新教传教士西诗译介研究》，中国社会科学出版社，2016。

［75］罗振亚：《中国现代主义诗歌史论》，社会科学文献出版社，2002。

［76］罗振亚：《朦胧诗后先锋诗歌研究》，中国社会科学出版社，2006。

［77］罗大冈：《罗大冈学术论著自选集》，北京师范学院出版社，1991。

［78］李今：《个人主义与五四新文学》，北方文艺出版社，1992。

［79］李健吾著，郭宏安编《李健吾批评文集》，珠海出版社，1998。

［80］鲁迅：《鲁迅全集》（第三卷、第十一卷），人民文学出版社，1993。

［81］梁宗岱著，马海甸主编《梁宗岱文集 II》（评论卷），中央编译出版社，2003。

［82］梁宗岱：《诗与真·诗与真二集》，外国文学出版社，1984。

［83］梁宗岱著，李振声编《梁宗岱批评文集》，珠海出版社，1998。

［84］梁启超著，周岚、常弘编《饮冰室诗话》，时代文艺出版社，1998。

［85］龙泉明：《中国新诗流变论》，人民文学出版社，1999。

［86］廖炳惠：《解构批评论集》，东大图书股份有限公司，1986。

［87］蓝棣之：《现代诗的情感与形式》，人民文学出版社，2003。

［88］林以亮：《林以亮诗话》，洪范书店，1976。

［89］穆旦：《穆旦诗文集：全 2 册》（增订版），人民文学出版社，2013。

［90］孟华：《汉字：汉语和华夏文明的内在形式》，中国社会科学出版社，2004。

［91］彭放编《郭沫若谈创作》，黑龙江人民出版社，1982。

［92］潘颂德：《中国现代诗论40家》重庆出版社，1991。

［93］潘颂德：《中国现代新诗理论批评史》，学林出版社，2002。

［94］钱理群：《1948：天地玄黄》，山东教育出版社，1998。

［95］钱理群、温儒敏、吴福辉：《中国现代文学三十年》（修订版），北京大学出版社，1998。

［96］钱光培、向远编《现代诗人及流派琐谈》，人民文学出版社，1982。

［97］钱锺书：《谈艺录》，中华书局，1984。

［98］任钧：《新诗话》，新中国出版社，1946。

［99］孙玉蓉编《俞平伯研究资料》，天津人民出版社，1986。

［100］上海文艺出版社编《中国新文学大系》（1927—1937）（影印本），上海文艺出版社，1984。

［101］上海文艺出版社编《中国新文学大系》（1937—1949）（影印本），上海文艺出版社，1990。

［102］申小龙：《中国文化语言学》，吉林教育出版社，1990。

［103］孙文波、臧棣、肖开愚编《语言：形式的命名》，人民文学出版社，1999。

［104］孙玉石：《中国初期象征派诗歌研究》，北京大学出版社，1983。

［105］孙玉石：《中国现代诗歌艺术》，人民文学出版社，2010。

［106］孙玉石：《中国现代主义诗潮史论》，北京大学出版社，1999。

［107］孙亦丽等编《最新高级英汉大词典》（第3版），商务印书馆国际有限公司，2014。

［108］苏光文：《抗战文学概观》，西南师范大学出版社，1985。

［109］苏光文编著《抗战文学纪程》，西南师范大学出版社，1986。

［110］苏光文：《抗战诗歌史稿》，四川教育出版社，1991。

［111］商金林：《叶圣陶传论》，安徽教育出版社，1995。

［112］沈从文著，张兆和主编《沈从文全集》（第16卷），北岳文艺出版社，2009。

［113］石灵：《新诗歌的创作方法》，天马书店，1935。

［114］唐湜：《新意度集》，生活·读书·新知三联书店，1989。

［115］唐湜：《一叶诗谈》，广西教育出版社，2000。

［116］唐湜：《九叶诗人："中国新诗"的中兴》，上海教育出版社，2003。

［117］洪深：《戏的念词与诗的朗诵》，美学出版社，1943。

［118］唐晓渡：《唐晓渡诗学论文集》，中国社会科学出版社，2001。

［119］王圣思选编《九叶诗人评论资料选》，华东师范大学出版社，1996。

［120］王光明：《面向新诗的问题》，学苑出版社，2002。

［121］王光明：《现代汉诗的百年流变》，河北人民出版社，2003。

［122］王家新：《没有英雄的诗》，中国社会出版社，2002。

［123］王家新：《夜莺在它自己的时代》，东方出版中心，1997。

［124］王家新编《欧美现代诗歌流派诗选（上）》，河北教育出版社，2003。

［125］王家新、孙文波编《中国诗歌：九十年代备忘录》，人民文学出版社，2000。

［126］王荣：《中国现代叙事诗史》，中国社会科学出版社，2004。

［127］王德威：《抒情传统与中国现代性：在北大的八堂课》，生活·读书·新知三联书店，2010。

［128］王珂编《51 位理论家论现代诗创作研究技法》，海峡文艺出版社，2012。

［129］王泽龙：《中国现代主义诗潮论》，华中师范大学出版社，2008。

［130］王力：《汉语诗律学》，新知识出版社，1958。

［131］王力：《王力文集》（第 3 卷），山东教育出版社，1985。

［132］王力：《王力文集》（第 11 卷），山东教育出版社，1990。

［133］王一川：《中国现代性体验的发生——清末民初文化转型与文学》，北京师范大学出版社，2001。

［134］王佐良：《英诗的境界》，生活·读书·新知三联书店，1991。

［135］王圣思选编《九叶之树长青——"九叶诗人"作品选》，华东师范大学出版社，1994。

［136］王训昭、卢正言、邵华、肖斌如、林明华编《郭沫若研究资料》（上中下），知识产权出版社，2010。

［137］王晓明主编《批评空间的开创：二十世纪中国文学研究》，东方出版中心，1998。

［138］王瑶：《中国新文学史稿》，新文艺出版社，1954。

［139］王瑶：《中国现代文学史论集》，北京大学出版社，1988。

［140］王汎森：《晚明清初思想十论》，复旦大学出版社，2008。

［141］王凤伯、孙露茜编《徐迟研究专集》，浙江文艺出版社，1985。

［142］王永生主编《中国现代文论选》（第1-3册），贵州人民出版社，1983。

［143］闻黎明、侯菊坤编：《闻一多年谱长编》，湖北人民出版社，1994。

［144］闻一多：《闻一多全集（1）》，生活·读书·新知三联书店，1982。

［145］伍蠡甫、胡经之主编《西方文艺理论名著选编》（上中下卷），北京大学出版社，1985~1987。

［146］伍蠡甫主编《西方文论选》，上海译文出版社，1979。

［147］吴晓东：《记忆的神话》，新世界出版社，2001。

［148］吴晓东：《20世纪的诗心》，北京大学出版社，2010。

［149］吴晓东：《象征主义与中国现代文学》，安徽教育出版社，2000。

［150］吴晓东编《中国沦陷区文学大系·诗歌卷》，广西教育出版社，1999。

［151］吴福辉、朱珩青编选《百年文坛忆录》，北京师范大学出版社，1999。

［152］吴奔星、徐放鸣选编《沫若诗话》，四川人民出版社，1982。

［153］西渡：《灵魂的未来》，河南大学出版社，2009。

［154］奚密：《现当代诗文录》，联合文学出版社，1998。

［155］肖开愚、臧棣、孙文波编《从最小的可能性开始》，人民文学出版社，2000。

［156］肖向云编《民国诗论精选》，西泠印社，2013。

［157］萧驰等编《中国抒情传统的再发现：一个现代学术思潮的论文选集（上、下）》，台湾大学出版中心，2009。

［158］萧驰:《中国抒情传统》,允晨文化实业股份有限公司,1999。

［159］谢有顺:《身体修辞》,花城出版社,2003。

［160］谢冕、孙玉石、洪子诚等编著《百年中国新诗史略》,北京大学出版社,2010。

［161］谢冕、孙玉石、洪子诚主编《新诗评论》2010年第2辑(总第十二辑),北京大学出版社,2010。

［162］谢冕:《新世纪的太阳:二十世纪中国诗潮》,时代文艺出版社,1993。

［163］谢冕主编《中国新诗总系》(全十卷),人民文学出版社,2010。

［164］解志熙:《美的偏至:中国现代唯美—颓废主义文学思潮研究》,文艺出版社,1997。

［165］解志熙:《生的执著——存在主义与中国现代文学》,人民文学出版社,1999。

［166］解志熙:《摩登与现代——中国现代文学的实存分析》,清华大学出版社,2006。

［167］许毓峰等编《闻一多研究资料》,北岳文艺出版社,1986。

［168］许霆:《中国现代诗歌理论经典》,苏州大学出版社,2008。

［169］现代汉诗百年演变课题组编《现代汉诗:反思与求索》,作家出版社,1998。

［170］尹康庄:《象征主义与中国现代文学》,暨南大学出版社,1998。

［171］杨匡汉、刘福春编《中国现代诗论》(上下编),花城出版社,1985。

［172］杨振声:《杨振声选集》,人民文学出版社,1987。

［173］杨景龙:《中国古典诗学与新诗名家》,人民文学出版社,2012。

［174］杨鸿烈:《中国诗学大纲》,商务印书馆,1928。

［175］于坚、谢有顺:《于坚谢有顺对话录》,苏州大学出版社,2003。

［176］俞平伯:《俞平伯学术论著自选集》,北京师范学院出版

社，1992。

[177] 俞平伯：《俞平伯全集》（全十卷），花山文艺出版社，1997。

[178] 痖弦：《中国新诗研究》，洪范出版社，1981。

[179] 易明善编《何其芳研究专集》，四川文艺出版社，1986。

[180] 袁可嘉：《半个世纪的脚印——袁可嘉诗文选》，人民文学出版社，1994。

[181] 袁可嘉：《论新诗现代化》，生活·读书·新知三联书店，1988。

[182] 袁可嘉主编《现代主义文学研究》，中国社会科学出版社，1989。

[183] 袁可嘉、杜运燮、巫宁坤主编《卞之琳与诗艺术》，河北教育出版社，1990。

[184] 袁进：《中国文学的近代变革》，广西师范大学出版社，2006。

[185] 叶维廉：《中国诗学》，生活·新知·读书三联书店，1992。

[186] 叶维廉：《叶维廉诗选》，人民文学出版社，2008。

[187] 叶公超著，陈子善编《叶公超批评文集》，珠海出版社，1998。

[240] 姚丹：《西南联大历史情境中的文学活动》，广西师范大学出版社，2000。

[188] 宗白华、田汉、郭沫若：《三叶集》，亚东图书馆，1923。

[189] 钟军红：《胡适新诗理论批评》，人民文学出版社，2005。

[190] 张晖：《中国"诗史"传统》，生活·读书·新知三联书店，2012。

[191] 张寄谦编《中国教育史上的一次创举：西南联合大学湘黔滇旅行团纪实》，北京大学出版社，1999。

[192] 张闳：《声音的诗学》，人民大学出版社，2003。

[193] 张柠：《诗比历史更永久》，广州出版社，2000。

[194] 张松建：《抒情主义与中国现代诗学》，北京大学出版社，2012。

[195] 张松建：《现代诗的再出发：中国四十年代现代主义诗潮新探》，北京大学出版社，2009。

[196] 张秀中：《中国新诗坛的昨日今日和明日》，海音书局，1929。

［197］张曼仪编《卞之琳》，人民文学出版社，1995。

［198］张曼仪：《卞之琳著译研究》，香港大学中文系，1989。

［199］张曼仪主编《现代中国诗选（1917—1949）》，香港大学出版社，1974。

［200］张京媛编《后殖民理论与文化批评》，北京大学出版社，1999。

［201］张同道：《探险的风旗——论 20 世纪中国现代主义诗潮》，安徽教育出版社，1998。

［202］张桃洲：《现代汉诗的诗性空间》，北京大学出版社，2005。

［203］张春田：《革命与抒情：南社的文化政治与中国现代性（1903—1923）》，上海世纪出版集团，2015。

［204］张永芳：《晚清诗界革命论》，漓江出版社，1991。

［205］张永芳：《诗界革命与文学转型》，社会科学出版社，2004。

［206］赵一凡、张中载、李德恩主编《西方文论关键词》，外语教学与研究出版社，2006。

［207］赵毅衡编选《"新批评"文集》，中国社会科学出版社，1988。

［208］赵家璧主编，胡适编选《中国新文学大系·建设理论集》（影印本），上海良友图书印刷公司，1935。

［209］郑敏：《诗歌与哲学是近邻——结构—解构诗论》，北京大学出版社，1999。

［210］赵瑞蕻：《离乱弦歌忆旧游——从西南联大到金色的晚秋》，文汇出版社，2000。

［211］朱寿桐：《情绪：创造社的诗学宇宙》，上海文艺出版社，1991。

［212］朱恒：《现代汉语与现代汉诗关系研究》，中国社会科学出版社，2013。

［213］朱大可：《话语的闪电》，华龄出版社，2003。

［214］朱光潜：《诗论》，安徽教育出版社，2006。

［215］朱自清著，朱乔森编《朱自清全集》（全 12 卷），江苏教育出版社，1988。

［216］赵家璧主编，朱自清编选《中国新文学大系·诗集》（影印本），上海文艺出版社，2003。

[217] 祝宽：《五四新诗史》，陕西师范大学出版社，1987。

[218] 周剑之：《宋诗叙事性研究》，中国社会科学出版社，2013。

[219] 周质平：《胡适丛论》，三民书局股份有限公司，1992。

[220] 钟敬文：《兰窗诗论集》，北京师范大学出版社，1993。

[221] 赵家璧主编，郑振铎编选《中国新文学大系·文学论争集》（影印本），上海文艺出版社，2003。

（二）国内古典部分

[1] （汉）班固：《汉书》（上册），岳麓书社，1993。

[2] （清）陈声聪：《兼于阁诗话》，上海古籍出版社，1985。

[3] （宋）陈应行编《吟窗杂录》（上），中华书局，1997。

[4] 辞海编辑委员会：《辞海·文学分册》，上海辞书出版社，1981。

[5] 丁福保辑《历代诗话续编》（上中下），中华书局，1983。

[6] （清）方东树：《昭昧詹言》卷十一，汪绍楹校点，人民文学社出版，1961。

[7] （清）龚自珍：《龚自珍全集》，上海人民出版社，1975。

[8] 郭绍虞主编《中国历代文论选》（1、2），上海古籍出版社，2001。

[9] 郭绍虞编选《清诗话续编》（全四册），上海古籍出版社，1983。

[10] （清）何文焕辑《历代诗话》（上下），中华书局，1981。

[11] （清）刘熙载：《艺概》（卷二），上海古籍出版社，1978。

[12] （清）刘熙载著，徐中玉、萧华荣校点《刘熙载论艺六种》，巴蜀书社，1990。

[13] 李壮鹰编《中国古代文论读本：〈中国古代文论〉》（修订版），高等教育出版社，2008。

[14] （清）王闿运著，马积高主编《湘绮楼诗文集》第1卷，岳麓书社，2008。

[15] （清）王夫之等撰，丁福保辑录《清诗话》，中华书局，1963。

[16] 王水照编《历代文话》（全十册），复旦大学出版社，2007。

[17] （汉）许慎：《说文解字》，天津古籍出版社，1991。

[18] （南北朝）颜之推撰，庄辉明、章义和译注《颜氏家训译注》，

上海古籍出版社，2012。

［19］杨传弟：《怡志堂诗集·序》，《怡志堂诗集》，桂林排印《岭西五家诗文集》本，1935。

［20］余祖坤编《历代文话续编》（上中下），凤凰出版社，2013。

［21］（汉）郑玄注，贾公彦疏《周礼注疏（下卷）》，北京大学出版社，1999。

［22］张寅彭选辑《清诗话三编》（全十册），上海古籍出版社，2014。

（三）国外部分

［1］〔墨〕奥·帕斯：《批评的激情》，赵振江译，云南人民出版社，1995。

［2］〔美〕艾略特：《艾略特诗学文集》，王恩衷编译，国际文化出版公司，1989年。

［3］〔美〕艾略特：《艾略特文学论文集》，李赋宁译注，百花洲文艺出版社，1994。

［4］〔瑞士〕埃米尔·施塔格尔：《诗学的基本概念》，胡其鼎译，中国社会科学出版社，1992。

［5］〔法〕波德莱尔：《波德莱尔美学论文选》，郭宏安译，人民文学出版社，1987。

［6］〔俄〕巴赫金：《陀思妥耶夫斯基诗学问题》，白春仁、顾亚铃译，生活·读书·新知三联书店，1988。

［7］〔英〕布雷德伯里、〔英〕麦克法兰编《现代主义》，胡家峦等译，外语教育出版社，1992。

［8］〔日〕柄谷行人：《日本现代文学的起源》，赵京华译，生活·读书·新知三联书店，2003。

［9］〔法〕查德维克：《象征主义》，肖聿译，北岳文艺出版社，1989。

［10］〔美〕厄尔·迈纳：《比较诗学》，王宇根、宋伟杰译，中央编译出版社，2004。

［11］〔美〕Frank Lentricchia and Thomas Mclaughlin：《文学批评术语》，张京媛等译，牛津大学出版社，1994。

［12］〔德〕弗里德里希：《现代诗歌的结构：19 世纪中期至 20 世纪中期的抒情诗》，李双志译，译林出版社，2010。

［13］〔德〕格罗塞：《艺术的起源》，蔡慕晖译，商务印书馆，1984。

［14］〔德〕顾彬：《关于"异"的研究》，曹卫东编译，北京大学出版社，1997。

［15］〔美〕华尔脱·惠特曼等：《美国作家论文学》，刘保端等译，生活·读书·新知三联书店，1984。

［16］〔德〕黑格尔：《美学》，朱光潜译，商务印书馆，1991。

［17］〔日〕吉川幸次郎：《宋元明诗概说》，李庆等译，复旦大学出版社，2012。

［18］〔奥〕里尔克：《里尔克诗选》，绿原译，人民文学出版社，1996。

［19］〔美〕刘若愚：《中国诗学》，赵帆声等译，河南人民出版社，1990。

［20］〔美〕刘若愚：《中国的文学理论》，田守真、饶曙光译，四川人民出版社，1987。

［21］〔美〕M. H. 艾布拉姆斯：《镜与灯：浪漫主义文论及批评传统》，郦稚牛、张照进、童庆生译，王宁校，北京大学出版社，2004。

［22］〔美〕M. H. 艾布拉姆斯：《文学术语词典》（第 7 版），吴松江等译，北京大学出版社，2009。

［23］〔美〕马泰·卡林内斯库：《现代性的五副面孔》，顾爱彬、李瑞华译，商务印书馆，2000。

［24］〔捷〕马立安·高利克：《中西文学关系的里程碑》，伍晓明、张文定等译，北京大学出版社，1990。

［25］〔斯〕玛利安·高利克：《现代文学批评发生史 1917—1930》，陈圣生等译，社会科学文献出版社，1997。

［26］〔荷兰〕米克·巴尔：《叙述学：叙事理论导论》（第二版），谭君强译，中国社会科学出版社，2003。

［27］〔美〕倪豪士编选《美国学者论唐代文学》，黄宝华等译，上海古籍出版社，1994。

［28］〔捷〕雅罗斯拉夫·普实克：《普实克中国现代文学论文集》，李燕乔等译，湖南文艺出版社，1987。

［29］〔美〕乔纳森·卡勒：《结构主义诗学》，盛宁译，中国社会科

学出版社，1991。

[30]〔美〕苏珊·朗格：《情感与形式》，刘大基等译，中国社会科学出版社，1986。

[31]〔美〕孙康宜：《抒情与描写六朝诗歌概论》，钟振振译，上海三联书店，2006。

[32]〔英〕S. W. 道森：《论戏剧与戏剧性》，艾晓明译，昆仑出版社，1992。

[33]〔英〕特伦斯·霍克斯：《结构主义和符号学》，瞿铁鹏译，上海译文出版社，1987。

[34]〔美〕特里·伊格尔顿：《马克思主义与文学批评》，文宝译，人民文学出版社，1980。

[35]〔法〕瓦雷里：《瓦雷里诗歌全集》，葛雷、梁栋译，人民文学出版社，1996。

[36]〔法〕瓦雷里：《文艺杂谈》，段映红译，百花文艺出版社，2002。

[37]〔美〕韦勒克、〔美〕沃伦：《文学理论》，刘象愚等译，生活·读书·新知三联书店，1984。

[38]〔法〕伊夫·瓦岱：《文学与现代性》，田庆生译，北京大学出版社，2001。

[39]〔古希腊〕亚里士多德：《诗学》，陈中梅译注，商务印书馆，1996。

三　作品

[1] 艾青：《艾青全集》，花山文艺出版社，1991。

[2] 卞之琳：《雕虫纪历（1930—1958）》（增订版），人民文学出版社，1984。

[3] 卞之琳著，江弱水、青乔编《卞之琳文集》（上中下），安徽教育出版社，2002。

[4] 冰心：《繁星春水》，人民文学出版社，1998。

[5] 陈梦家编《新月诗选》，新月书店，1931。

[6] 陈敬容：《陈敬容选集》，四川人民出版社，1983。

[7] 陈惇、刘象愚编选《穆木天文学评论选集》，北京师范大学出版社，2000。

［8］程光炜编选《岁月的遗照》，社会科学文献出版社，2000。

［9］戴望舒著，王文彬、金石编《戴望舒全集·诗歌卷》，中国青年出版社，1999。

［10］杜运燮：《杜运燮60年诗选》，人民文学出版社，2000。

［11］冯至著，韩耀成等编《冯至全集》（全十二卷），河北教育出版社，1999。

［12］冯至著，解志熙编《冯至作品新编》，人民文学出版社，2009。

［13］冯雪峰：《雪峰的诗》，人民文学出版社，1979。

［14］郭沫若著，郭沫若著作编辑出版委员会编《郭沫若全集》（文学编）（第1、2、15卷），人民文学出版社，1982。

［15］胡适著，欧阳哲生编《胡适文集》（1、2、8、9卷），北京大学出版社，1998。

［16］何其芳、李广田、卞之琳：《汉园集》，商务印书馆，1936。

［17］何其芳著，蓝棣之主编《何其芳全集》（全八卷），河北人民出版社，1998。

［18］杭约赫：《噩梦录》，星群出版社，1947。

［19］杭约赫：《复活的土地》，森林出版社，1949。

［20］康白情著，诸孝正、陈卓团编《康白情新诗全编》，花城出版社，1990。

［21］梁实秋著，《梁实秋文集》编辑委员会编《梁实秋文集》（第1卷），鹭江出版社，2002。

［22］梁仁编《戴望舒诗全编》，浙江文艺出版社，1989。

［23］李广田：《画廊集》，商务印书馆，1936。

［24］李金发：《微雨》，人民文学出版社，2000。

［25］林庚：《林庚诗文集》（全九卷），清华大学出版社，2005。

［26］罗大冈著译，刘麟主编《罗大冈文集》（全4册），中国文联出版社，2004。

［27］马凡陀：《马凡陀的山歌》，生活书店，1946。

［28］穆木天著，蔡清富、穆立立编《穆木天诗文集》，时代文艺出版社，1985。

[29] 茅盾著，《茅盾全集》编辑委员会编《茅盾全集》（全43卷），人民文学出版社，1984—2006。

[30] 瞿秋白：《瞿秋白诗文选》，人民文学出版社，1982。

[31] 孙大雨著，孙近仁编《孙大雨诗文集》，河北教育出版社，1996。

[32] 孙毓棠著，余太山编《孙毓棠诗集》，商务印书馆，2013。

[33] 唐祈：《诗第一册》，星群出版社，1948。

[34] 王独清：《独清自选集》，乐华图书公司，1933。

[35] 闻一多著，孙党伯、袁謇正主编《闻一多全集》（全12卷），湖北人民出版社，2004。

[36] 辛笛等：《九叶集》，作家出版社，2000。

[37] 辛笛：《辛笛诗稿》，人民文学出版社，1983。

[38] 许德临编《分类白话诗选》，崇文书局，1920。

[39] 徐迟：《徐迟文集》（全十册），作家出版社，2014。

[40] 徐志摩著，赵遐秋、曾庆瑞、潘百生等编《徐志摩全集》（全七卷），广西民族出版社，1991。

[41] 徐志摩著，韩石山编《徐志摩全集》（全8卷），天津人民出版社，2005。

[42] 杨宪益编译《近代英国诗抄》，中华书局，1948。

[43] 叶汝琏：《旧作新诗抄》，开益出版社，2003。

[44] 应修人等：《湖畔》，人民文学出版社，1998。

[45] 应修人著，楼适夷、赵兴茂编《修人集》，浙江人民出版社，1982。

[46] 应修人编《漠华集》，浙江文艺出版社，1984。

[47] 郑敏：《郑敏诗集（1942—1947）》，森林出版社，1949。

[48] 宗白华著，林同华主编《宗白华全集》（1—4卷），安徽教育出版社，1994。

[49] 臧克家：《臧克家全集》（全12卷），时代文艺出版社，2002。

[50] 朱湘著，方铭编《朱湘全集》（全五卷），安徽文艺出版社，2017。

四 叙事学理论

（一）国内部分

［1］董乃斌主编《中国文学叙事传统研究》，中华书局，2012。

［2］傅修延：《先秦叙事研究：关于中国叙事传统的形成》，东方出版社，1999。

［3］傅修延：《中国叙事学》，北京大学出版社，2015。

［4］胡亚敏：《叙事学》，华中师范大学出版社，2004。

［5］罗钢：《叙事学导论》，云南人民出版社，1994。

［6］罗书华：《中国叙事之学：结构、历史与比较的维度》，中国社会科学出版社，2008。

［7］申丹：《叙述学与小说文体研究》（第三版），北京大学出版社，2004。

［8］申丹：《叙事、文体与潜文本——重读英美经典短篇小说》，北京大学出版社，2009。

［9］申丹、王丽亚：《西方叙事学：经典与后经典》，北京大学出版社，2010。

［10］谭君强：《叙事学导论：从经典叙事学到后经典叙事学》，高等教育出版社，2008。

［11］王泰来等编选《叙事美学》，重庆出版社，1987。

［12］杨义：《中国叙事学》，中国社会科学出版社，2006。

［13］张寅德编选《叙述学研究》，中国社会科学出版社，1989。

［14］赵炎秋、陈果安、潘桂林：《明清叙事思想研究》，湖南师范大学出版社，2008。

（二）国外部分

［1］〔以〕艾米娅·利布里奇、里弗卡·图沃-玛沙奇、塔玛·奇尔波：《叙事研究：阅读、分析和诠释》，王红艳主译，释觉舫审校，重庆大学出版社，2008。

［2］〔法〕保尔·科利：《虚构叙事中时间的塑形：时间与叙事第2

卷》，王文融译，生活·读书·新知三联书店，2003。

[3]〔美〕戴卫·赫尔曼：《新叙事学》，马海良译，北京大学出版社，2002。

[4]〔美〕华莱士·马丁：《当代叙事学》，伍晓明译，北京大学出版社，2005年。

[5]〔美〕J. 希利斯·米勒：《解读叙事》，申丹译，北京大学出版社，2002。

[6]〔美〕杰拉德·普林斯：《叙述学词典》（修订版），乔国强、李孝弟译，上海译文出版社，2011。

[7]〔美〕杰拉德·普林斯：《叙事学：叙事的形式与功能》，徐强译，中国人民大学出版社，2013。

[8]〔以〕里蒙-凯南：《叙事虚构作品》，姚景清、黄虹伟、傅浩、于振邦译，三联书店，1989。

[9]〔英〕马克·柯里：《后现代叙事理论》，宁一中译，北京大学出版社，2003。

[10]〔荷〕米克·巴尔：《叙述学：叙事理论导论》（第二版），谭君强译，中国社会科学出版社，2003。

[11]〔美〕浦安迪：《中国叙事学》，北京大学出版社，1996。

[12]〔法〕热拉尔·热奈特：《叙事话语新叙事话语》，王文融译，中国社会科学出版社，1990。

[13]〔美〕苏珊·S. 兰瑟：《虚构的叙事：女性作家与叙述声音》，黄必康译，北京大学出版社，2002。

[14]〔美〕西摩·查特曼：《故事与话语：小说与电影的叙事结构》，徐强译，中国人民大学出版社，2013。

[15]〔挪威〕雅各布·卢特：《小说和电影中的叙事》，徐强译，申丹校，北京大学出版社，2011。

[16]〔美〕詹姆斯·费伦：《作为修辞的叙事：技巧、读者、伦理、意识形态》，陈永国译，北京大学出版社，2002。

[17]〔美〕詹姆斯·费伦主编《当代叙事理论指南》，申丹、马海良、宁一中、乔国强、陈永国、周靖波译，北京大学出版社，2007。

五　期刊文献

[1] 陈仲义：《日常主义诗歌——论 90 年代先锋诗歌走势》，《诗探索》1999 年第 2 期。

[2] 陈卫、陈茜：《当代诗歌的叙事性分析——中国当代诗歌研究系列之二》，《江西师范大学学报》2009 年第 6 期。

[3] 陈丹：《论卞之琳抒情诗创作中的叙事性因素》，《江苏教育学院学报》2006 年第 1 期。

[4] 陈彦：《穆旦"新的抒情"实践及其诗学意义》，《上海师范大学学报》2005 年第 4 期。

[5] 陈太胜：《从"唱"到"说"——从戴望舒写作上的转变看新诗的音乐性》，《中国新诗一百年国际研讨会论文集》，2005 年。

[6] 陈圣生：《卞之琳诗艺初探——抒情诗与音乐、戏剧和小说的联系举隅》，《当代文艺探索》1986 年第 6 期。

[7] 陈伯海：《"感事写意"说杜诗——论唐诗意象艺术转型之肇端》，《上海师范大学学报》（哲社版）2014 年第 2 期。

[8] 常存文、魏占龙：《〈凤凰涅槃〉的叙事性特征》，《语文学刊》2001 年第 2 期。

[9] 程光炜：《90 年代诗歌：另一意义的命名》，《山花》1997 年第 3 期。

[10] 程光炜：《90 年代诗歌：叙事策略及其他》，《大家》1997 年第 3 期。

[11] 程光炜：《不知所终的旅行——90 年代诗歌综论》，《山花》1997 年第 11 期。

[12] 董乃斌：《古典诗词研究的叙事视角》，《文学评论》2010 年第 1 期。

[13] 董乃斌：《李商隐诗的叙事分析》，《文学遗产》2010 年第 1 期。

[14] 董乃斌：《论中国文学史抒情与叙事两大传统》，《中国社会科学》2010 年第 3 期。

[15] 董乃斌：《古诗十九首与中国文学的抒叙传统》，《北京大学学报》（哲社版）2014 年第 5 期。

［16］董乃斌：《从赋比兴到叙抒议——考察诗歌叙事传统的一个角度》，《徐州工程学院学报》（社科版）2016年第1期。

［17］董乃斌：《漫话律诗绝句的叙事》，《古典文学知识》2016年第1期。

［18］房日晰：《略论杜诗的细节描写》，《杜甫研究学刊》1997年第1期。

［19］付祥喜：《"新歌行"与中国近现代诗歌》，《中国社会科学》2014年第12期。

［20］傅斯年：《怎样做白话文》，《新潮》1919年第1卷第2号。

［21］耿占春：《没有故事的生活——从王家新的〈回答〉看当代诗学的叙事问题》，《当代作家评论》1999年第6期。

［22］高永年、何永康：《论百年中国新诗之叙事因素》，《文学评论》2011年第1期。

［23］龚喜平：《近代"歌体诗"初探》，《西北师范学院学报》（社会科学版）1985年第3期。

［24］龚喜平：《新学诗·新派诗·歌体诗·白话诗——论中国新诗的发生与发展》，《西北师范学院学报》（社会科学版）1988年第3期。

［25］郭沫若：《诗歌底创作》，《文学》1944年第4期。

［26］侯马：《抒情导致了一首诗的失败》，《诗探索》1998年第3期。

［27］胡全生：《抒情诗中抒情人的表现形态及其叙事功能》，《当代外语研究》2011年第11期。

［28］霍俊明：《并非圭臬："新诗戏剧化"的历史意义与现实反思》，《袁可嘉诗歌创作与诗歌理论研讨会论文集》，2009年。

［29］姜涛：《叙述中的当代诗歌》，《诗探索》1998年第2期。

［30］姜涛：《冯至、穆旦四十年代诗歌写作的人称分析》，《中国现代文学研究丛刊》1997年第4期。

［31］姜飞：《叙事与现代汉语诗歌的硬度——举例以说，兼及"诗歌叙事学"的初步设想》，《钦州师范高等专科学校学报》2006年第4期。

［32］康林：《〈尝试集〉的艺术史价值》，《文学评论》1990年第4期。

［33］康林：《〈雨巷〉：文本结构论析》，《中国现代文学研究丛刊》

1987 年第 4 期。

[34] 康林：《中国古典抒情诗的本文结构方式》，《河北学刊》1990
年第 3 期。

[35] 刘翔：《尴尬时代的抒情诗歌——论在中国当代诗歌格局中抒情
诗的地位和意义》，《诗探索》2002 年第 1~2 期。

[35] 刘忠：《知识分子·纯诗·叙事性——20 世纪 90 年代的诗歌
"地图"》，《上海交通大学学报》2003 年第 5 期。

[37] 刘晓明：《"语""文"的离合与中国文学思维的演进》，《中国
社会科学》2002 年第 1 期。

[38] 刘半农：《诗与小说精神之革新》，《新青年》1917 年第 3 卷第
5 号。

[39] 刘立辉：《现代诗歌的叙述结构》，《四川外语学院学报》1996
年第 2 期。

[40] 李怡：《赋与中国现代新诗的文化阐释》，《西南师范大学学报》
（人文社科版）1991 年第 17 卷第 4 期。

[41] 李金发：《诗问答》，《文艺画报》1935 年第 1 卷第 3 期。

[42] 李孝弟：《叙事作为一种思维方式——诗歌叙述学建构的切入
点》，《外语与外语教学》2016 年第 1 期。

[43] 李奭学：《中译第一首"英"诗〈圣梦歌〉》，《读书》2008 年
第 3 期。

[44] 林岗：《二十世纪汉语"史诗问题"探论》，《中国社会科学》
2007 年第 1 期。

[45] 林庚：《诗与自由诗》，《现代》1934 年第 6 卷第 1 期。

[46] 罗振亚：《九十年代先锋诗歌的"叙事诗学"》，《文学评论》
2003 年第 2 期。

[47] 罗军：《诗歌叙事学研究评述：开拓与展望》，《长春工业大学学
报》（社会科学版）2014 年第 3 期。

[48] 麦芒：《史诗情结与中国新诗的现代性》，《中国新诗一百年国际
研讨会论文集》2005 年。

[49] 马永波：《客观化写作——复调、散点透视、伪叙述》，《诗探
索》2006 年第 1 期。

［50］毛迅：《〈威尼市〉：徐志摩早期诗艺中的一个疑点》，《文学评论丛刊》2000 年第 2 卷第 2 期。

［51］钱文亮：《1990 年代诗歌中的叙事性问题》，《文艺争鸣》2002 年第 6 期。

［52］钱韧韧：《现代汉语诗歌语言的研究现状与思考》，《湖南大学学报》2014 年第 1 期。

［53］乔琦、王列娟：《大众文化语境中 20 世纪 90 年代诗歌的三个关键词》，《天中学刊》2004 年第 6 期。

［54］孙文波：《我理解的 90 年代：个人写作、叙事及其他》，《诗探索》1999 年第 2 期。

［55］孙芳：《从〈寂寞〉一诗的分析看卞之琳抒情诗创作中的叙事因素》，《新乡教育学院学报》2005 年第 1 期。

［56］孙倩：《略谈对卞之琳诗歌小说化的理解》，《涪陵师范学院学报》2005 年第 2 期。

［57］孙洁：《试论戏剧中的叙事性因素》，《戏剧》1998 年第 1 期。

［58］孙基林：《当代诗歌叙述及其诗学问题——兼及诗歌叙述学的一点思考》，《诗刊》2010 年第 14 期。

［59］尚必武：《对叙事本质的探索与追问——〈评叙事性的理论化〉》，《天津外国语大学学报》2011 年第 4 期。

［60］尚必武：《西方文论关键词：叙事性》，《外国文学》2010 年第 6 期。

［61］尚必武：《修辞诗学及当代叙事理论——詹姆斯·费伦教授访谈录》，《当代外国文学》2010 年第 2 期。

［62］尚必武：《"跨文类"的叙事研究与诗歌叙事学的建构》，《国外文学》2012 年第 2 期。

［63］申丹：《论西方叙事理论中"故事"与"话语"的区分》，《外国文学评论》1991 年第 4 期。

［64］沈奇：《怎样的"口语"，以及"叙事"——"口语诗"问题之我见》，《星星》2007 年第 9 期。

［65］唐伟胜、黄小明：《叙事性的认知图式及认知基础》，《四川外语学院学报》2005 年第 3 期。

[66] 谭君强：《论抒情诗的叙事学研究：诗歌叙事学》，《思想战线》2013 年第 4 期。

[67] 谭君强：《论抒情诗的空间叙事》，《思想战线》2014 年第 3 期。

[68] 谭君强：《论抒情诗的叙事动力结构——以中国古典抒情诗为例》，《文艺理论研究》2015 年第 6 期。

[69] 谭君强：《论抒情诗的叙述交流语境》，《云南大学学报》（社科版）2016 年第 1 期。

[70] 谭君强：《从互文性看中国古典抒情诗中的"外故事"》，《思想战线》2016 年第 2 期。

[71] 谭君强译，《莎士比亚十四行诗第 107 首——抒情诗的叙事学分析》，《英语研究》2016 年第 2 期。

[72] 谭君强：《论叙事学视阈中抒情诗的抒情主体》，《云南师范大学学报》（哲社版）2016 年第 48 卷第 3 期。

[73] 谭君强：《再论抒情诗的叙事学研究：诗歌叙事学》，《上海大学学报》（社科版）2016 年第 6 期。

[74] 谭君强：《中国抒情诗叙事研究不可缺席》，《中国社会科学报》2016 年第 5 版。

[75] 谭君强：《安德鲁·马弗尔〈致他娇羞的情人〉——抒情诗的叙事学分析》，《英语研究》2017 年第 2 期。

[76] 谭君强：《叶芝的〈第二次降临〉：抒情诗的叙事学分析》，《云南大学学报》（社科版）2018 年第 2 期。

[77] 谭君强：《柯勒律治〈忽必烈汗：或梦中幻景断片〉：抒情诗的叙事学分析》，《玉溪师范学院学报》（社科版）2018 年第 2 期。

[78] 谭君强：《济慈〈忧郁颂〉——抒情诗的叙事学分析》，《中北大学学报》（社科版）2018 年第 4 期。

[79] 谭君强：《托马斯·哈代〈声音〉——抒情诗的叙事学分析》，《曲靖师范学院学报》（社科版）2018 年第 1 期。

[80] 谭君强：《克里斯蒂娜·罗塞蒂：〈如馅饼皮般的承诺〉——抒情诗叙事学分析》，《河南师范大学学报》（社科版）2018 年第 2 期。

[81] 谭君强：《托马斯·怀亚特〈她们离我而去〉——抒情诗叙事学分析》，《曲靖师范学院学报》（社科版）2018 年第 4 期。

［82］谭君强：《〈斯威夫特博士死亡之诗〉的文学主体与抒情主体》，《英语研究》2018 年第 2 期。

［83］王荣：《简论中国古代诗文理论中的"叙事"及其诗学》，祖国颂主编《叙事学的中国之路——全国首届叙事学学术研讨会论文集》2006 年。

［84］王家新：《从炼金术到化学：当代诗学的话语转型问题》，《社会科学战线》1996 年第 5 期。

［85］王锺陵：《法国叙事学的叙事话语研究（上、下）》，《学术交流》2010 年第 1、2 期。

［86］王锺陵：《法国叙事学的叙事结构研究及建立叙事学的新思路》，《学术月刊》2010 年第 3 期。

［87］王璞：《抒情与翻译之间的"呼语"——重读早期郭沫若》，《新诗评论》2014 年第 18 辑。

［88］吴思敬：《从身边的事物中发现需要的诗句——九十年代诗歌印象》，《东南学术》1999 年第 2 期。

［89］魏天无：《抒情诗中的"叙事问题"——重读〈大堰河——我的保姆〉》，《语文教学与研究》1998 年第 5 期。

［90］西渡：《历史意识与 90 年代诗歌写作》，《诗探索》1998 年第 2 期。

［91］徐庆：《华莱士·斯蒂文斯抒情诗〈星期天早晨〉的叙事学研究》，《名作欣赏》2014 年第 33 期。

［92］谢应光：《论何其芳诗歌叙事因素的迁移》，《文学评论》2003 年第 2 期。

［93］谢思炜《杜诗叙事艺术探微》，《文学遗产》1994 年第 3 期。

［94］熊碧：《抒情与叙事：中国文学表现之两大传统研究述论》，《上海大学学报》2013 年第 2 期。

［95］熊辉：《以译代作：早期中国新诗创作的特殊方式》，《中国现代文学研究丛刊》2010 年第 4 期。

［96］于慈江：《新诗的一种"宣叙调"——谈一个新探索兼论诗坛现状》，《当代文艺探索》1986 年第 4 期。

［97］袁进：《重新审视欧化白话文的起源——试论近代西方传教士对

中国文学的影响》，《文学评论》2007 年第 1 期。

[98] 袁进：《从新教传教士的译诗看新诗形式的发端》，《复旦学报》（社会科学版）2011 年第 4 期。

[99] 袁忠岳：《抒情诗中的叙事功能及其形式转换》，《诗刊》1991 年第 4 期。

[100] 杨景龙、陶文鹏：《试论中国诗歌的叙事性和戏剧化手法》，《名作欣赏》2009 年第 24 期。

[101] 臧棣：《记忆的诗歌叙事学——细读西渡的〈一个钟表匠的记忆〉》，《诗探索》2002 年第 1 期。

[102] 邹进先：《从意象营造到事态叙写——论杜诗叙事的审美形态与诗学意义》，《文学遗产》2006 年第 5 期。

[103] 张军：《当代诗歌叙事性的控制》，《襄樊学院学报》2003 年第 6 期。

[104] 张传彪：《从汉、英格律诗的语言结构看汉诗的抒情性和英诗的格律性》，《福建外语》1987 年第 1 期。

[105] 张连桥：《论托马斯·哈代诗歌中的对话性叙事》，《世界文学评论》2012 年第 1 期。

[106] 张松建：《游移的疆界：现代中国的诗体之争与抒情主义（上）》，《今天》2009 年冬季号。

[107] 张松建：《抒情之外：论中国现代诗论中的反抒情主义》，《文学评论》2010 年第 1 期。

[108] 张松建：《"新诗的再解放"：抗战及 40 年代新诗理论中的抒情与叙事之争》，《中国现代文学研究丛刊》2010 年第 1 期。

[109] 张桃洲、雷奕：《论 1990 年代诗歌中的跨文体书写》，《中国现代文学研究丛刊》2011 年第 8 期。

[110] 张剑：《情境诗学：理解近世诗歌的另一种路径》，《上海大学学报》（社科版）2015 年第 1 期。

[111] 朱力：《论老舍新诗的叙事性嬗变——作为抗战诗人、讽刺诗人的老舍》，《淮北煤炭师范学院》2005 年第 4 期。

[112] 郑云霞：《论徐志摩诗歌的戏剧化特质》，《信阳师范学院学报》2008 年第 4 期。

［113］赵思运：《诗歌中的叙事因素》，《阅读与写作》2006年第11期。

［114］赵毅衡：《从〈八尺〉看创作主体》，《萌芽》1984年第11期。

［115］周晓秋：《浅谈〈新诗戏剧化〉和英美新批评的影响》，《袁可嘉诗歌创作与诗歌理论研讨会论文集》2009年。

［116］周作人：《理想的国语》，《国语周刊》1925年第13期。

［117］〔美〕列维·道勒：《中国古典诗歌中的叙事因素》，陆晓光节译，《文艺理论研究》1993年第1期。

［118］〔美〕布赖恩·麦克黑尔：《关于建构诗歌叙事学的设想》，尚必武、汪筱玲译，《江西社会科学》2009年第6期。

六 硕、博士论文

［1］陈英英：《新时期以来新诗的史诗性写作》，山东师范大学博士论文，2013年。

［2］程继龙：《朱英诞新诗研究》，华中师范大学博士论文，2014年。

［3］柴华：《中国现代象征主义诗学研究》，南开大学博士论文，2009年。

［4］范忠锋：《陆志韦诗与诗论研究》，清华大学硕士论文，2007年。

［5］胡苏珍：《跨语际实践中的新诗"戏剧化"研究》，浙江大学博士论文，2009年。

［6］霍俊明：《当代新诗史写作问题研究》，首都师范大学博士论文，2006年。

［7］康林：《汉语抒情诗本文结构的蜕变——五四时期及二十年代新诗研究》，北京师范大学博士论文，1989年。

［8］李建平：《中国现代诗歌叙述研究——以抒情诗为中心》，山东师范大学博士论文，2015年。

［9］李丹丹：《杜诗日常生活描写研究》，江西师范大学硕士论文，2015年。

［10］罗文军：《晚清民初新教传教士西诗译介研究》，中国人民大学博士论文，2012年。

［11］雷奕：《文化视野下中国新诗跨文体书写研究》，湖南师范大学

博士论文，2014 年。

[12] 裴晓亮：《20 世纪 90 年代以来中国诗歌中的叙事性问题研究》，广西大学硕士论文，2014 年。

[13] 钱韧韧：《现代汉语虚词与现代汉语诗歌研究》，华中师范大学博士论文，2014 年。

[14] 吴静怡：《无弦琴韵——罗大冈早年诗歌及诗论的整理与研究》，清华大学硕士论文，2008 年。

[15] 吴向廷：《论穆旦诗歌的历史修辞》，北京大学博士论文，2013 年。

[16] 伍明春：《现代汉诗的合法性研究（1917—1926）》，首都师范大学博士论文，2005 年。

[17] 王晓生：《"1917—1923" 新诗问题研究》，首都师范大学博士论文，2004 年。

[18] 王瑞玉：《当代叙事性诗歌的话语分析与诗性构建》，山东大学硕士论文，2015 年。

[19] 谢有顺：《中国小说叙事伦理的现代转向》，复旦大学博士论文，2010 年。

[20] 颜同林：《方言与中国现代新诗》，四川大学博士论文，2007 年。

[21] 颜炼军：《象征的漂移——汉语新诗的诗意变形记》，中央民族大学博士论文，2011 年。

[22] 杨亮：《新时期先锋诗歌的 "叙事性" 研究》，南开大学博士论文，2012 年。

[23] 杨晓云：《二十世纪九十年代诗歌中的叙事性研究》，四川大学硕士论文，2007 年。

[24] 杨四平：《20 世纪上半叶现代汉诗的叙事形态》，南京师范大学博士论文，2015 年。

[25] 叶治：《杜甫诗歌叙事视角研究》，西南大学硕士论文，2008 年。

[26] 易彬：《论穆旦诗歌艺术精神与中国新诗的历史建构》，华东师范大学博士论文，2007 年。

[27] 殷学明：《中国缘事诗学纂论》，山东师范大学博士论文，2013 年。

［28］张洪侠：《90 年代以来抒情诗歌的叙事研究》，南京师范大学硕士论文，2009 年。

［29］张隆：《叙事性问题与 90 年代中国诗歌写作》，人民大学硕士论文，2004 年。

［30］张同铸：《叙事性意境及其建构》，南京师范大学硕士论文，2003 年。

［31］赵步阳：《1976 年以来诗歌叙事话语的转换》，南京师范大学硕士论文，2004 年。

［32］周炜赟：《通向开放的"叙事"——90 年代诗歌中的"叙事性"问题》，首都师范大学硕士论文，2007 年。

［33］朱恒：《现代汉语与现代汉诗关系研究》，华中科技大学博士论文，2008 年。

［34］朱心荣：《杜诗叙事研究》，西华师范大学硕士论文，2011。

七　外文文献

［1］H. J. G. du Plooy, "Narratology and the Study of Lyric poetry" *in Literator*, *Jourrral of Literary Criticism*, *Comparative Linguistics and Literary Studies*, 31（3），2010.

［2］Jonathan Culler, *The Pursuit of Signs*：*Semiotics*, *Literature*, *Deconstuction*, ed.（Ithaca：Cornell University, 2011）.

［3］Clare Regan Kinney, *Strategies of Poetic Narrative*：*Chaucer*, *Spenser*, *Milton*, *Eliot*, ed（Cambridge, U. K.：Cambridge University Press, 1992）.

［4］Peter Hühn, Jens Kiefer, *The Narratological Analysis of Lyric Poetry*：*Studies in English Poetry from the* 16*th to the* 20*th Century*, Trans. Alastair Matthews, ed（Berlin：Walter de Gruyter, 2005）.

［5］S. Kjekegaad. "In the Waiting Room：Narrative in the Autobiographical Lyric Poem, Or Beginning to Think about Lyric Poetry with Narratology". *Narrative*, 22（2），2014.

［6］Yuen Ren Chao, *A Grammar of Spoken Chinese*, ed.（Berkeley：University of California Press, 1968）.

后　记

　　本书是在博士论文基础上做了大幅度修改后以国家社科基金青年项目结题的成果。从博士论文的写作到论文的修改、成书经历了一个迟滞蜗行的漫长过程。如果说博士论文是我求学经历中一段生命的屐痕，那么这些鸿爪雪泥的文字最终成书则是对我读书生涯一个小小的总结。

　　记得在读本科时，去拜访当时尚健在的郑临川教授——闻一多先生的关门弟子，郑老先生问了喜欢新诗的我一个问题："为什么新诗中处处都是'我'？而古典诗歌中却无'我'？"被问懵的我无言以对，却在心中留下了一个盘旋不去的困惑，这一问题在博士论文写作中开始尝试解答、回应。我的硕士论文选题以当代先锋诗歌中的叙事性为对象，当时导师傅宗洪提醒我要在中国新诗的发展历程中探求更为复杂的因由。而在博士复试时谢有顺导师追问我：中国新诗发生之际，胡适等人诗歌中的叙事性与当代先锋诗歌中的叙事性有何关联？当时回答含糊的我，却在此追问中找到了博士论文探讨的起点。不过面对这个选题，对先天资质愚钝、后天努力不够的我而言，预示着艰难，充满了挑战。记得在开题后很长一段时间，我都觉得迷茫和无从下手，每每怀疑自己不能力逮。一边阅读各类诗歌理论和诗歌文本，另一边生吞活剥地恶补西方诗论与叙事学理论。努力在诗歌文本中寻找其中的叙事痕迹，在各种诗论与叙事学文本中探求理论的支撑。种种费力不讨好与晦暗中的光明不断交织、重叠，在乱糟糟、头绪纷繁、不知所措却又跌跌撞撞的前行中不断地研读理论、分析文本。虽然理论的建构与诗歌的真容、情感的肌理与形式的结构，混累难辨，不是点卯即可敷衍塞责的，幸好也有所感，捉襟见肘，手忙脚乱，惶惶然到此，只得偃旗息鼓，放弃宏大叙述。返身回来，对此中种种蛛丝马迹进行不断搜求、摘录；对论文的思路与结构，在自我质疑中不断推翻，在不断推翻中又重新建构。无数次否定之后又无数次重新开始，一路都在质疑，又一路往前走……之所以能坚持下去的纷乱的理由中，情感上似乎更是因为喜欢诗歌，也想试着对这个富有挑战性的命题展开一己艰难而笨拙的言说。多年之前，大学毕业时，豪情万丈的我想坐拥书城，以读书为乐；如今迈入中年，虽坐拥书城，读书读得发如雪，但收获聊聊，甚为汗颜。犹记得孟子云："学问之道无他，求其放心而已。"读书问学不正是为"求其放心"？

早在读博前，我就被导师谢有顺教授富有生命感的文字与激越的美学锋芒深深吸引，投考门下，幸得导师不弃与眷顾，终能求学中大。导师为人率真，待人宽宥。每每阅读导师的文字，都让我充满了阅读的快乐。他对文字长短顿挫、起承转合上的反复斟酌、精益求精都不时给我的写作以垂范，而其庄重大气的文风、温润如玉的情怀都是我学习的典范，对我以后的读书、写作都有着深远的影响。而导师在我写作过程中给予我的宽慰、激励与指导，我都深深铭记。

我的硕士生导师傅宗洪教授，在本科阶段就唤起我对诗歌的热爱，一路引领我从本科到研究生，从读书到问学，使诗歌研究成为我的终身事业。他不仅以敏锐的问题意识促使我不停地去探本溯源、追问求证，而且在学术规范上的严格要求，也使我获益良多。师生谈话间激起的火花已被我掠美纳入写作中，而傅宗洪老师丰富的藏书则成为我查阅文献资料最为便捷的宝库。从诗学的审美之维到学问的探究之法，从读书的快乐到思维的乐趣，傅宗洪老师的教导都使我逐渐走出一些迷误，接近了问学之路，同时也让我渐次领悟了个中甘苦。他在学习与生活上的不断鞭策，使我继续求学读博，而他无数次的帮助与激励都使我在感恩中不敢懈怠，一路前行。

早年拜读林岗老师的《罪与文学》让我获益良多，读博期间有幸旁听了林老师的课，关于西方文论经典的阅读，林老师给我开启了一扇窗，让理论修养薄弱的我受益匪浅。开题时，他指出论文本体论研究的缺失使我茅塞顿开，对抒情传统海外渊源的追溯让孤陋寡闻的我重获起点，在答辩时，对我论文中部分问题的质疑，使我对论文的修改有了方向。在论文的开题、预答辩和答辩中，张均老师都给了我极为中肯而极富价值的建议，让我更清晰地看到论文的问题所在，也对文章的修改指明了路径。胡传吉老师对存在问题的指出，不仅让我在写作中不至于偏离方向，也一下开阔了我未完成写作部分的思路，而她的激励与关怀总让人感到亲切、温暖。

答辩主席贺仲明老师宽宥中肯的指点，姚代玫老师切中肯綮的温和追问，申霞艳老师敏锐恳切的指正，都让我收获良多。在搜集资料时，当时尚在中国人民大学读博的罗文军北京科技大学读博的夏延华等友人不厌其烦，多次为我复印各类资料，都予我可贵的帮助。

在求学路上，总是很幸运地遇到众多良师益友。我的小学老师胡正里、刘仁丽、赵建华，数年如一日，执鞭教坛，那些读书与讲故事的时间，在我心中埋下了最初的种子；我的中学老师周明舫、钟小河、陈仲涵、敬邦新，在我青春叛逆之时，对我的启发、鼓励与引领，至今都让人感念于心；我的大学老师黄鹏在读书上对我醍醐灌顶的指导，他的精彩言说我都一一收纳，成为一己隐秘的精神资源。读博期间师弟师妹们对我给予了各类帮助：刘秀丽师妹帮我复印并寄送各类资料、不断提醒鼓励我写作，尤其是她和小五的热情接待，让我如沐春风；任瑜师妹为我马不停蹄地翻译摘要，让我暖意萦怀；苏沙丽师妹对我的各种体贴的提醒与帮助，让我动容感念。师弟唐诗人任劳任怨地帮我打印、交送资料和论文，徐威师弟在答辩过程的辛苦付出，师妹单昕、师弟李德南、郑上保在我不在校期间为我注册或打理各种事务，李兰师妹送我至地铁口，小师弟崔迪的深夜护送……还有滕斌、周会凌、陈劲松与我一起分享了在中大求学生涯中的快乐与忧伤……感谢在师门中每一位师弟师妹给予我的诸多帮助，感念与你们共度的每一个飞花碎玉的美好瞬间。

在我漫长的求学生涯中，女儿竹子拔节式地长高超过了我，父母却一天天佝偻走向衰老。感谢我的父母，从小让我生活在有书的环境里，父亲给我买的第一本童话、订的第一本杂志我都视如珍宝，耳濡目染地让我与读书结下不解之缘。父母为我读书求学，常常抱病都不让我知晓，使自私的我终能完成学业。我感谢外子和女儿，他们是我最坚强的支撑与强大的精神动力。在我读书期间，外子默默地承担了众多家务琐事，让我不分心地投入读书与写作；我要感谢我的女儿，在我前行的道路上，好学上进的你是我最初与最终的动力。我要感谢那些亲人与好友，他们曾以各种方式给予我无私的帮助、鼓励与关怀……"桃李不言，下自成蹊"，言语不逮的感恩和致谢只有留待岁月和时光的刻痕去度量和检测，且永远鞭策我不断前行。

本书出版之际，感谢刘进、王胜明、罗文军教授等学校和学院领导以及各位同事对我的关心、支持和帮助，感谢西华师范大学提供的出版资助，感谢李斌、周维东等友人的鼎力相助；感谢社科文献出版社高雁老师和颜林柯老师耐心、细致的帮助以及对本书的编辑出版所付出的辛勤劳动。本书部分内容曾刊载于《北方论丛》《现代中国文化与文学》等刊物，向如上刊物及编辑谨致谢忱。

谨以我的第一本小书献给我的母亲。毕业之际母亲尚在，成书之时母亲已病逝快三年，离开对多病缠身的她是解脱，对我则是心中永远难以弥合的伤口……

学问之道，有若《诗》云："如切如磋，如琢如磨。"起步很晚的我希冀在磋磨中能对一己之学有些许笨拙的言说。

摘录冯至《十四行集》之二十七首来结束我的叙述：

> 让远方的光、远方的黑夜
> 和些远方的草木的荣谢，
> 还有个奔向远方的心意
>
> 都保留一些在这面旗上。
> 我们空空听过一夜风声，
> 空看了一天的草黄叶红，
>
> 向何处安排我们的思、想？
> 但愿这些诗像一面风旗
> 把住一些把不住的事体。

初稿于 2016 年 3 月 28 日，中大康乐园
定稿于 2019 年 8 月 18 日，四川南充嘉陵江畔

图书在版编目（CIP）数据

中国现代抒情诗叙事性研究／傅华著. -- 北京：
社会科学文献出版社，2019.10
ISBN 978-7-5201-5514-4

Ⅰ.①中… Ⅱ.①傅… Ⅲ.①抒情诗-诗歌研究-中
国-现代 Ⅳ.①I207.22

中国版本图书馆 CIP 数据核字（2019）第 192166 号

中国现代抒情诗叙事性研究

著　者／傅　华

出 版 人／谢寿光
组稿编辑／高　雁
责任编辑／颜林柯

出　　　版／社会科学文献出版社（010）59367226
　　　　　　地址：北京市北三环中路甲 29 号院华龙大厦　邮编：100029
　　　　　　网址：www.ssap.com.cn
发　　　行／市场营销中心（010）59367081　59367083
印　　　装／三河市东方印刷有限公司

规　　　格／开　本：787mm × 1092mm　1/16
　　　　　　印　张：16.5　字　数：269 千字
版　　　次／2019 年 10 月第 1 版　2019 年 10 月第 1 次印刷
书　　　号／ISBN 978-7-5201-5514-4
定　　　价／148.00 元